2020 浙江散文精选

陆春祥 主编

文汇出版社

图书在版编目(CIP)数据

2020 浙江散文精选 / 陆春祥主编. —上海：文汇出版社，2021.7

ISBN 978-7-5496-3613-6

Ⅰ.①2… Ⅱ.①陆… Ⅲ.①散文集–中国–当代 Ⅳ.①I267

中国版本图书馆 CIP 数据核字(2021)第 140546 号

2020 浙江散文精选

主　　编 / 陆春祥
责任编辑 / 熊　勇
装帧设计 / 书香力扬

出版发行 / **文匯**出版社
　　　　　　上海市威海路 755 号
　　　　　　(邮政编码 200041)
经　　销 / 全国新华书店
排　　版 / 成都力扬文化传播有限公司
印刷装订 / 成都兴怡包装装潢有限公司
版　　次 / 2021 年 7 月第 1 版
印　　次 / 2021 年 7 月第 1 次印刷
开　　本 / 710×1000　1/16
字　　数 / 480 千
印　　张 / 27

ISBN 978-7-5496-3613-6
定　　价 / 78.00 元

代序 ▶

⋮⋮ "找寻"的意义

⋮⋮ 陆春祥

以我几十年的写作实践觉悟，"找寻"两字便可全部概括。

起初，我读迅翁的《阿Q正传》，被一种说法吸引：Q字正是阿Q形象的写照，那圈下的一撇，恰如阿Q头上的辫子。于是，我带着这个疑问读小说，读完又去找各种材料，我想弄清，这辫子阿Q到底有什么独特之处。

差不多大二的时候，我就开始毕业论文选题的谋划，相声语言和修辞方法是我关注的两大范畴，自然，这两方面的书和杂志我一定不会放过，我找所有能找得到的东西，寻找本身就是一种熟悉的过程，归纳整理也会让你思想出现火花。寻找的过程还是一种放弃，大三时，我将相声语言搁置，专攻修辞手法，那些中外名著及当代文学作品里有趣的修辞手段，让我乐此不疲。虽没成为修辞学家，但保存着的数千张文摘卡，却是一种暗示，那里有最初的文学训练。

"找寻"，将"找"放到"寻"前头，是故意的，我以为，"找"比较简单、显性的，"寻"要复杂一些，隐性暗含，需要研究、推求，如果能将隐藏着的，少为人知或不为人知的东西寻出来，那就是新的发现。

近年来，我写历代笔记新说系列，就是不断找寻的过程。

《霓裳的种子》，起初的题目叫《初为霓裳后六幺》，它源自我们熟知的《琵琶行》，白乐天和一帮朋友离别，酒喝了一程又一程，却有点无趣，因为没有音乐相伴，琵琶女来了，大家添酒回灯重开宴。那琵琶女，京城一级演奏员，功夫十分了得，转轴拨弦三两声，未成曲调就先有情。某天早晨上班途中，我开车行至中河高架的浙工大段，听到男中音朗诵琵琶女的"初为霓裳后六幺"，下意识地一脚轻刹，直觉认为，这是一篇文章的题目，此前，我正读完唐朝崔令钦的笔记《教坊记》，那里清楚地记载着唐代的四十二种大曲，霓裳和六幺均在其中，而且，霓裳曲极有故事。

接下来，我就开始找寻霓裳这颗种子，它是如何萌芽，如何鼎盛，又如何衰退，如何沉寂，如何消亡，直至重新复生。找寻过程艰难而又快乐，状态常常是这样的：刚刚将李隆基弄清楚，杨贵妃紧跟而来，刚刚弄清唐朝的乐坊制度，宋朝的宫廷宴会规制也马上要了解，元朝为什么销声匿迹了？明朝为什么也不见复显的迹象？洪昇为什么要写《长生殿》？李隆基和杨贵妃最后为什么成了主角？松阳高腔中为什么有霓裳曲的骨干音？李肇的《国史补》、沈括的《梦溪笔谈》、周密的《武林旧事》，诸多笔记中去寻蛛丝马迹，还有诸如《宋代笔记诗学思想研究》《宋代笔记在汉语词汇学理论研究中的价值》等非常专业的理论专著，甚至要读王国维的《宋元戏曲考》，这书一时找不到，专研戏曲的郭梅教授帮我找到了PDF版本，那一段时间，我有个梦想，就是像欣赏纳西古乐一样看一场《霓裳羽衣曲》的舞蹈和演奏，我问过浙江歌舞团的朋友，说全国也没有。如果不是鲁晓敏邀请我去松阳讲座，我一时半会儿还不会关注松阳高腔，一千四百岁的叶法善就不能复活，《霓裳的种子》就结不了尾。

今年我即将推出一本新的散文集《九万里风》，所有篇章，都是找寻的结果，寻人寻事寻物，草蛇灰线，源头，源头的源头，尽量将其中的线头扯出，扯出来，拎起来，抖一抖，鲜活生动，不要兜起来，眉毛胡子一把抓，欠水灵。

如果要说找寻的基础，愚以为有两方面的阅读和训练比较管用：一是哲学，主要从联系的角度，一切学问最终也会归宗到哲学；一是修辞，主要从方法角度，字词如何巧妙打开，词语在句子中的最佳秩序，都是修辞，它是压箱底的技法。

接下来的许多时间里，我将要找寻数位历代著名笔记作家的前世"今身"，段成式、沈括、洪迈、叶梦得、周密、刘基、陶宗仪、冯梦龙、李渔、袁枚等，我要跟他们谈天说地，我要跟他们和诗对韵。看哪，1217 岁的唐朝骑士段成式已经在拈须嘲笑我了：陆布衣，慢慢研读吧，《酉阳杂俎》就够你喝一壶了，哈哈哈！

（《浙江散文》2020 年第 2 期卷首语）

目 录

2020 浙江散文精选

我命中的茶

阿　剑

我们送逝者上山的日子，天气晴朗。持续雨水之后，南方的天空格外明净。连日来着旧式衣冠，举行各种仪式。作为生者，也只能这样了。

家人回去后，赶高铁还有时间，就去车站旁找个地方喝茶。只是寻常小店，茶并不好，粗砺、苦涩，叶秆居多。想来这些年，舌头已经有些矫情了。老板是个小眼中年男人，笑得熟悉，半天之后问："你是——"果然是小时候的相识。只是我已经完全不认识了。

生平第一次喝茶，是在外婆家，正是车站附近的曹家村。那些时候，每到暑假，就跑到乡间去，捕蝉、捉泥鳅，跳进泥河里玩水，到处撒欢。玩得累了，就回到外婆家喝茶。说是喝茶，其实就是解渴。白瓷大茶缸里捉一大撮土茶，泡开后放到自然凉，捧起来喝一气，然后再续上。有时偏喜欢喝隔夜茶，因为已经凉透。这些都是极不养生的。家人打小不许我们喝茶，怕伤了胃，特别跟龙游发糕配着吃，容易犯胃酸，更不要说隔夜茶了。我们在乡间的日子，哪管这个，真是脱了枷锁的小兽，只顾着耍性子到处野。

在曹家村长到七八岁，后面几乎没回去过。离开一处，就不太

1

回去，近乡情怯，怕物是人非。这次明晃晃的油菜花鼓舞着我。我跟老板道了一声，走出去，寻到幼时走过的一段机耕路。几百米泥路，旧沟渠，油菜花地和茶园，还是旧时模样。闭上眼，呼吸到的仍是八岁时的空气，晒干的泥土味，花香，略带腥味的水汽，新鲜的植物气息。再往前走，就是完全陌生的地带了。像一条路隐藏在一条路下面，像一个村庄是素描的底图，被另一个浓墨重彩的村庄覆盖。

> "我们待过的金黄油菜花地
>
> 已经长出高楼
>
> 阿公看守的茶林变得很矮
>
> 他和阿婆睡的山岗　也一样"

真正学会喝茶，已是大学时候。因为迷恋两本书，跑到兰州，要见见真正的黄土高坡和黄河。黄土见得不多。中国的城市大多同质化，刚去时连下了几场秋雨，简直分不清身处何地。那天起来后，天色发红，以为天还没亮，然而扑鼻的土腥味，漫天昏暗，看各自的脸，仿佛梦中。然后几个浙江老乡就在那里大呼小叫：沙尘暴！沙尘暴！

几天后，流鼻血、皮肤干燥，心里空落落的，就取了家乡的龙顶泡着喝。虽是黄河的水，但茶叶是南方的，里面还有衢州的空气、阳光和水土。在北中国的秋雨和紧接着的沙尘暴中，用水杯泡了绿茶，看着叶子在水里慢慢盘旋、舒展，仿佛刚被唤醒的小兽。终想起，家已在数千里之外。

然后开始写诗，搞文学社，几个要好的朋友聚在一起，说些那个年纪该说的疯话傻话。寒夜茶当酒，把龙顶一杯杯泡完，直至茶缸有了厚厚的茶垢。

"无非夜晚的谈话　与书籍的

纠缠　榆叶梅　迎春花　早春无望的爱情

那些荒唐与执拗　很像最好的绿茶和我们"

兰州自有当地的名茶，唤作三泡台，在绿茶中加了菊花、桂圆、葡萄干、冰糖等佐料。就我寡淡的饮茶口味，这个偏浓甜了。此生喝过的茶，印象最深的偏就是这个。

读大四那年，参加学校组织的捐资助学活动。去了极干苦的黄土高坡深处，偏僻的山村，满目苍黄。我捐助的小女生是个清秀的丫头，面颊上有典型的高原红，唱歌给我们听，却是《江南水乡》。我问她，去过江南吗？她说，电视上看过。

她父母嗫嚅着，泡了三泡台给我们喝。茶与兰州城里一样的，但是那水，苦涩、碱性，几乎难以入口。我跟老师同学们坐在场院里，看着外面层层叠叠、铺天盖地的黄土，仿佛坐在中国最干渴的土地上。一小口一小口地抿着，坚持把那杯茶喝完，明白这是这家人顶珍贵的东西。有那么一会儿，好像有点觉得，黄土深处的乡村和南方老家农村，无非各自土地里长出来的事物，带上了各自土地的颜色。就像这三泡台和龙顶，该是什么样的水土，就是什么样的，丝毫骗不了人。

现在，我是站在南方的乡村路口，仿佛同时站在甘肃某个县的山沟里，无法判断方向。一个穿黄色保洁服的老妪骑车经过，朝我笑笑。我问："大礼堂怎么走？"她说，"在高铁站那里。"我想了想，问她："老早的大礼堂在哪儿？""早拆了，"她说。嗯，那时，在门楣上塑着红五星的村大礼堂里，我们在幕布背面看 1983 版的《射雕英雄传》。那时我们把九阴白骨爪当成全天下最厉害的武功。

如今全拆了。

"炊烟到哪去了？

> 那从屋顶出发，爬到天上的梯子
>
> 河流和老屋萎缩成风干的果子
>
> 拒绝离场"

  沿着水泥路往前走，小时候印象中是顺着大路的河流，现在只剩一点明沟。老屋还在，破败得快垮了。我们两兄弟都在这里出生。现在它像一个久无人拜祭的庙宇，一个瘦小的老亲戚，挤在四周新建的霸气洋楼之间。我拍了照片发给弟，他回道："好小。"是真的小，简直无法承担这么多的回忆。这就是我们生命的起点啊。其实也只是寻常。

  阳光明净，仿佛定要给我一个难得的好天气。我在新新旧旧的屋舍间，深一脚浅一脚地走。仅有的几间老屋，像是时间留给我的坐标。一切都在消亡，一切都是重建。我终于决定闭上眼，就此逃离。那些稀薄的记忆，像春天残留的冰，是会在这样的阳光下消融的。一切都是新的，也很美好，阳光下熠熠发亮。但我生怕弄丢了那些记忆。

> "用节日打一个绳子的节，如此绵长
>
> 出发，抵达，完成河流的宿命
>
> 而通往哪片海洋无法预知
>
> 我们相约着溯源
>
> 带上走失的钥匙和炊烟，回到最初完整的家乡"

  这么多年的念想，忽然就觉得无处安放。就像此后漫长的生活，各式各样茶水从血液里流过，流成一条属于自己的蜿蜒的路。各种品类，场景，一起喝茶的人，或精致，或奢华，或简单，却总是记不清晰。唯有自始至终的那几杯茶，或浓或淡，像命中老房子一般的坐标，提醒着什么。

四十岁后，与逝者告别、与往事告别的时刻越来越多，像是站在人生的分水岭上，身后是无限依恋，面前是新的高山。当然可以再次鼓足勇气出发，重新上路，但已不是年轻时那种无所顾忌，百无禁忌，而是背负着很多记忆，是一种不无苦涩但仍坚持的负重前行。那种茶一般的中年辛苦、忍耐与深情，那种起起浮浮、辗转反侧，懂的自然就懂了。

回到车站小店，那老板看到我，便笑："回来了?""嗯。"我说。"再来一杯?"我看原先那茶还在的，说："再喝一口吧。"

茶已经凉了，盛在玻璃杯里，色泽凝集，像很早以前的水。喝下去，唇齿清澈，舌头上感知着一点苦，然后南方特有的甜味慢慢渗出来。这就是小时候的茶吧。这就是小时候的喝茶方式吧。仿佛外婆家的那个大茶缸，放在这儿，几十年了，一直等着我回来喝。

> "反复渡过同一条河，踩过不同的水
> 看水中南方的雨，土地里长出美丽城市
> 看阳光热烈
> 就坐成枯木，坐成铁器，坐成一时沉寂
> 坐成此生花叶
> 在水里火里轻盈、苦甜
> 听有人在耳边轻声说：
> ——客人，吃茶去!"

注：文中所引诗句为作者本人作品。

（原载《浙江作家》2020 年第 1 期）

龙的湾

白新华

一

龙湾，并非温州市中心区，也并不著名。二十几年前我初至温州就喜欢上它，是因为它的名字。

龙湾，龙湾，龙的湾，东海有龙，腾飞千里之于海之滨，喷洒天上之水，汪成无数大大小小的塘河，闪闪如鳞，泥涂沙滩积成海滨之湾，龙潜藏于湾，是谓龙的湾。龙的湾，唇齿相合，读来上口，有抑扬顿挫之感，又生海宽天阔之境，意象绵密而宏大，有《逍遥游》鲲鹏之况味，不由得让人溢出一股苍劲浑厚之豪情。

我发自内心真正喜欢上龙湾，是驻扎温州多年后，携子挈母，罗山徒步、瑶溪漫步，一座形如大箩的大罗山，和一汪"溪石皆玉色"的瑶湖水，诱惑了我，让我在温州的一众山水绝色中，尤其钟情于它。

立于罗山峰巅，拨开梦幻般的霭霭晨雾，一对龙角冉冉升起，我找到一双夺人心魄的龙睛，睛如炬，我顺着龙眼的方向，越过纵横交错的塘河，落到一片产鱼产米产糖产盐的富庶平原地，寻获一阙有水有林有云有雾的山脉。娇龙腾空而起，翔于平湖处，卧于山脚下，这一卧，便卧了数也数不清的数千年，汲天地之甘露，化成大罗山的一道龙脊，与日月共眠，在时光里肃穆。

我喜欢龙湾，还因为龙湾是温州人的美食湾，隔了山岳，龙湾却接着浩渺烟波，远了江河，却产出让人垂涎欲滴的人间鲜美。这条龙憩息的港湾，青蛄和螃蟹，黄鱼和子梅，文蛤和水潺，随便打捞起一款，哈喇子便飞瀑般从天而降。这种对海味美食的执念，远海的人永远无法理解，龙湾人把这一盘盘的人间鲜美，摆上待客的碟盘里，龙湾人也会捡起餐桌上客人未剔尽的螃蟹腿，给予远方客人理解的恬笑，掰开蟹腿，齿间沾屑，唇间留香。

龙湾濒于东海，湾出的一方平原与山地，是温州人心灵的栖息地。无处可走时，我会想到瑶溪，尤其在秋日的周末，一颗躁动了五日的心，向往一片清宁地，于是，踩一脚油门，拐两个路弯，瑶溪去。一汪瑶湖碧水，两岸秋林影约，小径枯叶飞，繁花风中闹，红叶树儿一株株窜出，玄真观的石马，断了一只耳朵，祭祀的龛上红烛流淌成一串串泪滴，不大的景致，气派比不了九寨西域，一曲江南韵，却点破江南一片秋。

春寒料峭的二月天，雨住晴好，呼儿直奔大罗山，木栈道翩跹，龙脊上跳跃，五小时不停行走，歇时一杯杨梅酒，侧卧溪涧戏水，至山顶迎风而立，自认如半仙，临渊处，天池和龙脊一并落于指尖，云水夕阳，在高楼林立中呈现一片隐约混沌之美。

二

山岳秀色美，丰物渊源长，龙湾更值得盘亘的地方还是人杰的遗留。晋代的天柱寺，唐朝的国安寺，宋朝的千佛塔，悠悠史河，让龙湾文物丰赡，但真正让龙湾的身份重起来的还是明朝，和明朝的人杰。

　　我一直不喜欢明朝，嗜杀的前期，晦暗的中期，飘摇的晚期，整个王朝从建立到灭亡，充斥着一种暧昧的腐朽的让人齿冷的倒退，但，龙湾却是因明朝而璀璨绚烂的，尽管这种光芒有着一种自我欣赏式的得意，这份得意又是一种不管他人褒贬的自我认同的得意。

　　贞义书院作为古代温州唯一奉旨敕建的书院，缘于张璁，永昌堡成为龙湾的标志符号，缘于英桥王氏，张王两家是当地望族且为姻亲关系。张王两家几代人为大明王朝，上达朝廷，锐意改革，呕心沥血谋政局，下至远海，挥战鼓，舞旌旗，护一方平安，成为龙湾上空光耀暗夜的一团星云。

　　龙湾人说，张璁凭大礼议入阁至首辅，他严于律己，廉洁奉公，用人绝不唯亲，是实实在在干过惠民利国大事的张阁老，是张阁老的革贪腐，清庄田，改科举，让整个大明王朝从前朝的弊政中走出来，并营造了一个全新的局面，因为张阁老，晦暗的嘉靖王朝让世人记得的不只是严嵩当政。

　　然而，世人对张璁的评价褒贬不一。

　　后代人"黑"张璁引用最多的一句话"性狠愎、报复相寻、不护善类"，出自张廷玉编纂《明史·张璁传》。后世为前朝编史，政治正确因素占比极重，张廷玉更是整个清朝唯一一个配享太庙的汉臣，其对前朝重臣的评价有多少个人的主观臆测在里面，只有他自己知道。

　　《明朝那些事儿》，作为明史初级读物，又加"黑"了张璁一笔，龙湾人想找当年明月谈谈，问他有了解张璁的多少政绩，一本书里又加了自己多少的个人喜好。

　　窃以为，张璁作为一个政治人物，他的功过，须看他的政绩，且要借鉴同时代人的评价才更为精准。同时代盟友、反对者和继任者对他的评价，无论评价是正面还是反面，折衷公允对之，总能发现被评价人的蛛丝马迹。后代人的评价，不管评价人是出于政治目的还是个人情怀，不管撰写人的身份多么尊贵，学识多么渊博，总是臆测成分占多，尤其是活灵活现的所谓细节描写，心理活动勾勒，更多是执笔者文学才华的炫耀，与事实史实真相无关。

张璁的同时代盟友霍韬，认为张璁是"十善老人"，这么写张璁，有夸大之嫌，但从其中可窥知张璁一定干过实实在在的正事。

张璁同时期的言官魏良弼，曾几次弹劾张璁，张璁死后，他反而大赞张璁。魏良弼既非盟友也非政敌，他的观点相对公允。张璁也许因做事遭人嫉恨不满过，但有良知的人最终认可了他的个人品德和政德。

徐阶，嘉靖二年探花，扳倒亲家严嵩成为首辅的人，年轻时作为翰林受张璁排挤而居荒凉之地，掌权后有了话语权，主编《世宗实录》，其中"然终嘉靖之世，语相业者，迄无若孚敬云"。

孚敬者，张璁也，号罗峰，避御讳而得名。龙之滨湾，罗山脚下，罗峰书院是张璁授徒讲学之地，张璁《罗峰书院成》诗云"苍生有望山中相，白首愿观天下平"，其政治情怀抱负尽显诗中，因其诗因，方有后来明世宗赐名"贞义"两字，"贞义书院"是张璁政坛佳果最好的明证，"贞义书院"时至今日仍然是龙湾人的骄傲。

明嘉兴沈德符曰："江陵于《世宗实录》极推许永嘉（张璁），盖其才术相似，故心仪而托之赞叹。"江陵，即张居正，其对张璁的评价，相对公允，前世的政治措施，一时不能见效，继任者看到前朝政治措施在自己手里结出好果，由衷发出一声赞叹。

懂历史和不懂历史的人对张璁的诟病，政绩置于其次，"凭大礼议不正当手段小人上位"放于首位，而言者忘了，明朝"大礼议"是摆在明面上的朝议。

三

微雨的冬日，我应文友之邀，行走永昌堡，在纵横的河道间流连，在明代的石桥上休憩，穿行于清代的古民居间，我打量着状元府第和圣旨巷都堂第，止步于布政使祠门前，散淡的心，多了几缕思绪，返回后与文友同作《行走永昌堡》同题诗：

两日三至龙湾
前一刻在嘉靖的永昌堡里抗倭
后一秒与星球大战的绝地武士起义
一把油纸伞
挡了江南的烟雨冷冬
踩着历史的脚印
走笔天涯

御史巷里都堂第
一卷残画泼墨干
王氏脚下，一门炮
烽烟起倭寇远
晃一晃酒杯
五百年的宗祠
便化为指尖的一枚图腾

永昌堡缘于英桥王氏，王沛王德自组义师，7 年抗倭，相继牺牲。王沛，张璁外甥，其侄王叔果和王叔杲倡议捐金，率众修建城堡，进行长期防御，建成永昌堡。永昌堡城墙上升起的抗倭旌旗，成为明朝东南沿海岸最醒目的一面。

我总认为杰出人物的英魂，最后都会幻化为天上的星星，星云密集的地方，定是人才辈出之所。英桥王氏是龙湾上空星云团中最耀眼的星星，永昌堡图腾式的存在，让这种爱国爱乡的英雄壮举，在龙湾上空回荡了五百年，并将继续回荡。其城堡内外蕴染下的乡人，学风浓，除王氏一族，有明一代及其之后，每个时代都有杰出人物出现。永嘉学派的继承人项乔、画家姜立刚、史学家王光蕴、科学家王国松；教育家张振夔、夏承焘、王季思；张肇骞、张淑仪等4位中国科学院院士及张立文、项楚等学者。这些崛起的人才，让龙湾上空，星云团团，越集越密，辐射整个温州。

四

"罗山苍苍，云水茫茫，芝兰玉树，斗志昂扬。"这是儿子高中时期的班训。儿子在龙湾读了三年高中，我却未为龙湾写过一个字，只因内心深处认为他的中考是失利的，不愿为人道。

三年来，无数次奔波于瓯海大道，送儿子上学后，拐道瑶溪，徒步罗山，一双布鞋丈量龙湾，在龙湾的一片幽绿中，尽情呼吸，洗涤心肺，用一个外来人的眼光看龙湾人眼中的张璁，张璁除了是心系苍生的政治家，也是永不言弃的精神化身。

近来网上疯传的两份名单，第一份名单：傅以渐、王式丹、毕沅、林召堂、王云锦、刘子壮、陈沆、刘福姚、刘春霖。第二份名单：曹雪芹、胡雪岩、顾炎武、金圣叹、黄宗羲、吴敬梓、蒲松龄、洪秀全、袁世凯。问哪份名单上你认识的人比较多？

答案揭晓：前者全是清朝科举状元，后者全是当时科场失意者。

中国1300年科举史，考取状元近800名，网上公认的仅10人功成名就，而普通人能记住的名字，只柳公权、王维、郭子仪、文天祥、张謇几位，甚至更少。

网络上以此证明人生无限，真正的考场从来就不在学校，似乎很有道理，然而，网络似乎忽略了多到无法给出统计数据的落榜秀才的人数。抛却因为落榜导致个人生活的困窘，落榜秀才个人抱负难以实现，对苍生无功的悲凉无奈之况，只有他自己知道。大多数状元，甚至只是考取薄薄功名的人士，也许他们没能作出让后世记住的傲人功勋，但其个人生活的丰满优越，对社会苍生作出的贡献，一定，而且是绝对，比落榜秀才更好更多。

我鼓励儿子，张璁少年有才，志存高远，23 年屡试不第，八试方中进士，没有毅力是绝对不可能实现，今日的你，一定要咽得下苦，熬得过寂，方能在高考时弯道超车，追赶上因叛逆而滞缓的脚步。

瑶溪湖畔，清晨的露滴一定认识朗读的少年，罗山脚下，满天的星光一定记得晚归的儿郎，三年的努力换得高考佳绩，我终于愿直面龙湾。

龙的湾以这样的姿势让我提笔书写，实是出于我的意料外。

龙湾是温州的一个重要的区域，它的精神面貌和风范是温州的缩影。张璁文化及其衍生而出来的廉政文化已成为温州本土的地域文化，历史名人与山海滩涂完美结合，成就龙湾的一席品位地，温州在这脉文韵中喷发政治和经济的潮，两潮生起，挡也挡不住的翻滚向前，一潮尚未平息，一潮又来侵袭。

（原载《文学报》2020 年 12 月 17 日）

苍南行

鲍尔吉·原野

在苍南的几天匆匆忙忙，正所谓走马观花。回到家里整理照片资料，像重走了一遍，感叹这地方好。

如果再去，我先上蒲城的城墙上阔步一番。城墙宽一丈二尺，长五里二十步。此为史料记载，我没实地勘测。在一丈二尺宽的城墙上徐徐而行，举目便是苍翠的顶魁山与对面山。对面山名字起得好，每次抬头看这座山，它都和你面对面。蒲城是抗倭名城，全名蒲壮所城，1996 年被列为全国重点文物保护单位。城墙高一丈五尺，斑驳的石块自明代堆积至今，经历箭簇硝烟，此刻布满苔藓藤萝，绽放比指甲还小的黄花。这样的城看上去没什么官气，像老百姓的筋骨一样浑厚，年年岁岁被人踩踏、抚摸、仰望。抚墙既久，觉得历史一定藏在坚固的事物后面，比如石头的后面；而它还会长出鲜嫩的标志物，比如野花。我喜欢在这座城墙上走，除了远望苍茫的大山，往下看，见得瓮城有亭，有阁，有牌坊，还有古井与戏台。蒲城位于苍南的乡下，但住在蒲城里面的人自称城里人，称住城外的人为城外人，可见这座城很重要。

德福湾村所在的鸡笼山有一座大型明矾矿，经过几百年的开采冶炼，形成古民居特色的工业村落。明矾如今不再开采利用，留下巨大的地下矿洞。我随众人下去探访一番，步履所及不足矿洞之百分之一。矿洞太神秘，里面究竟分成多少层，有哪些岔路，很难说得清。导游说矿洞里没有手机信号，如果迷路，你就会永久留在这里。进矿洞，看到各种储备库，竟然还有礼堂。这里适合拍摄地下王国的电影，也像一个躲避核打击的中央指挥部。

矾矿的村落集古今风格于一体，也很好看，这个矿从元代开始开采，大凡有矿的地方，商业都发达。古村落的旧日繁华已不可见，仍然吸引游客来这里吃吃喝喝，买一些木制品、棉制品、铜制品、竹制品和瓷器回家。福德湾村被评为"中国传统村落"，获得联合国教科文组织颁发的"亚太地区文化遗产保护荣誉奖"。矾矿遗址被评为"国家矿山公园"和"国家工业遗产。"

蒲城所在的镇叫金乡镇，古称金乡卫，与威海卫、天津卫形成序列，是明朝抵御倭寇的军事重镇。在镇上的文化客厅，我听到一班儿童用乡音诵读儿歌，虽听不懂，但觉天真亲昵。找人翻译一下，抄在这里：

"文昌阁，好种麦。

麦开花，好种茶。

茶叶果，送外婆。

外婆不在家　送给娘舅妈。"

还有一首：

"哭猫蛋　炒油蛋，

炎城虾饭没人担。

担点臭虾饭，

给哭猫蛋配配饭。"

这里把哭起来没完的小孩子叫哭猫蛋，此歌在讥讽他们。

描摹新娘出嫁：

"一下哭，一下笑。

前面抬花轿，

后头黄狗叫。"

想想这位穿红戴翠、又哭又笑的新娘子，她出嫁的情态多么鲜活。短短四句歌，连黄狗花轿都点到了，好喧闹。

苍南县近福建，大部分地区说闽南话，而金乡话独具一格。我问童谣班的老师，金乡话属于什么方言？老师回答金乡话跟周围乡镇讲的闽南语、瓯语、蛮语都不一样，属古吴语，来自浙江湖州一带。

我知道湖州临太湖，讲吴语。但它离金乡镇近 500 公里，怎么会在一个乡遗留方言呢？这就引出了金乡卫的话题，这里是军事重镇，朝廷派一千多名湖州兵来此戍卫，此地吴方言就是他们来过的证据。

我听到小孩子用古吴语在温州的南端诵读旧时儿歌，感触颇深。尽管儿歌与吴方言跟我都没有关系，我觉得所谓文化，不外是一些独特的精神景观，包括语言和语音。我又听说金乡镇的领导、学校老师还有学生家长都鼓励孩子们说金乡话。事实上，他们正在捍卫文化的传统，一如怀璧。现代化的进程不过短短几十年，丢失了好多东西，如果方言都丢失了，人们还有什么呢？只剩下钢筋水泥的高楼大厦。谁都知道，高楼大厦并不值钱，而语言和语音却是带着先人血脉的传世之宝。高楼大厦是啥？水泥的堆积物而已。听说有些方言区的孩子听不懂也不会说方言了，我感觉森林里那些珍贵的、具有唯一性的树种被连根挖掉了，被老祖宗说了几千年的方言说没就没了，你不可能买到或去外国找到方言吧？金乡的小孩子说金乡话，心里涌动着金乡的山水人物，他们一定更爱自己的家乡。在"爱"这个词里，最美的含义包括爱家乡。

苍南有一处文化景观叫"半书房"。半书房本部设在灵溪镇中心湖畔风景优美的公园边上，面积 700 平方米，是由 21 位爱书人众筹建立的文化综合体。近年他们邀请国内好多学者为苍南的读书人作过几百场演讲，不收费。

在苍南，我几次去半书房造访。这里格局舒适，书香氛围浓。书桌旁甚至楼梯上都坐满大读者和小读者。当你看到一群人目不转睛地盯着书本阅读时，你的心也跟着安静了。想，人忙来忙去，最终是为了打麻将呢，还是为了读书？读书，麻将不过是游戏。为大众修建书房的城市都是好城市。

在霞关镇的山村，我又见到一座半书房，面积 300 多平方米，里面很洋气，书品丰富，是书店加民宿的综合体。我不会小瞧乡村，但乡村有如此精致的书店还是让人意外。这样的店开在北京南锣鼓巷或杭州武林路也满合宜。书店门前即是青石板的巷子，老人在各家门前闲坐。远处母鸡觅食，黄狗张望。

不出我之所料，这家书店的主人不是等闲人物。她名叫陈闻，本是温州市高考语文专家组成员，语文名师。2017 年她辞职开办这家书店。

我问，为什么在村里建一个半书房？陈闻半认真、半玩笑地说，为了让她父亲当上图书馆长。陈闻的祖父和父亲都是名中医，行医一辈子，受到邻里尊重。父亲陈建义年轻时酷爱流连图书馆，倾心古音韵学，喜用闽南语吟诵苏东坡诗文。他认为最美满的人生莫过于出任一家图书馆的馆长，如今，陈老先生已正式履职，每天早上从二楼起居室踱步至一楼的书店，背手转上一圈，拿一本书翻翻，放回去；再拿本书扫一眼放回去，最后拿小凳子坐在半书房里看远处的山峰和白云，馆长所管的事也就是这些。此处是陈建义祖辈居住的家，在这里当上图书馆长，虽万户侯不易。我问陈闻，书卖的好吗？她笑答书店更多接待的是来读书的人。书店的房子是陈闻祖屋，家族集资 70 多万元装修，在杭州工作的妹妹贞壹出资最多。陈闻说，她的书店已成为村里的公共文化空间，她自感比当教员收获更大。

苍南县的渔寮沙滩是有名的旅游景点。对海岸线漫长的国度来说，大海不稀奇，有好沙滩的海岸才珍贵。几年前我听说东南亚某国一处海滨缺沙滩，经营者花钱去中东买了好多沙子，用船运回来铺洒。第二天海水涨潮，沙子一会儿便无影无踪。买沙子的人不免气愤，但气愤有什么用，大自然有自然的安排。来到渔寮沙滩，天黑了。我换上游泳衣到海边时，看见体贴的接待方为我配备了两名救生员。此时正涨潮，我们在海里享受海浪发动的巨大荡漾，感觉自己如一叶扁舟，任尔西东。月光照海面，搅动无边的金箔。海水苦而咸，想到在海里当一条鱼也蛮辛苦，海水的口感实在太不好了。我在海里游了约两千米返回岸上，两位救生员称赞我游得好，他们追不上。我回头看，他俩像月光下直立的海豹，身体结实，闪油光。心想，当年我也是内蒙古干旱地区昭乌达盟游泳队少年乙队的队员啊。

苍南不光有好去处，也是经济发达地区。比如说，这里有国内较大的塑编产业集群和箱包产业集群，是国内文化商标和台挂历生产基地。东北是人参鹿茸产地，但集散中心却在苍南，这就是市场的威力。全国最大的虫草市场不在产地西藏，而在苍南的灵溪镇。市场经济有一双神奇的手，创造好多"某某之乡、之城、之地和之最"，这些"之"代表着民间资本和老百姓的创造力蓬勃旺盛。

到苍南游玩，不要心急，慢慢走，慢慢看，慢慢吃，你一定会感到愉快。

（原载《浙江散文》2020 年第 4 期）

橡　皮

蔡天新

而就我个人来说，"橡皮"一词还另有含义，它见证了我性意识的觉醒，同时诱发了我最初的快感。

——题记

1

对每个孩子来说，橡皮或橡皮擦的功能是用来消除写字簿或算术题中的错误，在没有涂改液和修正带的年代，它是铅笔盒里必不可少的学习用品。之所以受宠并沿用至今，是与铅笔这种石墨类细棒的广泛使用有关。后者作为一种书写、绘图、素描和做标记的工具，并没有因为钢笔和圆珠笔的发明而消失；相反，它的用途越来越广泛。

橡皮是用橡胶做成的，今天这种材料主要被用来制造各种车辆和航天器的轮胎。作为一种有弹性的物质，橡胶是由 18 世纪两位法国冒险家在南美热带丛林里首先发现并予以描述的，稍后英国人约瑟夫·普里斯特利观察到它能擦去铅笔写下的痕迹，遂将其命名为

rubber，意思是擦子。也就是说，橡皮和橡胶本是同一个词，橡胶因为有橡皮的功能而为人所知。

橡胶的用途变得广泛是在 19 世纪中叶，美国发明家古德伊尔（Goodyear）创造了硫化法。自那以后，天然橡胶的移植（主要在印度尼西亚、马来西亚和斯里兰卡）与合成橡胶（主要原料是石油和酒精）的发明接踵而至。今天，古德伊尔是全世界最负盛名的汽车轮胎的牌子，它所消耗的橡胶材料远非橡皮可比。

两分钱一枚，这是我记得的最古老的价格之一。那是一种白色的橡皮，呈长方形，面积相当于两枚一元硬币，稍小于标准的火柴盒。橡皮擦的牌子我早已经遗忘，同样被我遗忘的还有铅笔的价格。在那个生产力落后的年代，正如钢笔的主人（在小学生中比较少见）常备墨水瓶（分黑色和纯蓝两种），铅笔使用者也常备橡皮。

其实，橡皮对我们也并非不可缺少，假如这个小玩意儿从来没有发明，或许人们还会继续使用面包来擦字，而铅笔也因为轻便和经济会被普遍使用。在我看来，橡皮更多拥有的是一种消遣功能，它能使学习和思维获得调剂和歇息，同时还可以帮助消除考试时的紧张气氛。至于橡胶和乳胶结合做成的橡皮筋，那是一种十足的游戏工具，尤其为女孩子们所喜爱。

然而，橡皮毕竟是出现了，它的发现者普里斯特利是 18 世纪一位教士出身的政治理论家和自然科学家，他毕生的工作推动了自由主义政治和宗教思想以及实验科学的进步。普里斯特利广交朋友，在英国时，他曾是达尔文和瓦特的至交，移民美国后，他又成了亚当斯和杰弗逊的好友。

青年时代普里斯特利便认为人民应该在政府中享有发言权，同时对自己的行动有自主权。中年时他撰写了多部宗教和神学著作，对基督教的大部分教义，包括三位一体、神启《圣经》等加以否定，并指出其谬误的历史渊源。到法国大革命开始时，普利斯特利在欧洲已经有了在政治上和宗教上反对一切现有体制的名声。

更为难得的是，普利斯特利还是一位卓有成就的化学家，以发现氧元素和植物呼出氧气的现象闻名于世。他与法国化学家拉瓦锡在巴黎的会面被认为是化学史上的一个里程碑。十五年以后，即法国大革命爆发的1789年，即将被砍头的拉瓦锡亲自用实验证明了普里斯特利发现的新空气，并将其命名为"氧"。

普利斯特利是一位亚里士多德式的人物，他是爱丁堡大学的法学博士，却以电学实验方面的成就当选英国皇家学会会员，他还将二氧化碳注入水中使饮用水更加可口，为后来的苏打水工业奠定了基础。橡皮由这样一位可敬的人士发现，也算是孩子们的福气了。

2

说起"橡皮"一词，喜欢文学的人自然会联想到几年前去世的法国"新小说"派主将阿兰·罗伯-格里耶，他的姓的前半部分 robbe 无论音和形均接近于 rubber。更为巧合的是，他发表的第一部作品标题也叫《橡皮》（Les Gommes），英文版译成 The Erasers。

罗伯-格里耶青年时代就读于巴黎农学院，后取得农艺师的职称，并进入一家生物学研究所工作。20世纪50年代初，他先后在摩洛哥、几内亚和法属马提尼克岛从事热带果木种植栽培的研究工作。有一次，罗伯-格里耶因病从非洲回国，途中在轮船上构思了《橡皮》，从此踏上了文学创作的道路。

《橡皮》讲述了由破案人犯下的一起凶杀案：在一个木材业异常发达的省城（可能是农艺师的生活经历引发了想象），恐怖分子按预定计划要暗杀一位重要的经济学家杜邦教授。但暗杀未成，杜邦负伤未死，并放出风来说，他因重伤死在医院。从巴黎来的特派员瓦拉斯负责受理这个案件，他在城里东奔西跑了一天，于暗杀事件发生的第二天傍晚来到杜邦家，惊愕之下稀里糊涂地打死了刚好暗地里回家取文件的教授。

　　这位侦探的精神错乱行为似乎表明了，要解释或弄清他们面对的那些事实迹象的真实意义是不可能的。罗伯-格里耶借用侦探故事以揶揄传统现实主义小说善于制造"真实的幻觉"，被认为是细节主义的倡导者。他经常极为细致地描写物质世界，从一片西红柿到一座香蕉种植园的布局，等等。这意味着他眼里的世界只可描述，不能解释。

　　在小说结构上，罗伯-格里耶摈弃了按时间顺序发展情节的线索，让场景重复出现，但随着时间的改变，细节也有所变动，从而表现了各种人物的心理状态。这部小说有别于人物支配情景的传统小说，而是从物看到人。作者的一个观点是，人处在物质世界包围之中，并时刻受其影响。

　　为了避免使读者产生身临其境的幻觉，罗伯-格里耶在每一场戏结束以后，借用"橡皮"把情节的线索擦去，以破坏小说虚构的连贯性，避免读者受作者思想的支配，书名即因此而来。相反，读者可以从自己的角度和体验出发，选择不同的情节，探索其中的奥秘。这部小说在当时并没引起文坛的特别重视，但文学史家们认为，它是"物本主义"小说的发端，因而在"新小说"的发展进程中具有非常重要的意义。

　　虽说马达加斯加岛出生的克劳德·西蒙以一部《佛兰德公路》摘走了诺贝尔文学奖（1985），但罗伯-格里耶却被公认为是"新小说"派最杰出的作家。不仅如此，他还是一位孜孜不倦的电影制作家，他的小说《去年在马里昂巴特》（1961）曾由新浪潮导演阿仑·雷乃摄制成电影，获得了威尼斯电影节金狮奖。2005年，第二十四届伊斯坦布尔国际电影节授予罗伯-格里耶终身成就奖。

3

　　而就我个人来说，橡皮一词还另有含义，它见证了我性意识的觉醒，同时诱发了我最初的快感。故事发生在 20 世纪 70 年代初的一个夏天，在那个叫王林施的小村里，我和低一个年级的同龄男孩敏文之间的一桩旧事。敏文的姓我已经忘记了，如果与同村的大多数人一样，应该姓施。从小他的父母就离异了，他的母亲是我母亲小学里的同事，好像还教过我。

那天晚上，他们母子俩到我们家做客。由于是熟人，寒暄了几句以后，为了省油，母亲把煤油灯也吹灭了。敏文是个五官端正、性格内向的男孩，平时话语不多，那天倒是和我说了不少。他和我都对母亲们聊天的内容毫无兴趣，无非是同事或邻里之间的各种传闻。

起初，我们也坐在门外的屋檐下，后来因为有蚊子叮咬，被勒令躲进屋内的蚊帐里，而她们依旧摇着扇子交谈甚欢。不知是谁出的主意，我们玩起了捉迷藏的游戏。我从书包里找来一块橡皮，让敏文去藏匿，他放在席子一角的底下，我只能用手在床上摸，一分钟后就找到了。

接下来轮到敏文寻找，我把橡皮放在 T 恤衫的袖口，一开始他也在床上找，后来才想到我的身体，这次费时大约三分钟。下一次，敏文把橡皮夹在两只脚趾之间，突然之间，我们对身体的接触有了特殊的感觉。轮到我时耍了个花样，放在另一头的席子底下，这回敏文果然直奔我的身体而来，他在非敏感区找了两遍不着以后，才想到身体以外的席子。随后又是新的一轮，终于有人率先把橡皮放在短裤内侧，直至大腿的最深处……

要是在平常，这样的触摸是违反伦理的。但因为有了橡皮这件道具，我们的羞耻感得以隐藏。这就像在游泳池里男女可以坦诚相见，哪怕衣服少穿只剩一条三角裤或一件胸罩。时钟在嘀嗒嘀嗒地鸣响，我们不厌其烦地重复着这个游戏，直到母亲们厌倦了古老的谈话。

此后很长一段时间里，我依稀记得敏文接触我身体某些部位的感觉。那种快感是我此前从未有过的，尽管不是直接的触摸，也没有勃起或亢奋，但那份细微的敏感、木然的激动却教人难忘，仿佛是书写在身体上的一首"有颤动活力的"诗。在那个年代，学校里不开生理卫生课，家长又不好意思传授给子女，我们没有一丁点儿性方面的知识，也没有机会见识任何可以让人想入非非的画面（那被视为大逆不道的黄色禁区）。

打那以后，我每次在学校里遇见敏文都有一种异样的感觉，他是那所乡村小学里仅有的两位让我记住名字的同学之一，另一位就是那位在看露天电影回村路上欺负我的冯同学。仔细分析，这两位同学有一个共同点，他们都曾在夜晚赋予我羞耻感，虽说方式不尽相同，却都十分隐秘。

多年以后，我在纽约现代艺术馆（MOMA）遇见一位殷勤的摄影师杰佛莱，他非常主动地陪我游览了中央公园和艺术家居住的索荷区，从他那温情的目光里我真正领会到同性之间的情愫，不过那也只是他的一厢情愿。还有一次，我在巴黎拉丁区的一家俱乐部里，发现正在和我共舞的女孩像泥鳅一样随时准备逃脱，原来，她一直在等待姗姗来迟的 lesbian 女友。

有许多次，我试图回忆童年时代那个夏夜的经历，却无法获得清晰的画面。直到新千年的一个夜晚，我在橡胶树的发源地——南美洲的一座高海拔的山谷里辗转反侧，写出了一首叫《橡皮》的诗歌，才让这件事在我心头有了暂时的了结。而在最近的一次故乡之旅中，我见到了初中时的班主任兼语文老师，就是当年那位外表美丽穿着时尚的新娘子施老师，她的娘家也是在王林施村。施老师告诉我，敏文成年以后患上了抑郁症，虽然也娶了妻生了子，仍在四十岁那年喝下了一整瓶敌敌畏。

橡皮

萤火虫闪烁着从窗外飞过
青蛙在田野里有节奏地鸣叫

屋檐下倾心的交谈继续着
男孩坐在他的床边，悄悄地

把手伸进花布短裤的内侧
快感像波浪，迅速流遍全身
随后是新一轮的迷藏，直到
母亲们厌倦了古老的话题

他躺着，回味适才那个梦
盯住那双行将缩回的手
仿佛过去年代的一丁点亮光
延伸到万里之外的今夜

（原载《小回忆》，蔡天新著　三联书店 2020 年 8 月增订版）

尊师唐湜

曹凌云

　　今年是著名"九叶"诗人唐湜先生诞辰一百周年，唐湜（1920-2005）原名唐扬和，浙江温州人，他以诗歌和评论驰名，戏剧和翻译成就也不可小觑。温州市文联计划为唐湜先生编印文集，由我牵头。这一段时间，我翻阅了唐湜先生大量的诗文，他那可敬可爱的长者形象，总不断浮现于我的眼前。

　　我是1990年春天认识唐湜先生的，他应邀来我就读的温州市第十五中学作有关诗歌的讲座，当时我是高三学生，读过他的许多诗作。唐湜先生七十岁，圆圆的脸庞，微胖的身材，深沉的态度，给人一种优雅的感觉。那次讲座虽然不甚成功，我却始终在一旁聆听，觉得有些幸福。讲座后，我们几个写作尖子与他近距离对话，他慈祥的目光、温和的语言和亲切的微笑留给我深刻的印象，使我感受不到暮色的沉落。记得那天我们谈到夜色苍茫，才送唐湜先生回家。

　　我参加工作后，时常到温州花柳塘唐湜先生家里坐坐，他的居室五十多平方米，陈设简陋乃至寒酸，小小的客厅兼作书房，摆满了书籍和杂物。尽管唐湜先生是大诗人，我才刚刚学习写作，但他的亲和力使我没有一点生疏和拘谨，在我们轻松自在的长谈中，充满着长者对晚辈的关怀和爱护。

同唐湜先生交谈的次数多了，我发现他有个习惯，一说到某人、某事，或某一篇文章，就要从藤椅上站起来，走到书架前找出一本书来，翻开一页指给我看："就是这人"或"这事就记载在这里"。没等我仔细阅读，他说着说着，又会拿出一本书来指着让我看。他就这样介绍着，显出陶醉的样子。

1992年初夏，温州被热浪包围，那天我又按响了唐湜先生家的门铃。他靠在藤椅上，有些身体不适，他说："我像个古代的希腊人，在渴望有年轻的初来者传递我手中诗的火把，把诗的火焰花传递到更遥远、更深广的前方，可我只看到一些没有火焰的纸花船飘扬在河面上。但是，最近，一位二十岁的永嘉少女董秀红引起了我的注意。"

唐湜先生说着，又蹒跚地走到书架前，寻找董秀红的诗集，却一时找不到。"怎么找不到呢？"他自言自语。我担心着他的身体，劝说不要找了。但他急得皱起眉头，又找。我知道他讲到的书如果不拿出来给我看，心中会不舒服的。他终于在书桌上的一大堆书中找到了董秀红的诗集《青苹果乐园》，递到我手中。他指点着诗集中作者的照片说："好好地读读她的诗句，蕴含着那么多的情感。她在永嘉文化馆工作，你要和她多联系，互相学习。"

唐湜先生把《青苹果乐园》送给了我，我深记着他的话，回家后认真读了一遍，竟读出一些感受来，就写了一封长信寄给董秀红，谈了自己对诗的见解。不久，我收到了董秀红的回信。谁知两年后，我竟然和董秀红结婚，生活在了一起。

我和董秀红恋爱时，曾把消息告诉唐湜先生，他显然有些吃惊，还有一点兴奋，说："我无意的介绍竟促成了你们的相爱，就好像我无意中写出了一首好诗。"

唐湜先生指导我写小散文、小杂文、小小说。他说："从《新民晚报》开始，我国出现了一种微型报章文学，放射出奇光异彩。你写作的内容既可以是爱情、亲情、友情，也可以是单位里和社会上的故事，但要尽可能写得风趣横生，可读性强。"那几年，我致力于短小文章的写作，并陆续在温州的报纸上发表。1997年，我要出版平生中第一本散文集《纸上心情》，谁为我的散文集写序？我自然想到了唐湜先生，他是最合适的人。有一天我慎重地跟他说："我要出版人生的第一本书，它对我多么重要，序言非你莫属。"这是我发自内心的话。唐湜先生听后微微地笑，又沉默了一会儿，我有些忐忑不安，我的请求他会拒绝？然而他又微微一笑，说："那就我写吧。"

半个月后，他在电话中告诉我，序言已经写好，由于自己手抖，字写得很难辨认，正托一位熟悉他字体的老朋友誊抄。过了几天，他来电让我去他家拿序文，当我拿到序文时，他催我马上看看，看看写得是否让人满意。"总是这么写吧？总是这么写吧？"他连连说道，像学生把作业交给老师。我飞快地看了一遍，这篇近三千字的序言，绝不是一篇敷衍的应酬之作，而是一篇充满情感和哲理的好文章，我为他水晶般清晰的记忆而吃惊。往事悠悠，在他的叙述中变得生动而有趣。"说起凌云，倒真是有个故事……"序言就这么开头了。

我记不清和唐湜先生有过多少次交谈，我有意无意地对他进行观察和认识，虽不能说我走进了他的内心和情感世界，但我深切感受到他的博大和智慧、他的坚韧和挺拔。

年轻的唐湜清秀俊逸，朝气蓬勃，胸怀大志，他中学时期就在校刊上发表诗歌、评论和散文，开启了漫长的文学创作旅程。1943年秋天，二十三岁的唐湜就读于浙江大学外文系，开始研读莎士比亚、雪莱、济慈等异国诗人的诗篇，同时以大量的诗歌和散文写作来进行他的"音阶练习"。1947年，唐湜写出了抒情诗集《骚动的城》，由臧克家作序，编入《创造诗丛》。这期间，唐湜与穆旦、杜运燮、郑敏、袁可嘉渐渐有了交往，他们都是西南联合大学的学生，是闻一多、卞之琳的高足，有着厚实的西方现代派文艺理论基础，其诗作往往对社会现实进行深刻的剖析。唐湜也认识了辛笛、陈敬容、唐祈、曹辛之，他们从国外的现代艺术风格与创作手法中吸取营养，作品具有感性的形象思维，有丰富的现实主义色彩。1948年6月，《中国新诗》丛刊在上海创办，由辛笛、陈敬容、唐湜、曹辛之、唐祈等为编委，他们与穆旦、杜运燮、郑敏、袁可嘉等汇合，形成了一个新诗的流派，在文学圈掀起一股现代主义诗潮，他们自称是"一群自觉的现代主义者"，当时文坛上有不少人称他们为"中国新诗派"。唐湜从中国古典传统的诗论风格出发，吸收欧洲古典与现代派的论点，为这个流派的诗人写出了一系列带有现代风的评论。三十多年后的1981年，九位诗人的诗歌合集《九叶集》出版，因此得名"九叶派"。

唐湜先生与我谈"九叶派"和他们的作品，也谈一些文坛往事。他喜欢谈陈敬容和穆旦，当然少不了他自己人生路上所遭遇的苦难和黑暗。

我熟悉唐湜先生的晚年生活，他坐在书房里的那把旧藤椅上，阳光从窗外射来，把他的银发和一双长眉毛照得晶莹透亮，在阳光里，他被照得像一幅静穆深沉的剪影。我坐在他身后的沙发上，他侧着身和我交谈，讲着讲着，突然失了声，喉咙咕嘟咕嘟地响，他就拉开抽屉，拿出药瓶，倒出几粒药丸放进口中，不用开水就服下去了，过一会儿又接上刚才断开的话题。

晚年的唐湜没有休闲和娱乐，每天下楼转一圈算是锻炼，一直在求新的创作之中。他要求自己的诗作返璞归真，用恬静的心情抒写。他在长篇叙事诗上倾注很大的精力，追求一种弯弓不发的力度，一种气势磅礴的雄伟之美；他也不放弃自己极为擅长的抒情诗写作，力求风格上的柔美、澄明和单纯的化境。他迎来了在创作上的又一个高峰期，出版了历史叙事诗集《海陵王》、风土故事诗集《泪瀑》、十四行诗集《幻美之旅》和《遐思：诗与美》、抒情诗选集《霞楼梦笛》、文学评论集《新意度集》《翠羽集》和《一叶诗谈》

等。他是为"九叶派"夺得"当今十四行诗人冠冕"的第一人，也是中国长篇叙事诗的领军人物，是"九叶派"在新时期创作产量最大的一位，在中国文学史上有很高的地位。他在文学的阵地坚守了60多年，把自己的爱都留在了诗文里。

岁月不饶人，他的身体益弱。有一次我去看望他，他躺在床上，已几个月没有下楼"锻炼"了，脸色灰黑，说话也含混不清。2005年1月28日，在那个严寒的冬日里，唐湜先生的生命走到了尽头。

时光流逝，时代变迁。今天重读唐湜先生的作品，依然有着旺盛的生命力。在唐湜先生诞辰一百周年的日子里，编辑他的文集，是我们这些热爱文学的人最值得去做的事情，也表达了我对他的怀念之情。

(原载《人民日报》海外版 2020 年 11 月 28 日华文作品版)

重访桐洲岛

草　木

　　第一次来这岛上，是三十三年前高考后的暑假，我去看同学阿平。

　　那时我骑自行车的功夫还不怎么行，但还是循着扬着黄尘的碎石公路，迤逦到了东梓关，从那里乘轮渡到达小桐洲，再骑至岛头，然后乘轮渡到达南岸的大桐洲，一路找到俞家村。

　　那时我刚考上一所蹩脚的大学，但总算是跳出了农门。当那个笋干一样的大队会计黑着脸为我打好迁户证明，再用钥匙"哗啦"一下打开账桌的抽屉，从里面拎出那个"南瓜瘩蒂"，在证明上盖上鲜红的圆饼时，我的心多少有些飘扬———从此以后，脚下这块黑土地就再也束缚不了我了，我成了吃皇粮的人啦！

　　"舟遥遥以轻飏，风飘飘而吹衣……"抛开所有的学习资料，一身轻松的我，很有些陶先生弃官回乡时的欢欣。古老的船埠头，碧波荡漾的江水，成片的芦苇，那种在水一方的地理环境，让我这个山里娃颇觉新鲜。我在阿平家一住就是一星期，每天被好菜好饭喂着。阿平的爸妈、哥嫂都好热情，今天想起来都觉得无比温暖。但温暖的结果是，日日在家啜螺丝喝啤酒，连岛头都没去走一走。听说桐洲岛像是飘在富春江上的一片榆树叶，大桐洲像是点在江心的一颗绿宝石，四边镶着金沙，本来怎么都应该去江边遛遛步吹吹风醒醒眼的哦。

故首次桐洲岛之行，因日日徘徊于醉乡，也就没能留下多少印象。只知道它是富春江进入富阳境内后的第一座沙洲，分大小桐洲。大桐洲上有着大片的农田，还有董家、赵家、孙家、俞家等几个以居民姓氏命名的村庄。村里也没有几座像样的房子，还是明清的马头墙居多，墙面灰不溜秋的，诉说着古老与贫穷，和我老家没什么两样。

以后的岁月里，曾经多次在岛附近经过，但见两道清流，抱着一块长着些杨树的陆地，也未见有什么特别，加上机缘不到，所以一直未曾再访。哪怕最近几年媒体上把它吹得山响，我也认为不过是王婆卖瓜。甚至是中东的什么王子到岛上举办婚礼了，我仍然不以为然。水和林子，对于沙漠王子来说当然是稀罕物啦，但在江南，是再寻常不过的物事，呵呵。

一个很偶然的机会，我终于再次踏上了那块土地。那漂亮的村口，个性鲜明的路牌，平坦宽阔的沥青路面，让我惊奇不已。包括产杨梅的陆家坞，还有它对面的下际洋，这些记忆里遥远又偏僻的小山村小渔村，都被整治得跟花园一样了，直让我感叹山河已变、人间已换！大小桐洲之间，原先隔着一带江水，得依靠渡船，"突突突"地冒着黑烟在江面慢慢游移，这会有了桥，车子瞬间便可以直达。这下，往日车水马龙的渡口便废弃了，改为一处赛艇游乐场。一排排的赛艇整齐地泊在岸边，在微风细浪中摇啊碰的。一些艇子三三两两地游弋在碧蓝的江面，悠闲得存心让人嫉妒似的。黑底白线的沥青公路，结瓜一般地将几个村庄联结在一起。驾车穿行其间，可以看到两边漂亮的楼房和起伏的油菜、水稻，还有葡萄架、猕猴桃棚和大片的荷叶。

经过一处木头门窗的老庙，钻过一片高大的白杨林，我们来到岛的东端，见到一片开阔的草地。我们停下车，孩子一样欢叫着扑向草地，一直奔跑到伸进江里的浮动码头上。嗬，脚底是泛着涟漪的清流，头上是飘着白云的碧空，对岸隐隐约约地浮着东梓关的两座姐妹山，还有越石庙的飞檐与树影，好一处风光旖旎秀色可餐的江岸哦！

恍如隔世的风光，使久羁城里的我游兴大增。当我开着吉普来到岛的西端，又傻眼啦：好一片铺天盖地的枫杨林！绿意森然地堆染于江天之间，以各种自由的姿态，无比野性地伸展着，倾斜着，扭动着，拥抱着，分合着，汪洋恣肆般地包围着我，簇拥着我，让人受宠若惊欣喜欲狂。在农村，枫杨树常见，几乎是逢沟即有，遇水则长，被乡人唤作"水沟树"。但偌大的可以漫延到视线尽处的一片，却从未有见；像这样每棵都粗大到一抱以上高达十几丈几十丈的，更是闻所未闻。自从家乡漫山遍野的松林被毁后，我只有在九寨沟的山谷尽头，看到过类似的原始森林。于是，我情不自禁地在心里赞叹：大桐洲了不起，新桐乡了不起，竟然保护了这么好的一个大宝贝！想当年，新沙岛的沙滩，够让四海朋友惊艳的吧？是几千年造化神工留给富春大地的厚礼吧？却在一场穷凶极恶的采沙浩劫中，几年之间就化为乌有。

我走进枫杨林，走近枫杨树，细细地看，贪婪地看。但见铁杆铜皮，像是千万条大大小小的游龙，盘旋着伸展着缠绕着连绵着，沉默却自信，低调却恢宏，优美却坚强。静谧的空间内，蚂蚁在上树，牵成了一根黑黑的线；身子如豌豆一般的奇特蜘蛛，舞动着无数条细细的绿色长腿，在树身上、草叶上快速地奔走。益母草举着紫红的花穗，与枫杨树一排排悬挂着的果子交相呼应……一片树林，就是一个独立的人寰，一个清凉的世界，一个自在的天地，深幽却蓬勃，娴雅却热烈，让人安静，让人愉悦，又让人产生深远的怀想和热烈的祈盼……我甚至都在刹那间怦然心动了，渴望自己能回到少年的时光，渴望能够在这里，在水边、陌上、青草地里，邂逅我的青春、梦想与爱情……

由于日光被阻隔的缘故，过于茂密的森林下面，通常是没有植被的，而大桐洲的枫杨树底，竟有着如茵的草甸。敢情是潮湿的沙滩富含水分，便于植被的生长吧？

走在铁栅铺成的游步道上，脚尖轻触着从网格中探出脑袋的柔嫩的小草，那是怎样的一种奢侈？心，变得柔软而善感。我仿佛回到了童年，走在了家乡的松林里，听到了身边松果落下的声音，还有鹰的扑翅声，以及风过林梢时，那摄人心魄的虎啸与龙吟；又仿佛回到了少年，走在飞满蜻蜓洒满夕阳的乡间小路上……看着挟裹着我的无边的绿色，闻着阵阵青草的异香，涤着清澈冰凉的江水，我被这窖藏的田园气息浸泡着，平素过于淤塞和封闭的心胸，哗的一下打开了，释放了，通透了……我忽然想到了苏东坡，那个于月夜把酒问天，渴望"乘风归去"到头来却"心如已灰之木，身如不系之舟"的天才诗人，那个文思如海著作等身却"问汝平生功业，黄州惠州儋州"半世流落的落魄官员。与他累遭打击颠沛流离的一生相比，许多人所谓的委屈，其实几乎都可以忽略；即使有一点磨难，甚至都算得上是一种幸福的鞭策。再想想阿平，几十年来默默地教书育人，日子过得宠辱不惊云淡风轻，难道不是另一种从容与洒落？

林子边上，又傍桑田。再过一个月，桑椹红了，又该是一幅童叟牵手的温馨图画了吧。"狗吠深巷里，鸡鸣桑树巅"是文人隐士喜欢的事情。"日出东南隅，照我秦氏楼。秦氏有好女，自名为罗敷。罗敷喜蚕桑，采桑城南隅。"这又是青春男女朝思暮想的浪漫情景。一片枫杨，一片桑园，几叶舟子，几领酒旗，就让大桐洲如同施上了魔法，吸引九流三教的人们前来野炊泛舟吃瓜堆雪呢。

自大桐洲回来多日，眼前挥之不去的还是那绿树、碧水、舟影和在风中起伏的大片的庄稼。过些日子，逮住一个机会，与高三的几个同学去江里稀里哗啦地击了通水。下水时还是丽日当空，不一会头顶即罩了一团云，"噼里啪啦"地降下一场暴雨来，让我们扎扎实实地领受了一回桐洲岛的烟云变幻。看看无处可躲，我和几个男生索性赤着膊，拎着鞋，在密雨中信步缓行。那时，我耳边回响的是东坡先生酒熏后的朗声吟哦——"莫听穿林打叶声，何妨吟啸且徐行。竹杖芒鞋轻胜马，谁怕？一蓑烟雨任平生……"

在莲子家用饭时，同学们一人一碗土烧酒，就着地道的蚬糊与麦饼，吃得满头大汗激情四射，仿佛又回到了 18 岁那年赶考后的火热的夏天。

（原载《庭前月色》草木著，浙江人民出版社 2019 年 12 月出版）

秋深册页

柴　薪

一、秋蝉

读唐·张乔的《蝉》"先秋蝉一悲，长是客行时。曾感去年者，又鸣何处枝。细听残韵在，回望旧声迟。断续谁家树，凉风送别离。"蝉声一悲，翅膀一抖，凉风别离，仿佛目睹了一幕人世间的悲凉。

其实，蝉鸣声一缕最好，孤，独，细，欲断将断，欲断未断，像藕断丝连，像国画或者书法里的飞白，韵味十足。

蝉声多的时候，显得喧嚣，显得浊，硬，乱。像一团乱麻，你不知如何解开。又像工厂车间车床上，做零配件时，旋转而溅起的火花，一闪一闪，一圈一圈向四周飞去———无数个坚硬飘散的彩色的金属碎丝，金属性的声音的碎片。

盛夏过去了，秋天来临了。世间的事物大多一样，盛极而衰，蝉声也然。秋天来了，蝉声也残了。唐·白居易说："婵娟两鬓秋蝉翼，宛转双蛾远山色。"在黄昏，无边的斜阳下，山远，水远，飞鸟也飞远了，草木似乎也在远去。一些很近的东西，似乎也显得很远了。蝉声似乎随时会消失，但其实余音缭绕，还会持续好长一段时间的。

天空辽阔，江湖遥远，大地迢迢。暮色苍茫中世界仿佛变大了，变胖了，变虚了。一缕一缕蝉声，显得很静很静。这时的蝉声，似乎变成了禅声。仔细听，感觉没有意思。不经意间听到，又似乎有一些意思。但具体什么意思，又说不出来。真的说出来了，又似乎早已不是原来的意思了。

月光下，青桐的细枝上，一只秋蝉叫一会儿，停一会儿，然后又叫一会儿，又停一会儿。断断续续，断断续续，淅零零的像细雨打芭蕉。有人听到了，有人没听到。再晚些，露水降下来了，一切似乎都无声无息了。但青桐的叶子和树枝都湿了，树下的那丛野草，也潮了，上面落了很多细碎的月光。

二、铜瓶里一支枯萎的芦苇

去年秋天末尾的时候路过沙湾，在衢江边顺手折了一支芦苇，回到家里顺手插到铜瓶里，秋天很快过去了，冬天也很快过去了。经过一个漫长的冬天，铜瓶里的芦苇干枯了，失去了水分，变得金黄，变得愈加好看了。

一支枯萎的芦苇，它似乎没有生命了，可它乃在尘世，枝干锃亮，芦花苍苍，毛绒绒的，似乎比原来淡了一些，隐隐地似乎有那种来自天堂的温柔和洁净的光泽。

这支枯萎的芦苇，它通身的色泽，枯黄的色泽，深和淡的色泽，近乎于黄土，却比黄土素净。是那种久违了的遗忘了的朴素，是那种接近虚无的色泽，是那种生生的实在，是那种姿态的低，却不卑微。

这枯黄的色泽，淡而宁静，相对于《诗经》，相对于蒹葭苍苍，相对于有位佳人在旁，相对于水的淼淼泽润，风的抚慰，水鸟的嬉嬉，蓝天白云的俯瞰；是微微忘却了干渴，忘却了悲欢，忘却了红尘，忘却了江湖，忘却了悲怆的世态和沧桑炎凉的人世。

铜瓶里的这一支枯萎的芦苇，干，轻，缥缈，仿佛空气中也充满了"干枯"的味道；渺渺的，仿佛是虚空的"木质"一样的空气，和曾经经历的，被微微隔绝了。这一支枯萎的芦苇，柔和，柔软而又坚硬，又微微有些遗世独立。

三、寂静的落叶

去年秋末初冬的时候，我回了一趟老家，大渊顶故居门前的那棵青桐正在落叶，四周一片俱静。似乎只有落叶才是真正寂静的，寂寞的。

一段时间，我什么也不想，只静静地看着门前青桐树叶的飘落。

一片，两片，三片，六片，七片，八片。两张叶片之间飘落的时间不相同，不是急匆匆的飘落，而是那种悠闲的，不急不徐的，慢慢的，带着姿态，带着那种优美弧线的飘落，离开枝条，好像大地本就是它的去处、它的归处。

青桐的叶片，青中带黄，黄中带褐带红，黄中带枯，有的还带着虫眼，不时地落几片，再落几片。

再落几片，像故乡一些上了年纪的老人，每次回故乡，总会听说某某，某某某老人死了，他们大都我是认识的。他们就像这落叶一样飘零飘落了，飘得无影无踪，再也不见了。

也有的叶片，轻轻晃荡几下，欲落，却又没有落下来。像久病躺在床上的老人，他们沉重而沉闷的咳嗽声，在房间里断断续续支离破碎，在遍体鳞伤的风中低徊，往往令我不忍碎听。

也有很长一段时间，叶子没有落下来。

有人走过的时候，有几片叶子才落了下来。

似乎人的脚步声，人的那一点点动静，叶子就会落下来。

看着那些叶子，寂静地无声地落下，我似乎有些恍惚，那些青桐叶子似乎不是从树上，而是从天上，从天上落下来似的。

四、桂花

这个春天，都没怎么看花，没想到时间过得真快，一不留神"嗖"地一下过去了，转眼就到了秋天，转眼桂花就盛开了。

立秋后的某一天，晚饭后，感觉有点无聊，一个人到府山公园独自徘徊。却不想被空气中桂花的香气所萦绕，无聊中突然有了兴致，便顺着香气不知不觉来到一片桂花树前。那阵阵初秋暮晚的桂花香，浓郁热烈到让我无奈的程度，像是某种隐隐的悸动。我不由想起郁达夫的小说《迟桂花》，在郁氏的小说中，除了《春风沉醉的晚上》，我最喜欢这一篇。郁达夫不但是天才的小说家，更是天才的诗人和散文家，是那种真正意义上的天才。或许我也是一个喜欢怀旧的人，《迟桂花》本来也就是一篇怀旧的作品。由郁氏的《迟桂花》，又想到了郁氏的不知所踪，不知魂归何处，至今也不知道他是否回到了富阳的故乡。

桂花的芳香，缠、绵、浓、淳、厚，从桂花树上阵阵袭来，又从府山公园的上空阵阵溢出。让我觉得有点恍惚，这香味让我觉得性感、露骨、销魂，让我觉得生活在这世上又是多么美好！这一瞬，让我觉得似乎尤为年轻，青春犹在，独自高兴一回。

王维说，"人闲桂花落，夜静春山空"。

宋之问说"桂子月中落，天香云外飘"。其实，桂花的芳香无意间闻到才是最美的。

秋天既然到了，用不了多久，也将会过去。大多数草木减缓或停止了生长的速度，开始自己的衰老。最后，该留下的自然会留下来，该离去的总归要离去。桂花也开始零落，一朵一朵，一片一片，下起了桂花雨，树冠下面的大地上一片金黄，树梢上残留的，最终将和天空一样变得空无一物。

五、坟茔

秋天了，风大了，草黄了，草低了。"风吹草低见牛羊"，风吹草低也见坟茔。原野上，山坡上，草木枯黄，树木稀疏，一座座坟茔便抬起了头。

人死为大，入土为安。

大地上的泥土忽然高出那么一点点，就成了坟茔。一个人活了一辈子，也就比大地上的泥土高那么一点点。那么一点点的高度，也是在逐年递减的。所以，坟茔每过几年是要添土的，如果不添，坟茔会越来越小，又变平了，一百年后就什么也没有了。而其实，每次添土，人添的不是土，而是记忆，又像在做一个个恍惚的梦。

坟茔上长野草，长草木，开野花。野草会比其他地方长得茂盛，草木也比其他地方长得葱郁，野花呢，也会比其他地方开得灿烂得多。

小小的坟茔，在春天显得生机勃勃。风吹草动，树木摇曳，坟茔好像要跑起来。大地如此辽阔，一个小土堆，能跑到哪里去呢？尘土在大地上飞奔，奔了一阵子，又停了下来，回到地上。坟茔一动也不动。

一粒粒尘埃，飞到天空中，飞到草木中，飞到野花上，飞到衣服上，飞到头发上，飞到眼睛里，飞到泥路上的辙痕里，飞到小河的波纹里……一粒尘埃，也有自己的命运。不同的地方，有不同的意义。同样的一堆土，也有自己的命运。有的土属于人间，比如泥土筑的房子。有的土离人间就远了，比如坟茔。坟茔是跑出人间的土。

坟，也是会老的。刚筑的新坟，没过几年，看上去就很老了。人们通常把土坟称为老坟。祖父的坟茔就更老了，近一百年了。三十年前，我与父亲曾为他换过墓碑，添过新土。如今，父亲的坟头也长满了青草。那满山遍野的青翠啊，恰似我的忧伤。今年夏天，大哥来电话说，故乡要开山造田，祖父的坟茔只好迁到公墓里去了。一座经历过百年风雨的老坟就这样拆了。老的记忆又被折断，新的记忆何以为续。在新的公墓里，又能回忆什么呢？又能做什么梦呢？

天上一颗星，地上一个人。

上天给人一条命，上天又把这一条命收回去了。上天给人一堆土。最后，上天把给人的那堆土也收回去了，把那堆土重新又交还给了大地。

（原载《散文》2020 年第 12 期）

酸醋人生

陈　峰

在江南，家家户户，一年四季，都备咸齑。咸齑，是餐桌上的劳动模范，什么菜都可以跟它去搭配一下。

咸齑，雪里蕻腌制，如果哪家主妇不小心怠慢了它，雪里蕻就生气，吊起脸子，不青，不黄，一脸的酸不溜秋。不过，家乡人好脾气，即使咸齑酸得让人直皱眉，也不嫌。特别是夏天，人们丢了胃口，从咸齑缸里撩起一株来，切成碎丁，用麻油淋一下，爽口又开胃，更下饭。

冬天，农人闲了，亲邻相帮，用刚丰收的粮食自制冬宝酒。

冬宝酒怕风，储存在酒埕里，喝的时候舀上一壶。舀的次数多了，空气闯进酒埕，肆无忌惮，加上天气转暖，冬宝酒索性耍起小性子，酸了。

自家种上的粮食自家酿的酒，宝贝得很。酸了也不怕，酸了，酒味更浓，劲更足。大人舍不得倒掉，照样川流不息地喝，有滋有味。瞧，嘴里的话像炒熟的蚕豆"噼哩啪啦"一股脑儿都倒出来，什么该说什么不该说，先说了再说。

酸，藏不住，它的出场总是正大光明。酸的咸齑，酸的冬宝酒，大老远，路人就闻到了。即使伪装，也会露出马脚。酸，跟小孩子一样，调皮得很，有时候，是故意捣蛋。

家乡原先有果园，种着水蜜桃，刚结的果子，又青又酸。但即便酸，也有人觊觎它。当然，大人断不会这样，都是些乳臭未干的小孩子们。他们掰着手指头，明目张胆地惦记着。

等到长到乒乓球这么大，看，小伙伴阿海手里揣着一根竹竿，装成无意路过，一看四周没人，瞧准了目标（这目标早已勘察多日），用力一勾，一抖，不等桃子落地，早已伸手接住，藏进兜里。不远处，几个小伙伴手搭凉棚，望风。若是有人来了，大声唱起向哥哥姐姐学的新歌，"哗啦啦啦啦下雨了，看到了大家都在跑。趴趴趴趴趴计程车，他们的生意是特别好……"阿海则装成若无其事，边唱歌边走，双方汇合。走到僻静处，才摸出桃子，桃身全是毛，在裤子上，左擦一下，右擦一下，我咬一口，你咬一口，一起酸得扮鬼脸。不过，多吃几日，便渐渐甜了起来。当然，果园主人会越管越严，要想故伎重演，就有被谩骂和告家长的可能。

春天过后，杨梅上市了。街上买来的杨梅又大又黑，甜中带酸，可惜父母只能偶尔称上一两斤解解馋。更多的时候，我们结伴去山上摘，山上有野出来的杨梅树，谁看到谁就可以上树去摘。这种野杨梅又小又红，酸得掉牙齿，酸才没人抢啊，居然还有白的杨梅，我们觉得怪异极了，觉得肯定是这株杨梅树病了才结出白色的杨梅。面对着可以白吃的杨梅，即使眉头酸成一座山，也要爬上杨梅树吃个饱，然后摘上一篮，喜滋滋提回家向母亲邀功。母亲把杨梅浸在烧酒里，当宝一样，淋雨了发痧了，吃上一二颗就没事了。

说酸的时候不能不说起醋，它们就像双胞胎，形影不离。家乡有酿造厂，生产玫瑰香醋。柴米油盐酱醋茶，醋，是不可少的调味品。小时候，醋虽然是调味品，却不是必需品。灶台上，放着油瓶、酱油瓶和盐甏，醋呢，端着架子，在供销社的醋坛子里睡大觉呢。那时我们不吃醋，虽然我们早已熟知醋的气味，但谁家会去供销社打醋呢。

有一天，母亲做了一道葱烤河鲫鱼，葱香鱼香弥漫开来，馋得我把持不住。待一上桌，我搛起鱼肉就进口。鲫鱼多刺，像布在身上的一枚枚暗箭，一不小心，就会中箭。果不其然，鱼刺卡在喉咙里了。我有点害怕，鱼刺会不会刺破肚子呀？咳嗽声一声高过一声，咳出了眼泪，心仿佛随时要咳出胸膛。小伙伴们闻讯赶来围观，父亲神色紧张，"霍"地站起来，凳子"哗啦"倒在脚边，不知道去了哪里。

父亲手里高举着瓶，回来了，边走边揭瓶盖，似曾相识的气味钻进鼻孔里，是醋！在场的人们，精神顿时抖擞起来，父亲往碗里倒了半碗醋，命令我喝下去，朝思暮想的醋来得如此迅疾，"咕嘟、咕嘟、咕嘟"连着喝了三大口。醋跑进我的肚子里，极不安分，顷刻间翻江倒海起来，来不及起身，便喷了一地，吓得我大哭，母亲忙拍拍我的背，连连问，怎么样了，怎么样了？我说不出话来，边抽抽噎噎，边咽唾沫，我敛住哭声，发现喉咙没有了刺痛感，刺不见了。邻居婶子趁机教育自家小孩，"看到没有，以后吃鱼千万要当心"。呕吐物散发出难闻的气味，母亲从灶膛里拨灰盖住秽物，清扫干净。大家都在看我热闹呢，我努力装出若无其事的样子，在脸上堆出一个笑容，阿海忙问我醋是什么味道？当然是酸，很好吃的酸。鬼都知道是酸，这酸不同于各种水果的酸，也不同于各种植物的酸，这种酸到底是什么酸，囫囵喝下的醋，我怎么也品不出其他味道来。等村里的赤脚医生赶到，好戏已经落幕。闻知我喝了这么多醋，他跟我父亲讲道理，醋无法在短时间内软化鱼刺，这样喝醋会引起胃出血。父亲听了，不禁后怕，母亲用眼神嗔怪父亲。

后来，吃上醋了，知道它是调料，是味道的配角，但醋缘极好，什么菜都想跟醋成为朋友。醋的江湖地位稳固，虽然总是跑龙套，做不了主角。后来，餐桌上出现了以醋为主角的菜，糖醋排骨、醋溜白菜带鱼、糖醋鲤鱼等菜。醋，翻身成了名副其实的主角。以醋为主角的菜，甜压不住酸，吃进去满嘴酸溜溜。如果吃进去，甜压住了酸，那好，这道菜便告失败。

渐渐地，生活中有了酸的零食，比如话梅糖、陈皮梅、山楂片还有各种蜜饯。逛街的时候，咖啡馆小憩的时候，看书的时候，闲得无聊的时候，吃一颗，时间缓缓流淌，心情渐渐美好。酸的零食大多取材于酸的水果，世上最酸的水果，莫过于梅子，谁都知道历史上有一片虚幻的梅林，救了曹操的几万大军，梅是当之无愧的酸之代言者。

女同事莉莉爱吃醋，同事们总爱开她玩笑，说她是山西人投胎的。每次吃饭，她都要来点醋，哦，不是一碟，是小半碗，什么菜都往醋里涮一下，洗澡似的，然后送进嘴里。别人一看，口腔里酸水泛成河，酸死了，可她呢，面不改色心不跳，无事人一般。她到全国各地旅游，到处吃醋。回来后告诉我们，山西太原宁化府的醋好，特别冲。北京醋颜色和口味特别淡，镇江香醋有股子烟熏味，说到底，还是数家乡的玫瑰香醋味道顶顶好。

酸和醋是双胞胎，但醋是酸的化身，醋，是爱的代言人。那一年，女友小赵爱上了在邮局工作的小王，两个人去电影院看电影，碰巧遇上了小王的前女友一个人在看电影，前女友主动跟小王打招呼，两个人说了几句话。小赵的脸拉得跟马脸似的，无论小王怎么跟小赵解释，小赵就是不听，等电影结束，小赵的脸还绿着。小王买棒冰递给小赵，要是以往，小赵肯定开心，这次小王拿着棒冰直到化了，小赵也不吃。小王辗转找到我，跟我说了小赵的事，我点拨小王，小赵这是吃醋，吃前女友的醋，是小赵在乎你呢。得了秘笈的小王回去后，继续哄小赵开心，终于两个人和好如初。

女人爱吃醋，有据可查，历史上第一个吃醋的人，是唐朝功臣程咬金的原配夫人，她是吃醋的鼻祖。酸不溜秋的醋是嫉妒，嫉妒里却包含着爱意。醋有小性子，偶尔使一下，显出女性可爱的一面，当然，闹大了，会出丑。

女孩大多爱吃酸，酸的零食张口就来。女孩也爱吃醋，女友小赵是个醋坛子，小王多看别的女孩一眼，或对别的女孩热情一点，小赵就会吃"飞醋"，情绪起起伏伏。他们恋爱五年，才修成正果。结婚那天，整个小区的人都吃到了他们的喜糖，蜜一样甜的喜糖。

是的，酸和醋，不会伪装。恋人之间一旦打翻醋瓶，心里的酸味飞沙走石，令人茶饭不思。酸和醋，还好为人师，偶尔给恋人制造麻烦，擅自作主，以爱的名义，给写一封信，提醒对方珍惜身边人。

其实，酸也好，醋也好，都能映照出不同的人生。

（原载《散文百家》2020 年第 6 期）

"巴金亭"外

陈富强

　　紧邻西湖的北山街，名人故居扎堆，几乎可以肯定是杭州文化底蕴最浓厚的一条马路。北山街不宽，中间划一条黄线，两侧刚容一辆车子通过。一到深秋，马路两旁的梧桐树叶枯黄了，风一吹，纷纷落下，清晨去看，路边堆满黄叶，车子驶过，叶子在车轮下飞旋起来，仿佛波浪起伏。一些叶子飘落到湖上，浮在湖面一角，又成一景。

　　无论从东到西，还是由西向东，但凡看上去外墙陈旧，屋檐瓦当向下的，就是有历史有故事的老建筑。北山街的每一幢房子，都有一部电影可拍。比如北山街94号与95号，两座院子被浓郁的树木掩映，不细看，很容易被忽略。北山街到此，步行道突然抬高，大约两三百米，高出地面一米多，而94与95号就在这一段步行道的中间。如果不是路边搁着一块巨石，路人一般难以发现，从这条小径上去，左右竟然是两个编号相邻的院子，有别墅，有亭子，也有参天的古木和野草丛生的石径。

　　巨石上镌刻的是镶金文字：江南文学会馆。落款是巴金手迹。吸引我的，正是这块巨石，在黝暗的灯光下，这块石头上的文字，依旧熠熠闪光。

事实上，我曾经两次到过北山街 94 号，参加的都是文学活动。这座院子叫"穗庐"，又名鲍庄。是广东商人鲍柏麟的别业，始建于1922 年，算起来，已有近百年。整个鲍庄占地 2.1 亩，是一座集住宅、园林于一体的山地园林。

穗庐主体建筑边上，是一条通往山上的石径，从石径高处俯瞰，可见院内建筑，是两层三开间的西式别墅，大门有雕刻精美的砖饰门楼，岭南风格浓郁，砖墙上可见主人的念乡之情。后院园林内的石构碑亭和混凝土结构八角亭采用了中国传统建筑形式，同时体现出中西合璧的时代特点。半山平台背山面湖，是眺望西湖的绝佳场所，颇有"万壑树声满，千崖秋气高"之畅意。

95 号院紧邻 94 号，两院以一堵墙相隔。与穗庐不同，这个院子和别墅似乎没有雅名。我两次到 94 号，都没进入 95 号。在这个江南的雨季里，我决定一探究竟。

95 号院的位置要低于 94 号，从路边看，可见树林间，有一幢青砖别墅若隐若现。门不大，传统的砖砌门楼下，两扇木质大门，没有上锁，一推，竟然无声开了。我跨入院内，正对着门的，是一堵石墙，长满青苔和绿草，绿植从门檐垂下来，伸手一撩，再跨上三五个台阶，就到一座呈 L 形的院子。庭院深深，想来就是这个感觉。

别墅平面呈正方形，一楼有走廊，二楼为阳台，西南面是转角厅室。楼西还有一幢方形平屋，用连廊与主楼相连。两幢房屋建筑面积共约 428 平方米，一律用青砖砌就。这幢建筑，原为著名士绅江曼锋于 1934 年所建的私宅。相比近邻穗庐，这幢没有雅名的别墅要建得晚一些，看上去，似乎也更结实一些，是典型的西式别墅建筑风格。

显然是因为雨季的缘故，别墅所有的门窗都敞开着。人去楼空，略显阴森。门是木门，窗是木窗。我走进第一间，木质地板上长出一些江南梅雨久下之后的白色绒毛。踩上去，有一种绵软感。楼梯显得有些陡，特别是从二楼到三层阁楼的楼梯，角度更要仰一些，楼梯的地板也要窄一些，下来时，需要侧身行走。整幢楼内，只有阁楼上，还留着一张椅子。阁楼很久没有打扫，积满厚厚的灰尘。那张椅子，也是好久没人来坐，也是积满了灰尘。光线从一扇八月楼形的窗口透进来，使阁楼不至于显得阴暗。从窗口望出去，是通向穗庐的那条石径，以及层层叠叠的绿色。

站在二楼向南的阳台，一棵古木迎面，樟树的可能性比较大，树冠遮住别墅的屋顶，一直延伸到院子的墙外。树梢所指的方向，是北山街，隔一条街，是曲院风荷，再往远眺，就是西湖。我想象当年这幢楼的主人，就是站在这里，看街上的人来来往往，那时候的车子还稀罕，经过北山街的，大多是马车或人力黄包车，考究一些的马车，有金丝绒镶边的车篷，而黄包车，则要简陋得多。那些车夫们，想必也是仰望过这幢楼，和楼上的人，想象过他们的寻常日子。

通往穗庐的铁门紧闭，但两扇铁门之间有一个可容人侧身而过的缝隙。我穿过铁门间的缝隙，进入穗庐，和毗连的 95 号院一样，也是人去楼空，可以看出，已经多日无人迹，荒草长得茂盛，江南的野草，生命力总是格外坚强，只要雨一下，它们就从墙壁的石缝间，地面和台阶上，但凡有一星半点露出泥土的地方，硬生生钻出来，然后茁壮成长。久无人迹，屋内和院落里，散发着梅雨过后潮湿的味道。我站在门前四望，院子和院子的上空寂静无声，偶尔，有一只松鼠从树上爬过，用警惕的眼神看着我，我向它招手，它不屑地停留几秒钟，又突然消失在树林中。

别墅上方的一座石构碑亭内，巴金先生的手模还在。亭子被绿荫围绕，亭子顶上的青石，长满苔藓，石缝间，是摇曳的野草。在亭子中央，一座水泥方碑上，略略倾斜的平面，手模看上去纤细而充满沧桑之感。石碑一侧，刻着巴金手迹：我的心灵中燃烧着希望之火。

这尊手模，是当年由北京现代文学馆制作，巴金女儿李小林特别赠予杭州的。安放在西湖边的江南文学会馆，是再也合适不过。

巴金与西湖，也是颇有渊源。从第一次游西湖的 1930 年起到 1937 年抗战爆发，巴金每年都要与友人结伴来杭游西湖。他曾回忆："大家喜欢登山走路，无论是天晴下雨，早餐离开湖滨的旅馆，总要不停步地走到黄昏，随身只带一点干粮，一路上有说有笑……南高峰、北高峰、玉皇山、五云山、龙井、虎跑、六桥、三竺仿佛是永远走不完。也走不厌似的……"

多年以前，我主笔浙江医院一部作品的写作，采访过程中，我发现，巴金的晚年，与西湖离得很近。巴金特别喜欢杭州的春天，差不多每年都要在杭州待上半年，通常到深秋，他的生日前夕才回上海。有一段时间，寿生岳是巴金在杭州的保健医生。2000 年的时候，寿生岳给巴金检查身体，发现他的手冰凉冰凉的，就劝他，巴老，您要多吃点东西，手也要时不时搓搓。巴老告诉寿生岳，自己的大便解得不够通畅，寿生岳又告诉他，要尽量多活动，多吃点新鲜蔬菜。巴老患有帕金森症，走路不方便，寿生岳就经常和保健护士推着他的轮椅散步。让寿生岳印象深刻的是，每次给巴老做事情，他都要说声谢谢，非常重视医师的劳动。有一次，在西子宾馆，大家刚坐下来，巴老身边的人忘记给寿生岳他们倒茶了，巴老就提醒：你们还没有倒茶呢。

巴金是一个敢于讲真话的人。晚年巴金写字的艰辛，深深印在每一个探望者的脑海里："轮椅上架着一个板子，颤抖的手几乎拿不住笔"，每写一个字都要费力很久。除去身体的病痛，巴金一直处在"文革"后的心灵折磨中。这个自称"五四运动产儿"的知识分子，一生曾像圣徒一样追寻着"民主、自由"的五四精神，他的内心痛苦而执着，他写是因为有话要说。寿生岳作为一个医生，对巴老精神世界所知甚少，但是，他一直认为，自己能够为晚年巴金的医疗保健作出一些贡献，是自己此生的荣幸。尽管巴金在晚年不可能再写出类似《家》《春》《秋》这样的小说，但是他毕生追求一个讲真话的知识分子的社会理想，在以治病救人为天职的寿生岳医生看来，他是一个高尚的人。而这一切的思想锋芒，在巴金晚年的《随想录》里，始终在闪耀。在《再论说真话》一文中，巴金写道：哪怕是给铺上千万朵鲜花，谎言也不会变成真理。人只有讲真话，才能够认真地活下去。

　　穗庐安放巴金手模的亭子，取名"巴金亭"。是谁给取的名，我已经无从查询和考证。因为这个亭子，连同穗庐和95号的江氏别墅，现在都已划回地方产权单位，与文学已经没有太紧密的关系，刻有"江南文学会馆"的那块石头，也只是一个摆设。我离开会馆时，天空落下的雨，仿佛直接飘进我的心里，装满的是无可言说的惆怅。所幸石砌的"巴金亭"，无论多少年风雨吹打，都不会倒掉。

（原载《文学自由谈》2020年第5期）

血脉里

陈革新

一

八人同行南下，散落在同一节车厢里，抬头聊聊天，低头扒手机。

就只两小时，从浙南到闽南，这次行程的目的地就在我脚下。如果穿越，就回到了唐总章二年，我族祖先从中原来到闽地，平定叛乱，遂被后人称为"开漳圣王"。就回到了明崇祯十五年，我族这支祖先从这里迁徙到了浙南，他们北上的路程，不知走了多少时日。

"浙江的朋友，走喽，走喽。"举着小旗的地陪在喊。我却跟随祖先的脚步，回溯来时的路。

史上从闽到浙有三次大移民，路径大多是浮海到赤岸的地方，再陆路向北。

大兵之后，必有荒年。但见荒郊野外"扶老携幼，肩挑背扛，荜路蓝缕，以启山林，黄茅白苇，栖身斥卤"，生存何其艰难。

山陬海澨，古道逶迤。想象中，莽莽间春季多雨潮湿，泥泞难行。夏季瘴气浓重，虫蛇甚毒。若是秋季跋涉情况会好些，途中有柑橘芭蕉野柿或者薯芋牛蒡之类可以充饥，但野柿中看不中吃，多吃会涨肚闭结，并不像西游中老猪行为那么滑稽好玩。

向北只是个方向，但没有具体落脚目标。一路走走停停，寻寻觅觅，有时还难免争地打斗，你死我活。我的祖先，终于来到了一个叫坎头的地方。

我族肇基之地，真是一块福地。这里的山，我可以叫家山。家山上，后晋乾祐年间，僧愿齐率徒众到此建十八道场，吴越王钱俶为设司库，征一县之赋赡养其师徒。崇宁三年，经正经邦诸兄弟自建中靖国元年至崇宁间从学程颐和太学，学成返乡，结庐三间，建书院，教授生徒。庆元五年，朱熹到此，游山水，寻访慕名已久的书院，并为书院题额。史实非传说，牛吧？

前辈手握锄头，子孙拿起笔杆，算是顺理成章了。

二

血液里流淌着修谱牒建宗祠的秉性，当不用为温饱皱眉头之时，兴建一座宗祠便提上"工作日程"。

那是一百四十多年前的事了。在田园间，卜块地，右边山峰嶙峋，溪流绕带。前方远山叠翠，隆起笔架之势。初建规模不大，两进均为五间平房，左右各三间厢房，砖木结构，白墙青瓦，香樟映印，屋脊塑有龙凤。山墙上端砌成半圆图案。门楣上方由半椭圆、长方形和棱形几种图案拼成，从右到左，浮雕"陈氏宗祠"四字。一对泛绿石板，阳刻一副七言门联。前庭，竖起八副旗杆石。后来扩建第三进时，我已参加工作领俸禄，家乡宗亲来我家按人丁收取捐资，从此，宗祠，距我就不那么遥远了。

宗祠是族亲每个人的宗祠，婚丧嫁娶操办，柴盐油米调解，囊括了生活巨细。其中最荣耀的一项是读书。从清嘉庆间入邑庠，光绪间东渡扶桑入法政大学、早稻田大学、九洲工业大学，到近代入黄埔军校及国内诸多大学，小小山村中，这宗祠一门，谱写着一部族人的耕读史诗。

祠堂里，大门边有一块青石碑，刻着"黉门遗泽，科苑流芳"。上款为宗一先生颂，下款为后学苏步青敬撰。这块碑重啊。

宗一太出生在浙北安吉。他的祖辈在太平天国年间，从这里迁徙去了安吉垦荒。到了清朝末年，当时的科举有名额限制，客籍人不得参加考试。于是，十七岁的宗一太又回到了原籍读书。在偏僻山野怎么有书可读肯定是个疑问，答案就在宗祠。这祠堂右边有书斋为"致用学堂"，由族人留学生藜青、少王、少铭和子蕃创办。宗一太由宗亲接济，独自吃住在祠堂里，学习经史舆地格致等课程，二年间完成了学业，于光绪三十二年冬回归安吉。次年在藜青校长介绍帮助下，赴日本留学——东京宏文学院日语班、大学预科、北海道东北帝国农科大学森林科毕业、浙江省甲种农业大学校长、江苏第一农业学校林科主任、上海圣约翰大学进修、美国哈佛大学树木学硕士、德国撒克逊林学院进修、金陵大学森林系教授、出版巨著《中国树木分类学》、中国林科院林研所所长、八宝山公墓……这些关键词，足够串起"林学泰斗"壮阔的人生"三部曲"。

他留给我最亲切的感受，来自祠堂碑廊，其中一方是宗一太用隶、行二体亲笔题字："黄河流碧水，赤地变青山——谨录梁部长名句以祝中国林业之前途。"视线模糊了，我触碰到了一个伟人的体温。

三

七八年前，有宗亲提议，拆了重建。

刮的是流行风。对乡村古建筑，我属守旧派。"不能拆。不能拆。"我再使劲喊，也只是微弱的气息，抵挡不住老板发展的美意。

想想也是，历史上某商某商某商，发达后，哪个不是大兴土木建造某家某家某家豪宅的？建宗祠属公益事业，非议好像不占理。毕竟是有文化一族，来了一次全族宗亲民主表决，少数服从多数，拆。原址扩建。占地十几亩。第一进全木结构，门窗花板，左右憩亭。第二进为"陈嵘纪念馆"，分二层。一层摆放陈嵘铜像及十个展柜陈列陈嵘著作、部分手稿等，二层为"致用学堂"。第三进是"聚星堂"，也分二层，一层为族人操办活动场所，二层供奉祖辈牌位。

建了三年，花了一千几百万元，算是大手笔。落成之前，族里给我下了任务，要我提供三十副楹联和四个匾额题字。有钱出钱，有力出力，作为后裔，这是本分。我在本地组织名家撰联、挥毫。为了陈嵘纪念馆，两次专程赴京城找大领导，大书家，请他们题词，求他们墨宝。

纪念馆巨匾内容，还差四个字，这光荣的任务，又让我填空，尽管我脑子里词汇存量有限，还是勉为其难，从离骚中捡出"树蕙滋兰"以表达对前辈宗亲的赞美和敬意。

宗祠落成典礼那天，各地宗亲聚集一起，当主席台上展示大领导从京城寄来的四尺整张题词真迹时，脸上无不露出激动和自豪神情。新建的祠堂里，虽没雕梁画栋，但匾额、楹联均采用进口木整木雕刻，找不出一个电脑字，文化含金量几近足赤。但在我的内心深处，毕竟还纠结于旧与新的冲突。听说旧祠堂拆了后，还有三对梁柱木构件，我提出要求，我要一对。这是我的珍藏，拆下的柱形木构件榫头尚在，正面阳刻各四字，尾部装饰谷穗图案，对衬嵌着两颗蓝色琉璃点睛，略有斑驳，正显出真实历史感。"俎豆千秋，颍水长流"，这句话似乎流进了我的心田。

这期间，我遇上了书人书事，挨着神奇。

宗一太名叫陈嵘，这是在"致用学堂"读书时，校长藜青给他取的。这个名字，被一个当地眼尖的文史学者在《拉贝日记》中发现。

为了这个名字，我打开江苏人民出版社二〇〇九年第二版《拉贝日记》中译本，三天两夜，读正文五百九十二页至"再版后记"，再加上扉页版权页出版说明录目序前言十二页计六百零四页，结果，只有一处出现"陈嵘"二字。

德国人拉贝抗战期间任南京安全区国际委员会主席，管辖九个安全区及二十五个难民收容所，收留难民二十多万人。在他即将离宁回国时，各安全区区长和各难民收容所所长签上名，给拉贝写了一封信，感谢他所做的一切，并挽留他继续在南京工作。这封信附有原件图片，"陈嵘"的签名赫然在目。从日记中获悉，当时金陵大学已西迁，留下六人保护校产，陈嵘是其中一个。此外我读到另四个同事的名字和"事态报告"，金陵大学在蚕厂、图书馆和宿舍就有三个收容所，收留难民七千五百人，他们都做了什么事，发生了什么事，驱驶着我探究的极大的好奇心。

四

去年清明，宗一太的孙子即和叔，代表全家人，从京城返里省亲谒祖。

还真是雨纷纷的时节，宗亲代表几十人，出动十几辆小车，一路打开双闪灯，浩浩荡荡，陪同他祭坟。说"陪同"他，是因为他身份特殊，实际上应该是他回乡加入裔孙扫墓队伍。那天早早集合从祠堂出发，先是祭扫我族的始迁祖坟。接着去祭扫和叔房头两座祖坟。

如今的山路野草丛生，并不好走，由最熟悉的宗亲带路，还不时得掉头折返重新寻路。在坟头，和叔虽然是退休多年之人，还是非常虔诚，按规定象征性点香烛烧纸钱，然后双掌合十跪拜。当礼毕之后，还反转身，拱手作揖一再感谢宗亲一同前来，了却了他爷爷、父亲及自己多年来的心愿。

回到祠堂里，热热闹闹吃了一顿扫墓酒席。清明扫墓，按习俗是一年中仅次于过春节的大事，隆重是必须的。

餐后，我陪和叔在纪念馆二楼"致用学堂"美人靠般的廊椅坐下聊天。惊奇又一次出现，和叔跟我讲福建话。其实不怪，现在浙北湖州、安吉一带讲福建话大有人在，因为我们的祖先多来自闽南，又从浙南移民到浙北。那年我在湖州叫了一辆出租车，驾驶员听听我口音，主动用福建话跟我搭话，让我与妻子面面相觑。他说自己的祖辈就是从我家乡来垦荒的，一直习惯讲着家乡方言，到他这辈已三四代了，还讲家乡的话，尽管家乡在哪只是听说，从未回去过。乡音，骨髓里的声音。

这时，一个宗亲带一个姑娘找和叔。从她言谈举止看出，这姑娘见过世面，已经很老练了。一询问，原来是彼国留学生，现已在太平洋彼岸工作生活。再一问，巧了，竟是我小学同桌的女儿。和叔说，他的子女也都在彼国，孙子也在那边出生，自己有时也在那边住一段时间，如方便时，同宗姑娘可加强联系。

是哦，空间上，这一脉宗亲，距宗祠就远喽。

姑娘乐意，为我和和叔用手机拍了张合影。我俩挨近些，坐在祠堂，以家山为背景，虽有些逆光，还是这样选择了。拍完递给我和和叔看，风趣地说，你俩前辈的头发，都长到山坡上去了哈……我们会心开怀大笑。

宗祠是根，深扎泥土，很久很久。宗祠是线，飘在空中，很远很远。

（原载《散文选刊》下半月 2020 年第 7 期）

一郎兄

陈家麦

一年半前，诗人江一郎去了另一个世界，很多友人写他追思他，当我也想这样的时候却无话。"笔"很重，几次提不起它，如砖窑厂上一支高耸入云的烟囱。

今早起来，身体里的宿酒慢慢挥发中，又复吸了一支支烟，"吞云吐雾"中，有个熟悉的人儿如影随形般，渐渐放大起来。薄岚依稀，迎面走来一位赤脚大仙，背了一只酒葫芦，那人恰似一郎兄，迎风抚髯，抱拳招呼道："阿剑，久违！我正赶一趟远路……"，大仙渐行渐远，旷野里回响着朗朗的笑声……

1

有的人做成了朋友，离我虽近犹远，总觉着隔了一座重山；有的人见过一次面还想再见，天涯咫尺，因了念想，又说不出个所以然来，恰如一条无形的纽带，把彼此连接起来，比如一郎兄，哪怕他身体缩得很小了，变成了几斤重的齑粉给装在骨灰盒里，那人还是从墓穴中"爬"了出来，继续与老友们把酒畅快人生。

一个地方出人物，因而有了名气，温岭是出人才的地方，我常跟人说，此地有仙气有戾气，无论是画画的，还是搞音乐的，纵然是拿剪刀的，也弄出几个全国级的海洋剪纸人物，又过些年愣地冒出一个有力量的诗人作家……一言概之，温岭这个地方要么不办事，一旦较真起来，好比往池中扔块石子也非得要砸出个声响来。文学界一个重镇在温岭，外地的文友到访，通常要点名找温岭的江一郎杨邪，这话并非藐视他人卧榻之侧。

2

早先，从黄岩到温岭要坐车一个半小时左右，数十年间两地的文友走得很近，先是因黄岩出了一位先锋小说家兼诗人黄石，1990年前他就是个牛人，在《收获》杂志连发了两部中篇小说，跟余华格非北村等一批响当当的红人热乎。

这次是黄石到温岭见江一郎，可想而知当年两个"文青"喝酒的热烈程度，喝得血脉偾张的黄石敏感得眼里容不下一粒沙子，一不小心跟旁人掐架起来，这一闹黄石被"请"进了派出所。是江一郎"关键时刻"去说情，才把黄石"营救"出来。

那时的江一郎是靠卖香烟为生的，江健还没有取笔名江一郎，也没有蓄大胡子，但在这块弹丸之地他说话就很有面子，大概跟他为人豪爽有关吧。

是黄石兄跟我偶尔提起这段"陈年酒事"。

3

2001年夏天，我从鲁迅文学院作家班回来，工作之余提了一股劲儿写小说，于是跟文学圈的人渐渐"亲密"了起来，这才知道江健启用"诨名"江一郎了。过了些年，他的诗风雄起，当得了首届华文诗歌奖首奖后，至少全国"半壁江山"的文人都知他了，这对一郎兄来说具有里程碑式的意义。

家乡小圈子里有一拨人也在写诗，其中一位从黄岩分流到路桥供电部门工作的诗人筏子，他跟江一郎过从甚密。

有一天，他带黄岩几位文友去温岭拜访"江大佬"，江一郎又叫了当地好友杨邪李呆等，就这样两地文友坐了一桌，痛痛快快喝起酒来。江一郎把我的原名陈剑简称为"阿剑"，凡是称人带"阿"字在南方则表示不生分之意。江一郎时不时说点"荤话"，气氛欢畅，偶尔谈点文学，似乎文学跟酒局无什么关联。一桌的人皆非科班出身，一郎兄亦然，总之他的"草莽英雄"式作派隐隐让我感到形如同路人。在我看来，文学是私人的事，何必带到饭桌上去讲。

待到第二场"跑片"换到酒吧喝茶醒酒时，比江一郎大十来岁的筏子这才窸窸窣窣掏出一迭手写诗稿请他"斧正"，江一郎敛了笑容正儿八经办正事，逐行逐句地看了指了。待这事罢了接着是茶改酒，酒醒时有关后半场的记忆多数人"断片"了。这样的小聚，爱写小说的夫人范蓓丽总不离左右，我也客随主便地称她为"小丽"，小丽是属于不劝酒的"少数派"。通常人们前去一地做客，见到主家有妻在场，客人多少有点拘谨，但小丽分明也是在"呼吸"文学空气，分享这种氛围。她是默认客人喝酒的，包括对她丈夫。

"有时酒喝得太多，我也会劝你们少喝的。"直到今天，小丽还向我描述道。

那时，教作文为业的江一郎最"放浪形骸"的一周生活似乎是从星期天晚上开启的，到了离星期五近了工作发条给上紧了。星期天傍晚，直到教室里走完最后一个学生，江一郎夫妇这一周算是如释重负般，各种朋友圈的人早在此前约他喝酒了。从这点上讲，江一郎结交的朋友不全是文人，各路好汉都有，这也与我"臭味相投"。我读过江一郎的得意之作，比如《老了》《小燕》，语式是粗砺的，有野气，与书斋型作家不可同日而语。自此，我每回来温岭，总要先跟江一郎用手机通报一声，他定了酒馆，小丽依然在场，我们还是放开酒量。

2017年冬天，台州作协放在天台寒山湖度假村搞首届读书会，这夫妻俩也来了，还跟了两只可爱的小狗狗，说是生怕它俩给寄托在他人家以免产生孤独感。江一郎夫妇寓居的房间面朝水面，总是人气旺旺的，我提来剩下的半箱罐装啤酒，与众人分享。早起，在临水库的小道上，这对爱人或并行或一前一后徜徉在湖光山色中，那两只受宠的小狗狗不紧不慢地尾随着，宛如一首长长的爱情诗中出现长句子时添加的一个个逗号……

过了数月，江一郎率温岭"小众"回访黄岩，相处还是那样的愉快，仿佛他是话题的引擎。轮买单时，筏子大哥还是几个箭步抢前，在收银台他张开鹰翅般的双臂，让我们几个"地陪"身无穿"墙"之力，似乎不这样不足以表示他的崇高敬意。看得出，于筏子大哥来说，有他"师父"江一郎改他的诗稿他幸福得一塌糊涂了，这等于诗稿未出门前的最后一道终审，真正热爱文学写作的人是有小可爱的，年长的筏子在比他年少一轮的江一郎面前反而变成"小弟弟"了，有如人在江湖飘，只论武功论人品，不论年纪出身，尤其厌烦那些浪得虚名之徒。

正是由于筏子大哥"苦逼"地写了一首首诗，先与我们几个在西江边散步，把新鲜出炉的诗稿经我们几个"初审"后，又经另一位他认可的资深文友老藤"二审"后，这才他大胆去交给江一郎"终审"，乃至筏子大哥常被我调侃，分别将"审稿成员"封为"小婶二婶大婶"。我问他，几时去"大婶"那儿？"小婶二婶"们都笑了，筏子还是憨憨地，略带几分羞涩。当"小婶二婶"们对他的"青涩之作"不耐烦起来，筏子"越级私奔"温岭而去，等他隔日一早赶车回到黄岩，黄昏时急吼吼拿着"江大婶"改过的诗稿显摆时，"小婶二婶"们还在横挑鼻子竖挑眼中，而筏子一改如初，说这句那句是江一郎"钦"改过的，除非是被"大婶"疏忽过的某处"硬伤"。乃至他倔强如牛，连一个标点符号都不准动。

大约七八年前，温岭搞一场颇有声势的诗会，动作很大，请来了名诗人舒婷等腕级人物，一郎兄代主办方特邀黄岩几人前来客串。

不知怎么的，饭桌上，性子率真的筏子跟当地一位同样火爆脾气的诗人"口水"了起来，"哐当"一声，听到摔酒杯声。

江一郎开口发话："黄岩的朋友也是我最要好的"，只因这一句话就给圆了场，二人化干戈为玉帛，相互敬酒各自检点称兄道弟。

4

不曾想，两年前一郎兄得了脑瘤，此讯犹如晴天霹雳，我心头顿时"咯噔"了下。

随后，他去上海一家医院化疗，诸多亲友前往上海探望他，而我因忙于生计无暇顾及，只跟去过上海的杨邪李呆私下打听。

直到他回温岭新河一家医院，我和筏子等几位黄岩文友前去看望他，一郎兄的大胡子不见了，虚胖了的人样，而小丽则瘦身了几圈，坐在病床上的江一郎还是说说笑笑，完全不把生病当一回事。在我看来，他好像在"伪装"，也许真的不知"端详"，为博他一笑，我也当即讲了一段带荤的笑话，江一郎乐得哈哈地笑，这间病房里不时传出笑声，病房像似他家的会客厅。

但当我第二次去探访时，他则沉默不语了，似乎有感应，又因了反应迟钝，语言变成了超级负重。只见瘦骨伶仃的小丽做妈妈式的呵护，像照看老小孩一样，将一只苹果切成片再用瓢羹用力捣成带汁的果泥喂他，一勺一勺地，却喂不了几口。

最终，来自各地的文友包括我只好到殡仪馆见他了。

从此，他与我们成了永诀，生死两茫茫。

5

直到今天，面对一郎兄，也许于我来说他真是个例外，总不想神化他，又不想丝毫"损"他。

（原载《江南》2020 年增刊）

一曲溪流一曲烟

陈利生

一

春天的西溪，野趣横生，素面朝天。

纵横交错的河汉水巷是湿地流动的脉搏。当船工小徐划着小橹，荡开粼粼波光，溅起一串婉转悠扬的吴韵小调时，水乡的美景顿时随波轻晃起来，呈现一个清新幽丽、风姿绰约的西溪。

面对一望无际的嫩芦，满眼绿茵，春水一泓，山水的清音缱绻而来，宛如一幅清新淡雅的水墨画。用心体味"人在画中游"的意境，所有的世俗纷扰消失殆尽。

都说江南是水做的。何尝不是呢？水是西溪四处流动的生命元素，河塘是西溪地理特征的基本符号。何况西溪这样乡野间的淙淙流水，漫漫野花，一下子把我与儿时那方自然天地勾连在了一起……

碧水倒映着蓝天，岸边杨柳依依，细细长长的叶子浸润成了翠绿，这是最让人心动的了。清澈的水面落英缤纷，缀满了紫红色的花朵，有鱼儿不时地探出脑袋，时而有三两只野鸭倏然从水中钻出来，活泼调皮地扑腾着翅膀……"千顷蒹葭十里洲"，那种浩淼、古寂、幽静的野趣，着实勾魂摄魄。

春风轻轻地吹拂着河塘，水面微微荡起连绵的涟漪。桃红柳绿夹道，芦苇摇曳荡漾。梅、桃、李们都睁开了惺忪的睡眼，桑树、菱角、莲花也都不约而同地铺陈起了新绿。是的，一切都醒来了，一切都在萌芽，一切都在生长。

盈盈秀水是西溪的柔嫩肌肤，"十八坞"是西溪的健美骨骼。葱茏连绵的群山，像一根丝带串起了十八粒明珠挂在西溪的胸口。汇聚山涧溪水，有松有竹，有泉有茶。这道天然的绿色屏障，成了江南人心中的"桃花源"！登高望远，极目四舒，杭城春色，尽收眼底……"春深一路红尘起，尽说看花车马回"，古人到西溪赏花的车马，依旧在诗人笔下卷起一路红尘。

我喜欢西溪的细腻颜色，深深浅浅，富于层次。早春芳姿初绽的新绿，夏天采菱赏荷的诗意，深秋芦花飞舞的素颜，冬日踏雪寻梅的静美……它的每一寸土地、每一分水域，都勾画得那么自然、那么生动。

二

在大洲小渚的怀抱里，西溪急不可奈地向人们展示它那恬静的温柔。

然而，历史中的西溪湿地，是否今日的锦绣模样？非也！

西溪湿地本是一个"大家闺秀"，曾与西湖、西泠并称杭州"三西"。历史上，它的面积足足是现在的6倍，有60多平方公里呢。

从清末民初直至新中国成立后，西溪日渐衰败，许多名园古刹因年久失修而倒坍，南岸的旧时景观再也无从寻觅。由于过度的人为干预和缺乏保护，水质受到严重污染，使这片湿地逐渐萎缩，湿地"冷、野、淡、雅"的意境随风湮灭……西溪呈现给世人的，已是一副千疮百孔、伤痕累累的容颜。

蒹葭苍苍，苇草荡荡，波光里倒映谁的眸子与心事？

进入新世纪，这片湿地终于等来了蝶变的日子。在当地政府的力推下，西溪湿地综合保护工程全面启动。村庄搬迁、生猪禁养、河道清淤、物种复种、古建修复……几近崩溃的生态压力得到了及时缓解。生态驳坎，休养生息，使它的秀美容颜，在被遮蔽百年之后，又重现在世人面前。

脱胎换骨的西溪是幸运的。在这片"绿水青山就是金山银山"理念的发源地，杭州人用心守护着大自然赐予的这一方好山好水。据说，当年，村民对改造西溪也很有见识呢。改造堤塘时，原本打算用不会腐烂的松木桩，但村民建议，"松木桩是死桩，柳树桩是活的，有生命力，可以生根发芽"。这一建议直接被政府采纳，如今，才有了水道边一排排柳树桩的堤塘。柳树根盘根错节，紧紧"牵"住堤岸的样子，诠释了这片湿地最淳朴的"生态学"。

沧海桑田，岁月变迁。拨开近代历史的尘埃，经历现代文明的冲刷，西溪来了个华丽转身。水更清了，河更畅了，西溪作为城市绿肺的功能真正凸显了，大众又多了一个共享的绿色空间。在世界湿地名录和国家 5A 级景区的双冠加持下，西溪湿地更是成了杭州的一张城市金名片。

河网交错、水道蜿蜒、曲水潆洄……许许多多与水有关的水域词语，都可以在这里找到对应。由于环境的好转，湿地生物多样性优势凸显，天空飞鸟，水有游鱼，清溪绵延，现在西溪有鸟类 179种、昆虫 703 种呢！

在吱吱呀呀的摇橹声中，小船进入迷宫般的河汊荡湾之中。我笑问船头的小徐，摇船这份工作不觉得枯燥辛苦吗？小伙呵呵一笑：摇船 7 年啦，不爱出去玩，我啊，就是恋家，哪里都比不上西溪美！

是啊，环境变美了，公园开放了，像小徐这样的 300 多名原住民，又回西溪上班了，小日子过得好安逸噢。在祖祖辈辈的家园上班，这种感情无与伦比，让西溪人倍觉自豪！

"走，带你尝尝西溪的新茶！"下了石阶，小徐带我走进一处茶室小憩，边品大碗茶边闲聊。这时，隔壁年过九旬的吴奶奶笑着走过来，热情地与我们攀谈："现在的水好哇，烧茶做饭都香呢，老早的辰光，我拿西溪里的水浇玉米，玉米蔫了，后来就不敢拿这水浇菜了。"吴奶奶可是西溪的土著居民了，早年在这条"臭水沟"旁过日子，苦不堪言。她告诉我，那时西溪最多时有 400 多户人家养猪，到处飘着猪粪味……

是啊，自从钱塘江的清水引进西溪，鱼儿也多了。水乡长大的小徐还是位"捕鱼达人"，在我们的"鼓动"下，开始了他的"表演"：看准一个鱼儿集中的地方，小徐立马抡起竹竿撒网，还不忘喊一嗓子："赶鱼咯！"待渔网沉入水下，大片水波晕开，他便赶紧收网。渔网很沉，他知道自己又有收获。果然，3 条四五斤重的大白鲢被他打了上来。好家伙，赢来一片喝彩！

是的，西溪人苏醒了！如小徐一般的村民们，一根长长的竹篙撑开了时光的空隙，穿梭往来的小舟，在扬篙收篙之间，把西溪的每一个日子勾勒得异常清亮。

三

"卢锥几顷界为田，一曲溪流一曲烟。"

无疑，西溪是美的，观柿听芦，龙舟胜会，蒹葭泛月，无不令人向往；西溪还是风雅的，名人碑刻、诗词歌赋、亭台楼阁、寺庙庵堂，其人文的蕴藉深厚，无不令人折服。

千年前，西溪已是舟楫繁华之地。远在东晋时，就有文人骚客歌咏这片溪流交错、蒹葭苍苍的湿地了；唐朝，西溪之名出世；至南宋，更达到它声名的高峰。

很多老杭州人，惦记着童年在这里摘柿子的美好记忆，很多文化人，对这里的文史遗迹如数家珍。现代的郁达夫，曾在《西溪的晴雨》中拿它与西湖比较：西湖"太齐整，太小巧，不够味儿"，而西溪充满了"野趣"。

作为杭城最后的一片江南水乡，清幽而野味十足的西溪，自古就是隐逸之地，被历代文人雅士视为乐土，苏东坡、米芾、唐伯虎、冯梦桢、洪升、厉鹗等寓居卜筑、唱和歌咏，留下了大批诗画墨宝。"欲寻深溪盘谷，可以避世如桃源、菊水者，当以西溪为最。"明人张岱在《西湖寻梦》中对西溪的赞美是如此热切。

千余年的文化积淀，无数文人墨客的歌咏，在这方水土里，每一滴溪水，每一寸草木，都渗透了人文的情怀。

步履轻便，暖风微醺。两岸粉墙黛瓦的民居错落有致，行走其间，不同历史时代的典故，从小徐口中缓缓道来，用那吴侬软语说出，在荡漾的碧水波光中竟如此温润……

行至潭边的三棵百年老樟下，小徐骄傲地说，越剧的源头就在此呢！果然，顺着他的指引，三棵大香樟围抱之处，有一个古戏台。台上轻柔婉转的旋律回荡在河塘上空。香樟树下，座无虚席。我装着一副凝神入迷的样子，生怕错过每一句经典的唱词。

锣鼓铿锵，台上青衣，水袖翻飞，我感觉突然眼前的景物都鲜活了起来。人世间上演的一幕幕悲欢离合、一桩桩喜怒哀乐，在这里都被演绎得有情有味、有声有色……能让生命喜悦的东西怎能不为之激动？

这片绿洲对文化人的情感慰藉也是显而易见的。城市因历史而美丽，因文化而美丽。如今，一大批文化人都以自己的方式热忱地参与到了西溪的保护工程，一起见证了西溪新生命的诞生。也许，不经意间，你会撞到吴山明、潘公凯、蔡志忠等艺术大家正在溪水边写生……在西溪文创园的书架上，《艺术家眼中的西溪》《杭州故事——江河湖海溪》《杭州人文与地脉》等皇皇巨作，让你饱享一顿文化的大餐。我想，正是这些厚重的艺术，为西溪保留了一份值得珍视的文化记忆。

西溪的春天，不仅仅留存在泛黄的古籍里，更融入在迎朝送暮的风尘里，融入在蒹葭深处的故事里，融入在非遗传承人对历史文脉的代代传承之中。

在四月细碎的暖阳下，行走在古朴的石板路，不时会与哪个名人故居、手工作坊、民俗陈列馆撞个正着。木制门板，雕花窗户的门面，颇有复古之风。原来西溪人很多口口相传的历史文化，如今都"活了起来"。"这是洪钟别业、这是思母桥、这是秋雪庵……"小徐介绍，西溪的人文古迹实在太多了。洪氏望族的"洪钟别业"，康熙题写"竹窗"的清朝名士高士奇故居，建筑都非常典雅别致。还有那在水中沙渚之上的秋雪庵，四周被溪流环绕，风景宜人……

与名人故居一起"活起来"的，还有西溪的那些老手艺。这不，做蓝印花布的染坊，酿酒的老作坊，编小花篮的铺子，让我们目不暇接。尤其是西溪蒋村的小花篮，那可是老底子的手艺啊，相传有150多年的历史！在艺人手上，传承不再是件沉闷严肃的事，古老的物品留住了温暖的记忆……那天，在民俗非遗文化展示点，非遗传承人樊生华将新茶叶在铁锅里抖落得噼啪作响，尽情翻腾，习总书记观摩后，颇有感触地说："两个巴掌做出来的东西，有些科技还是无法取代的。"

西湖和西溪，都是造物主恩赐给杭州的瑰宝。如果说，西湖是一颗明珠，那么，西溪就是一块美玉。

这一块块方塘，一段段河流，给了不同的人不同的遐想，它把古今历史、天光云影、日月星辰、今日风情一道兜留在此。徜徉在西溪的春色中，我感到希望在盛开。

（原载《中国纪检监察报》副刊 2020 年 4 月 24 日）

庭有枇杷树

陈曼冬

很多树，春天开花夏天结果。比如桃树、梅树、梨树、杨梅、杏树……又或者春天开花秋天结果。比如柿子、橘子、香泡、栗子……但无论什么时候结果，到了冬天无一例外落叶、休眠。而枇杷，是秋天孕育，冬天开花，春天结果，夏天成熟。因此古人认为，枇杷在秋天、初冬时开花，春夏之际结果，可谓集四时之气，在水果中独树一帜。

见到枇杷树是在去年夏天，跟着区作协去采风。也是枇杷的好时节，我一抬眼望见马路旁，这儿一棵，那儿一株，散落在农家小院中的枇杷树。"树繁碧玉叶，柯叠黄金丸"。枇杷果子便挂在枝头，衬着鲜绿的树叶，更显满树金光闪烁。

小区楼下有一家生鲜店，夫妻二人时常会从老家带点土货来卖。比如自己家做的清明果，或者刚刚上市的小樱桃。那日其实是奔着小樱桃去的，店主说小樱桃没有了，哎，这是塘栖枇杷，买点尝尝吧。遂买了几枚尝鲜。剥开，枇杷肉质细腻，洁白如玉，吃起来水水润润的，馥郁酸甜，带有初夏特有的鲜味。余杭的朋友捎来两箱塘栖枇杷。塘栖是我国著名的四大枇杷产地，清光绪《塘栖志》记载，"四五月时，金弹累累，各村皆是，筠筐千百，远贩苏沪，岭南荔枝无以过之"。看着满满两箱黄橙橙的果子，甜度高的水果在夏天稍不留神就腐烂了，灵机一动，不如做枇杷膏。

每年塘栖枇杷上市，对于杭州人来讲是一件蛮大的事情。如果没吃到，那么这个夏天的开场似乎就缺了点啥。而吃完了塘栖枇杷也是要骄傲一下的："枇杷总归还是塘栖的好吃。其他的枇杷吃起来淡牢牢，木呼呼的。"

做枇杷膏挑选个头圆润，基本上没有晒斑的枇杷。洗干净，剥皮、去核。新鲜的枇杷剥皮很容易，从枇杷柄这头开始，顺着纹理往下剥就可以。有些有晒斑的不太好不剥，则可以拿一把勺子轻刮枇杷的表皮，刮几下就好剥多了。去核也不算太复杂。剥了皮的枇杷倒过来，用手指把蒂头一整个挖掉，挖得到位的话，还能听到"噗"的一声。然后用指甲破开枇杷肉，大拇指伸进去摸到枇杷核，顺势一转，枇杷核就被掏了出来。小时吃枇杷的时候总是被教育不要吃在衣服上会"锈"掉，很难洗。剥枇杷也是如此，不一会儿，剥枇杷的手上就沾满了被氧化的枇杷汁儿，黑乎乎的一片。剥皮去核的枇杷在水里洗净，就可以做枇杷膏了。旧式的做法比较复杂且有古意。把枇杷果肉切碎，放入大锅里熬，最好不要用铁锅而是搪瓷锅。熬出白沫后撇去白沫加冰糖继续熬，用锅铲不停地搅拌。由一锅慢慢熬成小半锅了，熬得跟枇杷糊似的了，用锅铲往下按不出汤汁时，就算成了。然后用纱布准备过滤。刚熬好的"糊"很烫，待凉透后倒入纱布中，挤压过滤。将过滤出来的枇杷汁倒入搪瓷锅继续熬，不停地搅拌，看汤汁慢慢变浓变稠。倒入密封罐中，晾凉，就算做好了。现在家里的料理机功能强大，自然不需要那么复杂了。剥皮去核的枇杷放在料理机里打粉，呈枇杷糊状。如果还是不够"糊"，可以用锅铲使劲按压知道"糊塌塌"为止。然后连同冰糖一起放入锅中小火慢熬，边熬边搅。

　　说起枇杷的名字，江南地区流传着两则趣事。明末有个"浮白斋主人"，编了一部笑话集叫《雅谑》，其中记载说，有个叫莫廷韩的人，去名士袁履善家拜访，正好碰上乡下人献来枇杷果，献单上却误把枇杷写成了乐器名"琵琶"，两人看了大笑。这时又有一位县令（据说是青浦令屠隆）来访，见两人满脸笑容，就问是怎么回事，袁履善便把刚才的事情讲了一遍。县令于是随口吟出两句打油诗："琵琶不是这枇杷，只为当年识字差。"莫廷韩马上接道："若使琵琶能结果，满城箫管尽开花。"县令对莫廷韩的急智再三欣赏称赞，由此便和他成了朋友。清初文学家褚人获在《坚瓠首集》中也写道：有人送给明代画家沈周一盒礼物，盒子外面写着"琵琶"。沈周打开一看，却是枇杷，于是在答谢信中调侃道："承惠琵琶，开奁视之，听之无声，食之有味。乃知司马挥泪于江干，明妃写怨于塞上，皆为一啖之需耳。"翻译成现代文，就是："谢谢你送我'琵琶'，打开盒子一看，听上去没有声音，吃起来味道却不错。白居易当年贬为江州司马时曾为琵琶落泪，王昭君远嫁塞北后曾用琵琶抒发怨恨，原来都是因为想吃上一口啊。"

　　枇杷和琵琶，两个词完全同音，字形上也有相似之处：都是用"比""巴"作声符，如果说只是谐音读音相似，并无同缘关系，总是觉得差点什么。据说本草学界的传统观点是：琵琶一名出现在先，枇杷一名出现在后，是因为叶子的形状像琵琶而得名。如果把今天的乐器琵琶和枇杷的叶子放在一起，确实有点儿像，似乎有理，又似乎有些许牵强。传世典籍中，"枇杷"要比"琵琶"更早出现。西汉辞赋家司马相如《上林赋》中有"枇杷橪柿"一句，是作为植物名称的枇杷的最早记载。《上林赋》据考证定稿于汉武帝元光元年（公元前134年），那时候张骞才刚刚开始通西域。直到东汉刘熙所著的《释名》，才出现了乐器琵琶的最早记载，然而这部著作用的并不是"琵琶"两字，却恰恰是木字旁的"枇杷"两字："枇杷本出胡中，马上所鼓也。推手前曰枇，引手却曰杷，象其鼓时，因以为名。"由此可见，植物名枇杷不是由乐器名琵琶而来，反而是乐器琵琶一开始借用了"枇杷"一名。受"琵琶"一名的影响，中国原产的本名"弦鼗"的乐器便也被称为"秦琵琶"。直到西晋以后，从西域又传来了巴尔巴特琴的另一个变种——曲项琵琶，其共鸣箱为梨形，柄部弯曲，这才是后世通称的"琵琶"。白居易被贬时所听的琵琶，便是这一种。

等锅中的汤汁变得黏稠，果肉也变成透明色，以后就可以关火，倒入玻璃瓶中晾凉密封，放冰箱。熬好的枇杷膏是琥珀般的颜色。大约是塘栖枇杷甜的缘故，我用了 700 克的枇杷加上 250 克的冰糖，熬出来的枇杷膏偏甜。想来涂面包或者泡水喝应该是不错的。

画家喜欢画枇杷，枝叶涛涛，硕果累累，虽然宜静宜动，却也还是适宜多些欢喜气息的，再配上山石蝶鸟，都能横生妙趣。乱蓬蓬的枝叶，昂扬纷飞，衬着热情洋溢的鹅黄，鲜衣怒马，无限风光。

文人爱写枇杷，最爱的一笔，是归有光的《项脊轩志》："庭有枇杷树，吾妻死之年所手植也，今已亭亭如盖矣。"

年轻的他住在一个百年老屋里，屋子破旧昏暗，长久看不到光线，每逢下雨必漏水，实在不是个学习的好地方。不过他擅长改造，他将房屋修葺了一番，在屋子周围种上下兰花、桂花、竹子一类高雅之物，然后继续沉浸在书海里。在这个叫作项脊轩的屋子里，他度过了一段又美好又悲伤的生活，在这里他感受到了母爱的伟大，也读懂了许多人生失意之事。为了纪念在项脊轩生活的那些年，他特地写了篇文章。他想永远记住少时发生的事，将来白发苍苍了还可以回忆，他可以从文章里知道过去发生的事情，看见从前的自己。

二十岁，归有光考中秀才，二十三岁娶妻，妻子是自己七岁时就约定婚约的表妹魏氏。"余既为此志，后五年，吾妻来归。时至轩中，从余问古事，或凭几学书。吾妻归宁，述诸小妹语曰：'闻姊家有阁子，且何谓阁子也？'""其后六年，吾妻死，室坏不修。其后二年，余久卧病无聊，乃使人复葺南阁子，其制稍异于前。然自后余多在外，不常居。""庭有枇杷树，吾妻死之年所手植也，今已亭亭如盖矣。"归有光的这句"枇杷"，读的时候一定要出声。因为那一声比一声低垂的降调里，爆破音和嗓子里轻微震颤的浊音短促交织，读出了一生年华耗尽的悲怆。浸润了这些微妙的文人气息，枇杷在美味之外，总别有一种风情。那些情感仿佛也像庭中的那棵枇杷树，逆着时间，抽枝散叶。珍惜、守候，多年之后亭亭如盖的，不只是枇杷，是更恒久的深情。

（原载《杭州日报》西湖副刊 2020 年 5 月 29 日，原题《枇杷膏》）

越地绝味霉千张

陈荣力

　　走进越地杭州湾畔一带，无论是市民百姓烟火氤氲的饭桌，还是机关食堂定份配供的套餐，抑或酒店宾馆觥筹交错的台面，你不难看到一份特别的菜肴：一叠叠像半块麻将牌大小的千张片，或洒点盐花清水蒸了，或铺层肉末和酱油摊着，那千张片水份充盈，色泽暗黄，一股霉稠稠、暖哄哄的豆香，随着袅袅的热气铺沿升腾。捡一筷入口，尚未及细嚼，那千张片早化作一团微酸、霉香、粉糯、暖哄的鲜气，盈满舌面牙腭，直奔喉咙食道而去。初尝者对这份独特的微酸、霉香往往一个激凌，或长吁一口，或打一个喷嚏；而熟稔和嗜好的，则齿舌生津、味蕾涌动，或啧啧赞叹，或频频伸筷，直至把最后一点汤水倒入饭中狼吞虎咽下去，亦不是个例。这份特别的菜肴，就是"霉"名远扬的霉千张。

　　在传统的越地菜中，我以为能称得上绝味的，霉千张算一个。越地菜霉、臭、醉三足鼎立，臭族以臭豆腐干领衔，醉族以醉蟹、醉泥螺拥趸，而霉千张，不但以独特的滋味和讲究的工艺树霉族的旗帜，甚至也可视作霉、臭、醉三族的龙头大哥。

　　细想起来，一味菜品能称得上绝味的，至少得有三个条件。一是滋味独特。凡绝味皆会入口难忘，这还不够，我以为舌尖上的感受、味蕾里的印记只是浅表层次，那渗入到五脏六腑里去，辐射到大脑皮层上来的血液溶合和生理记忆才是真正的绝味；其二工艺讲究。菜肴是人文的符码，这一符码体现在菜品中，关键就是制作工艺的讲究或无可替代，可称之为绝活；第三能下能上。既可供黎民百姓、贩夫走卒佐饭之需，又好入新客旧友、红白两事宴请之席，还能登酒店宾馆、豪门会所重要台面。

就像一千个人眼中有一千个哈姆雷特一样，对一个菜品，共体的品受和个体的体味向来都是一枚银币的两面。而对绝味的菜品，个体的体味比共体的品受，恐要来得更深刻、更接近本真，这既是血液溶合和生理记忆的条件和前提，一定程度上也是植入个体生命轨迹里去的成长密码和人文基因。

上虞籍著名导演谢晋生前返乡颇多，亦因此我有过数次与谢导同桌共餐的经历。坊间传说谢导每次返乡，都要把桌上吃剩的霉千张打包带回给阿三、阿四吃。把吃剩的霉千张打包我没见过，但每次和谢导吃饭，黄酒和霉千张必然上桌倒是真的。我们偶尔给谢导带一点土产，霉千张在必带之例也是定规。对谢导来说，霉千张不仅仅只是一味喜爱的故土菜品或一种熟稔的舌尖记忆，它更是谢导对乡情的再塑和乡愁的寄托。

名人大师是如此，普通百姓对霉千张同样有属于自己的语境。几乎在我出生的同时，霉千张的气味就一直笼罩着我了。大约半岁的时候，上班的父母便把我托付给一位邻居的婆婆照养。单身一人的婆婆，有一个女儿新中国成立初嫁到香港，仗着两三个月可收到一些寄来的港币，婆婆比左邻右舍能多吃几回当时被视作高档菜的霉千张。往往当缸灶上的镬盖中冒出团团热气的同时，伴着暖暖的饭香，霉千张的气味便在婆婆居住的台门里弥漫、沉浮开来。婆婆照养我到四岁上幼儿园，霉千张的气味也前前后后地笼了我三年多。虽然我记不得什么时候开始，婆婆在喂饭时把霉千张拣进我的小嘴，但直到现在去菜市场，走过那些卖霉千张的摊铺，不用看也不用手捏，光用鼻子闻闻，我就知道哪些是好的、哪些是差的，哪些霉得恰到好处、哪些尚不尽如人意。

其实，既使是在嗜"霉"成性的越地，霉千张或许也只能算小众。霉千张的传统食用地域，基本就集中在越地的绍兴、上虞、余姚、萧山这一带，而制作的主要产地更局限于紧临杭州湾畔的一些乡镇，其中上虞的崧厦、谢塘、沥海等尤以制作霉千张闻名。

也曾仔细地思量过霉千张的这种局限性，究其原因主要还是地域的因索。杭州湾畔的土地大多为沙地，很适合霉千张的原料黄豆的生长；这里气候湿润，水份充沛，负离子饱满，为霉千张的成霉、起霉提供了独特的条件。而风，杭州湾畔那略带咸味的海风，或许更是不可忽视的重要触媒。所谓一风水土养一方风物，霉千张就是一个佐证。

当然造成这种局限性的，还有一个就是制作工艺的讲究。在豆腐、素鸡、油豆腐、豆腐干等豆制品中，包括在霉干菜、霉苋菜梗等霉族菜品中，霉千张的制作是最复杂也最难以掌控的。从原料的选择、磨浆的厚薄到用什么水、什么时候起霉、霉多长时间，再到怎样保湿、保温、切块等等，这些都是制作霉千张必备的技艺和环节。而不同天气、季节对霉千张用水、保温、起霉时间等又都有不同的要求。往往前面几道都到位了，起霉、保湿、保温也做好了，但出来的霉千张就是不行，或差那么一股味。这种因天气、季节的原因导致的功亏一篑，也成为霉千张的制作中只可意会、不可言传的技艺瓶颈。因此用"半凭人为、半赖天成"概括霉千张的制作，可谓一语中的。

用料制作讲究、花工花时多、投入产生比低，一方面让霉千张的价格比豆腐、素鸡、豆腐干等其他豆制品，高出一倍乃至数倍（在温饱尚未解决的年代，这也限制了霉千张向更多地区的扩散和更多地走上寻常百姓的饭桌）。另一方面也仗着"半凭人为、半赖天成"的造就,霉千张以物有所值、身价不凡的品赋,跻身宴请之席和重要台面。其实局限并不就是机械的桎梏或死水微澜的故步自封,相反因局限衍生的"物以类聚人以群分",以至局限反弹的"墙内开花墙外香",有时更如一道多姿的风景,散发出动人的异彩。霉千张是普陀山众多寺庙佛家菜的首选和为不少上海人所喜爱,便是形象的例证。

普陀山不说了,这里简单说说不少上海人喜爱霉千张的桥段。

1944 年 10 月,当时上海资本最大的银行浙江劝工银行大厦,在位于原大上海路青城路地段落成。因劝工大厦与右侧的上海警察局黄浦分局之间的街道尚无名字,劝工银行的几大董事越地上虞崧厦籍的金融巨子裴云卿、裴正庸等人,便具呈上海市政府将此街命名为崧厦街。崧厦是霉千张的主产地,崧厦街的亮相上海旺市区,成为上海市民了解霉千张的一个窗口,加上不少从绍兴、宁波等地出去的移民,一向就有喜食霉千张的习惯,霉千张在上海的"墙外香",并非空中楼阁。崧厦街至今仍在,但遗憾的是不知什么原因,名字改成了"松下街",让人一看还以为与日本的松下电器有关,这让霉千张也颇受委曲。

过去交通不发达的时候,返乡的上海人回上海或本地的给上海亲戚朋友邮寄,一般都买霉至六七分的霉千张,一二天行程的持续起霉、发霉,到上海正好霉至八九分。

在众多的豆制品中,霉千张恰如一株植物,直到下锅食用前,它一直都在变化、生长。这种与空气、光亮、水分、温度以及诸多微生物融合、纠结的变化、生长,既具造化自然的神秘,又蕴天工开物的灵气。而这种神秘和灵气,正是一味菜品成为绝味的神奇与美妙。

（原载《文汇报》2020 年 6 月 28 日笔会）

古道春色

陈新森

　　春风殷勤，万物在草尖上舞蹈，山野再一次繁盛丰腴。连接磐（安）新（昌）两地的璜钎岭古道，在明亮的黄鹂声中，草青草长，溪泉喧哗，泥土和高空，舒展得澄明高远。

　　一棵老松挺立道旁，树皮龟裂，大片剥落，轻轻一触便粉屑飞扬。树根部虫孔密密麻麻，弥漫的蛀粉已腐化成泥，草籽很快占领地盘，一阵酥雨，便冒出点点鹅黄，羞涩消隐，探头探脑地恣肆勃发。那一丝丝翠绿，仿佛耗尽气血的老松留给春天的遗物，来与去，灭与生，终究是定律。

　　古松坚守古道旁已有二百多年，挡风遮雨，庇荫路人，或是褐天牛，或是线虫病，无情吞噬了它。民间对它的尊崇却没有因此而停止。树脚根，那块爬满青苔的条形青石，用来摆放祭品，石前还留有香烛的残红，不知谁刚来膜拜过，对着树神表达个人或家族的某种心愿与祈求。

　　这掩身于崇山峻岭之间，逐渐被冷落甚至遗忘的千年古道，每一寸块石垒成的路面都渗透着泪水和汗渍。在若隐若现的时光岁月里，磐安乡民沿着这条蜿蜒曲折的山道来来回回，把大山里的药材、茶叶、毛竹等物产，肩挑背驮到新昌交易，又把油盐、布匹、家什等扛回村子。5公里石板路，承载着多少乡民的喜乐悲欢，连接着多少人家的生计希望。

古道两旁，松枫间隔，苍虬翳蔽，阳光在密林浓荫间飘落，细碎地飘到我们身上。谁能想象，如今花草葱茏、林木森森的璜铿岭，早先却是荒山秃岭，这满岭树木乃是一个叫黄香妹的村妇所植。

相传，黄香妹是新昌人，嫁到后张潘家，其夫家贫无艺，只能靠到新昌挑盐贩卖过日子。有一年三伏天，骄阳当头，酷暑如蒸，盐挑到璜铿岭半山腰时，因为缺水无粮，饥渴交加，香妹丈夫中暑身亡。悲痛万分的黄香妹作出一个惊人决定：凭一己之力，将璜铿岭山道两旁全种上树。失夫之痛，化作造福之举。年复一年，植树不止，那条长长的绿化带不断向外面世界伸延。

同行的后张村主任潘亚军已有三十年没走古道，但对这段传说记忆深刻，"岭上古松，我们都叫寡妇松，就是为纪念黄香妹的功德"。地方史志中，是否真有黄香妹种树的记载，不得而知，也许时光会把过往的人事一一淡化，甚至不着痕迹地抹去。唯有树，任何时候都像一部无声的史诗，静立在高山原野上，任人解读，引人遐思。望见一棵棵古树，不禁想到那遥远的春天，先人顶烈日冒风雨在山崖石缝间挥锄植树的身影。

岭中半山处有个小村落，村口巨石上刻着"双株树村"，屋前有桂花，路沿有梨树，后山有苦槠、桃树，还有一些紫荆、杜鹃、扁柏之类的杂木，岂止双株？村子落于峡谷平坦处，有四十来户村民，问缘何取双株树村，无人能答。只是说，村址原是一座寺庙，叫双珠寺，有寺僧百余名，寺产丰足，香火兴旺，太平天国时被毁。后来有一后张村财主的女儿嫁到该村，村中山林田地作了陪嫁，从此居家立业，开枝散叶，形成了现在的双株树村。

村中重建的伽蓝殿、大雄宝殿，黄墙红瓦，马头墙，屋脊各镶着双龙戏珠，庙宇不大，却很显眼。我在廊道上发现两块老旧石碑，碑面磨损严重，字迹隐约可见，一块《植木碑记》，上刻：璜铿岭为东（阳）新（昌）要道，崇山峻岭，路旁未有古木遮蔽，值盛暑元阳火威，热逼往来人等，无荫庇之区，也不免焦劳之叹矣！今接引庵主持显风特发诚心，邀邻近地山主，将岭山下两旁栽培树木，管养成林，过往行人永叨荫庇之休，岂仅十年云尔哉！所养之木，枯死归庵修造使用，俱不得争论，一树长大，山主、主持永不许砍砟剥削。如违例者罚银十两，绝不徇情。立碑人为山主潘伯举、潘百家，普润寺僧慧占。立碑时间：乾隆四十三年（1778年）十月。而另一块断成三截的石碑为《接引茶亭碑记》，记录了古道茶亭的建造始末及捐地捐银之族人，"我族有显风者，励发诚心烹茶，日济其功，深虑慈心之难……栋宇重修，香林永护，彼杂踏而至此者，亦可以无疏水虑渴之患矣，复勒石志之。"碑立于乾隆四十四年，即《植木碑记》的次年（1779年）。

照此看来，双珠寺应是接引庵和普润寺，璜铿岭两旁的树木乃接引庵主持潘显风牵头，携潘氏族人合力同心所植。古道树木参天，浓荫密盖，全慑于严厉的家规族法。有了树的守护，再加上接引茶亭的修建，让这条"往来杂沓之要区，峦高峻岭，步履维艰"的崎岖山道，有了停靠、歇息之地，"于暮鼓晨钟而烹茶，济众焉"。

"来，进屋喝杯茶"，正回头，有人打招呼。经营茶叶的潘宏光是这条古道上的常客，与村民早已相熟。刚出锅的新茶，滚烫的山泉冲泡，茶香氤氲，俨俨春色荡漾眼前。小京生、番薯干、米糕，小吃琳琅，女主人不停劝吃：潘总是我们的财神，每年茶叶都靠他卖个好价钱，比外出打工还好。接引茶亭已难觅踪迹，好客之风一直在村中传承延续，无论何方人士路过此地，每家每户都会供应茶水，热情相待。

清明前夕，春茶开采。古道两旁茶地里到处是采茶的村民，因为气候湿润，腐土深厚，此地茶树粗壮，叶片肥润，制成龙井很是抢手，早茶少则五六百、高则二三千元一公斤。走进一片野茶园，潘宏光递过几片新鲜茶叶让我品尝，好奇地放进嘴里，先是一种淡淡的苦涩味，慢慢地齿唇留香、生津回甘。忽见一老者，头戴旧毡帽，满脸络腮胡，采摘不紧不慢，看见我们走来，微微抬了下头，写满沧桑的脸出奇平静，没有寒暄，不见客套，只顾着一片、一片摘好手中茶。走出一段，潘宏光介绍，这位70多岁的孤寡老人，不吃低保，不要救济，每天进山采茶，数量不多，茶质特好。这山里的人哪，自有其生存法道，习惯在自然中呼吸，安命于山中慢慢变老。

除了采茶，还有割茶。古道边的茶地，三四年茶龄的茶树采了一茬，割至根部，来年枝干长得更粗壮。还有村民挖地种茶，龙井43、乌牛早，什么茶俏什么价好，就栽种什么苗。茶，涂绿了灰黄山野，热闹了冷寂古道。茶树成了摇钱树，让山里人守在家门口吃上"生态饭"，走上小康道。

从双株树村下到山脚的潭脚村，田畴油菜花正旺，道口边梨树梨花簌簌，缤纷如雪。左走，便是磐（安）新（昌）公路，乘车回后张十来分钟。右行，是正在施工的杭绍台高速，绕过两道弯便是前山。我们选择原路返回，只有跑个来回，才能体验当年赶路人的那份苦辛。

上百年树龄的枫香，雍容峭拔，列阵两旁，自然生成绿树荫荫的景象。一凸一凹的石板路，蜿蜒在荒草丛林中。春风不知疲倦，路再远、山再高，它都准时把绿函送达。打开新制的由田野、古树、路亭、瀑布、屋舍构成的春笺，有布谷灵动的身影，有草木肆意生长的拔节声，还有枯枝、碎叶、草屑与大地亲吻的景象。一条山石筑成的荒野古道，石被踏平磨光，而树始终保持着立正姿势，深情地牵引着归途的指向。

"你们看，这棵老松顶上长出了新苗！"就在我又一次踟躇、端详、感叹那棵逝去的老松时，不知谁发出一声惊讶。我仰起头，远远望见枝丫交错的松顶，有一株松苗在春风里摇曳，没看错，那是一株长在空中的新苗。那丝丝苍翠的松针，在黯黑的枝条间，在明亮的天空下，是那么夺人眼球。

哪来的种子，哪来的土壤。一定是一颗飞翔的松籽，落在松顶的某个凹处，待春风送暖，松籽便拼尽全力，从枯树中汲取养分，勃发出动人心魄的生命力。人们在扼腕叹息枯死的老松时，春风唤醒了它留在自己身上的那棵种子。

喜欢制作盆景的小潘，捡拾起一段大雪压断、残留道边的松枝，外皮蜕尽，树心暗红，造型古拙，他说，要把这松枝插在庭院的花盆里。这松枝经年守望古道，在山中，它寻常至极，立于盆中，立于千姿百态、清秀古雅的盆景园中，它又是一种宛若天成、别有韵味的存在。

树的年轮里写满了古道和春天的故事。人遗忘的事，树都记着。许多时候，寻它千百度的人生答案就藏隐在古道的某棵树里。

（原载《绿色中国》2020 年第 4 期）

念姑苏

陈治勇

一

地名如诗，好的地名令人浮想联翩，我想念姑苏的山水了。

第一次去姑苏，是在友人的陪伴下。平生第一次坐高铁，第一次在苏州买了八十一把的折扇，第一次在酷暑之际看到了拙政园的荷花。第一次听苏州的评弹。走在姑苏的石径中，看着六月的荷花，躺在假山之上，其味缠绵。一别姑苏，竟心心念念地惦记着她来。再去，已是八年之后。

我们乘着绿皮火车，袅袅婷婷从杭州出发。至苏州，天落着雨。微雨初湿，年初的夜竟下起了雪。为解寂寞，也为欣赏姑苏的夜，我们踏雪漫行。旅店周边的开光明影院，外观很小，但越往里越深，越深处越精致。玉兰厅，宝兰厅……每一个厅都有"兰"字。虽是影院，外门却以繁体字写着"百戏之祖"，挂着名家的演出照片。休息室摆放的是红木座椅。坐着，古雅气息扑面而来。似乎不是观影，而是来赏昆曲的。今夜无戏，如若有，那将是何种感觉？

走在观前街，人群来来往往，小吃与街景闯入眼帘。小雪飘飘，走过老街，走过无人行经的街巷，灯光映照湿地，闪闪烁烁的。小巷虽少有人往，也开着店，店面很小，却有致，优雅，灯光流出窗外，铺在地上，与水相映，编织出迷离的光。喝着冰冻的蜂蜜水，拉紧衣领，蹒跚在寂静的街巷。车很多，然听不到一声车鸣。这样的夜，宁静而温馨，清悠而雅致，像极了一幅静谧的水墨画。

二

暮色的山塘，灯火璀璨，长长的街巷，灯笼一只连着一只，一串接着一串，微雨下，红艳艳，娇滴滴，让长长的一条街巷笼罩在笼火之中。

天气虽冷，行人依然一个接着一个，一堆拥着一堆，奇怪的是，山塘街巷里的行人，似彼此有着公约，没有呼喊，没有叫嚷，一切都是细声的，偶尔一辆摩托路过，"呼"的一声，似不好意思，消失而去。街巷依然静谧，游人依然如往。巷边的音乐播放器传来春节喜庆的乐音，"迪哥隆冬强，滴个咚咚锵——"但声音极低，如深夜山巅松涛之低声回荡，与行人的有声低声映衬着。都说吴侬软语，此言不虚，街巷的某家店里传来广告："如假包换，货物毕真。"是女人的声音，柔软，润湿，湿哒哒的，像细丝滑过湖面，又像极了糯米，软，有韧性，不中断，似断还连。巷边一家卖臭豆腐的，有了年纪，"臭豆腐喽——"是男声，他看着过往之人，一句吟罢了，又接一句："臭豆腐咯——"这下换了词，眼睛看着你，小词的变换里，充满了招人之功，却无炫耀之言。细望去，他面前的一副对联可不得了，"不求功业万世流芳，但得此生遗臭万年。"这琵琶反弹之力，比任何炫耀之语都来得切，来得入，来得诱人！汉语的魅力，绵延在街声巷语里。我想，"遗臭万年"倘若有情，定然感谢此人之垂怜，然后像神佛一样保佑它生意兴隆，万代长远的。

走在长长的街巷，你随时可一饱耳福，评弹不时从哪一户的收音机里，门口里，窗户中流出。慢慢听去，别有风味。一地有一地的民风，一地有一地的音乐。山塘的古风，如若少了评弹，大概就不成其为山塘了。路过几家便可看见昆曲的广告，今日演出昆曲《牡丹亭》，票价 180/260/480……门口贴着漂亮的戏曲海报，有大剧院风范，颇令人蠢蠢欲动。

深夜的山塘码头，人多，景美。五十一张的船票，半小时的游程。一行四人入船而坐。

坐在船舱里，外面细雨飘丝，冷风扑面而入，不由人瑟瑟发抖。然为了观景，仍不时有人出舱，站立船头，与风相迎，拿起相机，咔嚓咔嚓地按着。一程水路一程故事，冒辟疆与董小婉，陕西的商人，《五人墓碑记》的景点广告，长长的洞桥与《玉蜻蜓》，桥下那数十米一气呵成的绘画……景有了人文的渗入，便活了起来。可惜一天的旅程，眼睛已疲倦，镜片盖着水珠，记性不好，此时听得清却看得不大真。

夜晚的姑苏，长长的山塘，浸在桨声灯火里，浸在评弹乐曲中。

三

一早的狮子林，自然令人羡慕的。但这名字似颇无趣。最初的"师子"，寄托了师恩难忘，天地君亲师的尊严。只因太湖石如狮子，便将其唤作"狮子林"。乾隆这一改，实在大煞风景。那黄姓秀才凭借乾隆赏赐一"有"字，便将园主赶出家门，据为己有，实与强盗何异？好在人随时逝，物却存留，最终都化作历史烟云，供后人评论了。

耦园，充满了伤感。却也见证了真情。

下午的最后一处，是寒山寺。这座寺，因寒山得名，因张继闻名。有人说，是张继炒火了寒山寺，也有人说，是寒山寺让张继火了。世间万物，相遇皆是缘。当时多次落第的张继，科场失意，诗场得意。不管怎么说，他确实是因一首《枫桥夜泊》在世界的文坛上为自己赢得了一席之地。"枫桥"和"夜泊"，在张继之前，一个只是桥名，一个只是寻常之举动，旅途之漂泊。但在张继之后，它们却浸染了诗意。这一浸，就从唐代的一个夜晚直至今日，直至海枯石烂，直抵文明回归混沌之时。寒山寺里，镌刻着《枫桥夜泊》的石碑，在风雨中屹立多年，送走了无数的往来者。少了张继，寒山寺是寒山寺吗？

长老性空去年圆寂，肉体待塑金身。十八公斤的黄金涂在宝刹上，金衣灼灼，神威赫赫。

寒山寺很小，同行者戏言，我们用五分钟的时间即可穿越千年的光阴。但是，每一秒都厚重，每一寸光阴都荡涤着岁月的回声。

诗比人寿长，寺因人诗名。

寒山寺，小，却精致，小而沉。十八罗汉，观音殿，藏经阁，大凡其他寺院有的，寒山寺皆有。晨钟暮鼓，我们到时，暮未至，钟声悠悠，诉说着这千年古刹的庄严。时间很紧，走马观花里，导游的催促声中，我们拍拍身上的尘土，走出了解脱门。

四

拙政园在于王献臣的自嘲，狮子林在于皇上的擅改，虎丘源于白虎。或政事，或君臣，或传说，每一个名字的背后都是一个美丽的故事。

造化与人文相融，成就了虎丘的厚重。

虎丘之名，源于白虎，虎丘之闻名，离不开袁宏道的《虎丘记》吧。公安派的文章，有着草木的清秀，读之，神清气爽。《满井游记》如此，《虎丘记》亦如是。文字有着精致之美，然精致却不雕琢，"栉比如鳞"，我为之吸引。一如虎丘，春夏秋冬皆入画，草木虫石全洒然。

二次过寒山寺，缘于欲再见枫桥。不巧的是，城门一闭，欲见只能待来朝。我们再三求保安开门。保安说：你们看，都有监控的，不是我不让进。和颜悦色里，散发着苏州人的味道。于是，拿起手机，在城门楼拍摄了枫桥的背影。但是，只可惜了与枫桥相距不远的那座桥，只因唐朝的那个夜晚，与张继的船差了一毫厘，任它再悠远、再坚固，再经受风雨沧桑，也只能成为一个衬托、一个孤独的存在，一个在枫桥享受门庭若市的殊荣时沉浸在自己的风雨凄苦里，此生再难与枫桥匹敌。你看，它与寒山寺对面，近在咫尺，彼此相望，却孤零零的，没有看客探望，没有城门护身，一任暮色遮蔽。你看，纵然我记了两遍它的姓名，此刻依然忘却了。近水楼台先得月，有时候，你无名并非你无能，只是你少了属于你的"张继"，少了属于你的"夜泊"。

有时候。一座桥的历史就是一个人的历史。曹植因为一杯酒而误了军国大事，错失曹魏江山，连性命也险些丧去。

五

夜已降临，鸟雀怕是归巢了，叽叽地在窗外叫着。

（原载《教师博览》中旬刊 2020 年第 10 期）

半壶酒半首诗

甫跃辉

百年大疫，不期而至。半年前谁会想到，如此巨大的一场灾难会如此迅速如此剧烈如此广泛地改变我们的生活？而且，时至今日，恐怕仍然没几个人能够断定这世界将走向何方。我一月底回到云南老家，三月中旬才回到上海，在老家待了近五十天。回到上海后，先是居家隔离十四天，然后一星期上班一次，现在虽然已经正常上班，但除了上班，几乎不再出门。所以陆春祥老师约我到桐庐乡村里看看，我没怎么犹豫就答应了。是该出门两天了，不然都要在家里闷得发霉了。

桐庐是杭州的郊区，经济之发达，自然是可以想见的。但事实还是超出我的想象，我没想到，三通一达几大快递公司的总部都在这儿，或者即将搬迁到这儿。这不过是一个县。不过我们此行的目的地不在城里，而在乡下。我要去的地方，是桐君街道梅蓉村。

梅蓉村，原本是富春江河道内冲积形成的一片沙洲。土地不肥沃不说，还年年水灾。就是在这样恶劣的环境下，一些人到来了，或许是为了逃避兵燹？如今已难确知。只知道他们来了就不走了，在这儿垦荒种树种地，直到几十年前的梅蓉大队，仍在持续进行着这样艰苦的劳作。时日迁移，一片苦瘠之地，变得日益富饶。但富则富矣，这儿仍是乡村模样，并没建起多少高楼。

在紧挨富春江的一处民宿。大雨倾盆，我们颇为狼狈地跑进去，进入了全然不同的世界。或许是因为疫情，民宿里并没多少人。接待的阿姨说，这本就是村里老百姓的房子，也没请人设计，就自己弄了弄，摆了一些四处搜罗来的老家具，取名"素锦园"。楼下楼上看了看，各处的陈设简洁、雅致，让人倍感舒心。在二楼一处平台坐了坐，望出去即是稻田。前阵子刚刚插秧，细弱秧苗才略略高出水面，在一块一块明镜似的水面上，绿绿地摇摆着。从二楼平台望去，水田漠漠，烟雨蒙蒙，稻田那边，房舍远近散落，七八只白鹭从靠近房舍处飞起，在烟雨里转了一圈，又落到了田埂上。这和我老家的景致并没什么不同——只是这些稻田，不再是一家一户在种，而是由县里的文旅集团从农户手里流转过来，再雇佣有经验的农户统一种植。而近处呢，一丛墨绿的芭蕉被风雨撼动，宽大的芭蕉叶一次次俯身。在这样的大风雨中，我们身处的小世界，越发显得温暖。

离开民宿，我们去了罗家大屋。如果说刚才的民宿是新事物，那建于清末的罗家大屋可够旧的。而在梅蓉，这样的明清古建筑共有八十多处。

在罗家大屋，雨更大了。雨水从瓦沟间一沟一沟地筛落，噼噼啪啪地砸落在院子中央四四方方的天井里，雨水太多，排水孔发出咕嘟咕嘟的吞咽声。我们只能在屋檐底下行走，在一进门左手边，发现一处柜台，柜台前排着几个金色大字："一壶酒一首诗。"这几个字有些突兀，又恰如其分。这样一个地方，是适合饮酒，也适合写诗读诗的。柜台后就摆着好几排酒呢，一个个红艳艳的玻璃缸里，酒里浸满了杨梅。同行的当地朋友说，杨梅泡酒，都是一比一的比例，也就是用杨梅把酒罐塞满，空隙里倒进酒就行。看来，我之前泡的杨梅酒，杨梅都放少了！朋友顺手拿了一瓶，说中午就喝它了。

到一处农家小店，一处小院落，一排小房子，进到一处后，菜渐渐摆上来，最特别的一道菜是石斛花炒鸡蛋。还是头一回吃这菜。吃花绝非云南人的专利啊。这菜倒有几分像我在大理吃到的茉莉花炒鸡蛋。色彩稍逊几分，口感少了绵软，却多了几分爽脆。又喝着杨梅酒，连连撩了好几筷子吃。

一边吃一边闲聊，说起疫情，说起今年是全国脱贫年。边上的桐君街道办事处潘萍萍副主任说，这儿都脱贫二十年了，又说，他们对口支援的是贵州榕江，每年都要去一两趟。虽说没脱贫压力了，街道的工作仍然繁重。她看看手机，说，她是因为陪我，才能出来，她的同事们可都还在开会呢。

没人和我喝酒。我笑说，我只能一个人喝掉半壶酒，回去也只能写半首诗了。幸好不多时，饭店的老板来了。说是老板，毋宁说是村里的邻家大叔。他姓寇，比我爸小两岁，我于是喊他寇叔。寇叔说，他一年四季就忙两件事，经营这饭店，管理杨梅林。我问他，一年大概能有多少收益呢？他说了一个让我不敢相信的数字：一百多万！再看看他那双手，满是老茧，我和他握了握手，一双手干瘦、冰凉。我和寇叔一杯接一杯喝着杨梅酒，渐渐的，雨小了。我们决定去杨梅林看看。

我所住的小区里就有杨梅树，然而，在塔坞里见到的杨梅树，是我所不熟悉的。一处山坳间，杨梅树一棵一棵，虽算不得好大，却都很是粗壮，婆娑，墨绿，犹如唐朝姑娘沉甸甸的发髻。路上到处是杨梅，走到杨梅树跟前，地上就掉得更多了。一颗一颗，看上去仍然很新鲜。我用鞋底去碾，鲜嫩的杨梅肉瞬间化为浆水，同时，舌尖似乎尝到了一股酸甜的滋味。这还没真吃到杨梅呢！

雨又淅淅沥沥地落下来。我没去避雨，一个人在这棵杨梅树前站站，那棵杨梅树前站站，一边从树上摘杨梅吃，一边听着远远近近的雨声和鸟鸣。山坳间，到处都是寂静，到处都是酸甜的滋味。这样的时刻，真是弥足珍贵。

　　记得去年六月，我到过浙江桐乡，尝了当地特产槜李，时隔一年，到浙江桐庐，尝了这么多杨梅。无论槜李还是杨梅，皆是时令水果，难于保存。而在江南，我尝到了它们最本真的滋味。这不得不说是江南生活的一大福利。

　　离开时，寇叔从一条小道钻出来，手里拎着一大筐湿漉漉的杨梅。原来刚才他是去摘杨梅让我们带走呢。

　　一颗一颗杨梅，殷红，有点儿发白，从桐庐来到上海，只需短短一个小时。路上我在想，不必也不应该让所有地方都成为上海这样的大都市。山野、乡村、城市，应该是并存的。就如茶馆、咖啡馆和酒吧可以并存一样。这样的话，人们才能让自己的生活有各种选择。

（原载《浙江散文》2020 年第 5 期）

我的眼里噙满了泪水

傅淑青

城市的夜晚，道路灯、景观灯、霓虹灯等绚烂的光芒交织在一起，造就了五颜六色的城市和充满欲望的夜生活。在钢筋水泥的繁华都市，我时常伫立在黑夜的天桥上，吹着城市的冷风，深情地凝望一百六十公里外故乡所在的方向。

在乡下老家，日渐苍老的父母是我最割舍不下的牵挂，是我内心最柔软的疼痛。体弱多病的父亲已年过六旬，仔细观察不难发现，他的脸上长出了颗粒状黑褐色的老年斑。每年的换季是父亲最痛苦的日子，潜伏在他体内的气管炎、肺气肿、哮喘像冬眠过后的哺乳动物，陆续地苏醒，用尖牙利嘴疯狂地吞噬父亲本就不伟岸的躯体。每感身体不适，他总会选择隐忍，用单薄的身体无力地对抗汹涌而至的病痛。去医院看病时，他总会万分愧疚，他反复说自己不是男人，非但没为家带来物质上的丰裕，反因病痛一次次地拖累我们。如果哪天他罹患不治之症，不必把他送医院浪费冤枉钱，他只祈求早死早托生。再说说我的母亲，长久的贫困交加和丈夫的多病，早已把她炼成了坚强的女人，她用并不厚实的肩膀，挑起了一个小家所有的重担。现在的母亲快到法定退休年龄，但如今的她还在镇上的一家小作坊里，戴着老花镜，眯着双眼，和四川籍、江西籍的小姑娘、小伙子们一样，透支着健康，像老黄牛一般，在流水线上做着长达十五六个小时高强度的体力活。

每次回家就像过节，冰箱堆满了我爱吃的鱼肉菜蔬，明知我饭量有限，母亲还是照买不误。临走前，她总会在镇上的超市给我买一大堆的零食水果，其实我所在的省会城市什么都有，带着几大袋行李赶火车、倒公交成了我不小的负担，但我实在不忍拂了母亲的一番好意。尤其在临走时，她伤感地倚靠着大门，默默地看着我远去的身影，好像此去便是十万八千里。风吹乱了她日渐茂盛的白发，离别的悲戚几度使她语无伦次，每次重复的都是那两句话：好好工作，要注意身体。

我不敢和母亲对视，我怕她通红的双眼会灼伤我的心扉，最后控制不住流泪。还有我那体弱多病的父亲，无论是刮风下雨还是身体不适，在得知我回家确切的消息，他总会早早地等在出站口，开着助动车亲自接我回家。漂在城市的我不管是否功成名就，在父母眼里，我都是他们最疼爱的幺女。在城市夜晚璀璨的灯红酒绿中，我突然明白，父母在的地方，才是我的家乡！

快到端午佳节了，可我还在一个即将拆迁、没有电梯设备的旧写字楼里废寝忘食地加班。公司官网上还有大量文章还未审核，客户专题文章的策划书要求小长假之前完成，还有领导发言稿需要撰写，办公桌上沉重的文案早已堆积如山，老板拍着桌子，气得双颊出现了罕见的猪肝色。我好怀念生活在老家质朴的叔伯婶们，乡下人之间的人际交往相对简单，大家都是知根知底的父老乡亲，即使他是你老板，也不用战战兢兢看他的脸色行事，说话时更不用处处避讳同事。

我很怀念在老家度过的二十个平静春秋。在老家，我可以穿着翠蓝相间、裸露脚踝的长裙，任性地把青春的容颜倒映在清浅的柳溪水里；我喜欢背对阳光，在暮春柔和的晚风中，用鼻子轻嗅远处飘来木叶的清香；我可以穿上套鞋，跟着一群大妈，在杂草丛生、狭窄的田埂路边寻找马齿苋、苦菜、荠菜；我可以调皮地学放养在青草地里母羊叫唤小羊的"咩咩——"声；我还能挪张藤条椅，在门后的大香樟树下，和躲在树丛里的鸟、蝉、虫们随性地对话……

只是年轻的心怎能耐得住乡村的寂寞单调？时间长了，我开始厌弃家乡没有城市成排成排的高档写字楼，厌恶乡间随处交媾的野狗和爬在房顶叫春的母猫，我憎恨乡村格局的小，埋没了我写作的才华，我甚至开始嘲笑死守这块土地、不会变通的父辈们。平常庸碌的乡村日子像沙漏，快速地流走，我恨不得大哭一场，以此缅怀在乡村逝去的七千三百多个日日夜夜。在乡村还沉浸在浓浓年味里未苏醒之际，不等过完元宵节，我就拉着行李箱，匆忙地逃离了老家单调的生活。

城市，是我多少年的期盼和梦想啊！这里有面包，有水仙，有光亮，有令人向往并且为之兴奋的工业文明，来到城市，便是找到了孕育梦想的沃土。城市，即是充满希望的天堂。渐渐地，我发现，几乎每家企业都有管制员工的残酷打卡制度，每天上下班要挤两个小时的公交。租住在郊区地下室的潮湿逼仄使我万分压抑，陪客户吃饭觥筹交错的场面令我心生胆怯，城市冷漠的人情更让我害怕。更要命的是，我对文字的敏感、我的写作才华统统都奉献给了公司无聊的文案。飘在城市的两年，我竟患上了严重的失眠、抑郁、浮躁等诸如此类的城市病，我开始怀念乡村如山谷清泉般安静流淌的时光，怀念在纷扰的外部环境下，笔下也能诞生出行云流水般文字的写作状态。

我自责，自责自己又是一个背叛乡村的年轻人；我后悔，后悔从前对乡村过于片面武断的看法。和公司签下的三年合同，像是一张不得毁约的卖身契，阻断了我归家心切的路。

端午节那天，我不顾老总的横眉冷对，拎着大包小包回到了乡下老家，母亲去了几里外的镇上赶集，正在准备煮茶叶蛋的父亲见突然回来的我有些许惊喜。老家的端午节，每家每户的大门上都贴着威风凛凛、挥剑斩妖的钟馗像，为的是打鬼、镇宅、驱邪，并且撕去钟馗像右下方的一角，防止钟馗从像中走出，偷吃主人家的饭菜水果。不仅如此，家里的男人们还要爬到三米多高的梯子上，捧着一小袋空螺蛳壳，均匀地洒满整个屋顶，并且沿着自家的房子一周，洒遍生石灰，据说是为了防毒虫的侵入。

突然，一阵密集的汽车喇叭声划破了乡村的宁静，眼前的乡下老家，像闪着雪花的电视画面，最后像是掉进了无底的深渊，周遭漆黑一片。我揉着太阳穴，睁开眼才发现我这哪是在老家过端午节啊？坐在办公室赶文字稿的我，竟不知不觉犯困做梦了。我强打起精神，在电脑前开始撰写老总的发言稿："尊敬的各位女士、各位先生，今天我们在这里召开本公司的年度招商大会，我认为十分必要，这对于公司未来三年整体的走向，具有十分重要的指导意义……"渐渐地，我的双眼开始模糊，眼前密密麻麻的文字，仿佛组合成了家乡高耸入云的凤凰山和儿时经常嬉戏的浦阳江，电脑上的标点则是门前插着的艾叶，是孩子手中的香囊，更是游子对家乡无限的思念。

深夜零点，我站在写字楼的阳台上，朝着老家的方向虔诚、深情、贪婪地凝望着，眼里噙满了泪水。

（原载《兰州日报》2020年4月30日，原题《最忆是乡愁》）

无边风月话临浦

葛水平

A

"入梅"第一天入萧山，逢雨。

沟壑之上，山峦之下，植物用无数个世纪的生存时光、自然营造出了生命与环境高度协调的空间，在无数个体的枯荣生死之间，雨，滋养了江南。

烟雨中的江南，一位凭窗远眺的女子，一种颜色，一份好和俏丽，都在练得住寂寞下盛开。好，隔着旧时光，它竟是山阔水长。

这是我对江南的印象。此时的萧山被雨罩住了，淅淅沥沥一夜，如同更漏，雨告诉我，身体离开故乡已经很远。在夜的萧山中读一本知识和感官动人相融的书。书上说，萧山地处浙江南北要冲，临江近海，地理位置优越，水陆交通畅达。浙东运河和钱塘江、富春江、浦阳江也在境内汇流。

对，富春江，让我想起黄公望的《富春山居图》，画上峰峦坡石层层错错、起伏变化，云树丛林疏密有致、繁简相宜。远处水天一色、苍茫辽阔、一览无余，山石勾勒披麻皴，青花、褚色晕染，一条江，真相所知越多，山水越显灵动。

还有浦阳江，时光的伤痕像冬眠的蛇，或被一场雨敲醒，舔着长舌向脚前匍匐而来，你可以不知道你是谁，但不可以不知道这条江畔的西施。缓缓波动着一头秀发，生活在时间的那一边浣纱，那一份藏着，这个女子的好也叫"出色"。是啊，一些前尘往事在朦胧的光影下水一样晃动。我想象发黄的线装书里的无边风月，两条江让萧山天下无双。

B

"临浦小上海，街是饭架街。"

从前烟火气最旺的临浦有一条老街叫山阴街，和上海的山阴路相比，如果说山阴路是上海旧知识分子的梦想之处，临浦的山阴街多的是人间浓稠的饮食文化。巷弄纵横交错，如同农家蒸菜用的毛竹饭架，岁月变迁中，"饭架街"不计其数的乡亲已经走远，他们的祖辈像尘埃一般默默无闻充斥和填埋在临浦的犄角旮旯。街弄交织处的：山阴直街、萧山直街、西市街、扇面街……弄有宣家弄、同兴弄、官弄、长生弄、眉毛弄……或许很难想象，不到一平方公里的"饭架街"，最多时竟有800余家店铺，市井烟火停留在从前，我心底依然期望这些街弄还能发芽抽穗长成葱郁的人间烟火。

走进觉斯庵弄，再往前走时，已经拐进了社区文化家园。"家园"与我的关系忽然变得很密切，过往岁月的每一个日夜家园陪伴我成长让我的记忆绵长。这里收藏着沈吾堂老先生无偿捐献的毛主席像章和小人书，过客永远无法成为一个完整的阅读者。小人书哗哗翻动时目光突然驻留在某个句式和画面中，我希望不停被小人书里句子和画面的精彩打断，那个年代我不去考量他的词语，而是跟随它的画面，体会那不再经历的亲近与美好。

看到如此多收藏的毛主席像章，沈先生只是对面相逢给你一个笑容满面。我想起孔子弟子问老师，先生你怎么不说呢，夫子说："天何言哉，四时行焉，万物生焉。"历史一经落实成过往，常常会自足地与自然融和在一起。真是临浦的一位善人，贪图的是岁月走逝，最不贪图的是钱财。旧时临浦，腰缠万贯的人有多少？

与萧山中街相邻的是山阴直街。沐浴着清凉的雨丝，眼前一亮，一段飞花往事，逐云映水，那可是曾经盛极一时的临浦夕阳旅馆。

老先生许信民说，这家旅馆二十多年来没有涨过价，水磨石地，老式沙发，20世纪80年代的枕头套，经营者姚老太太80多岁了，年轻时是个美人。15元只能买一杯奶茶，在这里却能住一晚，最贵的套房房也不过40元一晚，入住率并不低。眼下成了年轻人到临浦游玩的打卡地。

寂寞的雨天，潮湿的日子，岁月从来不铺张泛滥，遇见这样的旅馆，如同遭遇如诗歌一般的冲击。暗淡而移动缓慢的日子，场景转换，如大雁飞过，如轻风掠过，如影像闪过，空气以及饭架街上飘过来的花草香气恰如姚老太太单纯的喜悦，岁月从不败美人。

点滴充盈记忆的角落，萧山直街依然是老街里最繁华的街巷。素锦年华里的光阴故事"临浦照相馆"停留在此。

人们能够面对流逝已去另一个时空中的自己定格，那个小小魔法箱以人类强大的智慧顽强地锁住并拓下时间一瞬的步履。江主外，河主内的临浦，一头系着港通天下的甬城，一头系着世界名城杭州，当杭甬运河与江南水乡在此邂逅，商埠的传奇故事在照相馆定格。好天气时，来临浦照相馆照相的人排着长队，沿着狭窄的木质楼上去，西湖十景的背景幕布降下，这些人在此"到杭州一游"。

将近70年过去了，临浦照相馆经历过几次转制，"掌门人"也传到了第三代，人的命运像时间流走般带着某些神秘和不可预知性，像水流一般的变异和不可确定，临浦照相馆还停留在从前。

看到那些老字号招牌时，时间虽已洗去了他们昔日的光鲜，却淘出了传统的生命力。驻足山阴街，一切看上去从未改变，一切又在悄悄地惊天动地。

C

临浦有寺山，寺山不高，又名觉海山、牛头山。寺山下是临浦，临浦昔为浙江四大米市之一，那时的热闹今昔不复。寺山有塔，塔耸山顶，登塔望远，浦阳江如一条玉带贯穿临浦。

好地方。或者说临浦是萧山少有的好城市，拥有得天独厚的地理方位，临浦走到现在，她承载的文化是沉甸甸的。

文化似雾，似雨，似风，在城市上空飘、飞、荡、晃。但真正的要抓到实处，怕的就是文而化之。俗话说好酒不怕巷子深，这是农耕时代，鸡犬之声相闻，老死不相往来的传播学；酒好也怕巷子深，这是现代信息时代的传播学。因此文化不是简单的谈美色悦，是社会发展的恒心长度，渗透在各个领域。

在寺山吃一餐素宴，很丰盛，人间烟火气十足。然而独知独享的美味，却是临浦的点心。能够带给人最简单最直接的慰藉中，甜味尤其如此。一口清甜，往往就轻易地打开从舌尖到肠胃的幸福通道。江南的夏天蛙声蝉鸣，草长莺飞，绿肥红瘦，就在立夏开启时，枇杷挂满枝，青梅开始煮酒。当年，临浦小吃、宁波水产、江西瓷器、金华毛猪等土特产，都要经过寺山下的临浦或者浦阳江转运销售。难怪当地人都说，临浦米店老板打一个"喷嚏"，绍兴的米价都会"感冒"。

喜欢临浦小吃，甜点是素食中的精品。

中国哲学讲究"人与天侔"。这里有两重意思，人应该是同环境相和谐，努力同生存的环境保持天然节拍的一致；另一重意思是，人应该和自己的天性保持本真的一致。在临浦这样的家园中，享受素餐中的临浦点心，虽然是"点点心意"却体悟到了饮食男女，红尘中——待人接物永不过时的基本修养。

世界上什么东西是最长又最短的，最快又最慢的，最能分割又是最广大的，最不受重视又是最令人惋惜的。它使一切渺小的东西归于消灭，使一切伟大的东西生命不绝？只有时间！

离开临浦时我去浣纱河畔寻找西施的踪影，让人感到来自世人争执中的安慰和幻美，还有微风吹来的气息和沉馨的檀香，明白了，所有的历史皆在人的把握之中。她的存在也许什么也不表示，只显示了夜昼的纵深。

这个女子在戏剧里，人是玲珑的，心却是艰难竭蹶、含辛茹苦的。

（原载《浙江散文》2020年第3期）

萧山花边

郭 梅

　　我家小妞正是疯蹿个子的年纪，她心爱的牛仔背带裙一下子就短得没法穿了。看着她懊丧的小脸，最不善针黹女红的我决定想办法让小妞的爱裙"复活"！所幸，很快便找到了起死回生的"利器"——一块萧山花边桌布，内敛的亚麻色调、精致活泼的花卉纹样，恰与深蓝的牛仔布相得益彰。于是，简简单单拼接上长约尺许的萧山花边，笑容便重新回到了小妞的脸上——在镜前试穿，裙摆"延长"到了膝盖处，搭配各式 T 恤都妥妥的。为了便于行走，"新"裙筒的侧缘我故意不加缝合，而是在穿着时让小妞在膝上约一寸处扣上一枚小胸针，或蝴蝶或瓢虫、或椰子树或四叶草，颜色和造型可依当日心情和所搭上衣随心所欲。

　　"蛮好蛮好，以后短了还可以再拼一截"，一辈子勤俭持家的奶奶眉花眼笑："格块萧山花边台布，还是奶奶和爷爷结婚时同事送的呢，比你爸爸妈妈年纪都大哦"，见小妞惊讶得瞪大了眼睛，老人家更加大发感慨："格老底子的东西真当好啦，噶许多年了，还蛮蛮牢！"

　　"奶奶，萧山花边是什么东东？"小妞甚好奇。

"萧山花边么就是萧山人挑的花边啊,是萧山的特产,我们家里以前用的东西,有不少是萧山花边的呢,比如床罩、被套、枕套、坐垫、果盘垫、茶几垫、沙发罩儿,还有老百姓家里开始有电视机的辰光,电视机套儿,不是金丝绒的灯芯绒的,就是萧山花边的","萧山花边还可以做衣裳做裙子做披肩,还有装饰用的扇子和雨伞",我抢过话头,一边说一边给小妞比画陪伴我度过七载求学生涯的萧山花边工艺伞的"倩影":"那时候我住上铺,有学长送我一块搁书的木板,板上放书,书旁边是一盏小台灯,塑料灯罩实在不好看,就拿花边伞做灯罩喽",可惜那时照相机还是奢侈品,宿舍和床铺都没留下照片,但在记忆的底版上,花边小伞与青葱年华一样,永远灵动鲜活。

小妞好奇心更甚了:"我想看看小伞!我想听萧山花边的故事!"

"萧山花边呀,今年刚刚 101 岁,是我们浙江的一种非物质文化遗产……"

花边就是蕾丝,即"Lace",指由绕环、编结、绞织或双股线编织的装饰织物。现在习称的萧山花边源于意大利威尼斯——欧洲工业革命后,机器替代了手工,人工费越来越高,传教士就来中国找廉价劳动力。一个世纪前,上海商人徐方卿看中萧山沙地女子勤劳灵巧,而且当地经济不发达,劳动密集型的外来经济项目易受欢迎,决意在此发展花边产业。1919 年阴历八月十六,他带四位天主教嬷嬷来到萧山坎山镇,挑选了二十四名当地女人,向她们传授挑花边的技艺,并开设收购花边的乔治花边厂,后来又开办沪越花边厂,真正开始自主经营。花边从此在萧山落地生根,并逐步发展成为当地的一大传统产业和有代表性的手工艺品。据《中国实业志》记载:"上海花边商利用内地工资低廉,到萧山授花边织造之法,同时发给花线,收买出口。"于是,沙地女人那一双双上下翻飞的巧手成为聚宝盆。遗憾的是,手工花边价格较昂,在那之后很长的历史阶段里产品都通过吴淞港出口到美国、欧洲和中东等国家和地区,国内和萧山本地人鲜少使用。

　　1937 年 8 月 13 日，中日淞沪战争爆发，上海港口受损，萧山花边销路断绝，生产被迫停顿，抗战胜利后，特别是新中国成立后才得以复兴。20 世纪七八十年代，萧山挑花女有二十余万人，既为国家出口创汇也为小家添砖加瓦，萧山花边进入鼎盛期。值得强调的是，除了日用品，萧山花边还发展出了纯粹的艺术品，如为迎接 1972 年美国尼克松总统访华，工艺大师赵锡祥精心设计了一幅西湖全景图：远景是六吊桥、南高峰和北高峰，中景是三潭印月、平湖秋月、小瀛洲和湖心亭，近景是湖边的杨柳和荷花，再点缀几剪春燕，湖光山色，美不胜收。作品由 100 个绣女用 30 余钟针法花三个月时间绣制而成，手工挑织 3000 多万针，高 6.3 米、宽 18.4 米，共用线 12 万支，完成后铺在篮球场上，摄影师爬上六楼才拍出全景。

　　花边是在厂家发放的花样纸上挑的，为了便于操作，花样纸背后还要衬一层厚牛皮纸或油纸。花样纸上用虚线浅浅地描着花样，需先照着一针针地缀好花线，再用实针、旁步、网眼、花栅、串线等各种针法完成整幅作品。其针法讲究细密、匀称、素净，初学者或手笨者往往把花边挑得七零八落脏兮兮的，故而技艺不精的女人只敢挑焦黄不易脏的麻带花，而白线花则是巧手女人的专利。花挑完后还要拆花边，就是把缀花样时钉在牛皮纸或油纸上的线脚挑断，把断线头一一抽出，然后把整张花边从花样纸上揭下来。毋庸置疑，在当时的萧山，挑花边是沙地女人最重要的生存方式，甚至直接影响其终身大事——相亲时不重面容不看身材，只看挑花动作娴熟与否和所挑的花样是繁是简。有的女孩就特地向巧手闺蜜或姐姐、嫂嫂借一张复杂的花边半成品，相亲时拿在手里挑最简单的旁步，以撑门面。外来媳妇自幼不曾经过挑花训练，在婆家村里自然是抬不起头的。据说，有人直到女儿十岁才挑得一手好花边，终于挺直了腰杆——当时一个女人挑一个晚上花边所得的报酬相当于一个男劳力一天的工分，女孩子挑花，既帮衬家里又积攒嫁妆，家家户户的孩子都在母亲"忽喇、忽喇"的挑花声中长大，而洗衣做饭、喂鸡鸭喂猪猡的家务则理所当然地由男人承包了，形成别地农村很少看得到的别样风景。

20世纪80年代，我考上大学，收到不少长辈的礼物，其中一位萧山阿姨送我一套花边套装，燕子领衬衫加A字过膝裙，文静雅丽而不失青春活泼，走到哪都有人问"哪买的?"——她是母亲抢救过的病人，心灵手巧，衣裙之外，还附赠精巧的小伞和零钱包。2011年10月10日，《杭州日报》西湖副刊刊载署名蔡玉菊的《关于"萧山花边"的往事》一文："上个世纪七十年代初，我初中毕业进了向阳丝织厂（今福华丝绸厂）做挡车工，那时人们穿的衣服都只具备遮体及保暖功能而不具备其他任何功能，所以极显单调。同车间的张金花因为家庭生活窘迫，拟把一件她自己在'文革'前穿过的短袖衬衣以五元钱卖掉，我一把抢了来——要买的人多啊!"当时学徒工资只有十五元的作者喜滋滋地穿上这件领子边缘及前胸都点缀有萧山花边的白色收腰裙摆式衬衫，走在街上颇为吸引眼球，被小姐妹调侃道："你穿得噶'黄色'，后面跟了整整一个荣誉连!"这个细节看得我忍俊不禁——祖母家离福华厂很近，也许，小时候我曾见过穿着"黄色"白衬衣行走在庆春路上的蔡玉菊也未可知呢。这件美衣，蔡阿姨也应该始终未曾丢弃吧?!

20世纪90年代后期，萧山花边随着劳动力的迅速转移而受到了极大的冲击，挑花人数骤降至不足两万。好在，美的力量始终永恒。与从浙江走到大上海、走向全国全世界的另一浙江"土产"越剧一样，萧山花边在若干年的沉寂之后迎来了新生——藉2010年上海世博会和2016年杭州G20峰会的国际舞台，萧山花边屡屡惊艳亮相，让全世界看到了她的构图严密、技艺精湛、工针多样和精致结实。

"我想要一把小伞!"小妞撒娇。

　　"好呀！"我打开万能的某宝，在搜索栏输入"萧山花边"，不料结果竟连一页都不满，唯浙江摄影出版社出版的《中国民间博物馆：萧山花边艺术馆》一书封面上是一把麻色的花边伞，勉强可为小妞解惑。"我用剩下的桌布给你做一个小包包，拿一对景泰蓝的手镯做手环，正好配背带裙"，无奈，我如此"搪塞"小妞，"再做一个发圈，好吗？"又加一句："抽空带你去萧山花边研究所玩玩，你还可以把花边的故事讲给同学们听。""嗯"，喜欢听故事也喜欢讲故事的小妞郑重地点头，和我一起许下一个关于萧山花边的美好心愿。

　　　　　　　　　　　　　　（原载《滨海时报》2020 年 11 月 2 日）

花讯有期

胡曙霞

节气行至雨水，春雨纷纷。

菜花拱出来了，一朵又一朵，小小一簇，碟子一般。金黄的色，简单的朵，明，媚，亮。田地、山坡，无数的小灯盏，忽得打开。即便雨丝茫茫，依然遮不住光芒闪闪。

菜花蔓延，噙着细雨，吞吐吸收。春光明媚，在不远处。这含着希望的花，鞭炮一样炸开。日子，亮敞敞，一些憧憬，亮出底牌。

在民间，雨水时节，出嫁的女儿会带上礼物回娘家拜望父母。生育了孩子的妇女，还会带上罐罐肉、椅子等礼物，感谢父母的养育之恩。

年少，一首《回娘家》的流行歌曲让人喜悦：左手一只鸡，右手一只鸭，身上还背着一个胖娃娃……

这歌热闹，接地气，透着俗世的好，让人走进世俗的欢喜。

也就想到，吴越王钱镠的家书：陌上花开，可缓缓归矣。

陌上花开，必定有一株是油菜花。

黄花浪漫满田头，归家的女儿忘记时光。在娘家的日子，仿若溜出笼子的鸟，天高地阔，自由飞。有父母可依赖、可撒娇、可任性，这样的甜蜜，是含在嘴里的糖，不舍咽。

那一边的夫君，终是耐不住相思，委婉地提醒：陌上花开，可缓缓归矣。

寻寻常常的话语，悠悠扬扬的情意。

想来戴妃踏着满田菜花缓缓归的情景，甚是完满。

而菜花，满溢的春水一般，又热烈，又执着，又霸道，将乡村田地不由分说地铺满。说到底，它的骨子里，有着山乡的野蛮与泼辣，风吹不倒，雨打不坏。顶着一抹灿灿的色，笑着开花，笑着结果。

哪里没有它呢？乡下的娃娃落地第一声啼哭，就能看到它。小院、田埂、道路、田地，甚至茅厕旁、猪栏边，只要有土，它就能安之若素地长大。有的单株，细细的茎，一簇黄黄的花，皇冠一般。不管有没有人注意，都在自己的豪华里，做着春天的梦。更多的是成片，如金色的海洋，一望无际地铺排而去，仿佛热烈的摇滚，惊心动魄的火焰。

儿童急走追黄蝶，飞入菜花无处寻。

乡间的孩子，菜花地里钻，一忽儿捉蜜蜂，一忽儿找蝴蝶，密密匝匝的花，比小娃娃还要高。他们落入菜花的汪洋里，黑黑的脑袋，忽隐忽现。铺天盖地的花香，袅袅蒸腾。天上一个大太阳，地上一片小太阳。人的眼，睁不开，不辨方向，不记时辰，流连忘返，常有的事。

肚子饿了，花丛中爬出来，头上、脸上、身上，染满黄色的粉，整个人成了一只花粉包裹的小蜜蜂。

照例，父母是要骂的，小坏蛋，糟蹋了多少花！却不怕，年年又年年，钻入花丛去闹，不扯几朵菜花往头上戴，春天简直没法过了。

傻乎乎的菜花，接近于低贱。乡下人，很少把它当作花来赏，在他们的眼里，菜花和土豆、芋头、稻谷并没有区别。没品、没相，登不了大雅之堂，入不了诗，上不了画。

可它并不在意，守着一颗烈烈的心，春风十里地开，开得没边没际，浩浩荡荡，无法无天。

想到疯狂，想到烈焰，想到决绝。

它到底有气势的，那份打不死、压不垮的精神，让人小觑不得。

你看，哪怕离了土，它也开花。买了油菜放家里，几天不吃，它不枯、不萎，倚着地面，昂起长长的梗，借着地气，开出一簇簇的花。

油菜花，结籽，可提油，是常见的经济作物。小时，乡村里，家家户户种植它，并不因为它的花，而在于油菜籽的经济价值。但，近些年，油菜花成了旅游开发的新噱头。江西婺源，粉墙、黛瓦、油菜花，游人蜂拥而至。

花在水上，水中映花，无论哪一个角度，都是绝美的画。

而，我对油菜花的喜爱，源于幼年的陪伴。它的形状、色泽、芳香，刻在骨子里，一朵金黄，四片瓣，会飞的萤火虫似的，暗夜里发着金灿灿的光。

落雨了，打雷了，失意了，把这朵花，掏出来，看一看。世间之事，有什么是大不了呢？最好向一朵菜花学习！不屈服、不放弃、不娇惯。

民国女子——江东秀，胖嘟嘟，烈性子，裹脚，没文化，却嫁给留洋海归教授——胡适。多少人不看好这段婚姻，多少女子暗地里觊觎胡才子的风流倜傥。

包办的婚姻，泥糊的墙，风吹，雨落，不甘心的裂缝长出风情的花。

胡适去杭州养病，遇上曹诚英。才子佳人，花好月圆。爱情，落地生根。恋爱中的人，魂不守舍，如胶似漆。发妻、儿子，抛诸脑后。

胡适回家，抖抖索索，想与江冬秀摊牌离婚。

话未说完，江冬秀毫不犹豫地拿着一把刀，以两个儿子与自己的性命相要挟。

胡适吓得魂飞魄散，至此，再不敢提离婚两字。果敢的江冬秀，破釜沉舟，捍卫婚姻，终与胡适，白头到老。

想来，江冬秀拿起锋利的刀子的那一刻，是豁出去的。那样的勇敢、决绝、全力以赴，像极了乡野的菜花。

掏出来、掷出去，不遮掩，不委屈、不求全。不是黑，就是白。要开就开得天翻地覆，若凋零，豁出身家性命，也不怕。

这是菜花的性情，也是江冬秀的气质。

人都说，江冬秀配不上大才子胡适。可是，又有谁知道她的茁壮、野蛮、勇猛，在风雨飘摇的年代恰恰为家庭撑起了一把无形的伞。

说到底，胖乎乎的她有着不一样的风采。虽然不高贵，可也接地气。俗世中的婚姻，茶、米、油、盐，光是风花雪月，并不够。爱笑的她总有办法将日子经营得风生水起。这样的妻，纵不能举案齐眉，到底也能吵吵闹闹，相伴到老。

春风起，菜花开，定是要寻了去。

家乡的菜花看过，不算的，还要赶着远方的远，再看，再看。

人问，菜花哪里没有？巴巴地坐飞机去那么远？

但笑不语，于我而言，那是隐秘的追溯，对光，对暖，对灼灼希望的探寻。

云南的菜花、呼伦贝尔的菜花、青海的菜花、婺源的菜花、门源的菜花……每一处的菜花，都要去看，看它的泼辣，看它的倔强，看它的执着。

七月的草原，风的翅膀，掠过菜花黄，狂乱的节拍，仿若摇滚。颜色的汁液侵入眼睛，抵达四肢百骸，像逆流的鱼奋力跳跃。

草原的菜花，凛冽、宽广、磅礴。

去门源，可惜迟了。近百万亩的油菜雨中匍匐，只剩青青的梗，绿绿的叶，细细的荚。曾经的金黄，凋落如风，一些气息，在浩荡的绿里，起伏绵延。

在这样的菜花田里游荡，又落寞，又失意，又忧伤。

总会想起小汐的字：站在大片大片的油菜花田里，总是想大哭，惶恐地，幸福地，哀伤地，清澈地哭，浑浊地哭。为那美，为那心中的战马奔腾，而哭。

（节选自《延河》2020年第2期）

小镇图书馆

黄廷付

　　小镇上的图书馆，在长虹公园的西面，离我之前的出租房不过几百米，那时候我却很难抽出时间去一次。

　　今年从夏天开始，我们就经常轮休，我第一时间想到的就是去图书馆。

　　重温一下学生时代那种心无旁骛的安静，没有尘世的纷扰，没有生活的压力，畅游在书的海洋里，这是我期盼已久的惬意感觉啊。

　　吃了早饭就去了图书馆，有不少人已经在专心致志地看书了。我看着一排排堆满书籍的书架，琳琅满目的书本发出诱人的芬芳。我像刘姥姥进大观园一样，看得眼花缭乱，目不暇接。看看这本书觉得很好，再看看那本也不错，都是经典，都是名著，我顿时变得贪婪起来，想把这些书一下子融进脑海里。

　　终于，我选定了一本沈从文的《湘行散记》，找了一个角落的座位，坐了下来。这才向四周打量一番，图书馆整洁、干净，管理员坐在柜台里面看书，南边的几间房子里也坐着很多阅读者，有不少学生，可能是在写作业，也或者在抄写优美的词句，像极了多年前的我。大家都低着头，没有人留意有一个民工悄悄地坐在他们身边。

十几年前，我也是图书馆的常客。我那时喜欢看金庸、古龙、梁羽生，当然也喜欢三毛、席绢、席慕蓉，还有徐志摩、汪国真的书，以及《收获》和《十月》，还有《中学时代》。真是五花八门，那是一个求知欲很强的年龄，觉得一切都是那么美好。

高考落榜后，我就跟着村里人一起出来打工，每天天不亮就爬起来，进入那个嘈杂的车间。机器发出哐当哐当的声响，将我的耳膜震得嗡嗡作响，甚至下班很久都还感觉到余音未绝。我再也没有时间和心思，去捧一本书在桌上，仔细地闻着书香，跟着书里的人物一起去或悲或喜，或痴或傻，或环游世界。只是一本书，一杯茶，轻松地度过快乐的午后时光，俨然成为我的奢望和梦想，从未中断过。

如今，我终于又可以安心地坐下来，在这秋高气爽的午后，如痴如醉地进入书里的世界。

临近中午时，我放下手里的书，走到报纸夹边上，仔细地翻看那些报纸。其实我是醉翁之意不在酒，我知道前天的报纸上发表了自己的一篇文章，我想找到报纸，拍张照片留念。但报纸夹上只有昨天的报纸，我只好去询问管理员。管理员微笑着说："你来了啊，我已经把那份报纸帮你保存起来了，在这儿，给你。"我当时有些惊讶，她笑着说："上次你过来找报纸，我就留意了。要不你加我微信吧，如果你需要找哪一天的报纸，发信息给我，我可以提前给你保存下来。"我连忙对她说"谢谢"。

走出图书馆的大院很远了，我的心情还在兴奋着。

（原载《金陵晚报》2020 年 11 月 23 日）

病

黄亚香

一

我们在省城回青田的高铁上。

想好没有，要不要开刀？母亲问。

我不吭声。

想好没有，要不要开刀。声音里似乎夹着刀尖的锋利。

我头扭开了，望着一尺宽的过道地面。"我不想开刀。"

"医生说的话，没听到吗？里面都是脓，是脓包！是脓包！"

我笨极，判断不出，母亲厉声叫嚣的词汇——脓包，指我身体里坏死的那部分组织，还是我整个人？

母亲兀自还在说着什么，她是一个执拗的人，我无法令其合上嘴，把那些我不想听到的声音关回她的肚子里。生为一个人，长了一副耳朵，耳朵就得尽义务，就要忍受噪声的折磨。我怀疑梵高切下自己的耳朵，可能是想把聆听的器官还给造物主，同时也拒绝了伴着耳朵而来的这项附加义务——聆听。庄子和我有些相似，不想摘除耳朵，又不愿意承受话语的侵扰，庄子跑到河边清洗耳朵，我发明了另外一种法子——把脑子放空，在想象中用一双手捂住了耳朵，眼睛聚焦盯着对方一张一合的嘴巴看，用意念把对方的声音调下去，调下去，渐渐地、渐渐地你就不会听到任何声音了，一张一合的唇一会儿变成鱼一翕一翕的腮，也可以是一只海洋深处的水母在活动着身体，还可以是，反正尽由你自己想象。

我疑心自己的花招，有可能是从卡夫卡那学来的，他对外部的世界多么恐惧，在想象中把自己变成了一只笨拙的大甲虫，在屋子里艰难地爬着，一会儿爬到墙壁，一会儿跑到天花板上，甲虫重重的甲壳罩着身体，他不安又不适地扭动着，似乎是在等待死亡将他俘虏——卡夫卡的早夭，对他本人来说是好事，终结了他的战栗与畏惧。

看梵高的画，读卡夫卡的小说，总觉得他们处在恐惧之中。我不知道他们恐惧什么，也许他们玩油画、玩小说，可能不是爱好这些东西，而是为了分心——把他们的心从那口叫"恐惧"的缸里拉出去，转移到色彩、线条、文字等这些抽象的符号里。

这时，母亲用手推我。脑海里的梵高和卡夫卡没了，那些像水珠一样滚动的句子消失了，我回到了高铁的座位上，回到了现实的世界里。像一块石子投入了湖面，打破了静谧，毁坏了一种氛围。我幻化出来的世界不见了，像一个国王，丢失了所有的城池。

二

我病了。

我的病和黑影人有关。黑影人总是在梦中追杀我。

又一次，黑影人来到了我的梦境里，扼住了我的喉咙，我无法动弹，他发出"嘿嘿"的冷笑声，我睁大圆鼓鼓的眼球望着他，他两只手左右开弓扇我耳光，扇我左脸，我头甩到右边，拍我右脸，头转向左边。黑影人停了下来，意味深长地看了我一眼，他没有出声，我能读出他眼睛里的内容，你等着，我还会来收拾你。

连续几日，黑影人果然又一次次潜入了我的梦里。

我点亮了房间里所有的灯，隐约觉得也许黑影人怕亮光。书本摊开，那些字一个个似乎上锁了，拒绝被阅读。眼睛睁得大大的，可是书中的文字似乎死了一样，拒绝与我互动，拒绝进入我的脑海里，我试图发出声音诵读它们，可它们竟然变成了一条条黑色的蚯蚓蠕动着，我惊恐地捂住了眼睛。

我耳边能清晰地听见软体的虫子蠕动的声音，不敢睁开眼睛，不敢呼吸。不知过了多久，软体虫子的声音渐渐听不到了，也许它们蠕动到别处去了。我把挡在眼前的手拿开，惊诧极了，这回我在一辆公交车里，心里的狐疑如清晨的雾越织越浓密，心里有一种不祥的预感升起，到底问题出在哪？

我紧紧地攥住公交车上的拉环，目光向窗外望去，那些街道与建筑是陌生的，心咚咚加速怦跳着，恐惧摄住了我。公交车每到一站，就报站名，站名也是陌生的，车上每个人的神情像一尊尊雕塑，没有一丝情绪的起伏，每个人的眼球都一动不动空茫地望着。电光火石间，有个词语蹦了出来"行尸走肉"。我心悸地捂住自己的嘴，害怕不小心走漏了声音，被那些不动的躯体听见。又到了一站，浑身不知怎么地开始打起了寒战，我心里揣度不能继续待在车里，留在此处情况会不妙。

我没等公交车停稳，用尽力气扒开车窗，跳了下来。我顾不得脚后跟的巨痛，双手抱住头死命向前跑，我也不知往哪儿跑，哪条路宽就向哪条路冲去。街道上没有一个行人，只有一辆辆汽车像一具具流动的棺材，每副棺材里都是我刚见的类似行尸走肉般的生物，我焦灼地直哭。

不知怎么办好。脚步不敢慢下来，继续逃窜着。"砰"，忽然，我听见了一声枪响。循声望去，看见了一个高高瘦瘦的黑影人，表情冷峻，举着一支枪正瞄准着我。"砰"又一声，子弹擦过我的后背，我闻到了浓烈的火药味。我反应过来了，黑影人要射杀我。

逃！快逃！双手抱住头死命地逃！"砰""砰""砰"身后是一连串的枪声，我左躲右闪。"砰"一颗子弹击中了我，子弹留在我的右乳房里。我胸口右边剧烈地痛了起来。

三

医生举起磁共振的底片，用手电灯照着看。忽然，她转过身，我赶紧抬头接住她的目光，她的目光像一枚针，我的目光像一根线，针带着线，一同望着底片。"这一块阴影面积部分，坏死了，是脓包，需要剜去。"

"医生，我不想吃刀子。"

医生放下了底片，开始按压我的右胸。我的右胸有一颗子弹那么大的硬块，一碰触锐利的疼痛从右乳传到全身各处。我不知怎样描述这种疼痛——仅次于分娩的疼痛。

身体对疼痛的记忆，还有对疼痛的恐惧苏醒了。如实说，我克服不了疼痛，疼痛似乎像灵魂一样长在我的肉体里，平时处于休眠沉睡中。她醒过来的时候，就像一只暴怒的狮子——在我的身体里左突右冲，撞击我，撕扯我，粉碎我。疼痛与恐惧扭打在一起，扭动着挣扎着，身体里所有的力量汇聚在一起反抗着。

"医生，我疼！"

"哪里？这里吗？"

疼痛指引着我感受到了身体那一块"病"的位置。疼痛像一名向导，譬如胃疼让我们找到胃在哪儿，腹痛让我们注意到了腹部。"病与痛"以强大的介入力，让我们进入了内空间，去感受"病灶"，屏蔽了外界"不痛不痒的"信息。像生了病的蚌，那粒砂子在摩擦着她——让她专注地持久地疼痛，因疼痛而感知到自身的存在。

存在主义哲人说：我疼，故我在！——让我带着病痛活下去，不要治愈，好过无痛无痒地活着！

（原载《江南》2020 年增刊）

阳 台

简 儿

1

我现在住的房子，有一个很大的阳台。椭圆形，由南至北，还带了个拐弯。当初买下这个房子的时候，因看中了那个大阳台。尽管阳台朝西，然而十分轩敞，一溜儿落地玻璃窗。况且从阳台上的北窗望出去，即是一片湿地公园，有白鹭、灰鹭终日盘旋。

我把阳台的拐角处开辟了一个小书房。起先请了家具店的师傅，量了尺寸，做了一个书架。那家具店老板忒实诚，用黑胡桃木板，做了极厚实的一个书架，还镶嵌了玻璃橱窗。只是，这个书架未免太笨重了一点，以至于再放了一个书桌、一把椅子以后，几乎连转圈的余地也没有了。

而我很想在阳台上放一个小沙发。坐在沙发上，看看书、晒晒太阳。

隔了两年，终于狠狠心，请了工人把那个书架敲掉了。清理掉木板。搬掉书桌，买了一个古朴的木桌子。一套布艺沙发，淡淡的，若有似无的青草绿，扶手亦是古朴的木头，看得见花纹。冬天，在沙发上铺一条白色羊毛垫子。夏天，则换作麻将席。那一个小书房，顷刻变作了家里最舒适之地。

有朋友来造访，总是抢着去小书房。两三个人喝茶、喝咖啡、聊天，仿佛在星巴克。其实比星巴克还要惬意几分，因了窗外挂了那一幅大自然绘的卷轴，四季不停在变幻。春天，是盛日春景。夏天，是淡夏时光。到了秋天，则是一幅层林尽染的晚秋图，冬日，飞雪落入树林、湖泊，白茫茫一片再也看不见。

冬日的下午，一个人坐在阳台上晒太阳，亦觉岁月恬静而温柔。

然而欲望总不能满足。有一天，忽然想拥有一个花园。于是，把房子挂到网上。一个上海人来看房，看见阳台上的小书房，遂立马签了合同。

那个上海人名字叫 Elton，在一家外贸公司上班，问我可不可以把阳台上的书桌、沙发赠给他。

当然可以。我想着我的花园，头也不抬地回答。

然而房子一卖掉，真的要告别那个小书房，心中忽有留恋与不舍。有些人，有些事，陪伴在你身边事并不懂得珍惜，当有一天离开，心中才会怅然若失。大约真是这个样子，当我环顾那个小书房，眼中忽然起了泪意。十年来在那里埋头看书、敲字的时光历历在目。

此情可待成追忆，只是当时已惘然。

这十年，在阳台上度过许多美好的时光。一个人读书、写作，亦不曾虚度时光。

2

我家阳台对面那个阳台上，有个穿白袍子的女人。我时常看见她穿一袭白袍子，伫立在阳台上，海藻似的长发，凌乱飞舞。手指间夹着一支烟。淡淡的烟圈，从夜幕里升起来。

她一动不动地伫立着，时间久了，令人疑心是一尊雕塑。她的背影，看起来有一点寂寥和落寞。

这个女人，想来应是一个独居女子。

我不知一个独居女子的生活。因我不曾独居过。少年时，和父母兄弟在一起。二十岁，找了男朋友，两个人搬到一个小公寓。再后来，结了婚，生了孩子，更是一大家子住在一起。家里永远热热闹闹的，很少有冷清的时候。

倒是这两年，女儿上了寄宿学校，爷爷奶奶回了老家。女儿她爸有时出差，晚上只有我一个人在家。起初，觉得这房子空旷旷的，一个人不敢从房间到客厅。把窗帘拉上，锁了保险，才敢关灯睡觉。

我想起阳台上那个独居女人，一个人的内心，要怎样强大，才能一个人独自生活？也许是不愿意羁绊束缚，也许是找不到一个理想的伴侣，也许是骨子里的清高、孤高，总之，她绝不肯委屈、将就和妥协。

当她没有找到那个灵魂伴侣之前，她愿意把自己交给孤独的夜晚。她愿意彻夜与一朵玫瑰清谈，与日月星辰絮语。

一个人，过一种简单、洁净、隐忍、克制的生活。

有一次，我看见那个对面阳台上的女人，倚在栏杆上，作大鹏展翅状，半个身子探在栏杆外面。我害怕她会从十二楼上跳下去。幸好，过了一会儿。她抱拢双臂，回到屋子里去了。

也许，她只是想感受一下风在耳畔呼啸而过的感觉。

那一刻，人世的困顿、艰难与坎坷，都消失得无影无踪。只有风，从她耳畔穿过，吹走了烦闷、哀愁，涤荡了心中的尘埃。

她的个子很高，又很纤瘦，套在宽大的白袍子里，不免显得有点空空荡荡的。一个清瘦的女子，凭栏的身影是很美的。尽管黑夜里，我看不清她的容颜，只看到一个隐约的轮廓，然而直觉她是一个十分美丽的女子。

3

如我的女友柒。

柒是一个有点丧的女人，与丈夫离婚以后，一个人搬进了一间小公寓，把阳台封起来，做了一个榻榻米。每天，她蜷缩在榻榻米上，拿一本小说，看倦了，把书盖在脸上闷头睡大觉。那一个阳台，于她是蜗居之地。几乎每天都在阳台上度过。并且似乎将要在那里度过余生。

拉上窗帘，她如幽居在洞穴中的女子，不知白天黑夜，亦不知世上尚且有光明。

有一天，我去柒家里，把窗帘拉开，阳光照进来，柒的眼睛眯起来，像某种受伤的小动物。我把她从榻榻米上拖起来，拖到镜子前，让她看见镜中这个蓬头垢面的女人，何尝还有从前的美丽优雅？

柒亦觉惊惶，目不转睛地盯着镜子，过了很长一会儿，她才明白这镜中似曾相识的女人，原来竟然是自己。柒忽而掩面哭泣。

简，他不要我了。柒把手指插在头发里。

没有人可以永远陪在你身边。可以永远陪伴你的，唯独只有你自己。

柒如同醍醐灌顶。从此振作起来，穿上高跟鞋，小西装，涂上丹蔻，口红，照样光鲜亮丽地走到聚光灯底下。柒是一个模特。她一个人，生活照样精彩。一个比她小九岁的韩国男人追她。央求她当她女朋友。柒歪着脑袋说，让我想想。

这一刻，柒是俏皮、迷人，充满了魅力的女孩子。

柒后来搬出了那个小公寓，住进一个两居室。有一个朝南的阳台，阳台上摆了花架。柒种了玫瑰、绿萝。每日提一把洒水壶，在日光下给花浇水。

玫瑰为她绽放。她亦为自己的人生绽放。柒从此不再是那个有点丧的女子，而是一个阳光灿烂，笑对人生，人见人爱，花见花开的女子。

4

阳台犹如一个剧场。

当我住在禾平街时，从我家阳台上，可以看见住在对面公寓里的一对小夫妻。夏天，男的赤着膊在厨房里炒菜。女的拿着遥控器在切换电视频道。

隔了一会儿，男的把热气腾腾的饭菜端出来，女的起身，坐到一张西餐桌旁，两个人面对面吃饭。

吃好饭，男的回到厨房，在水池边洗碗洗筷。女的回到沙发上，继续拿着遥控器切换频道。

屏幕一闪一闪，屋中人亦犹如在演一幕情景剧。

生活，永远比戏剧更精彩。

那一对很恩爱的小夫妻，听说前不久离婚了。

我仍记得有一天，我去他们家串门，女的拿出照相簿给我看，相片上的她，娇俏地依偎在他怀中。有一张是两个人吃蛋糕，各拿一小柄勺子，把蛋糕上的奶油涂到对方脸上。

女人很久没怀上孩子。男人也不介意。只是冲她说，你就是我的小孩子。

那时候，她是他的心上人。怎么疼也疼不够。为她当牛做马心甘情愿。

不过十年，他看她时，一脸嫌弃。他开始到处找茬，说她不干家务，不孝敬双亲，更戳到她的痛处，说她是不会下蛋的母鸡。

她的眼睛里蓄了眼泪，抬头问他：你怎么可以这么对我说话？

他一声不吭拂袖走了。

她追出去扯他的袖子，他却奋力一甩，摔门而去。

　　她颓然坐在沙发上，不知自己哪里错了。错的并不是她，原来是他出了轨，在外面有了女人。那个女人，怀了他的孩子。

　　就是这样的人渣，她曾经把他当成这一生的倚靠。

　　然而有一天梦醒，她终于明白，世上无人可以倚靠。可以倚靠的唯独只有自己。

　　女邻居离婚以后，烫了梨花头，出去找了一份工作，在一家瓷器店卖茶具。她学会了泡茶，十指不沾阳春水，如今，一把倒了开水的壶，亦拿得稳稳当当。

　　她给客人沏好茶，笑盈盈垂立一旁。那个客人，不觉看得呆掉了。

　　后来，她嫁给了那个客人，很快生了孩子。原来，她并非不能生孩子，只是没遇见对的人。丈夫很宠她，让她当全职太太。她不肯，她再不愿重蹈覆辙。她有一双手，可以凭借它吃饭，如此心中才会妥帖而踏实。

　　女邻居是涅槃的蝴蝶，终于获得了重生。

　　　　　　　　　　　　　　　　　（原载《文学港》2020 年第 3 期）

旧 物

蒋静波

樟木箱

上阁楼找物，瞥见一只陈旧的樟木箱，安静地缩在角落里。这只未曾油漆的箱子，有着一轮轮粗细不等的木质纹理，曾陪伴你度过大学时期和之后的那段青春时光。结婚、数次搬家，都带着它。它对你的重要性不言而喻。

拂去蒙在上面的厚厚灰尘，提一提，很重。你一时想不起，里面有些什么？

缓缓打开，浓郁的樟木香，弥散开来。上百封信件，几十本日记本，两本影集，上百张明信片，同学相赠的照片和礼物……那些承载着你青春的证明和秘密的物件，一一呈现眼前。

打开唯一的一本书——席慕蓉诗集《七里香》，扉页上写着你的名字，刚劲、有力，却不是你的笔迹。一只洁白纤细的千纸鹤从书中飞起，落在地上。展开，同样的字迹，是席慕容的一首诗。嗡的一声，像有什么东西在心头爆炸。一张张灿若朝霞的照片，以及照片背后的留言，你曾读了又读。如今，他们都好吗？或是像你一样，将自己埋在寻常的生活中，抬起眼，日正西斜。

一件铁锈红的信子衫，领子前有一道镶着白边的铁锈红飘带，是你最钟爱的衣服。闭上眼，满都是当时的你穿着信子衫的情景。你忍不住穿上，还是那么合身，但早已找不到彼时的喜怒哀乐，不明白当初为了从这件衣服口袋里蹦出的那20元的菜票，为何哭得惊天动地，泪流成河？不明白为了做一个书签，为何特意跑那么远的路，还差一点落水？

轻轻放进一本昨天的日记，合上箱子。这一合，你不知道，多少年后才会再次打开。你也已记不清，上一次打开是在何年何月。

手　串

这曾是母亲的手串。只要看到它，就会想起母亲。

四五年前，妹妹同时赠送我和母亲一份同样的礼物：一串金丝楠乌沉木佛珠，108粒，花纹奇丽，质黑纹黄，末端以一粒同质宝葫芦锁上。闻一闻，有淡淡的楠木香。我在手腕上绕了两三圈，戴上了。

母亲看着我的手腕，赞道：真好看。

妹妹问母亲：姆妈，你怎么不戴，不喜欢吗？

母亲迟疑一下，去卫生间，哗哗哗，洗了半天的手，出来。将佛珠小心地绕在腕上。在我和妹妹叙述金丝楠乌沉木的珍稀和神奇中，母亲的眼睛像星子般，一亮一闪，欢喜得合不拢嘴。不一会儿，母亲摘下手串，放进一只塑封，再将塑封放入盒中。

我有计划地养起手串，戴着白棉手套，一粒粒地抚摸，一段时间后，起了包浆，金丝金黄，珠子油亮，美不可言。母亲不舍得戴，也不舍得养，怕手油腻，弄脏它。她将手串放在床头柜里，有空时，拿出来，隔着塑封，看看，闻闻，笑笑，十分满足样。

　　只要我来到母亲的住处，我就炫耀养手串的成果，逼母亲拿出她的那串，将两者相比，得意地说：瞧我的多漂亮，你不会养，真可惜，我来替你养吧。

　　母亲摇摇头。

　　我故意问：要不，我们换一串好吗？

　　她还是摇摇头。

　　也许是母亲小气，也许是母亲思维有问题。想起不久前，医生说她有轻微的脑萎缩，也就是有老年痴呆症状。一惊，莫非这就是病症？

　　一天，我的手串突然不见了。我记不清将它遗忘在哪里。家里、单位，角角落落，一阵乱找，全无踪影。我的心，就像六月荷花遇到了霜冻。

　　那天，母亲突然问我：你的手串呢？养得怎么样了？

　　我像瘪气的轮胎，吭不出气息。母亲看我一眼，马上走进卧室，拿来一包东西，剥开层层叠叠，露出手串。她轻轻地说：阿波，拿去吧。

　　我吃了一惊，说：你也只有这一串呀。

　　母亲说：只要你喜欢，我有什么用？

　　母亲将手串套进我的手腕，绕了几圈，笑着说：真好看。

　　一年后，母亲永远地离开了我们。我摘下母亲的手串，裹了又裹，包了又包，放在床头柜里，唯恐遗失。想起母亲时，常拿出来，看看，闻闻，轻轻呼唤：姆妈！姆妈！

　　　　　　　　　　　　（节选自《散文百家》2020 年第 10 期）

回乡已成客

金小林

唐天宝三年（744年），81岁高龄的贺知章，鬓发稀疏地回到阔别半世纪之久的故乡。让老贺没想到的是，自己"少小离家老大回，乡音无改鬓毛衰"，迎接他的竟是"儿童相见不相识，笑问客从何处来"这样一个场景。

此刻，站在自家门前的村道上，刚过不惑之年的你，已能深刻体会1270多年前那位耄耋老人的哀情了：

你叫什么名字？你爸爸是谁？一群五六岁的孩童在村道上，哗哗哗地玩着滑板车。你逮住其中的一个男孩问。

你是谁呀？我不认识你。男孩调皮地反诘，竟让你一时语塞。

我是这个村里的人，我认识你爸爸。半晌，你才想出一句辩解的话。

你骗人，你是外面的客人！男孩一溜烟儿滑走了。男孩认定，眼前这个陌生的中年男人不属于这个山村。

是的，男孩有理由这样想。山村不大，一条浅浅的小溪自北往南流过，两岸只错落着几十幢新旧不一的房屋，日常住家的不过三五十人。天天在村道上玩耍，哪还有不认识的村里人啊。

可你也没骗人。二十多年前,你刚成为山村里的第一个大学生时,小男孩父亲一辈的村童,曾一度被长辈们念叨:读书努力点,以后像高宇哥一样考上大学。

高宇是你的曾用名。只有在这个方圆不过两三里的山村,这曾用名才会被提及。如今,你已经从过去的高宇哥变成了高宇叔、高宇伯伯。再过几年,该有人喊你高宇叔公、高宇伯公了。

每次回到故乡,傍晚时分,你总喜欢在家门口的村道上站着。南来北往的村民,纷纷从山上、田间、地头回家,都会从这里经过。你便可挨个地和他们打招呼:新阳太公、东香叔婆、关富叔、献娇婶……其实村上与你曾祖、祖父一辈的同龄人早已不在了,那些被喊作太公、叔婆的,只是辈分高,年纪都和你父母相仿。

这两年回家,你仍喜欢站在门前,看夕阳落山,迎暮色中的村民归来。只是在打招呼问候时,你逐渐改掉了名加辈分的习惯。因为你尴尬地发现,经常人到跟前了,你还一时记不清他们名字。总不能等人家长辈先喊吧,情急之下你便直接喊叔公、叔婆,叔叔、婶婶了。

不明就里的乡亲们跟你父母说,你家高宇越来越客气了,喊每个人都喊得这么亲。而个中缘由,只有你自己知道。曾有一段时间,你怀疑是不是年纪大起来,记忆力衰退了。后来你想明白了,自己就像只风筝,从这个小山村放飞。二十多年了,越飞越远,远得快看不清大地的模样。

或许,真正变得客气的是乡亲们。而今回到山村,你已经被他们当客人招待了。

你要是在哪一户乡亲门前跟男主人聊上几句,用不了一蓬烟工夫,叔婆或者婶婶,便会从锅灶头里荡悠悠地端出一碗满满浓香的糖茶。要是再待久一点,很可能是一碗两只土鸡蛋加火腿瘦肉或面条的点心。这本是乡下人家待客之道,你已然成了客人。

把你当客人的,还有你的父母亲。

尽管每次回乡，你只住两三天，但母亲的准备总是满满的仪式感。回去头两天，接到消息的母亲，早把盖的垫的所有被褥，都搬到阳光底下翻晒好，再铺套上洁净的床单被套枕套。而几乎是在准备床铺的同时，母亲又开始操心餐桌了。

米是父亲种的，米缸里常年丰盈着，母亲愁的是菜。她在电话里抱怨你不早些时日回去，说是这两日蔬菜都过季了，家里没菜吃。你跟母亲说，我又不是客，要什么菜啊。你和爸吃什么菜，我就吃什么菜，不用额外准备。

其实，田间地头每块菜地，一年四季早晚能摘什么菜，母亲心里早有底。只是，餐桌再丰富，母亲总觉得还亏待了一年只回三五趟家的你。每一回，母亲总在你到家的当天，张罗着做豆腐。头晚上就浸下了黄豆，一大早便起来磨豆子。

无论你在午饭时还是晚饭前赶到家，母亲总能把白花花的豆腐端上桌来。过去在乡下，肉类只在年节时才有，日常里来了贵客，乡亲们就磨豆腐招待。而今在母亲的心中，做豆腐依旧是最高的待客之道。

这两年你还发现一个规律：每次回到家里，母亲忙前忙后的像个陀螺围着你转；父亲却只偶尔帮衬着到地里摘个菜、去屋后搬些柴火，东逛西逛的，似乎特悠闲。其实你知道，父亲是特地闲赋给你看的。

家里的毛竹山明年是大年，得赶在今秋把杂木荒草给伐除一遍，冬天就开始长笋了。你知道，父亲在你回家头一天还在山上除草；你也知道，你返城的当天，父亲就会继续去山里干活。家里那几片毛竹山，足够老父亲独自砍伐一整个秋天。

从前每次回乡，你总会第一时间询问母亲，爸去哪里干活了。无论在多远的田地还是山间，你都会尽快换上粗衣，赶过去帮忙。你无法容忍自己在家待着什么都不做，却让上了年纪的父亲一个人在野外。

有一年立夏回家，正是栽秧时节，你高卷着裤管跟父亲在水田里干了两天活。末了，你发现小腿肚上，有了四五十个细小的红点点。你没放在心上，那是故乡特有的一种小飞虫的杰作。小时候也经常被咬，只要酣睡上一晚起来，红点自行就淡退了。

可那一次却不一样，早晨起来，红点变成了红包包，而且奇痒。回到城里，红包包进一步恶化，最后你不得不去皮肤科用了小半个月的药才好。这事被父亲知道后，从此多留了个心眼儿。每次你回家，父亲农活再忙也不上山下地。

虫咬事件，是故乡和你在某种意义上的一次诀别。你对小飞虫不再具备免疫力了，那曾是故乡盖在你身上的印戳，现在被时光抹去了。这无异于故乡向你郑重宣告，你不再属于这片土地，你只是短暂停留的客人。

人们在年轻的时候，总是一个劲地往前冲，不知道回头。步入中年后，你就像一匹跑累的马儿，时不时停下来回望来时的路。这时才发现，你已经把许多东西落在了出发的地方。这个地方，母亲生了你，这个地方埋葬着你的祖先。

你，越来越惦记故乡了；故乡，正一点一点忘了你。

（原载《人民日报》（海外版）2020 年 9 月 12 日华文作品）

鹿泉水涌

来　其

　　到鹿泉市已是深秋，虽说远处山坡上层林尽染，但刚从满眼绿意的南方飞过来，多少还是觉得冀州大地有些苍茫肃杀之气，这时候真的很希望能看到一口活泛泛的泉水在眼前奔涌。鹿泉有泉，有鹿就有泉。《获鹿县志》记载："……汉将韩信将兵破赵，军历此道，乏军井。信乃遣卒求河与川。还报无有，信斩之。如是者再，复遣胡姓者往视之。胡乃曰：前二者复命，俱蹈刑。吾岂蹈覆辙而速祸耶？因矫指，向有水。信师进，见二白鹿跑地而泉出……"获鹿县就是现在的鹿泉市，只是这个"获鹿"，讲的并非是韩信"见鹿见泉"，而是指唐天宝十五年，平息安史之乱中在这里抓获了安禄山，改县名"鹿泉"为"获鹿"。"鹿泉"地名由来更早，隋开皇十六年就有了，它才跟韩信"见鹿见泉"有关。《获鹿县志》这段记载，出自《重修鹿泉神祠碑记》，这应该是比较确凿的历史记载，再加上还有许多类似的民间传说，也都小异大同，"鹿泉水涌若珍珠"更是古鹿泉八大景之一。凡此种种，都说明鹿泉就是韩信找到的白鹿泉。如今鹿泉早没白鹿踪迹，但白鹿泉犹在，位于城西五公里长寿山下，泉之北有"泉神祠"，乃国内为数不多的古代自然崇拜遗迹。可惜此次"多彩鹿泉"全国百名文化记者采风行，并未安排探访白鹿泉。

没看见白鹿泉，却看到了太平河。太平河在古获鹿城关外，唐代永徽年间，邑尉皇甫哲兴工导泉东注，汇入太平河，从此泉水"乳落四十余里"，灌溉两岸农田。像其他地方祖先一样，古鹿泉人也依河而居，河流两旁形成许多村落，他们都得到了白鹿泉的滋养。来自海边的我，很诧异白鹿泉的成因。地质学家认为，这里原是海洋，沉积了巨厚的石灰岩，由于地壳运动导致石灰岩层发生褶皱和断裂，并抬升成山，才使白鹿泉一带成为一片山间小盆地。此山乃太行山余脉，自然是峰峦纵横，有不尽的山水常年沿着岩石间裂隙下渗，汇聚到小盆地底部，又从裂隙处涌到地面，形成白鹿泉。所以这泉水，实际上是茫茫太行山脉的甘露，又多少带着点远古海的气息。想不到在离我家乡千里之外的冀州大地，我依然能够找到海的信息，海洋与山泉，竟在千万年的大自然造化中，令人瞠目结舌地连接在一块。

我在太平河旁的土门关驿道小镇落了脚。土门关是《汉书》记载的"韩信破赵背水阵处"，也就是说以少胜多的"背水之战"经典战例就发生在这里。但我看到的太平河，河道不宽敞，河水不湍急，哪里还有"背水之战"成语中置之死地而后生、置之亡地而后存的意境？当地文史工作者告诉我，"背水之战"中的"水"并非这样，或者说，那时候这里的河流远比今天浩荡得多了。《获鹿县志》里有一首元好问的诗："土门西边井陉渡，野日荒荒下汀树。秋夏众壑会鹿泉，浩浩湍声泄余怒"，写的是金元时期太平河，那时离背水之战发生年代已相隔1400多年，就连那时的太平河，今天也无法比拟。采风回来后我查了下史料，元好问从61岁起至68岁逝世一直居住在鹿泉，旧县志所载那首诗，其实是他的《鹿泉新居二十四韵》起头四句。他住在抱犊寨附近一个山林庄园，离土门关不远，诗中汹涌澎湃的太平河，应该是他亲眼所见。

我看到土门关城门旁钉着一块木制布告栏，松木板略微发黑，显然已受过一段时间的日晒雨淋。上面贴着三张布告。其一是"喜报"：为庆祝土门十大杰出青年之首、土门百富榜新晋首富、土门关稀奇古怪实业集团锡易欧、杨百万喜得千金，凡拍摄本喜报并转发朋友圈者，可凭截图领取精美礼品一份。地址：南区稀奇古怪店。其二是土门关灯会布告，所谓"梦回大唐盛世，再现土门华光"。其三是旧时土门府衙悬赏捉拿匪人胡大的海捕文书。这三张布告紧挨在一起，亦真亦假，给人以穿越时空之感。过城门进北街，见到了体现土门鼎盛时期美食文化的店铺，莜面窝窝，手工香肠，蓼花糖，豆腐坊，熟梨糕，爆肚，饸饹面，粉肠羊血，醪糟，干菜坊，似乎每一家都能说出一段典故来。无数串红灯笼在街面上空一路悬挂，告示说的灯会还没结束。过一桥，到了南区，依旧是商业区，业态却从古代回到当代，许多的茶楼、西餐厅、酒吧，让人恍若置身十里洋场，间或穿插一二家不洋不土民俗客栈，以及韩信祠、魁星阁、文昌塔古迹。

　　土门关驿道小镇如今已是一个文化旅游综合度假区，它试图重塑昔日土门门旱码头作为冀晋陕三省通衢重镇的景象。那时这里战时为要塞，太平年代则是沟通东南西北的货运走廊。蜿蜒的古驿道由此通往太行山深处，凡晋陕两地物产运往冀州，至此必改驮运为车运；华北大平原的粮食、布匹运往晋陕两地，则需在这里由车运改驮运。这一装一卸间造就了货物集散、人客往来的繁华。土门关以驿道为街，依势建屋，街两边皆有台阶，昔日台阶上货物堆积如山，商铺店面林立，来往买卖者摩肩擦背，特别是明清两代，商业兴旺至鼎盛，所谓"一京（北京）二卫（天津卫）三通州，赶不上获鹿旱码头"说的正是这里。土门关旁土门村，现有二百多户人家，他们都是昔日守关将士和商贾的后裔。走在驿道小镇，我一直在想，昔日土门关三省通衢的繁华，究竟消失于何时？在土门村村志里，我找到了它开始衰落的准确年代：1904 年。这一年，石家庄至太原的石太铁路和石太公路都自土门关南修建，土门关"三省通衢"地位骤然丧失。这种衰落迅速且不可逆转。只是，人文历史不会消失，一旦条件成熟，它依然能够脱胎换骨再"活"一次，如今土门关驿道小镇不就是这样？

在鹿泉，像这样凭借人文历史资源，发展现代旅游业的例子还有许多。此行我到过的德明古镇是另一种类型。有媒体称它为"横空出世"，这是一种婉约说法，说它充其量是一座无中生有的人造古镇。是的，可以这样说。但并非土得掉渣的原始古镇才是古镇。古镇文化可以复原，如土门关驿站小镇；也可以在提炼、凝聚的基础上再造。在如今中国古镇游版图上，后者有许多。陕西汉中勉县的诸葛古镇就是全新打造，那里除了马超祠墓和武侯祠是货真价实的古迹，其他建筑都根据诸葛亮传说故事新建。北京古北水镇也是全新打造，唯一依托的是明代古建筑遗址司马台长城，那是列入世界遗产名录的，由此打造出堪称北京一绝的长城脚下夜游"八大名玩"。相比之下，德明古镇"创新"程度更高，诸葛古镇有马超祠墓和武侯祠，古北水镇有司马台长城，而德明古镇没有一处古迹、古建筑，但这并不妨碍我们在此领略到鹿泉乃至冀州甚至整个中华的悠远古文化。

我是在半山腰顺着一条小路由上而下走进德明古镇的。德明古镇就建在这条山谷里。此谷叫问情谷，原本却是大山中的一条无名小山谷，"问情"两字是建镇者给取的。我问陪同者为何叫"问情"，他也说不出所以然。直到我走到镇口，看到元好问青石刻像和其代表作《雁丘词》刻文，才恍然大悟。《雁丘词》中有一句是千古绝问，此问至今无解，那就是"问世间情为何物"。这千古绝问背后还有段故事：泰和五年，元好问在赶考途中遇到一个捕雁猎人，猎人说自己捕到一只雁，没想到它的同伴却在空中盘旋哀嚎着不肯离去，最后竟撞向大地自杀了。元好问听完十分震撼，将这对大雁买下来，葬在了汾水岸边，还给此地取名"雁丘"，并写下这篇《雁丘词》。这年元好问16岁，两年后娶妻张氏，从此一生没纳妾，只爱她一个，这在古代着实不易。一块石刻有这么多文化信息，这块石刻前就不停地有一对对男女拍照留影。这石刻还让我知道了此镇为何叫"德明"。德明是元好问的父亲，他和元好问一样屡试不第，后来放浪于山水间饮酒赋诗。如今以他之名造一座山水间小镇，倒也符合他的人生际遇。

我在鹿泉探访的两座古镇，都有元好问影子。这也难怪，都说唐有大小李杜，宋有三苏，而金元时期只有元好问了。元好问成就了一个由宋词转向元曲的时代。他的《骤雨打新荷》，被认为是最早的元曲经典名作，是早期元曲"亦词亦曲"的代表作。清代诗人朱彝尊《曝书亭集》，称此曲"风流儒雅，百世之下犹想之"。而他的《喜春来·春宴》，则是他"亦词亦曲"中倾向散曲较为纯粹的一组，每首皆以"唱喜春来"结句。元好问的散曲存世不多，七十多首而已，包括上述两首的这些散曲，都是晚年客居鹿泉时所写。这样一个人物，穿越到当今成就一座古镇，自然不会力所不逮。

陪同者告诉我，德明古镇主旋律是元曲文化。何以见得？因为四条主路分别叫起云路、承雨路、转山路、合水路。"云、雨、山、水"乃问情谷自然环境，其中"水"指的是一条穿镇而过的河，这河我估摸是建镇时开挖或者加以改造的。至于"起、承、转、合"，暗喻四折一楔子的元杂剧。元杂剧一般安排唱北曲四大套，每套各有若干支曲子，少则三支，多则二十余支，同属一个宫调，一韵到底。四套曲子大抵与戏剧冲突的开端、发展、高潮、结局四个段落相适应。但一套路名其实说明不了什么，德明古镇骨里子是比元曲文化更广博深厚的中华传统文化。桥楼榭亭就吸纳了金、元、明、清时期建筑文化精华，不只是元朝。以非遗民间绝技和书法、绘画、戏剧等形成的文化业态更不只是元朝的。我走到一个幽静小院，只见外面挂着各色纸张，原来是手工制纸铺，但造纸术从西汉开始有，东汉时蔡伦改进，唐朝发明了宣纸，宋朝人造纸工艺已经和现代相同，所以制纸铺没元朝什么事。还有一家手工布艺铺，花鸟纹刺绣夹缬罗，彩色印染，贴布缝纫，那是唐代的布饰工艺，而手工布艺早在骨针发明和织物出现时就有了，《周礼》记载"刻绘为雉翟"，说的就是剪贴雉鸟缝制于皇后衣服上。我还看到了郭氏兄弟铁板浮雕铺，那更是当代的，将中国传统雕刻艺术与西方绘画、雕塑相结合，手工锤锻出来，呈现金属的独特美感。这些都与元朝文化无关，但都不妨拿来为德明古镇所用。

最令人惊讶的是把全国特色小吃一网打尽的饮食街。要让人记住一个地方不妨从美食开始，将美食进行到底是所有风景区所求，但若论做到极致、做到有文化，德明古镇堪称一绝。这里有许多网红小吃。抖音大火的摔碗酒，人们在意的是喝完酒后将碗狠狠摔碎，摔掉烦恼，摔出福气，摔出好运，它其实是西安的。一根面盛一碗绰绰有余，一个人几乎吃不完，这家店的押面窗口呈开放式，引得我们围观了好久，但它其实就是长寿面，并非鹿泉独有。驴肉火烧是保定的，饸饹是山西的，春饼是东北的，叫花鸡是江苏常熟的，肉夹馍和 biangbiang 面是陕西的，这些各地小吃都能在德明古镇找到踪影。尤其是，每样小吃，只要扫一扫店门外的二维码，就能看到一段故事。摔碗酒原来周朝就有了，公元前 4 世纪，巴国衰弱又遭内乱，将军蔓子被迫许诺割三城于楚国，借楚军平乱。事平后楚国索城，蔓子深感痛苦，不割城失信，割城即不忠，便告曰"将吾头往谢之，城不可得也"，于是自刎了。黄龙溪一根面，故事比吃面更有意思，婚嫁喜事时新郎新娘必吃一根面，各自从一根面两端向中间吃，直吃到嘴嘴相吻。这样的故事，让每样小吃哪怕味道不怎样也想尝试一下。

冀州大地实在太古老了，大禹治水后将中国划分九州，冀州为首。在这样古老的土地上，自然可以搜罗穷尽天下之物，依附到一个人工打造的古镇上。也只有在这样古老的土地上，才会把文化当作是万物中最珍贵的瑰宝。"鹿泉水涌若珍珠"，说的是白鹿泉水时常有成串气泡从泉底涌出，看上去就像是一簇簇珍珠上涌。我没去白鹿泉，不清楚明朝那位无从知晓身份的杨睿先生笔下的白鹿泉，如今是否还能看到"珍珠"上涌，但哪怕看不到了，我依然会相信"鹿泉水涌若珍珠"，只是这涌动的"珍珠"，分明是如江河如大海般的中华传统文化，是在这物质极其丰饶年代依旧把传统文化视作"珍珠"的鹿泉世道人心。

（原载 2020 年 2 月 27 日《舟山日报》副刊，原题《鹿泉水涌若珍珠》）

金华花木生

李俏红

那日，当我风尘仆仆地赶到浙江师范大学报到时，天已经完全黑下来。在夜幕中拎着行李，亦步亦趋跟随前来接我的师姐前往中文系宿舍楼。

路过几处灯火通明的教学楼后，转入一条石子铺就的林间小道。月华如水，一阵风带来一股沁人心脾的清香，我忍不住叫出了声："好香啊。"师姐停住了脚步说："我们歇一歇吧，这儿一片全是桂花树。"难怪，原来是桂树在月下静静开着花。虽然这是一个陌生的城市，但在这样的月色下，这样的晚风里，我静静地站在桂树下，初来乍到的孤独渐渐消散了……

校园不大，一切简陋，草木却极茂盛。春天，中文楼前的那架紫藤花开得密密麻麻，我和同桌在紫藤花底下看书、谈笑，花瓣拂着我们的头发和脸颊，香气弥漫在身旁，偶有英俊的男同学走过，我们便像花蕊般低了头……想不起哪里还有比这更温柔的春天。

紫藤花飘落的时候蝴蝶兰开了，蓝幽幽的花在我们的脚下，成片成片的，从中文楼一直蔓延到物理楼。接着是所有的玫瑰像约好了似的，在校园这里或者那里和你捉迷藏，去食堂的路上，去电影院的路上，去操场的路上，一不小心它的娇美就勾住了你的脚步。

学校到金华市区只有一路公交车，终点站是清波门。金华城不大，清波门附近最热闹，有保宁门、八咏楼、天宁楼，还有小码头，人来人往，天天赶集似的。这热闹中有一个地方让我印象特别深刻，原因是院子里有两株千年古柏。那是太平天国遗址侍王府，相传古柏是五代吴越王钱镠亲手种植，粗壮苍劲的树干如同守望的哨兵。每到冬天，看着都要干枯的样子，春天一到，又水灵灵活回来了，真是坚韧又顽强。附近的古城墙上爬满了粗壮的木莲，那些果子像一个个绿色的小铃铛悬挂在风中。

毕业后回老家，一个偶然的机缘，我又调回金华工作。清波门一带热闹依旧，一江之隔的江南已陆续开发，新单位在江南。那一年，冬天特别寒冷，我独自一人租住在城郊一个小屋里，远离家人，独自生活和工作，感觉突然被遗弃了。原本下班就可以吃到的美味佳肴不见了，原本唾手可得的家人温暖不见了，甚至茶余饭后的"狐朋狗友"也不见了。一时很落寞，心里空落落的，不着边际。

直到有一天，我走路去上班，看到路两旁，一夜之间所有的茶花都开了，大红、紫红、粉红，格外娇艳。那一刻我的心突然动了一下，这些花就像我刚刚开始的青春，热烈而奔放。它们开得那样忘我，那样精神抖擞，白皑皑的雪覆盖在上面，不仅没有让它们凋零，反而衬出了它们的夺目。这一树树的茶花让我感动，心底的落寞不翼而飞了。

其实，金华到处是茶花的身影，随便在街上拐个弯，就会遇见一株其貌不扬的茶花，不开花的时候与普通灌木没什么两样，你甚至忽略了它的存在，可一旦开了花，那明艳的色彩就可以照亮半边天空。冬日百花肃杀，茶花却凌寒怒放，一开就是三两月。

后来，我才知道茶花是金华的市花。金华有茶花园，还有国际山茶物种园。有一回，在北京工作的同学过来看我，正值茶花盛开，我便带他去了国际山茶物种园，园内各种茶花艳丽妩媚、芳姿绰约，我一路走一路给他介绍金华的茶花。我不知道自己在表述的时候是不是流露出太多的自豪和喜欢，总之，同学回北京后不久就给我寄来两本有关茶花的书，还有几套茶花的明信片和首日封。他说："凭感觉你很喜欢茶花，于是我找遍了京城的书店，为你买这些有关茶花的资料，算我对你的谢意。"

在金华住久了，我越来越喜欢金华的花木。

春天，婺江边的辛夷花开了，亭亭玉立，芳香淡雅。它开得那么安静，以至于我和同事在江边散步的时候都不敢高声说话。看看这朵美，那朵也美，仿佛春天把微笑藏在了花瓣里。

秋日，婺州公园旁开了一溜绣球大的菊花，有段时间我特别迷白先勇的小说，日日从菊花前走过，小说里描写菊花的句子就会浮现在脑海，那些文字让眼前的菊花有了别样的香冷。

冬日，位于东莱路尽头的梅园是最有诗情画意的地方。红梅刚刚含苞，朋友圈就已经蠢蠢欲动。一旦怒放，或朋友结伴或家人聚会，三五成群全到了梅树下。朋友圈里晒啊晒，好像晒梅花，就是晒自己的幸福生活。那些日子外出遇见人，若说自己还没去梅园赏过花，感觉都不好意思说出口。

去年冬天，老家娘舅带信来，说久咳不愈，让我给他带些金华佛手回去泡茶喝。我不大懂得如何挑选佛手，于是拉了种佛手的施大哥陪我去选购。施大哥从参加工作开始，就一直从事园林花卉管理，写了好几本有关佛手种植的书。他边选边告诉我，优质佛手表皮色泽匀称，肉质厚实，拿在手上有沉甸甸的感觉。回程路上，他问我："你知道为什么金华的佛手比别的地方种得好吗？"我摇摇头："为什么？"他笑着说："因为金华水质富含矿物质，土质略呈微酸性，特别适合佛手生长。"

认识种茶花的老何快10年了。老何是个农民，其貌不扬，却有一手娴熟的嫁接技术。他从外地买回来各种名贵的茶花枝条，嫁接在油茶树上，那些没用的油茶树摇身一变就成了名贵的茶花……身价一下子上升了几十倍，好神奇。我买回两盆嫁接的茶花，花开得比牡丹还大朵，很是惊艳。

父亲也喜欢花木，周末带他去城东逛花木市场，几句话下来，他就和卖主聊得投机，卖主摆出茶具，泡上好茶，在花丛中，父亲和他边喝边聊，聊的依然是金华的花花草草。说到兴起时，满脸皱纹都舒展开了。

转眼，我在金华住了10多年。因为这些花木，我更加爱这个城市。花木可养人，这话一点不假，走在花丛中，抬头看一会儿天，低头看一会儿花，莫名有种被治愈的感觉。

前段时间，听说有园林部门私下决定，今年市区公园里的落叶一律不扫，留着给大家找情怀。我忍不住笑了，多么人性化的一个决定——待到秋风起，就去踩落叶吧，厚厚的，软软的，让人想做梦。

（原载《人民日报》2020年10月14日大地副刊）

船　屋

厉　敏

一

　　一条渔船，就是一间屋。不过，这间屋更像是一条鱼，活活泼泼的，喜欢整日在海水里游动；一旦上了岸，它就像一条搁浅的鱼。

　　造这间屋，用不着打地基，也不用石灰砖瓦，全是木结构。木的墙，木的门窗，木的屋顶，连地面也是木板铺的。屋里的床铺桌椅，就不用说了，就是那些盛水、贮冰的器物，也都是木头做的木桶子、木柜子。当然，现在的船屋更坚固了，钢板代替了木材，这房屋称得上是铜墙铁壁了。

　　为了让这间屋能在水中游得更欢，更容易与海里的鱼游到一起，造船师们早就把它想象成了一条鱼。整条船的形状，就像是一条大鱼，船头有张开的嘴巴，两边有圆圆的、凸起的鱼眼，船底是椭圆的、鼓鼓的肚皮，船舷的外侧有长长的鱼鳍，船尾那把活动的舵，就像是左右摆动的鱼尾。而渔船内部的结构，竟然与鱼的骨架也十分相似。那条从头至尾的龙骨，就像是鱼的椎骨，而一道道支撑船体的横梁，又像是遍布鱼身的骨刺。

而它却又是实实在在的屋。所谓"屋"，就是能够给人遮风挡雨，供人起居生活的地方。这船屋并非徒有其名。它有屋顶，有房间，还有小小的院子。以前，船的吨位小，船员只能住地下，住窑洞。在船头、桅杆后，或是船的尾部，在甲板以下的船舱，铺几块窄窄的木板，这就是船员的居室了。这舱内没有门窗，进出全靠甲板上的这个舱口。从这往里瞧，就像是一口黑咕隆咚的井。舱口有门头盖，为防日晒雨淋。

后来条件好起来，船屋盖成平房，甚至楼房了，船员也从地下，搬到了地面。这盖屋的地方，就是中后舱的位置。下面作为机舱，上面高起的部分，俗称"鳖壳"。鳖壳分成双层，它的前端是驾驶台，高企宽敞，里面还设双层卧舱；而其余部分，就全分隔为船员的卧舱了。这鳖壳卧舱，有门有窗，真像是一间屋子的各个房间。

船屋里也有厨房，先进一点的，还设有卫生间。这厨房，设在船的尾部，以前大部分在甲板下，一个叫"后八尺"的地方，现在也搬到上面来了。船上烧饭，以前用煤、柴油炉，现在都换成瓶装煤气了，既干净又方便。而饭往往在露天的"院子"里吃，也就是驾驶台前的甲板上，"一家子"围着吃；若碰到下雨或者狂浪，那只能各自分散了，躲在舱室里吃。现在大型的铁壳渔船，在鳖壳的后间，也有了一间餐室，放得下一张方桌，渔民可像家里一样坐着吃饭。

这移动的房屋，大部分时间在海里出没，每一次出海，少则几天，多则几十天，所以每一次的首要任务，就是根据时间长短，把这趟行程的食物备足。粮食没问题，就是新鲜的蔬菜不容易多带。日子一长，吃不到蔬菜，船员容易得便秘，咸菜、榨菜等保存的时间长，可以做咸菜鱼、榨菜汤，作为缺少新鲜蔬菜时的调剂。而水果可以多带点，苹果、橘子、柚子，还有杨梅罐头等，能放很长时间，可以补充维生素。淡水是船屋里最金贵的东西，主要保证做饭、喝水，洗脸、刷牙，能省则省；洗澡更是件奢侈的事，一般能坚持不洗就不洗；实在没办法，那先用海水在甲板上裸洗，然后再用淡水擦身。

你看看这船屋里吃喝拉撒的事儿，与陆上每个家庭每天在屋里所干的事有什么区别吗？

二

这些都是生活上的事儿，而船屋里的人不能坐吃山空，他们住在船屋，还要种田，还要渔猎，为自己和身后的亲人获取生活的必需。

他们的田野在大海。这船屋不但是生活的场所，也是劳动的工场、生产的工具。他们以船为犁，以海为田，耕海牧渔。这海中的鱼群，就像是他们种植的庄稼，或是放牧的牛羊，通过他们辛勤耕耘和挥鞭劳作，然后将它们收割归仓，抑或是驱赶回圈。如果老天爷开恩，几天或一个月下来，他们的大小船舱里，会堆满金灿灿的莜麦、银闪闪的稻谷，他们的甲板上、鳖壳上会晾着挂满各种捕获的猎物。

这"一家子"，人人都有分工和任务，他们各司其职，又相互配合，工作起来齐心协力，有条不紊。老大，是一船之主，他不但掌控行船方向，而且负责生产作业的发号施令；他既是船屋里的家长，又是战斗中的指挥员。他权势最大，但责任也大，一家子收成的好坏，全仰仗着他。老大的副手，叫大副、二副，主要负责联络协调和处理具体事物，所以，此人一般是能说会道，八面玲珑；而且还要具有一定的管理、协调能力，船长不在，能暂时代理行使船长职责。另外，船上的老轨也很重要。老轨就是轮机长，是负责船上动力的，他不但能开关机器，而且要懂得维修，在海上，一旦机器出了问题，没人能帮你。船上其他人物还有：出网、出袋（也叫拉网衣）、拖下纲、扳二桨、抛头锚、备人等等，一看他们的名号，就知道他们各自干啥。这一家子的分工，倒也细致明确。

这里还有一种叫"伙将团"的角色，是负责船上烧饭的，由最年轻的小伙充任，相当于船上的实习生。他将是这船屋里的接班人。

生活在同一个屋檐下，不是一家人，不进一家门。他们一生"以舟楫为家，饭稻羹鱼"，相互携手，出入风波之中。这是共同的命运，也是彼此的缘分。真所谓"一条船，一家人，一辈子"。长年累月同吃一锅饭，同睡一间屋，不是兄弟，胜似兄弟。所以，彼此的目标和利益一致，只有团结协作，才能保证一家人平安富裕，这便是每个家庭成员铭记于心的"同舟共济"的道理。

船屋中，最能体现互助协作精神的就是撒网、拉网。一旦准备作业，船上的人立马穿好雨靴，系紧渔布拦，戴上袖套笼，如打仗般整装待发。撒网各个环节要协调，才能顺利把网放下去。网要顺水放，船要逆水行，这样网就展得开去。撒网时，如果某个人出了问题，网衣纠缠，网绳打结，那么，其他环节就会不畅，这势必影响正常生产。收网时，讲究"心往一处想，劲往一处使"，只有大家拧成一股绳，才能把网拔起来。虽然，现在船上有了起网机，但人力的协助也很重要。随着越来越多的纲索、网衣被拉上船，海水与渔船之间的喧嚣变得越发响亮。船灯在摇曳，渔民的起网调在夜色中显出雄壮的气势。反复几个回合，拖、捻、遛、弛，见势顺势，得巧借巧，才能把百米长的渔绳绞到船上来。

三

船屋是会游动的鱼。以前，这条鱼的游动，靠的是风帆的翅膀，靠几个人一起摇动的大橹。现在船内有了吃柴油的机器，船尾有了像风扇一样转动的螺旋桨，这船屋游得更快了。尽管如此，这犹如摇篮一样晃动的船屋，让脚下的每一寸土地都会跳舞。睡在颠来倒去的床上，尚且让人心神不宁；更何况要让人在晃动的秋千上行走、干活，时时充满失足颠蹭的危险。这确实需要一种高难度的技巧，而技巧的获得，得靠长期实践。船被海水围着，这蔚蓝色的土地，有时平静如砥，有时却白浪滔天。这样的环境，不是一天两天就能适应，需要大脑和肠胃经过多少次翻江倒海的历练，才能脱胎换骨；即使学会了适应，也不是任何情况都能对付，而必须用一辈子的敏锐和小心，才能在海的钢丝上自由地舞蹈。

平时，在船屋中生活，最大的考验就是孤独。船从码头出发，一路上的海水不断变化着，从开始的混沌、清绿、碧绿，渐渐到远海的浅蓝、深蓝、墨蓝。白天的海，如一块无垠的光滑的巨大蓝宝石，没有一丝缝隙，整个海面缓缓涌动，没有一丝皱褶，一点破绽，就像一匹巨大的丝绸在风中鼓动；而晚上犹如行走荒野，四周一片漆黑，看不见船外是石壁还是深渊；抑或船屋被黑漆漆的高墙包围，不见一丝漏光的缝隙。这好比一小队人马，在渺无人烟的荒漠或冰封千里的雪域上行走，一望无际的全是一种色调，看不到一株树、一棵草、一只鸟，看不见任何一丝有生命迹象的东西。就像到了一个外星球，一切空旷而没有生气，天地间就剩下孤零零的这么几个人，时间概念、方位概念全消失了。在这无声无息的天地间，等待船员的似乎只有自生自灭。

在这样荒凉的背景下，海洋的蓝色远比其他色调更让人感到孤独恐惧。渔民知道，从浅海到深海的颜色是逐渐加深的。船屋到达深蓝，甚至接近黑色的时候，那一定是离岛屿非常遥远的深海了。这颜色让人联想到万丈深渊、无底黑洞；头上明明是白天，但船似乎被吸入黑洞。人一旦落水，就像掉入深空一样恐怖。沙漠的恐怖在于无边无际的荒凉，但至少你的脚下是踏实的；而海里的恐怖，除了荒凉，还在于它的每一寸土地都是起伏的、流动的，因此船屋每时每刻也跟着动荡。行走于风口浪尖，每一刻都让人如履薄冰。

另外，无论身处沙漠还是在戈壁，天和地的颜色，还是能区分开来的。而在海上，从远处看，天是蓝的，海也是蓝的，天和海几乎连接在了一起，海天一色，天地相融。处在同一种色调下，你会失去分辨上下左右的感觉，会感到天地间忽然变得异常空旷高远，而你的船屋也就显得更为渺小；你的船屋好像不是在海上颠簸，而是在天空飘荡。而纯然一色之中，除了船屋，整个宇宙似乎空无一物；你的心也会空荡荡的。当你陷入孤独之时，即便看见一只小小的蚂蚁，好像发现了什么奇迹似的，你会激动不已。

四

当然，有惊险也会有收获。人们跟着船屋东奔西走，就是期待着激动人心的那一刻——一顶撒入大海的渔网，徐徐出水。所有人列队在甲板，看着鼓鼓囊囊的袋筒（网的尾端，装着渔获的部分）缓缓被吊到甲板上方，老大用力一拉扎口的网绳，色彩灿烂的各类鱼货，顿时倾斜而下，这宛如一朵巨花的盛开——甲板上、舱面上，到处都是锃亮锃亮、五颜六色、活蹦乱跳的鲜鱼：光滑紫亮的鳗鱼，色彩斑斓的鲳鱼，晶莹闪亮的鲥鱼，银光锃亮的带鱼，金光灿灿的大黄鱼，四处乱爬的梭子蟹……那场景犹如一场战斗的胜利，几天几夜不休不眠的劳累，转眼被抛到了九霄云外。

与船屋为伴，渔民的一生，注定要在动荡中渡过。他们不能像脚踏土地的农民，可以守着田园，安分守己，日出而作，日落而息；他们注定要与孤独为伴，一生行踪不定，居无定所；他们的一生还注定必然险象环生，充满凶险，所谓"一只脚踏在棺材里，一只脚踏在棺材外"。在长期与大海的周旋甚或膜拜中，船夫们想清了生死的道理，他们习染着大海的脾性，也养成了豁达豪爽的性格。他们看轻身外之事，拿得起，放得下，自信乐观，重情重义。

（原载《江南》2020 年增刊）

乡夜稻香

刘从进

吃过晚饭，来到下吴村。天刚擦黑，村民们悠闲地坐在村口的亭子里，溪边的石凳上，拉家常、说年成——稻子又熟了！

走过门前溪，前面是一片三百多亩的水稻田。田野静悄悄，夜的薄幕在缓缓拉起。成片的晚稻叶青穗黄，默立着，像一大块一大块的魔方，稻叶吹着软的风，带着整片田野这边摇过来，那边晃过去。成熟的水稻田组成了乡村美好夜晚的一部分。

找一截路头，把身子隐进去，稻香"腾"地漫上来，淹没了你的头。

稻香是一种什么样的香？那是一种清清淡淡，勾人食欲，让人安宁的香。它不是单纯的谷粒的香，而是伴着泥土的芬芳、山水的甘冽，包含了茎秆、稻叶、稻花的气味，带着阳光的明媚和母乳的馨甜，是土地最深处的味道，胃的乡愁。

稻香是喂大我们的第一缕香。

说来您不信，每年的秋天，我都要在稻田边睡几个晚上。现在的田野铺了水泥路，草席一摊就行了。找一块干净的水泥地把草席铺下，躺下来，身子掩没在稻浪下，找不见了。夜，淡青色，毛茸茸的，香气一阵阵弥漫，浮动在身体的周围，此刻除了鼻子，整个身体都浸淫着蓬松的稻香。揽过田边一串沉甸甸的稻穗，细细地数着那带芒的稻粒。正值谷粒灌浆期，能感受到它在手掌中带着呼吸般突突地膨大。

夜的最外层是湫水山上的夜猫子猫头鹰的叫声，咕哇咕哇的。稻田里，偶尔虫鸣，一切显得那么的寂静和幽深。这样安详地躺着，似睡非睡，如如的风缕缕香，摩挲的稻穗莎莎响。

我正静静地将这田野欣赏，忽见前面的豇豆架下钻出一星莹亮的光，照着一片稻田，又照向田边的水沟。光亮晃到我的身上又收回了。

我走过去，原来是一个老农戴着头灯在水沟里捞小鱼。他为自己的头灯照到我的身上而有点过意不去，说：我来放田水的，顺便捞几条小鱼给孙子看看，孙子在城里，没见过稻田里的小鱼。我的心头柔软，乡下的爷爷多贴心啊！但我知道这不是重点，重点是他来田里闻稻香，看稻熟的。在水稻快成熟时，经常有老农站在田头端详，不小心就把自己站成了一棵稻。秋天里，乡村的时间全藏在一片稻田里秘不示人。

我也拿手机的光亮照着身边的水沟。沟水清浅，能见到底下褐黄色的软泥。蓦地我发现了水沟里丰富的生活。那里有好几种小鱼，细细长长的；还有泥鳅、龙虾和田螺，在水里悠游、悬停或爬行、匍匐。见有光亮照来，扭身钻到泥里，搅起一团混水，施放出阵阵烟雾，把自己藏起来，藏在哪里连自己都不知道了。曾几何时，稻田的环境又这么好了。一下子想起儿时沿着稻田赤脚追蜻蜓的往事。

乡村的大地上，总有一片稻田供阳光的影子跳舞，给南风唱山歌，给小鱼以嬉戏，给河流以纳凉，给秋虫以歇夜，给离人以思念。

我本农家子，上的是农校。刚工作那会儿，天天跟水稻打交道，在田头穿梭，看水稻长势，调查病虫害发生情况；收割前还要数稻穗，估产量。我最喜欢的是咬着稻粒检查它的成熟度，新鲜的稻粒里有乳汁的香。

从乡村走来的人，记忆总是停留在少年的田垄上，停在那一缕稻香上。到现在，每年的秋天，我总有那么几天呆在稻田边。早些年还喜欢在乡间徒步，总是坐在田垄上一边看水稻生长一边吃午饭，闻着阡陌那边飘过来的炊烟。

夜不停地筛下来，天凉了。忍不住又用手机的光去照这水稻，发现每棵稻子的剑叶上渗出了细细的水珠，晶莹地闪动着珍珠似的光，探头探脑，像守望的哨兵。它们值班来了，要让这稻谷放心安睡。

这是一片比秋天还要大的稻田，飘着一缕比泥土还要香的稻香。稻香飘过溪，弥漫在静谧的村庄上空，煨熟了一村的睡眠。

（原载《人民日报》2020年10月24日大地副刊）

我去你留，两个秋

刘　涵

往返日本的航班上，在睡梦和清醒的边界中，我看完了两部迪士尼出品的电影，分别是《阿拉丁》和《狮子王》。两部电影似乎也奠定了这次赴日友好交流的主基调，HakunaMatata，从美好走向美好。

一、风物长宜放眼量

到达东京时，天色已经暗了下来，于是抬头就在暮色中见到了被雨濡湿的东京塔，在那一刻我所有关于这个国度的想象都落地生根。印象里的日本是川端康成笔下黑色火车穿行在漫无边际的纯白雪国，是岩井俊二电影里泛着冷色调的装着白色幕帘的飘窗，也是久石让的钢琴曲里充郁着和暖气象的夏天。但当我走近它，我才逐渐发现它平凡又不平凡的那一面。

在东京的短暂停留里，我在酒店之外去的最多的地方应该就是各式各样的便利店。我一直很喜欢便利店带给人的感觉，像是黑夜里不会熄灭的灯，小小一方天地给人一种微妙的温暖与慰藉。在这个方面，东京和其他大都市似乎并没有太大的不同，各种便利店出现在城市的各个角落，宣告着它的忙碌，也印证着这个城市居民的繁忙。这样的东京，给我的感觉是熟悉而陌生的。

对于静冈这个浙江省国际友好城市，在出发之前，记忆中只有零星的碎片。它是《伊豆的舞女》中雪山脚下那个爱情发生的地方，是樱桃小丸子的家乡。当我们真正来到静冈，我们看到了富士山，在大巴上听见了"新年初梦梦见富士山会带来好运"的传说；我们游览了白丝瀑布，在红叶掩映之下的瀑布梦幻得像是"指环王的特效"；我们去到了掛川市的茶草场和花鸟园，茶草场的工作人员送给了我们三只草编的蟋蟀。

在静冈，在种下属于我们自己的那棵小松树之后，大巴短暂地停靠在了海岸边，给了我们一小段未曾写入预定行程的美好时光。我们登上高高的堤坝眺望一望无际的海洋。即便已是冬季，亚热带季风气候下的海依旧没有给人寒冷汹涌的感觉，不是潮平两岸阔，海水宽广已然看不到岸边，只有孤独的桥梁横构于上。浪花翻卷之间，有人在享受冲浪，而我在那个瞬间听着依稀的潮声，感受到从未有过的平和与宁静。

二、且将新火试新茶

我穿过重重雨幕向你奔跑，就像夸父追逐太阳。在风景之外，我在这次的旅程中也看到了别样的东西。富士山之于日本，应当是无可替代。在富士山世界遗产中心，讲解的工作人员问了我们这样一个问题："为什么富士山能够成为世界遗产？"答案绝不仅仅是风景，而是在漫长时光中赋予它的所有意义，富士山已然成了日本的一个独特且瑰丽的文化符号。

在我们尚未意识到的时候，我们已然在追逐着它的踪迹，是在东京晴空时乍然欣喜的遇见，是在去往静冈的大巴上一路的镜头追随，是在返程的飞机上透过云幕的窥见。而在富士山之外，我们也在别处感受到了新奇而别样的体验。

在陌生的国度里，探寻新鲜的食物在我看来是一件充满趣味的事情。日本食物中生冷的特点比较突出，而在这次的友好访问过程中，日方的接待非常贴心，考虑到我们对于冷食的接受度，提供给我们的食物可能是对于当地人来说已经是温度偏高的食物。而日方的用心也不仅仅体现在食物的温度上，团中对于牛奶过敏的女孩在很多饭桌上都拥有自己的专属座位；虽然我是一个吃不惯海鲜的人，但在日本的这一周，仍觉得每餐都是丰盛的，对于每一次用餐都充满了期待。

日本人在每顿饭前都会双手合十，说一句"我开动了"，这个看似简单的行为其实充满了仪式感。曾经有过一部美食纪录片，在每集视频的弹幕上都是"我开动了"，在结束的弹幕上都是"多谢款待"。回想在日本，似乎常常忘记去说一句"多谢款待"。这个国度赋予我们的仪式感，其实我们也可以给出我们的反馈。

三、桃李春风一杯酒

在日本，意料之外地体会到了诸多美好的情感。

无论是在顺天堂大学护理学部与日本的大学生一起在课堂上交流、一起共进午餐，还是在静冈县的海边防护林亲手种下的那棵寄予友谊与美好祝愿的小松树，抑或是在日中大学生500人交流会与同龄的日本大学生进行的交谈，还有在无数个分别的时刻里素不相识的店员与我们挥手告别，都让我有一种热泪盈眶的感觉。

正冈子规写过一句相当隽永的俳句："你去我留，两个秋。"写作背景是他与夏目漱石的某次分别。而如今，与日本告别，转眼其实已经两旬，诸多记忆的细节却在回忆之中打磨得日益清晰。松尾芭蕉写："人生此世上，犹似宗邸躲时雨。"轻轻柔柔却谈及了人生。前两日看到了团员做的视频，或许是当时的环境太安静，我在金华靠着窗，不自觉感念流泪，视频的名字叫作"相遇即奇迹"。

我感谢这样的相遇，像是一场圆满又动人的馈赠。

（原载《文化交流》2020 年第 2 期）

那个朝北的燕巢

卢江良

这年春季，像往年一样，燕子又飞到我老家筑巢。不同的是，这次它们不是筑在大门外的屋檐下，而是筑在了大门内。这样的朝向，是极为罕见的，至少在我老家村里，从来没有过。母亲问了村里的老人，他们说燕巢朝北比朝南要好，预示我家这年会非常吉祥。

父亲一贯极爱小生灵，唯恐燕巢筑得不够牢，摔破了一巢燕蛋，每次燕子来筑巢，都会在底下钉一块木板，横"托"住那个巢，以起到保护的作用。这次，燕子将巢筑在了大门内屋檐下，父亲不顾支气管炎刚出院，拖着病体爬上扶梯，照例完成了这项"工作"。

燕子生下蛋不久，父亲由于腹部难受，加上血压有些高，我和妻子开车回老家，将他们接到杭城为父亲诊治。离开老家前，为家里的安全考虑，得关上大门。这时，父母担心那对燕子无法从大门出入，到时会饿死或者渴死。我安慰他们，开着窗呢，不会有事的。

到杭城第三天晚上，我们陪父亲去一家大医院急诊，结果被值班医生误诊为淋巴瘤，当夜送进了抢救室诊治。那个时期，由于受新冠肺炎影响，患者在抢救室家人不得陪护，等父亲在里面待了三日三夜，转到血液科普通病房后，不足三小时，心跳就莫名地停止了。

父亲被抢救过来，直接送进了重症监护室。在那段日子里，母亲和我们姐弟三家，每天几乎寸步不离地守候在医院里，焦虑地期盼父亲能好转过来。我们坐在院区水池边沿的水泥面上，那里有不少蚂蚁出没，母亲一边牵挂着被抢救的父亲，一边惦记着老家的燕子。

我说，现在父亲在重症监护室，哪里还顾得上那几只燕子。母亲就叹口气说："你爸这人心很善，平常连蚂蚁都舍不得踩死一只。"她又讲起父亲年轻时，给村里开（驾驶）大型拖拉机跑运输，那个年代农村还没有什么车，父亲就经常主动让老弱病残者免费搭乘。

确实，这类好人好事，父亲做过不计其数。单单对于溺水者，他就救过至少四位，其中一位还是孕妇。那位孕妇，当时租住在我们老家，有一次去洗衣服，不慎滑进了河里，父亲正好路过，赶紧救起了她。事后，她告诉村里人，有一个老头救了她，但不知道是谁。

于是，我们想：父亲总这样积善行德，一定会有好报，老天会保佑他渡过难关的。然而，让我们无比痛惜的是，父亲在重症监护室，先是昏迷，后心跳再次停止，被抢救过来，又一直昏迷，过了好几天，才终于清醒，并被排除了肿瘤，可待到第十三天，还是离世了。

在重症监护室的最后一天，我们将父亲从杭城送回绍兴，到老家的时候已是下午二点，事先得到通知的亲戚们，早早将我家大门打开，忙碌地准备父亲的后事。而筑巢在大门内屋檐下的那对燕子，不时地回来穿过大门飞出又飞进，并在我们的头顶"叽叽"地叫着。

悲痛欲绝的母亲，仰视着那对燕子，欣慰于它们安然无恙的同时，颇感失望地喃喃自语道："都说燕巢朝北好，说我家这年会很吉利，可我的老伴还是没了，我再也不信这些了。"在一旁搭灵棚的亲戚闻讯，征求母亲的意见："那地方要装盏灯，是不是把燕巢拆了？"

母亲阻止了他。她说，那地方本来安装着一盏灯，父亲怕我们忽略燕巢的存在，不小心按亮了灯，烫着那些燕子，特地取掉了那只灯炮。我默默地想：如此爱惜生灵的父亲，同样作为大自然的生灵，老天却不够爱惜他，只让他活了七十四个年头，便夺走了他的生命。

在为父亲守灵的那几天，那对燕子孵出了小燕子，我们沉浸于悲恸中，自然没心思去数多少只，只望见不时有小脑袋伸出，被大燕子喂着食。而在那个燕巢下方，父亲"躺"在那里，永远不能再醒来，但我相信：他在天之灵，一定会感到欣喜，为那些新生的燕子。

（原载《工人日报》2020 年 8 月 9 日）

七星落人间

鲁晓敏

从三面环山、三溪汇流的上佳景致，到"前有照，后有靠"的村落传统格局，再到因需而变的建筑朝向，青田陈宅村的布局处处可见风水调理的痕迹，亦有因地制宜之举，也有打破传统之创新。这一切，源自于村外旷野中的七星墩。

1

北宋元祐年间（1086—1094），福建闽候人陈文发由闽入浙，途经青田县方岙时，只见一路山清水秀，心情相当舒畅。当他翻过一座小山，四下一张望，不禁眼前一亮，七座山丘如同北斗七星映照在大地上，这真是可遇而不可求的风水宝地啊！陈文发兴奋地猛一跺脚，便定下了决心，将家安居此处。

陈姓一族从此在方岙生根发芽，瓜瓞绵延，衍生出了青田一望族。方岙也便改称为陈宅。据明万历间重修的《陈氏宗谱》记载，陈宅村开基始祖陈文发之父陈襄（1017—1080）为宋仁宗、英宗、神宗三朝名臣，官至御史大夫，与王安石同朝辅政，并力荐司马光、苏东坡等 33 人当朝任职。有着官二代背景的陈文发并没有走上父辈的道路，或许是看惯了党争的残酷，或许是无意于仕途，一心一意隐居此地，驱赶狼虎，披荆斩棘，营建家园，辛勤稼穑，开启了艰辛创业的历程。

当我站在村前观望陈宅时，大自然馈赠的美景犹如水墨画一般呈现眼前。顺着陈文发的视线，依旧可以清晰地看到"七星环拱"的奇妙景致：从岙底村头到陈宅村头的田野中，七座小山丘依次排列，其位置和形状与天上的北斗七星非常相似。这七座山丘与北面的一座山丘的距离、方位及形状，与天上的七星形恰成正比。由此，形成了罕见的"七星环拱"的天然景观。所以，先人称这些山丘为星墩，又名七星墩。不禁让人想起，距离陈宅不远的温州城，也有着类似的地形，一连串低矮的山丘弯曲布列，状如舀水的斗柄一般，俯卧在瓯江南岸的大地上。东晋太宁元年（323），著名的风水大师郭璞依照温州城地形设计出了"北斗七星城"。时间过去七百多年，陈文发复制了郭璞的手笔，他是不是以此向这位风水大师致敬呢？

既然讲究风水，仅凭村外"北斗映照"的形态是不够的，那只能说是具有了风水的形，还欠风水的神。陈宅东南西三面环山，村落背靠形如太师椅的山峦，脚下三溪汇流，形成"前有照，后有靠"的格局。陈氏先人按照始迁祖陈文发布下的蓝图，在村落不断扩大的过程中进行了规划和设计，经过数代人的精心改造和调理，一个颇具风水神形的陈宅村盎然矗立眼前。正如清代举人徐上成的七律诗所道："谁将斗极出星垣，散作珠玑遍玉田。云彩去来分隐现，月华灿烂见排连。剑成欧冶乾龙象，旗布招摇握将权。二五相乘参洛数，好从个里问先天。"

陈氏先人将村落四周上佳的景致利用文学的想象组合成了八景，分别为：七星寰拱、锦帐东开、五驳南驰、双堂西照、金鱼北镇、三源合流、金龟顾子、马鞍特耸。仅仅从这些字面上，其实就蕴含了许多风水术语，只是我们今天很难破解这样奥秘的语言。

2

如果说山是村落的风骨，那么水就是村落的灵魂。

毓秀溪穿村而过，环绕着村落流淌，如同官员腰间玉带的形状，所以三溪汇流之后称为玉带溪。事实上，陈氏以此来暗喻将来子孙后代必有达官贵人。在这一美好的精神寄托后面，隐藏着他们现实中的需要。

陈氏先人合理地将毓秀溪改造成弯弓形，由南向北呈弧形流淌过村落一侧，形成风水上的"腰带水"。所谓的"腰带水"，就是使河道弯曲，它会有效减缓溪水的流速，冬天枯水期期间起到蓄水池的作用，还能够调节气候与温度，居住也相对安全，可谓一举多得。

毓秀溪与抱朴溪、九龙溪汇合于村头古廊桥处，聚成玉带溪。三水汇源，造就了众多的桥梁，其中就有派岩桥、毓秀桥、永济桥等6座明清古桥。一座座形态各异的桥梁将村落铆接成了一个密不可分的整体。

陈宅最有名的桥当属毓秀桥，它是一座石拱廊桥，也是一座典型的水口桥，扼守在陈宅水流的出口处，北邻派岩桥，东连陈氏大宗祠与水口山，西侧筑着一条名叫卧龙坡的石砌长堤，桥下是抬高水位的拦水坝，两侧植满茂密的参天大树，它们共同镇锁在水口，防止风水的外泄。毓秀桥始建于明万历三年（1575），清康熙年间、民国时期曾经多次修建，长13.8米，宽3.3米，五间廊屋，两侧置美人靠，中间高出部分的亭子采用攒尖顶。或许是陈宅村多侨民，民国修缮毓秀桥时，见过世面的村民在廊桥中加入了西式的建筑元素，形成中西合璧石拱砖廊桥，这在浙西南一带非常罕见。在桥的左右，分别长着一棵柳杉和香枫，树根如虬龙探爪一般深深地扎入桥体的拱券之中，形成了"桥因树成，树为桥生"的趣景。到底是拱桥在先还是树根在前，已经无从探究。这左阳右阴的两棵树，村人称之为"夫妻树",一座廊桥将两岸分离的树牵手在一起。

溪水顺着门前石阶潺潺而下,家家门前观流水,户户屋下清泉流,水让村落充盈着灵气。村民开门见水,一道道的埠头延伸到溪里,村民洗涤非常方便。桥梁相连,矴埠相接,聚水生景,景随溪动,陈宅村构成江南水乡"小桥、流水、人家"的迷人情调。

在陈宅随意走走,陈氏后裔温馨地生活在一起,共同营造出一个安宁和谐的聚集村落。走过一座驼背的石桥,再走过一座平铺的石板桥,墙基石缝中戳着杂草。巷弄的转角偶然看见一角田野,一丛丛农作物在茂盛地生长着,植物的清香远远近近地逼来。在弧度的水流街巷中,时光在这里潜藏了一个个老故事,如同一本老的历书。

3

陈宅现存 20 余幢古建筑,以"凹"字形三合院或者"回"字形四合院居多,均依山而筑,临水而居,垒石成屋,砌砖为舍,独立成院,天井敞阔,通过弄堂将街坊分割开来,通过路径将村落连接在一起。沿着石板、石子道路走进古村,一路而来的砖石古建筑显示出时间的古旧气息。

陈宅现存两座始建于明代的陈氏宗祠。陈氏大宗祠始建于明正德三年(1508),迄今已有五百多年历史,建筑面积达 1200 平方米,耗资白银 500 两,费时两年才告竣。陈氏大宗祠从高大的墙体到细微如毛发的微雕,无一不显露出子孙对祖宗的崇仰和膜拜。我推了推一扇红漆大门,这是一扇正门,门板上的漆"哗哗"地剥落着,一对大锁锁着,透过门缝,看见一个个祖宗像端坐在神龛中。在我身后,一条大黄狗对着我狂吠,陈氏先祖似乎被一一唤醒,正聚精会神地抬眼看着前方……

陈氏宗祠建筑工艺精湛华丽,但让人感到非常压抑,迫于历史的沉重而哑语。相比较，我更喜欢的是活生生的民居，哪怕是粗粝些、破败些也露着烟火气息。

村中众多的古民居中，69号古宅楼院显得别具一格，砖石结构的门楼庄重气派，当地人称之为"石门楼"。它始建于明代，清康熙九年（1670）重建，据说为明朝开国第一谋士刘伯温设计、经朱元璋钦赐的"宫廷形制"院落，唯青田县所独有。"石门楼"有门楼、天井、正房和厢房，共计12间。外有围墙，内设明、暗楼室，防盗，防火。在门楼的门楣上，镶嵌着一块刻有"守拙园田"的石匾额，左右门柱刻有"门对架山观豹变，室依砚水看龙飞"的对联，这是清代著名诗人、学者、戏剧家韩锡胙的手笔。让人意外的是，大屋的主人居然是一位武秀才。或许，这个文武双全的秀才自诩怀才不遇，为空有满腹经纶、一身武艺而无法报效国家感到十分抱憾，只能面对虚拟的"笔墨纸砚"空抒一腔理想。或许，他对仕途上的失败心有不甘，只得将满腔希望寄托在子孙身上。大屋门对笔架，室依墨砚，他为后代布好了风水大局，期待儿孙金榜题名、功成名就，了却自己一生未竟的遗志。

陈宅民居的天井大开大合，即便地处山区，土地资源非常紧缺，陈氏先人宁可牺牲住宅面积，也要辟出大块的宅基地建造天井，有的整块天井内铺菱形石块，有的用鹅卵石拼凑出各色花纹图案，组成一幅幅寓意深远、哲理丰富的画卷。

这里的古民居比不上徽州富商巨贾民居的气派，比不上江南古村名镇民居的秀美典雅，但陈宅民居既有山野的粗犷也有中西文化的交糅，从而让人耳目一新。在建材上，陈宅古民居取石为材，讲究厚重坚固，配以卵石铺就的天井和蛮石垒砌的高墙，整座村落给人的感觉就是粗枝大叶，一些未经打理的细节呈现在面前。如同农人卷起衣袖，露出粗糙的肌肤。与此形成极大反差的是一座座带有西洋血统的门楼，刻绘着欧陆风情的奇花异草和中式风格的吉祥图案，这种混搭的画风穿过岁月依旧显得新潮而雅致。

4

在传统民居建筑中，大门最喜朝南，寓意着如日中天，主要的原因是朝南日照充足。陈宅村却整体坐东朝西，而且很多古民居的大门朝向西方。

为什么反其道？我去村落找原因。

客观上，村落东侧是绵延的山峦，村后有高山，寓意着有靠山，所以陈宅坐东朝西。西侧是弧形绕村而过的溪流，村落坐落在溪流突出部位上是合理的选址，一来可以避免反弓水的冲击，二来面临腰带水是风水学认为的吉位，所以陈宅面西而坐。难道仅是这些原因吗？当我走到陈宅野外，眼前赫然出现一溜山墩，那就是七星墩！似乎，我找到了答案。

道教中，北斗七星被奉为七位星神。儒教礼制强调对星辰的祭祀，对七星尤为重视，历代读书人最为崇拜的文曲星和魁星就在北斗七星之中。

或许，村落和很多古民居朝向西方，是为了面对着"七星"，以期获得"七星"的护佑。而且，西方代表夜晚，现实中的星辰只有夜空之中才会出现。我们可以想见，一家家陈氏大门白天面对虚拟的星辰，夜晚面对着现实中的星辰，祥瑞映照门庭，他们内心世界充满了祥和、自信和希望。在星辰的庇佑下，他们在大山深处安居乐业、耕读传家，从容安详地面对一切。

自陈文发开始，其后代一直追求"学而优则仕"的传统道路，他们在想象的七星照耀下，在山水之间安放理想，在世外桃源中晴耕雨读。自明清以来，陈氏繁衍成一大族，获取功名不在少数，逐渐衍生为青田精英门第。据族谱记载，陈氏诞生了进士2人，涌现出国学士、国学生、贡生、廪生、庠生、太学生、秀才等300余人。陈宅仅明、清两代就出了150多个秀才，成为文气斐然的秀才村。

斗转星移，直至今天，陈宅教育之风不减，出了 5 个博士和不少留学生。陈江帆是其中的代表人物，成为美国著名神经药理学专家。陈宅是有名的华侨村，陈氏后裔开枝散叶之后，有 500 多人发散到了 40 个国家，他们就像七星的光芒四射到了世界。

（原载《环球人文地理》2020 年第 6 期，有删节）

洪武二十年的老街

陆建立

老街在卫城里，城老，街也老了。

这个城建于明洪武二十年，一恍惚六百三十多年过去了。城原是个小镇，初筑时，护城河四周只有一公里见方，主街有东、南、西、北四条，当然有不同的街弄分布，三十六条街，七十二条弄，毕竟设计者汤和考虑的是军事功能。从南门到十字街口，再到东大街一段，商业尤其繁华，民国时有许多绸布店、官酱园、国药店、丝线铺等，而副食店制作的三北茶食，因其选料讲究，精工细作，在沪、甬一带享有盛誉，沪、甬各大副食品商店的糕饼师傅，也是从这里出来的，当时的三北茶食与苏式茶食并立于江南，那街上还有米店、茶坊、酒馆、客栈等，店招猎猎，市井繁华，街上往来的商客，真是可用熙熙攘攘来形容。

东大街是卫城的一条老街，街上的居民爱叫东门头老街，就像百岁老人，越发显出了苍老，北边一长溜老房子，仅二层，木板隔撑着，掩饰不住那老旧与破败，这里算是古镇最热闹的一条街，甬城的摄影家们喜欢往这里跑，说这里的老街有股烟火味。老街街面，明嘉靖年间的卫志上曾记载曰"驷马平行"，到现在不必说也显窄了，两辆轿车交会也有点困难了，难怪有人开玩笑说卫城里会开车的，到其他城市都是高手了。

街上没有旧时的青石板，水泥浇的路面也因常年的雨水，或是行人不断踩踏，路面踏出黑黝黝的颜色。街的两旁房子，老屋门面新装的卷帘门、移动门、玻璃门、木板门等，五花八门，还会发现一两间刚刚修葺过的店面，就像一个风蚀残年的老妪扑了点白粉，那一种不自然的味道，好似穿越。这里的集市曾为宁波府知名的集市之一，每日早夜二市，鱼鲜、蔬果陈列街巷，一条街上排列着饺饼店、理发铺、照相馆、牛道、便利超市等。"耳边喧杂卖鱼声，每日腥风几满城。看尽六街皆笭箵，早潮初过夜潮生。"清代诗人曾生动地写活了当年东大街海鲜集市的盛况，随时代变化，而今天集市真的不一样了。

十字街口到往东走，店铺一间挨着一间，二三百米外的地方，有一个菜场，当地居民习惯喊东门头菜场。周末，因有客从杭城来，她直爽地说到这里品尝一下海鲜，这里的小海鲜最有名了。杭州湾多是滩涂地，是淡水和海水交接处，因而当地小海鲜特别多，味也要比其他地方鲜美。卫城现在见不到海了，也望不见从大海捕鱼归来的渔船，想尝尝海鲜，那就到东门头菜场来买，街上带点鲜活的海鲜回家，和家人一起共享。老话说，"靠海吃海、靠山吃山"，简单却道出了卫里人的生活习俗。城里确实有一批以靠海为生的人，有了他们，市场上就多了地道的小海鲜，在这里，能买到各类野生的海鲜，泥鱼、跳鱼、泥螺、海瓜子等水产品，物美又价廉。

这条老街多年来不曾变过模样，斑驳的墙体，木扇门的吱呀声，一直都在重复着往日的记忆。特别在上午，街上到处是人挤人，因为菜场摊位不足，零星的商贩们喜欢摆在地上，本来窄窄的街道更加拥挤了。经由过第八街口转角处，却见卖梭子蟹中年汉子，光着膀子，在叫卖："舟山刚上岸的梭子蟹，新鲜，只只有膏！"我见地上摆着四只红色的塑料养殖盆，圆弧型的一圈，躲在太阳伞下，氧气泵在盆上不停地吹着气泡，蟹在横爬着，气汹汹地挥舞着长脚。我自己挑了两只，一斤多，要三十多元，我问，微信、支付宝在哪？那汉子抬起头，眼睛朝太阳伞一瞥，只顾自己做生意了，微风中，只见伞沿下挂一块牌子在晃动，我对准二维码一扫，"嘟"一声，成功付款了。

老街两面虽然没有高大古建大院，却也还能看见旧式的临街古色古香楼屋，一直到东门半街，这里的老房子算多了，一楼黑色的瓦片盖得一排排的，镂刻成花纹的栏杆，临街的阳台装着空调室外机，三三两两的衣服挂在窗前。地上摆着一长排一筐一筐的海鲜，主要有带鱼、鲳鱼、小黄鱼、鲳鳎、虾潺什么的，这种海鲜出自于深海里，这个月刚好开渔收捕，街上多了新鲜的海味。说实在，此时此刻，大街上的人声嘈杂，行贩的叫卖声，黄包车的喇叭声，还有抖音里常听到熟悉的歌声，街上的微风带着一种熟悉的味道，吹到老街的角角落落。

有自家房屋开的小店，当然大多是出租的，收些租费，这里的住户大多年长了，年轻人在新城买了商品房。我看到一家理发店，却没有花里花哨的门面招牌，里面设施也非常简单，一把理发椅子，一面镜子，几根木制的长凳，墙上贴着已经发黄的老年历，我也知道他店开四五十年了，来的都是老顾客，附近的老头们喜欢往这里钻，聊聊天，神侃奇闻趣事，听听家长里短。据说民国时，日寇铁蹄踏入浙东土地，舟山的鱼货无法运到上海、宁波销售，那时，观海卫附近各浦口与舟山尚可通航，于是，海船麋集，桅樯林立，鱼商客户，纷至沓来，新开渔行如雨后春笋。老人们侃起当时较大的渔行，有宏大、祥升、协源、宏源等数家，旺季鱼类每天出售运输达几万斤，货船往来如梭，日夜不停。有时海鲜到货集中，一时难以运转，就地加工腌制、晒干，街上的鱼腥味特别浓了，于是，食盐供应量大了，咸货行生意也忙了，运输也繁忙，其他吃的、用的、住的，也都繁荣起来，甚至有拉客住店的……听着说着，大家十分享受的样子，讲起了带黄的笑话，偶然会响起几声爽朗的笑声，那是老街记忆中的经典片段。

东大街与南面相交的叫上横街，刚开始就是一个二层菜场，两边的房屋都设摊位，楼上设蔬菜、小百货，楼下海鲜、肉类等，后来，可能小贩多，摊位不够，农民喜欢摆地摊，卖出去后，换点其他海鲜，慢慢地，摊位都摆到大街上了，菜场下的上横街显得比两边低矮，有时候经常见有泥鱼、跳鱼、泥螺、海瓜子等，湿塌塌的摊了一地，不好行走。我慢慢地挨着脚步，一直往东移动，两边低矮的老房子，看看还是先前的样子，大街上行贩们有二三间店面的，算是生意比较大的，往往会门口搭一个篷，三枝毛竹竿，一张防雨布，为免顾客太阳直晒，或雨天挡挡细雨，他们心系顾客，生意大多比较好的。有店门口撑个大阳伞，一家一家多了，零零落落的插着，要是来只航拍的话，老街上又多了一道风景。

抬头望见菜场对面屋顶上有五马山墙，古朴之风悠然而来，见门面则多有木板组成，开门设摊时，可以将木板一块一块卸下，门面之间的墙一般是青砖砌的，年头久了，墙缝中有杂草长出来，背阴的地方，则有细密的苔痕。房屋两边是双扇大门，半开着，看起来有点风化的木纹，一推开，跨过石门坎，便是走廊，可通里面的房屋。进去后便见青石板铺就的四合院，房屋是老宅了，那当然是有年份了，院子里摆满了一盆盆郁葱的花草，我们不用猜，就知道主人有这种嗜好。院子里有五六个邻居坐在堂前聊天，我与他们搭话，知道他们已经买好了菜，听说我来看老院子，他们纷纷说以前矗立过旗杆，旗杆脚还在，那是得了功名才竖起来的，看他们的脸上洋溢着昔日的荣光，抬眼一望，一束阳光从东面的窗户里射了过来。

街上的各种摊位多，品种也多，五里外的人也会来赶集。我见到一个七八十岁老农的摊位，他头戴草帽，简单的用蛇皮袋一摊，素菜就摆上面，一束南瓜嫩脑，三五个歪瓜，一堆玉米，看他就是自家种的，自己吃不完，才拿到街上卖，再换其他喜爱的鱼肉之类。一位早上刚从海里回来的人，脚穿拖鞋，裤脚还粘着海泥，随意在地上摊了塑料布，赤鳝、跳鱼各一堆，十几根小丈鱼，一条半斤重的脂鱼，四五个塑料脸盆摆在身边，如有人买就递给他一个小脸盆，估计今天小潮兴，鱼不多，且小。一般专门做海鲜的行贩，他们经营的海鲜品种基本固定的，像带鱼、梅鱼、鲳鱼、虾潺、马鲛鱼等。而做河鲜的也固定卖鲫鱼、草鱼、鲢鱼、青鱼等，还帮着杀，也有客户要做酸菜鱼的，行贩就会耐心给他们一片一片分割好，生意做得非常到位。

东大街不长，大概五百米，到护城河边，马路摊位也渐渐少了，要是算上整个市场，当然不能少了上横街。这几年，卫城变化较快的，新鲜事也频出，新城中心新建了文体中心，布局了书城、剧院，又有墨池珍珠般似镶在其中。东大街北边的老影剧院已拆了，改建了一家大型的菜市场，门口设有停车场，菜场仍叫东门农贸菜市场。搬迁后，一条老街，可能不再会摩肩接踵了，会显得更加清洁、整齐。

岁月安好，带着记忆中的温情，那股温暖人心的老街烟火味，一直会延续下去。

（原载《散文百家》2020 年第 12 期，原题《东门老街》）

斯文在野

陆　梅

走进中国的深处，有多少可居、可游、可望的城乡村镇正悄然发生着变化？还真无可尽数。有机会身处其中，我总有一种追故乡的心情，感受街道上的生活，探进互相借景的院落，在戏台老树前驻足，俯仰之间，在在是诗与它的山河。

地图上看，苍南濒东海，浙闽交界，处浙江沿海的最南端，隶属于温州。如果不是两天的漫游，实地走一遭，恐怕我一直囫囵成了温州——苍南在温州嘛。可苍南，又不尽是温州。网上有个好玩的帖子，苍南人出了省，人问他是哪里人——温州人？浙江苍南人？还是浙江人？网友们的回答五花八门，一不小心炸开了锅。焦点是，作为"城里人"的温州人，和作为"乡下人"的苍南人互不买账。说来是惯常偏见，从文明和教化的角度，居于城里的人总觉多了一层优越感，眼界心态上更认为自己是引领和引导潮流的人，这样一个印象派式的定见，为什么到苍南人那里就意难平了？这让我好奇。

从上海虹桥火车站出发坐高铁，四个小时就到苍南了，真没料想如此便捷。苍南设有全国首个县级动车始发站，每天50多趟动车始发或停靠苍南站。一个县设一个动车始发站，苍南人的自豪是有底气的。还有，苍南写下了很多个"第一"和"之都"：中国第一座农民城、中国第一条私人承包经营的客运航线、中国印刷之都、中国塑编之都、世界矾都……这些响亮名片给初来乍到的旅人一个印象：苍南人有钱，苍南人务实肯干，敢为天下先。苍南就是温州的一个样板，苍南的金乡镇向来以商品经济发达闻名，是"温州模式"的发源地之一。父辈们创下的传奇余响了几十年，如今他们的子女也到了父辈当年创业的年纪，在这个需要温故知新的时代，年轻人又该怎样书写自己的传奇？

第一次踏进苍南，我其实更想看看陌生的一切，山水、人文，尝尝海鲜，苍南靠海……第一站却是一家书店，还不是一般的书店，取名城市文化客厅，县城热闹的中心湖广场烘托着这幢宽展的两层楼玻璃屋，远望灯火璀璨，走近安宁祥和。猛抬头，一屋子的读书人，还都是年轻人，看书听音乐默坐神游小声交流，二楼有咖啡屋、影音空间、读书沙龙和独立书房，也是一派温宁。来这里看书据说都免费，不单县城，每个乡镇村都设有民间众筹的文化客厅，一盏盏阅读灯点亮在山陬海隅的苍南。二楼书店"半书房"，我在翌日霞关镇的渔港老街又相逢，店名"半书房·在山腰"，店主人 70 后，中文系前语文老师，因为老爸爱看书，而她童年的记忆，小镇四十年没有一家书店，开一家书店的梦想就此萌芽了。从清理破败老屋，到设计、施工、软装、展陈、给书籍分类……每一道细节每一个难题都亲手参与自己解决。我在敞亮书店里徘徊，顶天立地层层木架子上的书，携带着这样的气息：家园、老爸、诗歌、言语、海洋、植物、孩子……这些关键词一样的美术字妥帖地与书为伍，你一抬头就和它们心神交会——"世界的改变不是因为一个人做很多，而是每个人做了一点点。"县城中心湖"半书房"墙上的这句话真好啊，不动声色释放着浑然朴素大气谦和的美。

美需要照亮。可是，"质胜文则野，文胜质则史"，如何把好一个度？孔子认为，"文质彬彬，然后君子"——美就是文质彬彬，君子般温润如玉，是时间之釉造就了它。进入桥墩镇碗窑村，深秀层叠的古村落依山而筑，一步步从狭窄石阶转到碗窑博物馆，我被镶嵌在脚下、用玻璃罩保护起来的一角青花碎瓷镇住。瞬间，一道亮光从身体里划过，如同时间的河床，耳边旋起汩汩潮汐。多么熟悉啊，那也是我小时候用过的碗。抬头，我和满架子有年代的碗盘杯盏照见，明万历、清雍正青花小凤斗，五代时期瓯窑土碗，都是日常民用之物，朴拙古静，那碗盘上的花草鲤鱼鸡和鹅，也出现在我童年故乡的河岸坡地边，兰草还散着幽香，蜻蜓飞立枝头，喧天蝉声鼓噪着，一只公鸡大喇喇地亮起翅膀……

时间停住了，山地瓦厝也好像停止了生长，龙窑的火已封上，古戏台前的三官宫香烟袅袅，客商等着渔鼓开篇，烧窑的出窑的画花的，所有的人都在等待一场"窑变"。碗窑村，这个明清时期生产日用瓷的古村落，它抵抗住了时间，时间赋予它包浆，那些碗啊盘啊盏的，它们源于实用又超越了实用，由野而文、而礼，它们和青山溪谷老屋相生相伴，以大地博物馆的形态，袒裼沧桑，穆然深思。

到处是时间的痕迹。矾山镇的矾矿遗址，如今是明矾采炼的活标本。昔日商贸往来频繁，山间草木不生，矿工们个个是"石老鼠""钻山豹"，早晨出门不知晚上归的提心吊胆，"世界矾都"是以生命代价和滚滚烟尘换来的。古老矾村需要点石成金——金子的金，也是金色的金，金色是颜色亦是光，光照世界，以"文"明之。"矾山上长出了草，现在矾山绿了。"同行女孩顺手一指，远望山河草木葱茏，那也是女孩的故乡。

依托矾山采矿而世代聚居的福德湾老街是另一处时间的痕迹。清末起，采矿工人从山上慢慢往山下发展，浙南山地坡转路陡，村民们就地取材，垒石造屋，老街在山岭间蜿蜒，一个抬步，就遇见一座老房子。升级改造过的街市开张了，在一家老字号店里品尝了矾山的肉燕，当地有名的燕皮馄饨。矾山与福建的福鼎市交界，饮食风味更接近闽菜特色。觉得好吃，同行友人当即上网下单快递到家。老街居民一部分搬空，去了更舒展的平地街区，也有留下开店和守店的，留下和离开的，都是为了更好的回来。究竟，故乡是身体的，也是心灵的，我们身体里的故乡永远需要一个心灵的出口来安放和纾解。

我发现了，大地博物馆形态的碗窑村、世界遗址公园样貌的矾矿古镇，还有金乡的抗倭卫城、蒲壮所城，所见尽是过去的时间，手工业时代的废墟遗址、烽火抗倭时期的城门关寨，是历史也是时间和命运，智慧的苍南人悄然开启了礼敬传统、激活历史的新一轮创业——也是创新和创造，生态的，人文的，可持续的。以前的创业是形，现在是神；以前更重物质，现在趋于精神。有了经济做基础，苍南人得以形神兼备写文章，"文质彬彬，然后君子"，家园也是一样的啊。

那天在矾山镇吃晚饭，给我们端盘子上菜的是一个 90 后大眼女孩，店主介绍说是厦门人，女孩冲我们甜笑招呼，真的是，有了动车，厦门到苍南也就三小时。有些变化是时间养成的，比如文和质的转换，如同烛照，一层层晕染，由内而外。当年写下创业神话的苍南人（也是温州人、中国人），如今他们的子女辈接起了新使命，时间可以将废墟潜移默化成安所遂生的新家园。

20 世纪 30 年代，潘光旦说过一段发人深省的话："中国的教育早应以农村做中心，凡所设施，在在是应该以 85% 以上的农民的安所遂生做目的的，但是二三十年来普及教育的成绩，似乎唯一的目的在教他们脱离农村，而加入都市生活；这种教育所给他们的是：多识几个字，多提高些他们的经济的欲望和消费的能力……至于怎样和土地及其动植物的环境，发生更不可须臾的关系，使 85% 的人口更能安其所遂其生，便在不闻不问之列。"——实在是醍醐灌顶啊，时间过去了 90 年，这深刻的提醒终于起了逆转，眼前所见，正是斯文在野，美的在场。

（原载《浙江散文》2020 年第 4 期）

天竺葵

罗芹仙

一

密林宫是一个道观，崇惠是一个道姑。一个阳光和我的心情一样寥落的深秋下午，我想找一个宁静的地方待会儿，便想到密林宫。穿过太平山冈，顺着下坡路绕几个转弯，半山腰上有一个掩映在竹木中的四合院，就是密林宫。离门口还挺远，听见一个女声说"有人朝这里走过来了"。那么远的脚步声都能听到，我心想这耳朵可真够灵的。进了门，见东厢房门口稀薄的阳光里沉默地坐着两个人。左边的老妇人是英师傅，她很热情地邀我坐下。右边就是崇惠，刚才通报我到来的就是她了。

我在崇惠身边的长凳上坐下，崇惠盯着我看了几眼，我也很注意地看她。她张着嘴，几个参差的门牙和牙床一起裸露着，耙子似的向外突出。头发乱糟糟的，潦草地扎成一把，用一根白色的塑料簪子在头顶固定成一个发髻，这是道姑的发型。

英师傅见我看崇惠，像是对我解释，叹口气说："26 岁了，饭也不会做，越来越傻了。"崇惠低着头坐在一边一言不发地听着，像接受审判似的。她两只手互相挖着指甲，十个指头的指甲全被她挖得只剩半边了，大半边指甲肉光秃秃地裸露着。她转头偷偷打量我，好像在看我有什么反应，盯着看了几秒钟，又突然转过身去。然后站起来，走到大殿台阶前，那儿摆着许多盆栽，红红绿绿的，仙人掌、芦荟、燕子掌、天竺葵等，阳光照着它们，有一种热热闹闹的美好。崇惠伸手摸摸天竺葵的花朵，又扭身往左边的围墙走去，围墙很高，有一个不大的窗口，她的头刚好探出去，扒在那里看着外面。墙外有一条通往村庄的路，路那边是一片竹林。她张望了一阵，又回到凳子上坐下。

崇惠是一个弃儿，刚生下就被父母抛弃在善呑张村一户只有三个儿子的人家门口。那家人将她养到六岁时，又送给了临县一户没有孩子的人家。临县那户人家送她上了学，她读了三年连个"一"字也认不得，又把她送回来了。善呑张那户人家也不愿意再接收这个毫无希望的弱智女孩，将她送到密林宫。那时密林宫的老师太一个人住着，心想有个伴儿也好，便收留了崇惠，崇惠从此成了道姑。

二

现在密林宫里住着三个人：老师太，英师傅和崇惠。密林宫很小，一年里就做两个较大的法事，平常鲜有人来，大多时间是寂寞的。一百多平方米的院子，大殿里供着神像，院中摆着烛亭、香炉、墙高，四周竹木繁茂，没有阳光的时候，就难免有些阴沉压抑。像今天这样的日子，她们上午坐在西厢房门口晒晒太阳，下午移到东厢房门口坐两个小时，一天就过去了，五点多就关门上楼睡觉。

英师傅继续与我说着崇惠的傻事。白天从来不敲木鱼不念经，有一天半夜却坐在床上"笃笃笃"地敲木鱼。她撕破了几十件衣裤，把被子毯子也撕了，还把床头给拆了，这些都是在晚上做的。衣服不会洗，澡也不洗，房间里弄得臭烘烘的。衣服却要换，穿一天换了丢那儿，过几天又拿来穿。英师傅说这些话时，口气是不满的。崇惠坐在一边，不知道在听没有，无动于衷的，好像不是说她一样，也可能说得多了，不当一回事了。

我暗暗叹息，26岁的大姑娘，虽然智力欠缺，生理和本性仍是正常的。她也爱美，无聊，烦躁。从本质上说，她是一个被遗弃和禁锢的孤儿，这么狭窄的天地，这么漫漫的长夜，她能做什么呢，只能选择自己所能理解的方式来打发和发泄。

我们两个说着，崇惠又走向墙边，一声不响地伏在窗口，像一个渴望放风的囚犯。她是在向往墙外那个世界里的生活吗？她可能不知道，对她来说，现在这样的生活或许是最好的了，至少有一个稳定的环境，能吃饱穿暖。

在窗口看了好一阵，她才回过身来，自顾朝屋里走去，嘴里还哼着歌儿，过一会提出一个水壶给花浇水。

我起身去看那些花儿。天竺葵我认得，有四五盆，大概是分栽出来的。对这个花印象深刻是因为在《百年孤独》的结尾里遇到它，当卷走马贡多的那阵飓风刮起时，"那刚刚吹起的和风中充满着过去的声音，有古老的天竺葵的絮絮低语……"从那之后，天竺葵在我心里便多了几分神秘和深刻。然而现在看它们花繁叶茂无忧无虑的样子，似乎除了开花本身，它不愿承载任何文学或情感的寄寓。那被绿叶簇拥的花枝顶端，长长的花茎擎起一个红艳热烈的花球，真正的花团锦簇。英师傅跟过来，说："这花好种，剪一枝种在花盆里很快就活了。"我不善养护花草，听说好种，有些心动，决定带一枝回家种种看。

英师傅拿来剪刀，剪下一个枝杈，说，找个袋子装起来。这时崇惠几步跑到屋里，找来一个尼龙袋子递给我。我笑着说，崇惠蛮活络懂事的，她听了有些害羞的样子，忽地又扭身走开了。我走出门，英师傅在门口说，慢点走，山路不好走。崇惠什么时候也跟到门口了，学着英师傅说"慢点走！"我走过一道转弯回头看，她还倚在门框上朝我这个方向望。

回家后，脑子里一直留着崇惠的影子。晚上洗澡时，把头发用夹子夹在头顶，看到玻璃里自己模糊的影子时，觉得自己的头发很像崇惠头上的那个发髻。

三

家里正好有一个种兰花失败后空着的小花盆，挖开泥土，把那枝天竺葵插进去，填回土，浇点水，就算种好了。这种方式似乎过于简单潦草，心底还是不太相信这样就能让它开出那么隆重的花朵来。

种的时候发现天竺葵身上有一种特别的气味，很难说是香还是臭，有点辛，又有点腥，很浓烈，又很隐秘，稍远点觉察不到，凑近了就能清晰地闻到。这应该是它的一种防身术，用这种特殊的气味像金钟罩一样把自己武装起来，防止敌害靠近。每一种生物，都有自己的生存之道。

偶尔给它浇水的时候，发现它长得挺快的，没几天就长高了一截，还长出几片新叶子。两个月后，大雪节气刚过，花茎顶部结出了一簇花苞，让我忐忑不安的期待有了确凿的结果。数了一下，一共十七个花苞。又几天后，花苞全都绽开了，花朵挨着花朵，花瓣叠着花瓣，十七朵花攒成一球，鲜红的颜色娇艳欲滴。只是这花也散发着和叶子一样的气味，就像一个有狐臭的美女，让人很难亲近。

看来英师傅说得没错，这的确是一种很好种的花。这个花球与我在密林宫看到的一样艳丽。心想，若是花也有心情，那么这枝天竺葵对这次迁徙会有怎样的感受呢？是为逃离清寂的道观而庆幸，还是为身陷喧嚣的红尘而悲叹？这种原产非洲南部的草本植物，1600年前偶然被一艘停靠过好望角的船只带回荷兰莱顿的植物园，到如今世界各地普遍栽培，想必早已习惯迁徙。在美国著名女作家弗兰纳里·奥康纳的短篇小说《天竺葵》里，原本生活在美国南方的老达德利搬到纽约与女儿同住，在格子般的公寓里，他每天注视着对面窗前的天竺葵。他的"家乡有很多天竺葵，更好看的天竺葵"，"不是这种淡粉色的玩意儿"。不管在南方还是北方，天竺葵安然若素，一如既往地绽放美丽；而让老达德利却根本无法适应变迁，看不惯新环境里的一切。

开花是世上最美好的事情，造物主安排无喜无悲的植物来完成是最合理的——若是植物也有喜怒哀乐，想必会有许多花会因为愤怒而开得丑陋不堪，有许多花会因为哀伤而不愿绽开。爱恨情仇是一切快乐的源泉，也是所有痛苦的根本，人拥有这样的能力，是幸或不幸？不喜不悲，无欲无求，是禅的境界，植物一出生便已达到，多少人修炼一生却难以臻至。崇惠若生为一株天竺葵，她亦能随遇而安，在密林宫无忧无虑地开出美丽的花朵。

至今，天竺葵开花已有两个多月了，这也是一年中最冷的两个月，这个花球一直那么鲜红艳丽地举着，一副岁月静好的样子，好像不知道凋谢似的。这么长的花期，应该算是花中的长寿者了。看不出这样单薄脆弱的花瓣不但敢对抗严寒，还敢对抗强大的时间。

这样算起来，距离我去密林宫已经有四个多月。四个多月的时间，足够忘记一个见过一面的陌生人了。我本应该忘记崇惠了的，可看到这盆天竺葵，崇惠的影子便像魂灵一样紧跟着浮现在脑海里。

（原载《散文》2020 年第 5 期）

在荥经：世俗的，形而上的

马　叙

一

在 CA47064 航班上，强烈的阳光透过舷窗，打在翻开的《看不见的城市》一书内页上。阳光切出书页上的一块，并照耀着其中文字："旅途终于把你带到了塔马拉。你沿着两边墙上挂满招牌的街巷走进城市，眼见的不是物品，而是意味着其它事物的物品形象……"。阅读使人困倦，机上的假寐又让我陷入杂乱无边的想象。我去往的是我之前从未去过，从不知晓的一个县域。连续三个月因新冠疫情对人员流动的严格限制刚被解除（防疫常态化时期），六千米高空上飞机沉闷肚腹内乘客的脸庞全部藏在口罩后面。人们各有所思，大口罩上方露出的眼神比平日里多了几分各种日常渴望（一定是有关日常的、放松的、自由的、对以往常规交流、行动的渴望）。我这次旅程目的地，四川雅安的一个县域，荥经县。飞行让人放松，机舱内的阅读与间歇的睡意，促进了对未到之地的想象与揣度

——飞机密闭的空间，金属外壳，翅膀下沉闷的发动机，辽阔

的蓝天，变化着的白云，以及口罩后面我的有些憋气的面孔，书本，文字，这些奇异的物质及交互空间，促使我去想象此刻尚在一千多公里外的荥经县。每一次的旅行，在尚未抵达目的地，离目的地还尚远的时刻，往往会有一程荒谬感。人就这样被一个又一个密闭的旅行容器运送着，不停地被交给一段又一段的时间、旅途。以至于不停地因困倦、睡意而产生永远如新的各种华丽的想象。我一直喜欢这样具有着一定程度荒谬感的旅行过程。这次去荥经县也一样。到达之前，我已经让想象抵达了一次（不，二次，三次）——二十年前新散文论坛时代就已认识却从未见过面的朋友李存刚，荥经县邻县天全医院一个优秀的骨科医生，用文字呈现病房病人生活百态。他已经到达荥经县，在我出发之前，他曾向我粗略描述了荥经县，生态，古道，大熊猫。我也想象它的河流，每个县城都有河流，荥经也一样会有河流经过，河水清冽，流速湍激，两岸居民生活平静又忙碌。这是我未抵之前的想象中的县城。

而防疫常态化时期大口罩下的轻度缺氧，有时会使得想象更为奇异及丰富，乃至华丽。我也由此突然发现轻度、适度的缺氧与想象之间的某种关系。

二

双流机场到荥经县还需要驱车两个小时的路程。中途，与西安来的黄海一起下高速吃午餐。这是到达荥经县之前的一次序曲，前奏。接站的胥杰先生与驾驶员一起带着我们找了好几条街才找到一处小吃店（我们的这次午餐时间太晚，午后三点，一般的小吃店在这时间不营业）。滚烫的辣子肥肠面，麻，辣，烫。外加两盆酱牛肉酱猪口条。外加一个锅盔。辛辣食物及小店服务员的辛辣率直的态度，这是在我想象之外的路途上的日常，猛烈，实惠，初尝了口舌之快。这种辛辣与麻爽的口味与独特的地貌气候千百年来造就了川人的脾气个性，率直，幽默，机智。

开始出现山川地貌，不高却陡峭的山峰，令人忘却此刻正值全球严重的疫情灾难扩散期间。视觉连通着思维。我摘下了佩戴已久的口罩，旅途的憋闷，在这里得到了报复性的呼吸，舒畅的、清新的空气，虽然经过了汽车的复杂机器通道，再循环进车内，但是仍然能感受了其新鲜气息。

新冠疫情强调着人的思维向安全倾斜，也强调了人对人际、自然、以及环境与空气的敏感与需求。当车越向荥经境内逼近，越能感受到因青山带来的放松、惬意与信任。

三

这小城感觉怎么样？

这里好吗？

感觉到了空气的清新了吗？

到达县城后，接待我们的朋友们常用这样的设问反复问话。不断地向我们强调并唤起到达后的感受。

这感受是真实的——城不大，房屋不高，街上车辆、行人不多。空气好。

夜晚降临时，我已独自在县城的内部街巷自由游荡。颛顼文化广场，是县城的核心所在，广场上播放着大音量的当下流行歌曲，在广场上的男女老少，散漫，自信，热烈，快乐。广场延伸出去的是县城核心街道荥兴二路，小城最具品格的一条新街，也是小城世俗生活的中心。我是喜欢世俗生活的，它既在火热生活的中心，也在边缘，既在明亮处，也在幽暗里，生活安宁，激荡，多样。夜八点，在颛顼广场边缘，鸿林大酒店对面的中餐小吃店，只剩下一个吃客，他装束简单，衣服上有油漆，刚做完了一天的活，点了几个简单的菜，面前摆放着几瓶啤酒，有几瓶已经喝空，桌上大碗里倒满着啤酒。我隔着贴着红色塑剪字的大玻璃看他闷头吃菜，喝酒。喝的中间有停顿，大碗放下，稍等片刻，再喝。停顿的间隙，没有任何动作，包括表情。独自在此时，置身只有自己一个食客的这个餐馆空间里，他此时在想什么？会想什么？对他，我不得而知。我只看到此时他的状态，他的停顿。他的与颛顼广场上热烈人群的反差。有时，一个火热的县城，会被一个僻静处孤独的个体食客，被几个喝空了的绿啤酒瓶，所对比：火热生活深处，有一个不为人知的孤独食客，刚做完一天强度劳动，喝空了几瓶啤酒。颛顼广场的喧嚣，热闹，群体人际，使人自信，热情，热爱生活，热爱世界。而一个刚做完活的食客的孤独，令人感动，深思。

荥兴二路西段烧烤店密布，入夜，这些店里的人三三两两地增加着，慢慢地，有些店的吃客饱和了，把桌子摆到了街上的空白处。烤串，啤酒，以及劲酒、小郎酒，简单而火热的生活象征。我打这些店面前走过，看到的几乎都是男男女女乐观豁达的脸庞，他们是这样热爱生活，热爱烧烤店，交谈的乐趣，喝酒的快活，麻辣烤串入肚的火热，心跳加速，血液流速加快。吃喝是平民的宗教，在这个小城，几天不到街上吃烤串，喝啤酒，必要在下一天夜里去吃上喝上。但是，我一直惦记着小吃店里那独自一人的吃客，米饭，小菜，酒，与情绪，与孤独。他有着劳作后的疲惫，累。

从荥兴西路二段的胡长保街左拐到底，就走在了蜀山路上，走到蜀山路对面，感受着紧靠着蜀山路流淌的荥河流水。此刻，河流是城之灵魂。荥河映照着两岸的灯火。有一对年轻的情侣经过我旁边，他俩私语着相爱的话语，他俩的行走方向是顺流而下。年轻时的爱是一条河流，纯净，绵长，简单，热烈。让荥河流水见证人间相爱是最恰当的。而在这座城的另一边，荥河的姐妹河经河，荥河经河分别从小城的两边流过，到东边城尾时两河交汇，合成一条荥经河。在小城的各条街道世俗生活之外，两条河流提供了形而上的意味，河流使小城人在午间寂静时刻，或深夜醒来之际，生发出时间、爱情、生命诞生、成长、流逝等概念。

荥兴西路二段、青华街、民主路，包括蜀山路本身，是世俗荥经的重要组成部分。世俗是民生的灵魂所在。而姐妹河则是无言地影响着整座小城居民的内心品格。

现代县邑，需欲望的小城作底色。对生活充满欲望充满热情，对地域舒适度的渴求随之而上升。对生态空气的保护，以及外来者的增多，使得一座小城一个县邑，更为丰富、完整。

《看不见的城市》之《轻盈的城市之一》中写道："在压水泵的手柄上，在把水井管里的水提上来的风车支架上，在打井钻机的塔架上，在屋顶的高脚水池里，在高架渠的拱架上，在所有的水柱、水管、提水器、蓄水池，乃至伊萨乌拉空中高架上的风向标上。这是个一切都向上运动着的城市。"

入夜的荥兴二路西段，我正感受着的是，一个具象的、世俗的、运动着的、向上的小城。

四

同样在《看不见的城市》里，有这样的一节文字：

"你是为了回到你的过去而旅行吗？可汗要问他的话也可以换成：你是为了找回你的未来而旅行吗？马可的回答则是：别的地方是一块反面的镜子。旅行者能够看到他自己所拥有的是何等的少，而他所未曾拥有和永远不会拥有的是何等的多。"

马可·波罗的成都至吐蕃、建都（西昌）之行，大约经过的路线是噶达、荥经、泸定、石棉。而经过荥经时，则从大相岭出县境是必经之路。因语言等关系，他看到的并不多，也没作多少停留。因此他所记载的是成都、土蕃、建都。或对荥经有记载却没收到成书的游记之中。当卡尔维诺在书写《看不见的城市》一书中，写到马可·波罗向忽必烈汗转述旅途见闻时，借马可·波罗回答可汗的话，强调的是未看见、未拥有的部分。这未看见未拥有的正是看不见的城市部分。

卡尔维诺借马可·波罗说出的话，也正印证了我在荥经的大相岭古道之行。由于必经的公路有一段修路而临时改道，中巴车沿着一条窄路，小心翼翼，几经周折，才到达大相岭古道。这是一条通往汉源、泸定的山道。我所到达所看到的仅仅是它的起始点。古老的石阶路面上，许多处都留有一个清晰的锥形凹坑，它是背夫背着沉重货物歇脚时用以短暂支撑所背货物的 T 形拐拐尖的着力处，当地人称"拐子窝"。千百年来，有多少背夫从这条古道上来来去去，歇脚的距离与位置都大致相同，以至歇脚时的拐尖挂石处都被杵出了一个个深深的锥形凹坑。我想象着他背着沉重货物时的身形几何，这是无言的力量，同时也是接近极限的负重，这种极耗体力的极限持续性负重行走，我在少年时代经历过。那也是在一个高山林场，那时我十五六岁。我从十二岁开始跟着成人劳作，连续许多年，每年长达半年时间参加劳作。十五岁开始背树，背大捆青柴，挑栏肥，挑谷物。其中在一二十里外把伐下的树背回林场是最为繁重也最耗体力的劳作。也用到拐子，每到歇脚时须用拐子（又称短拄）支着树干，使得树干的架空高度差不多刚好到肩头的高度，以便重新背起时能够直起腰来。所以我一看到大相岭的山岭石阶的凹坑时，就清晰地呈现出了大相岭背夫在这条逶迤山道上一步一步地艰难地极限负重前行的情景。

力量，生存，欲念，艰辛，身体，货物，风雨，烈日，这些粗砺词汇组成的真实情景，它的沉默隐忍，它的艰难困苦，它的在沉重背货途中冲突而出的强健身体与坚硬的肌肉，劳作的长期困苦与劳作间歇时极短暂的愉悦，生命的强悍与危险，生存的不易与险恶，取得酬劳时的喜悦，这孤苦强悍劳作者的复杂美学，在大相岭的今天早已看不到了。而我所看到的，是古道的寂静，树林植被的郁郁葱葱，向视觉尽头延伸而去的山道，以及蓝天白云，洒在林间的灿烂光晕。这些诗意的情景，是今日的古道实景，是供欣赏的轻音乐般的山间图景。但是当我一想到背夫的真实劳作情形，就感到内心有愧。眼前的诗意是多么轻浮而浅薄。

同样的情景，还有何君尊楗阁刻石碑记："蜀郡太守平陵何君，遣掾临邛舒鲔，将徒治道，造尊楗阁，袤五十五丈，用功千一百九十八日。建武中元二年六月就。道史任云、陈春主。"后人来看，大多是为勒石的隶书书法赞叹不止，且更关注的是这碑刻是迄今为止发现的最早隶书勒石。这碑文的本义是记叙当地官员修建古栈道的功绩。在我看来，这碑记与大相岭同样的意义，是关于人的劳作。整整三年时间，大量的劳作者集体在峭壁坚硬的岩石上，用原始的工具（铁钎、铁锤、绳索），一下一下地凿出一个又一个的栈道孔。还有伐木制作栈道挑梁及铺板。其工程量，工作强度，危险程度，可想而知。而整整三年时间，又会有一些劳作者会因失足坠河或其他原因而亡故。这样的劳作，与大相岭背夫一样，撼天动地，而劳作者的个体，却是悲壮的。于此时，我更多看到的是劳作者的个体本身与具体劳作时的情形。

而这些，一个旅行者是永远无法拥有，也不可能拥有的，除非你是劳作者本身，而劳作者本身，诗意对他又是无用的、无意义的。

五

大相岭茶马古道上背夫运送出去的，除了茶叶，食盐等物资，还有极少量的荥经砂器。

荥经的严道镇古城村有悠久的砂器制作历史。古城村的 108 黑砂艺术村与 108 国道紧密相连。108 是这个艺术村的命名源头。108 国道穿村而过。喧嚣，快速，忙碌，每天不知有多少穿村而过的大货车绝尘而去。国道与大货，一个时代经济的重要象征之一。村里人，多少年来，常坐在自家门口，或立于屋檐下，目睹国道开通，公路拓宽，车辆渐多。瞳仁里反复映照世事变迁。而时代流水，带着各种喧响，带着经济与创想。雅安文联主席、作家陈果告诉我，艺术村的兴起是在雅安 2013 年 4·20 大地震之后，重振荥经乡村经济时的项目。

黑砂艺术村的灵魂是黑砂砂器。

砂器，多么好的一件事物：久远，质朴，宁静，无言。当使用者俯身砂器，使用仅仅是其中之一，同时，人向砂器的俯身过程，是谦卑的，小心翼翼的，带着对砂器器皿的尊重，向容器放置食物，从最质朴的咸菜，到相对重要的牛腩、牛筋，到最名贵的食用鱼……它的形制，质感，历来以简单、粗砺著称。与川西南乡村是那么的匹配，契合。砂器最不宜远行，因为它的脆弱与易碎，以及它的笨重，运输者在运输过程中会因此而终日担惊受怕。但是，一旦砂器到达想象不到的远方，则它会受到少有的被重视程度，它也因此被珍藏、被歌颂。

大地震后的荥经古城村砂器，正是受到上述启示，在烧制中，加入了大量造型元素。

火与泥：白善泥，质朴无华的含铁量 2%～5% 黏土，与一千三百摄氏度的炽热炭火相遇，交互，相融——

2020 年 4 月 29 日下午，我离黑砂砂器烧制现场是那么近（离火热的炉膛二十米）。大型炉盖盖沿下向四周喷射的火焰，耀眼。炽热。声音呼啸。这是黑砂器皿在胚胎时期的情状：沸腾，炽热，颗粒与颗粒融合，聚集。火光映红了人们的脸。这个空间，不是旅游者的空间，这是一个热烈无比的空间，火焰与砂泥在炉膛里冲突，融合，质变，成型。在这个空间里，我有来自内心的天生焦虑。当我面对剧烈质变的物质，面对一千三百摄氏度的耀眼火焰，我在惊异中期待着即将到来的旧事物新生的那一刻。

而这一刻也正在到来。炉工在另一端拉起杠杆开启炉盖！炉膛里一大炉炽热耀眼的砂器，这是突然而至的物质新生儿！仿佛我对此一直缺乏精神准备，心里还没准备好它骤然降临人间的这一刻，它使我惊讶、激动。我的热血就要沸腾起来。此刻，视觉的冲击，震撼，大于艺术及实用的意义。我的视觉所饕餮的此刻，是无与伦比的一刻。在冷却后的黑砂形制里，有过开炉视觉体验的，会自然而然地想起早已冷却的器皿里火的元素。荥经古城村的砂器制作，仍然在不断地生产出新的产品。而有一部分的砂器进入了艺术品市场。

而我更多地看到的是 108 艺术村村民屋檐下摆放着的一排排实用黑砂砂器。它们黑色，粗砺，安静，宽容。当我俯身察看，我一直提着一颗心，生怕不小心碰翻了它。越脆弱，越值得珍惜，那怕是实用的。当我看到陈设在艺术家工作室里那个细颈高瓶艺术黑砂器时，我特别地予以了注意。并俯身仔细察看它的每一处细节。灯光打在它上面，因为受光的是它的一个侧面，由此加强了它的冷寂感，与孤独感、脆弱感。看着它，看着这件特别的砂器，我的心里突然疼了一下，疼是因为它的美，它的性感，它的脆弱，以及它的孤傲的艺术形态。真是一件值得足够珍惜的黑砂砂器！

《轻盈的城市之五》："马可·波罗说：你梦到的城市是拉拉杰。她的居民提供这些夜空中的休憩点，是为了让月亮能赐予城中一切事物永无止境的成长力量。"

"还有一点你不知道，可汗补充道，月亮赐给拉拉杰最罕见的特权：在轻盈中成长。"

黑砂艺术在实用中脱胎而来，正如"月亮赐给拉拉杰最罕见的特权：在轻盈中成长"。黑砂艺术从实用中获取轻盈的形式，从而诞生出全新的艺术形制。

而荥河、经河，直至荥经河，清澈的水流，轻缓而欢愉的流速，也是轻盈的一部分。

当我离开荥经，在回程的航班上，口罩重又严密地蒙在了我的脸上。再度进入轻微缺氧之中。《连绵的城市之一》"忽必烈：我们已经证明了，如果我们过去在这里，我们将来就不会在这里。马可·波罗：而事实上我们一直在这里"。

事实上我们一直在这里——这是一个形而上的结论。若干年以后，想起荥经，想起我曾经来过，想起在荥经时的那一刻：在荥兴二路西段，在荥河边，在大相岭古道，在 108 黑砂艺术村，除此之外，还有那个劳作后夜晚独自在小吃店的吃客——我记着，我一直在这里。

在恒定的旅行记忆中，在长久的内心空间里。

注：文内所引用的所有文字，都来自卡尔维诺《看不见的城市》一书。译林出版社，张宓译。

（原载《散文》2020 年第 8 期）

飞蓬入我怀（外一篇）

毛芦芦

读古诗，写到飞蓬草，都是伤感句。

什么"飞蓬各自远，且尽手中杯"，什么"我生亦何事，出门如飞蓬"，什么"一年春事逐飞蓬，燕语千愁诉未通"……

可是，我见到飞蓬草、飞蓬花，是多么开心啊！

这些小草花，花蕊中都各藏着一个金色的小太阳呢，美得含蓄又灿烂。丝状的小花瓣，有的雪白，有的粉红，有的浅紫，无论在阳光下还是风雨中，都兴崭崭地昂着头。生在深沟它不自卑，长在路旁它不气馁，开在向阳的山坡，它不张扬、不骄傲。春来，再小的犄角旮旯都有它的身影。夏来，再炎热的阳光也晒它不蔫。只要给一点点泥土，给一点点水分，它们就能自得其乐地开出一片风景，照亮一角大地。

农村的孩子，自从摇摇晃晃地开始学走路，就跟它交上了朋友，戴它在发际鬓角，举它在肩上头上，插它在旧瓶破碗，抱它在臂弯怀中。

飞蓬草，刚发芽、初生时，可做猪草。嫩唧唧的草芽儿，一掐一手绿汁，一闻满鼻清香。等春深时开了花，一个个孩子的视线就被它拽了去。那小如纽扣的花朵，一会儿成了这个孩子过家家时的"主菜"，一会儿成了那个孩子扮新娘时的"绣球"，一会儿，又成了别的孩子编花冠时的"花辫子"。

飞蓬花开了，童心也开了。

孩子们总会想出各种方法跟它玩在一起。

记得小时候放牛，我就用飞蓬花给我们家的黄母牛编过"角环"，就是在它的牛角上戴上飞蓬花编织的小花环。母牛踱步总是不慌不忙的，那牛角上的飞蓬花环，会随着它的步子轻轻颤动，很美，也很滑稽，凡见到这一幕的乡亲，无不哑然失笑。

我这个牧牛女呢，还和黄母牛相映成趣地戴着飞蓬花耳环，就是连着茎叶折下两支飞蓬花来，将硬茎剥去，让茎皮连着花盏，然后，将飞蓬花的茎皮夹在耳后，让飞蓬花轻轻垂挂在两个耳垂旁，我的花耳环就做成了。那耳环，那牛角环，秀丽奇特又清香，连蜜蜂都爱来追着我和我的黄母牛呢！

在孩子的眼里，最好玩的还是飞蓬草结白球的时候，用嘴一吹那毛茸茸的小球球，呀，花羽满天飞，就像吹蒲公英花球似的，阳光下，能看见无数的小花羽在尽情地飞扬，飞扬，仿佛一下子就去了天涯海角，当然，我们的心，也被它们带了去，满世界地飞……

所以，孩子们见了飞蓬草，总有无尽的欢喜！

今天，我在七里山中，遇见一大片淡紫色的飞蓬花，我就像童年的自己那样，朝它飞奔而去，还忍不住伸手抱住了它。

揽飞蓬花入怀，恰如揽童年时代的那个我入怀。

通过这片小小的飞蓬花，我仿佛见到了那个戴着飞蓬花耳环牵牛回家的女孩，不仅她自己的脸颊两侧戴着花，连牛也戴了花，淡白浅紫微蓝的花光，把崎岖的山路映亮了，把长长的村街映亮了，当然，把她自己的欢喜心、自然心，也映亮了……

你看你看，这朴素之极的小草花——飞蓬，每天都开开心心的，哪有古诗里写得那么凄美、惆怅、苍凉、忧伤？

野豌豆公主

小溪边，处处都有她们的身影。

平坦处，她们匍匐在地，恣意地向四周伸展着自己的枝叶，有的成了躺在草丛中的花塔，有的成了贴着砂石上的花扇，有的成了聚在泥土上的花碗。

那紫色的串串花，是塔上的风铃，是扇上的流萤，是碗底的火种，风一吹，它们就摇出了阵阵铃声，流出了点点萤光，飘出了簇簇火苗。

那么质朴平凡的草蔓，那么细小羞涩的花朵，风一吹，就给大地谱了曲，送了光，添了暖。那明洁的贴地小花呀，一下子，就匍匐进了我们的心坎。

水岸边，她们或从陡峭的岩石上垂挂而下，为岩石织起紫色的流苏，或轻轻抱住大树小树，攀缘而上，为那些树干纹上花朵，或把自己的小手小脚伸进水里，随水荡漾，为绿水绣上一道紫色的花边，也在水中摇曳出一道特别的风景，摄人心魄……

今早，我就被水边的一片小紫花，抓住了眼球，牵去了视线，缠住了脚步。

这片紫花，并没有在平地聚成花塔花扇花碗，也没有跳下陡岩把自己跌成一道花瀑，没有抱着树干撒娇，为大树文身，而是团团围住了一大丛再力草。

清明时节，再力草早已经发了芽，长出了新叶。有的叶子已大如蒲扇了。更多的，则像一个个卷曲的耳朵——大地的耳朵，流水的耳朵，绿莹莹翘向天空，格外天真、可爱。

可是，去年的老叶子还在，这丛再力草看去依然一片焦枯。

这挂好心的小紫花藤蔓，一定是同情那丛灰白的"枯草"了，所以，攒了劲儿，往再力草的腰部、胸部、肩头爬去，把自己化成了一道花屏风，遮住了那丛破落、寒酸的老花草。

小紫花的颜色，与再力花的颜色很接近，都是深紫色。但再力花依然还沉睡在一个个花耳深处。

这片小紫花，不仅是来给老朋友遮丑的，更应该是赶来做花铃，想摇醒它的，赶来做花扇，想吹醒它的，赶来做花火，想捂暖它的。

这片小小的紫花，正在用尽全力召唤着再力花回归这春日的溪岸呢！

这片小小的紫花，就像一面旗帜，指挥着嫩茸茸的细叶、细藤，努力往上攀呀爬呀，往宽处伸呀展呀，终于，她把硕大的一丛再力草，全抱在了怀中。

朝阳含笑注视着这一片倔强又善良的小紫花，默默为她戴上了一顶金冠，而露珠未落，它们密密麻麻缀在小紫花的叶片上，仿佛为阳光的金冠镶上了成千上万的晶莹小钻。

呀，这片最朴素的小紫花，就这样，成了今晨小溪边最高贵优雅也最质朴动人的一位公主。

对了，这公主的名字，叫野豌豆。

《史记·伯夷列传》中"采薇而食之"的薇就是她。

唐代王绩《野望》一诗中的"相顾无相识，长歌怀采薇"中的"薇"也是她。

只因为她的花，每到夏秋季节，都能结出一串串豆荚，长出一颗颗野豌豆，供平民百姓、隐士侠客采食，为人疗饥、度荒、救命。

呀，这纤细憨淳的野豌豆公主，绝不仅仅是我们小溪边的一幅秀丽小画，更是人类历史长河中的一道善美风景。这小巧明灿的野豌豆公主，绝不仅仅是我们江南清溪边的一个草花公主，更是史书古诗里令人念念不忘、长长怀想的一位不老公主。

哦，有幸能与她相遇在这春日早晨，我真是三生有幸呀！

（原载《少年文艺》2020 年 12 期）

那片红树莓

孟红娟

周末，父亲挑着一担编织袋装的东西从老家来县城。打开编织袋，都是农村里地道的土货，土豆、辣椒、番茄、茄子、黄瓜、南瓜，各色蔬菜，摊了一地。除了这些蔬菜外，父亲又特地从另一只袋里拿出一小筐火红的树莓子。

"这是阿华从老远的高山上摘来的，说带点来给你尝尝。"

阿华是姑妈的儿子，我表哥。表哥喜欢带着柴刀去山上寻些"收入"，有时是一捆竹子，扛回家劈成竹条，编成竹篮、竹椅和箩筐等农具；有时是裹粽子的青青箬叶，一叠叠理好扎成束，拿到菜场去卖；有时专门爬高山上去找野生的树莓，红的、黄的、青的都有，红的留着自己吃，黄的和青的晒干了拿去卖。

"什么时候，我到高山上去摘树莓子给你吃。自个地里种的莓子味道不好，高山上的莓子口味地道，鲜！"每逢过时、过节回老家，遇见表哥时，表哥常会对我说这样的话。我总当他是玩笑话，不会当真的。

看到眼前这筐个儿大小不一的树莓子时，我知道表哥是认真的。我拿起一颗红色莓子，仔细端详，一根细细的叶柄顶着一颗类似牛奶头的莓子，莓子底部紧贴着几片小小的绿叶，恰似繁花中嵌着的一颗红玛瑙。据《中草药书全图鉴》介绍，我们俗称的树莓子有很多别称，小托盘、覆盆子、磨盆子等，不过我们从小都习惯叫它树莓子。书里说，树莓子含有机酸、糖类及少量的维生素C，可用于治疗阳痿、遗精、遗溺、虚劳，它还含有大量的儿茶素类和抗氧化黄铜，具有很强的抗氧化能力，可清除体内自由基，强化血管，预防心血管疾病和癌症。晒干后的青树莓表面有灰绿色带灰白色的毛茸，全体呈圆锥形、扁圆形或球形，跟晒干前的模样完全不同，但药用效果好。

因为树莓子的独特功效，中药铺曾高价收购野生树莓干。以前村里经常有人戴着笠帽，穿上长袖长裤到老远的高山上去采摘。村民家大多房前有个道地，大家将摘来的树莓子摊在道地的竹匾上晒。在农村，用竹匾晒梅干菜、番薯粉和树莓子是一道很普遍的风景。但现在大多数人往城里跑，年轻人根本不认识山上的树莓，加之现在高山上的路都被荒草淹没了，基本上没人爬高山去找树莓了，道地里的风景渐渐地成了远去的回忆。只有表哥这档年纪的人偶尔还会进山。

小时候，我和妹妹曾跟父亲去高山摘树莓。那天，天蒙蒙亮就起床了，母亲帮我们做了很多米果当干粮。平时上高山的村民少，弯弯曲曲的山路窄且荒草丛生。我们钻在荆棘丛里，尽管穿了长袖长裤，手上、脸上还是被锋利的牛草和荆棘划出一道道血丝。

树莓子长在半山腰，枝叶茂密，每一棵都比我们个子高，椭圆形的叶子边缘长着很多不规则的粗锯齿，褐色的枝干上长满了坚硬的皮刺。略弯的枝头上挂满了一个个或青或橙或红的莓子，让人看了激动。爬山的喘息未定，我们已迫不及待又颇为费力地将带刺的树枝拉近身前，先摘几颗大而红的解馋，甜甜的莓子略带一点点酸味，这种口味是大棚里熟透的草莓无法比拟的。

为便于我们采摘，父亲用柴刀将周边的荒草劈掉，再将整棵树枝拉下来，我们不分青红地将树莓子全部收进围兜里。我们一棵树一棵树地摘过去，手被刺扎着了也不觉得疼。那会饿了吃干粮，渴了喝山泉，"叽里啾，叽里啾……"清脆婉转的鸟鸣在耳边回响，这是山乡里的声音，清亮、纯粹，一天时间不知不觉溜走了。

母亲将我们摘回的树莓子晒在圆圆的竹匾上，未干时，我们忍不住还是会偷尝几颗，但口感已大不如山上现摘的。

山高路远摘莓子太麻烦，后来，有人将山上的树莓连根挖起，种到自留地或门前的菜园地。清明回老家，看到很多村民房前的刺莓开满了匙形的小白花，透过这些小白花，我看到的是一片或红或黄的卵形树莓子，它们在风中静静地摇曳，之后又走进中药铺的橱柜里。

这些甜中带酸的树莓子走进中药铺是补品，走进阿华表哥家是生活，走进我的记忆是少女时的美好和对高山的敬仰。

（原载《新民晚报》2020 年 7 月 15 日夜光杯）

福德湾清闲记

乔　叶

1

福德湾是个小山村，地处温州苍南县的矾山镇。这些年，全国各地的村子我也去过不少，可是福德湾这样的村子，却还是第一次见到。

这是一个矿山村。什么矿？地处矾山镇，矿自然是矾矿了。

矾，于我最早的记忆，是幼时用指甲花染指甲，将花摘下放进木臼里捣成花泥之前，母亲一定会加入几小块冰糖一样的透明颗粒。

"这是啥？"

"白矾。"

"有啥用？"

"上色。"

"从哪儿得的？"

"供销社。"

从童年到少年，这几乎是我们豫北女孩子听到的标准答案。那时候，我们豫北乡下还没有超市，只有供销社。乡村里所有不能自产的物品，最直接的来源都是供销社。这让幼年的我觉得，供销社是世界上最神奇的地方。

这次到了矾山镇，得知这里已探明的明矾石储量约占世界的60%、我国的80%，居世界首位，我便可以断定自己幼年用的白矾，最大概率的可能性，就是来自这里。无意间，童年久远的疑问居然在此地听到了确凿的回声。不由得感慨，物比人走得远啊。

物活得也比人长。

据相关史料记载，明矾在这里的开采历史可追溯到宋朝末年，至今已有640多年。矾在此处又是怎么被发现的呢？最有名的传说之一是四川人秦福带着妻儿流徙至此，在鸡笼山一石洞暂居，做饭时就地取了几块石头堆灶，几天后发现灶石被雨水淋透后风化成了沙砾，夹杂着许多小小的透明珠子，因珠子味道酸涩，秦福就顺手扔到一浊水坑中，无意中看见珠子溶化后浊水居然变清了。再饮这清水，发现还有解毒消暑之功效。他便认定了这种妙物，取名"清水珠"。此事传开后，取用者众，"清水珠"逐渐成为此地的焦点，于是民众迁集，建窑炼矾，此地便也有了广传于世的新名：矾山。

名副其实，这就是一个矾的世界，即使我们所看到的只是遗迹。这遗迹，便是"世界矾都"矿山公园。新闻资料上说，温州市决定在矾山镇建设这个庞大项目是在2005年，如今，十几年前的蓝图已经清晰地立体呈现。矾矿博物馆，矾都矿石馆、奇石馆，大大小小的采矿炼矾遗址等都佐证着这里曾经的盛景。当然，不是所有的盛景在未来都能修行成遗迹的，这是一种巨大的福气——昔日虽已逝去，却换了另一种方式活着。所谓的前生今世，就是如此吧。

因在世界矿山体系中的唯一性和至今保留完好的半机械、半体力的采炼技术在明矾工艺史上具有活化石的意义，也因从早期沿溪采矿开始至今的实体资料的稀缺性，这些都大大超越了地域局限，使得这里成为中国工业文化遗产弥足珍贵的组成部分，也因此，在

2019 年 10 月 18 日国务院核定公布的第八批全国重点文物保护单位时，"矾山矾矿遗址"成功上榜。

福德湾村便是这遗址的一部分，且是最为活泼泼、鲜灵灵的一部分。

2

本地的朋友告诉我们，福德湾这个村名，只要倒着念一次，你就永远不会忘。福德湾——湾德福，那不就是英语的 wonderful 吗？就是美妙的啊。

这个小村早已扬名在外。2013 年，国家住建部、文化部、财政部联合评选第一批列入中国传统村落，福德湾位居其列，后又被评为第六批"中国历史文化名村"。2016 年，它还荣获了"联合国教科文组织亚太地区文化遗产保护荣誉奖"，这个国际奖，也很是 wonderful。

一路行来，确实美妙。走在老街上，随处四望，可见曲折巷道交错弯绕。岭脚街，石板街，南山坪，这些路名一看就是兄弟姐妹一家子。房子是典型的浙南山地民居，石头屋和围院鳞次栉比，每家的屋门都敞着，洗干净的衣服搭在晾衣架上，水盆里泡着翠生生的蔬菜，皆是可亲可爱的家常景象。水井，神庙，打铁铺，锻造炉，风化沉淀池……不期然间，就会在某个角落邂逅这些沉默的遗迹。和它们暗通款曲的是路边售卖矾塑工艺品的小摊，各种造型都有，色彩明丽，娇小可爱。妇人们守着小摊聊天，孩子们嬉笑打闹，烟火气十足，安静却不寂寞。还有清雅幽美的茶书院，琳琅满目的民俗馆，别具匠心的家庭微公园，已经免费供应了 70 年"爱心茶"的郑家茶摊，有口皆碑、殊荣累累的特色美食"为唐公肉燕"……都能令我们不时驻足下来，进行美妙的停顿。

相较于刚刚看过的南洋 312 矿硐，这里俨然是另外一个世界。——矿硐一词，也有写成矿洞的，我查了一下资料，确认矿硐更准确，矿留下的坑，方称为硐。

矿硐里很冷。虽有灯光打着，依然幽暗。解说员反复强调要跟紧她，不然可能会迷路。略有进深后，果然更暗。光的存在似乎只是为了映衬暗。声音略大一些，便有嗡嗡的共鸣回响。巷道斜井，崎岖蜿蜒，四通八达，回环往复，不知道有多长，似乎有无限长。也不知道有多深，似乎有无限深。

忽然下到几阶台阶，到了一小平台。再下几阶台阶，到一大平台。豁然开朗。这是面积约 300 平方米的地下室，室内很平坦，设有讲台，下面布满石凳，容量很大，只是因为室顶很低，所以显得压抑。据说矾矿鼎盛时期，工人经常在这里开会学习，讲台左侧悬挂着一幅老照片，照片上人人手捧小册子正在认真阅读。

很没出息的，在矿硐里，我最强烈的欲念就是：出去，赶快出去。

出了矿硐，顿觉温暖。即使正飘着细细小雨，也觉得这雨是暖雨。而在福德湾村，缓缓地顺着鸡笼山的山势向上走着，其实是有些燥热的。可一想到矿硐里的阴寒，便觉得这热并不是热，而是暖了。

3

渐渐的，满头大汗，便手执夹缬扇子扇啊扇。夹缬是苍南的国家级非遗，有点儿像是扎染。蓝白两色，极其清爽。这种古老的工艺源于秦汉，以蓝草萃取出的靛蓝为染料，把民间土纺棉布染出各种花式。扇子是其文创产品，图案清新雅致，国风之美，尽在其中。选用的"扇语"也很潮，我手中的是"幸福都是奋斗出来的"，要是不奋斗呢？另一把就是"一边儿凉快去"。

众人说笑着，感叹着万事不易，缓行至一高处，极目远望。眼前的景致，白云悠悠，山清水秀——不由得，又想起了"清水珠"。清水珠，能使水清的宝珠，多么美妙的名字。这"山清水秀"的"清"和"清水珠"的"清"，明明是同一个字，可此"清"和彼"清"的获得，却是各有艰难。翻读《世界矾都》一书便可知道，曾几何时，想要得到矾，不止是要付出智慧和汗水，也需要付出"浊"的代价。"世界矾都"的丰厚资源固然带来了滚滚财富，可冶炼、焙烧、风化、结晶、提取等程序所产生的矾浆、矾烟、矾渣等也对环境造成了严重污染。彼时的天空一度矾烟弥漫少见蓝色，甘宋溪的溪水一度成为乳白色的"牛奶河"，山体也一度伤痕累累，目不堪睹……

治理从二十年前就开始了。以壮士断腕的力度和勇气，一百多座小型的矾厂和炼矾点被关闭，随后，系列方案分阶段严格执行：填埋结晶池，清理风化池，除净多年淤积的矾渣，建起了蓄水坝，年年飞播造林，持之以恒绿化……如今，矾山镇唯一的一家国有企业——温州矾矿对矾浆、矾渣、矾烟等污染物皆进行了全面处理，矾浆已经闭路循环使用，矾渣已变废为宝，被用做地面砖，并产生了可观的经济效益。

——想要得到"山清"的"清"，得需要多少思想和行动的"明矾"啊。

告别福德湾时，同行的作家苏沧桑买了几袋明矾分赠朋友们，我也得了一小袋。这明矾自有用处：小区里种有指甲花，我打算回去就加上明矾，染指甲。这是我每年必做的闲事之一。

忽然觉得清闲这个词，跟福德湾搭着挺合适。闲是福，清是德，清闲和福德，难道不是很配吗？

（原载《浙江散文》2020年第4期）

许国的石坊

樵　夫

　　许国石坊是压得这座徽州古城沉甸甸的什物，许多人都是奔它而至，我也一样。我一步一步缓缓地走近它，屏息，凝神，放缓脚步，等待旧时光的已经被我唤醒的气息，我仿佛听到那沉古的踏踏声，叩响着这座古城的石板，带着沉雄、沧玄、幽远的时空况味。我一步一步地走近它，目光被它一点一点抬了起来，我似乎只有仰望的姿态，才能真正抵达它的每一处。其实，不管何时，那怕与一个神交已久的人照面，容颜依旧最先接受我目光温儒的轻拂。这座石坊它是美的，八脚，东西两面各四脚，南北两面看上去各两脚，三层，冲天式；石质粗朴，桩柱、桁梁、拦板、斗拱，都泛着幽亮与圆润的光泽，那是时光的痕迹，石坊雕饰极为精美，石匠艺人的所有技艺，在这都能一一品读，即便是我这双已领略过无数牌坊之美的眼，在这儿，依旧痴迷般地流连忘返。好一阵，目光失神，它的美让人眩惑，世上竟有如此之美。定定地立于它的跟前，曾竖立在我视野中的牌坊，仿佛被一柄巨锯划拉一下，纷纷倒下。此时，唯许国石坊孤孤地竖立着。

　　这座立于街市十字路口的石坊，因为它是八脚的，就于中国石坊群，有些鹤立鸡群的意味。确凿无疑的是，许国石坊的确是中国唯一的一座八脚坊，因此，在世人称誉的啧啧声前，一声"东方的凯旋门"，就将那些有些诧愕的迟疑的目光定住。我缓缓地环视一周，最后立于古城阳和门的一侧，仰望着石坊，思索的目光将这册用石质语汇写就的历史，一页一页揭开。历史，仿佛一股岩浆，汩汩而出。

许国，是这座石坊用石质语汇书写在历史册页中的主人，如今坊主已去，坊仍在。立于它的跟前，想起崔颢的"昔人已乘黄鹤去，此地空余黄鹤楼"。只不过，在我而言，楼在，昔人将返。面对石坊，每一个旅人，倘若带上理性的沉悟的思维，都会把这个叫作许国的人喊了回来，把他放在历史中仔仔细细看一遍。许国是古徽州府歙县的人，他的世家并不显赫，但家境甚是优越，父亲也是众多徽商中的一员，财力足以支撑他竖起攀登梦想的天梯。他中举后，却将时人入仕的志向改道了，他离开歙县，操起了教书的营生，或许是他的家世到了他这儿，已有些侷促不安起来，或许是人各有志，这一切都已无法确定。他认认真真地教起了书，将四书五经织就的锦绣前程，一个一个送给了他的弟子，及至他三十八岁这年，他的那些已贵为进士的弟子，聚在一起宴请他时，带着几分戏嬉、揶揄的味儿，让他参加会试，保准老师入殿，如果老师高中，我等一定用泾县最好的石材给老师立一石坊。这年是 1565 年，明嘉靖四十四年。许国抚捋长褂，也带着揶揄与调侃的意味回赠徒儿，我去了怕是要端了诸位的饭碗。许国果然参加了会试，并且果然没食言，他荣登进士榜。人生的攀爬，关键时刻有时确实就是某道坎，坎儿一旦跨越，接下来就是顺风顺水。许国从嘉靖帝的末梢入仕，历隆庆，又显赫于万历年。让时下士子艳羡的是在隆庆帝时，许国即为万历的尊师。这意味着许国的飞黄腾达是迟早的事。时光是个狠狠的角色，它默默地注视着他，并最终一一作了回答。最后，许国先后出任检讨、国子监祭酒、太常寺卿、詹事、礼部侍郎、吏部侍郎，万年十一年四月，以礼部尚书兼东阁大学士荣升为万历朝的内阁成员，成了一言可以影响社稷、民生的人。许国一定是个有情怀的人，像无数的儒士一样，"修身、齐家、治国、平天下"也是他的人生理想，在平定云南边境叛乱时，这种人格理想，一定给了他智慧的灯盏添上了纯净的灯油。他给万历帝平定云南叛乱的谋略。次年的九月，叛乱被平息，君臣欣悦。万历帝按功行赏，他晋升许国为少保，封武英殿大学士，恩荣许国可立牌坊，并允这位帝师返家四个月。在那个皇权至上、为官最光宗耀祖的年代，这是无尚的荣耀，是许多仕人最高的梦想。

仿佛这才是真正的衣锦还乡的时刻。许国等了十九年，这年是万历十二年即1584年，许国五十七岁。在徽州的历史长河中，许国是一个耀眼的人物，他毕竟已是内阁次辅，这是如何了得的事。他昂首挺胸地回到故园了。那些曾经的弟子，据说也果真运来泾县最好的石材青色茶回石。躺在一地上的石材，躺着就仅仅是块石材而已，但一旦矗立起来，那就宛若立于尘世的一个人。许国托腮、捋须、曳着一身显贵的官袍，他一心想着的恐怕是如何在牌坊林立的徽州，争得他人无法企及的脸面。许国老谋深算地做了别人想都不敢想的事。在繁华的街市十字路口，一座八脚牌坊横空而立，旷古压今。逾越返乡的时间，许国回到朝廷。上朝时分，万历帝与群臣议政，唯次辅许国跪在丹墀上一言不发。万历帝见许国沉默不语，不是往日模样，说，许阁老，朕给你四个月回家造坊，为何延了四个月，依朕看，不要说造个四脚坊，就是造八脚牌坊也造好了。许国叩头称谢，三呼万岁，奏称臣建的石坊正是八脚牌坊。万历帝许是江山稳固，也赖于这位帝师，也不责备许国了。皇权至上社会，一言九鼎。许国真是聪明绝代。

一时间，仰望着这座高高的石坊，想与许国对话，但终是不得，好在，石坊还在。我仔仔细细地察看石坊的每一方位的内外两面，从一楼到三楼，目光如锤敲击着石质的每一个词汇，从落在石质上的每一个浑朴的字，到每一个雕饰的图案，一个纹理都不落下，许国仿佛无可遁形地显现在我们的眼前。他将"恩荣"悬于石坊的每一方位的内外顶层，它无言地昭示人们，这是皇恩，不是豪商巨贾可以用金银兑换的。我伫立在阳和门一侧，仰视的目光还是重重撞击石坊中层"先学后臣"几个笔墨厚重的字，它们像坊上其他文字一样，浑厚、敦实，都来自于大书画家董其昌之手，这一切都明白无误地告诉世人，许国沉重如磬的分量。许国之所以是朝廷重臣，在于他苦究经书，在于他学识上的卓尔不群。人们可学，似乎又隐约告诉人们，不可学。下层的"大学士"，董其昌似乎更是加重了笔力。"大学士"那就是切切实实的，那是皇权的中枢要员。最下的一行小字，详尽地叙述了许国的所有职位：少保兼太保礼部尚书武英殿大学士。在另一面，当看到"上台元老"，似乎就看到许国得意的神情，他告诉了世人，他可是辅佐过嘉靖、隆庆、万历的重臣。其实，现世人们的解读有些过于捧场了，说他是万历帝的重臣，确乎恰当些。

中国历史绵长的河流，自王权、皇权粉墨登场后，臣子的人格中弥漫着复杂的让人无法道明的岚气，或雾岚，或雨岚，或烟岚，甚或尘岚，无人确定。臣子们，脱离不了世俗侩气，炫耀自己，这是时光长河中连绵不断上演的。

无论怎样地炫耀，明眼人一看，就能看到悬于他们之上的皇权利剑。许国一样无可逃遁。石坊，默默地陈说了遮蔽于绵绵山川的皇权文化。这座石坊的南面是最重要的文化符号，它雕饰着"巨龙腾飞"。南，永远是官吏的象征。孔子说那个学子可入仕时，就儒雅地说，"可南"。"巨龙腾飞"，这是许国对皇权的顶礼膜拜。他永远把皇权抬得高之又高。而在坊的内侧，许国雕上"英（鹰）姿（雉）焕（獾）发"，用永恒的石质语言，颂扬万历帝的年轻有为。

任何行为，都来自心与灵的指引。许国的一颗心，安谧于此，他又能何处遁形呢。

时间，永远是一个让人看清世相的绝好的什物，它将纷乱的东西，一一拨正。与许国几乎同时代的那个英国人培根，在许国唯皇命是瞻的时侯，却是发出振聋发聩声：反对君权神授和君权无限，限制王权。知识才是一个人真正的力量，而知识来源于对世界的感觉。培根将王或皇，拉下了高高的神坛。神，訇然倒下；人，坚韧立起。

太阳西下，暗色缓缓地笼来。我再看了一眼石坊，终于离开，渐行渐远，回看这座石坊，已确实愈来愈小且低矮。夜霭笼罩，许国石坊仿佛湮没。

其实，于我心中，石坊已圮。

(原载《散文百家》2020年第1期，原题《许国石坊》)

胭脂巷的烟火气

邱仙萍

住在胭脂巷里面的居民，像是电视剧《七十二家房客》，家家都有故事，楼道里透着浓浓的烟火气。

二楼住着两户人家，一户是八十多岁的孤寡老太，社区里的人经常会过来送东西。她的家门口拉着一道铁栅门，看见有人经过，她或央人给她丢垃圾，或差人给她去买面条水饺，总是隔着铁闸门说很饿。三楼住着一个中年男人和他的母亲。房门常年不关，尤其夏天。男人不工作，对母亲特别孝顺。常看见他把母亲安置在轮椅上，两人每天热烈而大声讨论吃什么：红烧甲鱼、油豆腐炖肉、萝卜丝烧带鱼、鲫鱼豆腐汤等等。经常会煎咸带鱼，整个楼道里都飘散着一股咸香，闻起来就觉得特别下饭。

那个挺有名气的电视台主持人阿宝住的是五楼，头发梳得锃亮，衣服笔挺，常在节目里看见他。四十多岁样子，电视节目光鲜的那几年，经常半夜喝得醉醺醺被送回来，送他回来都是豪车，拥簇着珠光宝气的中年女人。看管传达室的阿明穿的衣服很奇怪，有的时候穿得像建筑工人，有的时候突然会穿阿玛尼、鳄鱼等名牌，这些衣服都是阿宝不要穿了送他的。冷不丁，阿明穿个白裤子坐在传达室，乍一看背影以为阿宝在做节目。

四楼的房子经常出租，早几年租客是两个俄罗斯美女，在金海岸跳舞，身材火辣得不行，大冬天也穿个短裙，晃悠着两条大长腿。后来金海岸搬迁转型了，租客换了杂志社的两个妹子。现在是两个毕业没多久，刚到杭州来加盟互联网行业的小伙子。

我对门六楼的老太十年前死了老伴，那年冬天，我和朋友喝了酒，摇摇晃晃回到家里，洗了澡倒头就睡。第二天正是大雪缤纷，窗外银装素裹。我打开房门准备上班，结果眼见走廊上楼道里全部是耀眼的白色。我以为走廊上怎么也下雪了，定睛一看是一溜排花圈，对门的电工老头生病走了。

我想老头给我装过电灯，我去送了个白包（杭州人的风俗习惯，人没了去送礼要用白色信封，送的礼金不能是双数，要单数。）我恭恭敬敬给老伯上了香，一边鞠躬一边念叨："我也没有干过什么坏事，就是有的时候喝点小酒回来晚了，高跟鞋咔咔咔的吵你老了，我伸手按楼梯电灯的时候，你千万不要把手伸出来。"（那个时候楼道的灯不是声控灯，要手动按了才亮。）

老太有个女儿，读书成绩很好，就是和老太处得一般，老头没了之后，女儿结婚了很少回来看她母亲。老太退休金不高，但穿着打扮还是讲究，经常在楼下小区里穿个紫色或红色的金绒旗袍，叼个烟，头发烫得蓬松，焗了黄色，涂个口红，那么跷腿深沉坐在那里，还颇有老年市井版的花样年华韵味。

小区的传达室就像一个联合国新闻联播，从早到晚，总是集聚了一波年纪大的大伯大妈，今天哪个菜场什么时鲜菜上市了，价格多少，怎么烧法；明天哪个企业上市或倒闭了，后天哪个国家领导人出访。中东局势态势，美国又使什么幺蛾子。国家无小事，小家也大事，话题常年不断。只要我上午出门晚了，几个人看见我就说："小秋，你今早接个噶暗滴（你今天怎么这么晚的），迟到了哦，你们单位，同喔们（我们）社区是结对子滴，你们淘汰下来的电脑，有资助喔们（我们）社区支部的。"

他们一边说我，我一边点头称是，小区里大家养的那只小黑，也在旁边摇着尾巴看着我，眼神和大家一样，笑眯眯的。

胭脂巷就像日剧里的《深夜食堂》，这些老居民们，就是每天烧着这些热腾腾菜肴的大厨或小厨。就像老农喜欢田间地头的庄稼瓜果一样，我用鼻子就知道哪家今天烧鱼和肉，闭眼就能丈量巷子里的各式店铺，这些店铺从南到北，各怀风情。正如孙楠所唱的："风往北吹，看我如何收拾你给我的美。"

（原载《新民晚报》2020 年 6 月 13 日夜光杯）

钓沧海

袭七曜

一声海潮一声秋色，几许深情几许遐想。又是秋天，在这样的秋夜里，远离故乡的我，思绪竟莫名其妙地像野草一样蔓延而开。窗外有月，树梢缓动，在微微的秋风里，岁月的风铃叮叮当当，它把我吹到了故乡的海边。那一刻，却又恍惚着神清气爽，神采飞扬：因为眼前突然涌上一片湛蓝的海，而我，又成了海边一个了无牵挂的快乐人。

多年前，我在故乡的小学任教，那是象山港畔的一个小渔村。海边有山，更令人神往的是那里还有一条开满野菊花的幽静小道。秋天的时候，我总爱去那个叫黄岩潭的海边垂钓。

在每个周末来临的前一天傍晚，我已开始打点自己去海边垂钓所需的"行李"。然后，在晨光熹微的时候，我像露珠一样沾沾自喜，匆匆走向那里的海边。

海边有户人家，那是一对年近六旬的夫妇。每当我快到他们家门口的时候，他们家的两条狗总是不明所以地冲我大吼，然后被主人一顿臭骂，那两条狗很不好意思地呜咽了几下，悄悄地低下了头，接着穿越沙滩，躲进了一米多高的水草丛，害羞得不敢出来。

我还未跟他们夫妇打招呼，就看到了他俩爽朗的笑容。在那个时间段，女主人总是边做早饭边忙着喂家禽和牲口，炊烟在屋顶袅袅而升，和那林间的雾气氤氲着。男主人呢，有时候正好用两个木桶挑了一担泉水过来，而有时候正好在屋边的菜地拔草。每当我走近他们的时候，他们像秋菊一样灿烂的容颜总能让我心生感慨：其实这样的生活挺好的，独居一隅、悠然自得，与世无争、其乐融融；而且背靠青山、林木茂盛，面朝大海、清新富氧，种桃植梅、耕海牧渔……每当黄昏来临之时，在门口摆一张小方桌，炒几个时令蔬菜，加偶尔所获的海味，喝上几盅自家酿制的米酒，在凉风习习间听海鸥鸣叫、翔绕空中，看海上船儿来往、灯光移动，直至潮声催动月色，那就掩门而眠。

此刻的海潮像一个刚睡醒的婴儿，已经开始在急不可耐地躁动着。昨晚的扳罾人整夜未眠，他们的罾棚网依然在海水里一起一落地期盼着。那是一种由网衣、天杆、扑水、拉绳、撩兜、渔篓等组成的古老的捕鱼工具，它以倾斜角60～70度的姿势想和大海温柔拥抱。在秋阳下，却又如一个慈祥的牧羊人，在风吹白浪的海边寂寂伫立。

曾记父亲以前也是扳罾人，我那时常去青山脚下的礁石上看父亲扳罾。看到我来了，如果运气不错的话，父亲总会满心欢喜地杀一条刚上网的活蹦乱跳、透骨新鲜的鲻鱼。然后用海水一洗，在乱石胡乱搭成的"灶台"撒一把盐熯熯其。清蒸的鱼和米饭香喷喷的，我把头伸进碗里，吃得津津有味。父亲用酒瓶喝一口酒，偶尔会幽默地来一句：斫柴刀刀有，扳罾网网空。

当然，不可能网网空，总会有鱼会在你我的世界路过，总会有鱼入网和你一往情深，就像总会有人和你一起走长长的路。

我找了一块凌空而出的礁石，这是一块可以让老僧入定的礁石。我想在这里钓沧海藏心间。真的，去海边垂钓虽说是为了鱼，但更多的是为了心旷神怡。这只有喜欢钓鱼的人才真正懂得，并能乐此不疲地偷偷享受这种乐趣。

此刻，我已经开始在享受这种妙不可言的乐趣了。身后那座像碉堡一样的礁石山上有一蓬蓬棘荆的灌木，它们的枝条上像漫天星一样布满了一种油亮而又略显金黄的果实，又如佛珠似的被虔诚的信徒揉捏了千百回，在千姿百态的礁石上熠熠生辉。这种果实我们总称它为"毛栗"，春夏的时候它肆无忌惮地开着白花，而在秋天里，它装满了我童年和少年的口袋，它的滋味，至今仍在梦中回味。

我把鱼钩抛在海里，橘红色的浮标在海水里轻漾着，波浪吻着脚下的礁石，偶尔的飞溅是对礁石的一片柔情。我把鱼竿插在礁石的缝隙间，因为我觉得长时间地提着鱼竿既无聊又疲惫，我是一个比较好动的人，我不想这样。此刻，潮水边缘的礁石上爬满了密密麻麻的海螺，它们仅有小拇指的指甲那般大小，它们那哥特式的同心椭圆形，或是它那张开的壳瓣，都令人心旌荡漾。它们在湿润的海苔上或杂碎的蟳隙里，缓慢而有层次地蠕动着。当然，如果运气不错的话，有时候也有可能会捡到拳头大小的海螺。曾记有一次，海水如此明澈，海水下的礁石上它们很悠闲自得地在那里时隐时现，我乐不可支地把手伸下去，捡了十几个大海螺。

前面的鱼竿已经弯下了腰，那个橘色的浮标此刻已经不见。我一阵兴奋，在海边长大的我无论礁石上的道路有多崎岖，有着飞鸟般机灵的我总能在那里轻盈自如、健步如飞。奋力着想提起鱼竿，却发现如此沉重，担心细如发丝的鱼线会不会断，只能收一下，放一下，全神贯注地和遐想里的大鱼打"持久战"。终于，海底下的鱼耗尽了它所有的体力，它一声长叹，很不情愿地被我拉出了水面，在我的网兜里作最后的挣扎。

天空如此高蓝，棉花糖般的云朵在那里不停地变幻着自己的身姿，清澈湛蓝的海面有微风轻拂脸庞。那一刻，我的心灵也不由得跟着纯净通透起来。偶尔，那些穿迷彩服的渔民驾驶着他们的小船在海的边缘来回着，忙碌着。我朝他们挥挥手，他们大声说的话，应和着海风徐徐传来：有鱼吗？我提起养鱼的网袋朝他们晃荡了一下，然后看到他们驾驶着小船擦肩而过并竖起了大拇指。

远方是一望无际的海，那里有几个若隐若现的小岛静默着，离去的船只总爱消失在那里，我所有的遐思遐想跟着它们远去……

多年后，随秋风沉醉在灿然归寂的月夜，总能想起那块凌空而出的礁石和海面；还有在夕阳西下的归途中，站在开满野菊花的小径，看它们在风中漫开含笑，恣意摇曳……尤其是在兴奋的不寐之夜，我尽量让自己的心平静下来，神情专注地回忆那时自己在海边时的情景，然后慢慢放松、舒展自如地和它们一起轻拥入梦。

其实，每个人都像一座孤独的岛屿，每个岛屿都生长着自己喜欢的东西。自然，那故乡的海边，那里的一草一木，甚至每一块石头，都令人魂牵梦萦，让我时刻在梦中回望。

（原载《散文百家》2020 年第 10 期）

在雨中穿越瓜沥

裘山山

雨很大，从车窗望出去，浑然一幅绿意盎然的写意画，而且是长卷幅的，车行至哪里，画卷便展开到哪里。初夏的萧山，完全被深深浅浅的绿覆盖了。雨水之下，满眼的绿如刚刚凿出的一粒翡翠，挂在江南大地上。

来萧山很多次了，如果算上飞机降落萧山机场，估计近百次。可我对萧山依然无知，无知到羞愧。第一不知萧山如此大，我们从湘湖出发到瓜沥镇，车程竟一个多小时。原来萧山的面积有一千四百多平方公里，相当于两个新加坡；第二不知萧山紧邻我的故乡绍兴。尤其是瓜沥镇，与绍兴可谓塘挨塘。原来萧山早在南宋时就隶属绍兴了，直到20个世纪50年代才划归杭州。

第三个不知缓一下再说吧，给自己留点儿面子。

初听到瓜沥这个名字，很有些好奇。是地形状如瓜？还是盛产瓜？一问，是后者。当地朋友介绍说，此地原多为沙地，很适合种瓜，瓜大而甜。瓜沥就是瓜汁沥沥的意思（由此可知是西瓜）。瓜汁沥沥流入湖中，于是有了瓜沥湖，再于是有了瓜沥里，瓜沥庄，瓜沥乡，瓜沥镇。正式叫瓜沥镇，也有六十载了。当然这只是简介。

若要说清楚来龙去脉，那还得从沙地的来源说起，或者从萧山的地形地貌变化说起，得著书立说呢。

　　雨中抵达瓜沥，忽然闪过一念，这雨淅淅和瓜沥沥，很搭呀。

　　我们下车，撑伞走进南大房。

　　南大房，全称"党山许氏南大房"，是一座四合院式的明清宅院建筑，占地近三千平方米。是浙江省内迄今为止保存最完整、规模最大、历经明、清、民三个时代的居民建筑。我踏着湿漉漉的石板走进第一道门，便恍如走进了悠远的历史。

　　的确，单是搞清楚"党山许氏南大房"这七个字，就得分三个部分来讲。党山是地名，因地处钱江南岸，站在山上便可以看到江水滔滔，这座山挡住了江潮，所以称之为挡山，后又误传为党山。许氏，自然是房子主人的姓氏。据考，许姓的先祖是河南人，本姓姜，因助周文王得天下有功，被封为许国公（今河南许昌），姜氏便改姓许（以国为氏）。许氏后代后来做官到了绍兴，自此吴越大地有了许姓。其中一支迁徙到党山，捕鱼晒盐，娶妻生子，繁衍到第四代时（明万历年间），已有八房分支。这南大房，便是其中大房长子所建，位置在祖宅的南边，故称南大房。

　　啧啧，不听老人说古，完全弄不清楚这房子的身世。

　　给我们说古的，是许氏后人，七十二岁的许绍雄老人。许先生早年在上海读过高中，很有些文化底蕴。那间小小的房里，三面墙都是书。他还有电脑和打印机，时常写文章发表。

　　我还来不及坐下，又被许先生重新带出屋子，径直带到大门口。他说，尊贵的客人来南大房是有讲究的，须从正门进入，一进门二进门，依次而入，不可走旁门左道。

　　这仪式，让我瞬间庄重起来。虽然，我们也是从正门进来的。

　　我们还是跟着他，重新进大门。雨天潮湿，木门没有发出吱呀的响声，也没有丫环前来迎接，但细细密密的雨水，还是让我穿越到了四百多年前，那时南大房刚刚修好，在贫瘠的乡野中鹤立鸡群。许家人丁兴旺，殷实富裕，引来四乡八邻的艳羡……

许先生撑着伞，一边走，一边给我讲解那院子的布局，那木门的厚重，那雕梁的讲究，那大水缸的用途，那青石条的厉害。

满地铺着的大石条的确让我感叹。每条都一米见长，结实厚重，估计得有好几百斤重吧？他们是怎么弄进院子的？又是怎么嵌入墙基并铺成平整的地面的？穿过雨幕，我仿佛看到了当年的情形，壮汉们用粗木棍抬着石条，赤膊赤脚，一寸寸地挪进，肩膀上皮肉已蹭破，渗出鲜血，和雨水混在一起流下。气派豪华的大房子，必有修建者的智慧，也必有修建者的血汗。

原先南大房只是三个宅院，即三进门。后来许家后代增多，不够住了，在清道光年间，又修建了四进门，便成为四个宅院。许先生说，来南大房考察的专家，一眼便看出前三个宅院是明代风格，五开间楼房；第四个则是清代风格了，有九间大楼层。房间的风格和门窗的雕花也有所不同。

第一进的十一间平房，是雇工和佣人住的；第二进是正厅，接待客人所用；第三进的宅院才是正室，供家人起居生活。全院共有八十五间房。每一进的院子都有厚重的大木门，为的是防盗。那时常有海盗或倭寇入侵劫掠。整个宅院除了前后两个正门外，还有东西四扇边门，俨然一个小社区。

南大房的院外，有一条至今依然保留的人工挖掘的河道，是供许家客船和货船进出的。也就是说，来南大房做客的亲友，可以乘船到门口，上岸入门。这样的场景，似乎尚未在电视剧里看到。宅院后还有两个大花园，有祠堂，有庙宇，有戏台，有学堂。构成了一个家族完整的生活区域。

随着家族的兴衰，也随着社会的变革，南大房渐渐变成一个大杂院，祖宗传下的"此房只让给族人"的约定早已打破，曾经最多的时候，南大房住了近百户各种姓氏的人家。毕竟，那时的党山很穷困，南大房就是高档住宅了，一些稍有社会地位的人，都想法儿住进南大房。后来日子过好了，又逐渐搬离。

眼下南大房还住着十一户人家，舍不得走，住习惯了。许先生说，我们都有南大房情结。这让我想起老家的叔叔婶婶，也一直住在大夫第门台的老屋里，尽管生活上有种种不便，也不肯住进新楼里。好在 2016 年，政府将南大房进行了全面修缮，居住条件改善了很多。

我们徜徉在宅院里，见到不少眼下正在消失的物件，比如，雕花的木窗木门，比如石头砌成的深井，比如蜂窝煤炉子。还比如，房檐下的大水缸。

几乎每个院子的房檐下都摆着几口大水缸，蓄满了雨水。过去人们用它来防火灾，所以叫作太平缸。雨水落在缸里，溅起亮亮的水珠，簇拥在缸边的花草也十分鲜亮。我盯着看了好一会儿，猜想这画面，亦是被当年院子里的女子看过的。此情此景，与"今人不见古时月，今月曾经照古人"同理吧。

其实细细一想，今人不见的，远不如古人不见的多。因为这个世界变化太快。尤其进入新世纪后，更是快到让人眼晕。不要说古人，就是我们自己，也常感到无法适应。

此刻便是。

当我们离开南大房后，仅十分钟车程，便来到了另一个完全不同的世界：瓜沥镇七彩社区。除了雨水相同，其他一切都天差地别。

这是一座 6 层高的现代化停车楼，但它与普通停车楼大不相同，不仅外观靓丽，内涵更为丰富。它是参照新加坡 TOD（公共交通先导）模式打造的，一栋楼里，涵盖了居民生活的林林总总：从公共服务，到文化教育，到运动健康，到社交娱乐，到创业创新，到邻里共享，到智慧管理。七个中心，故名七彩。

一楼是公交车场，二到六楼是公共停车场，停车场连接电影院、运动健身中心、老年康养中心等。也就是说，无论你乘公交还是自驾车，只要一进到这个楼里，便可满足购物、运动、娱乐、阅读、餐饮等需求。很难想象，此地曾经只是个老旧的露天停车场。

我们参观了其中的书店，阅览室和康养中心。最能体现共享意义的，还是公共服务中心。在这里，你可以办理社保医保、市民卡，还可以缴纳交通违法罚款。有 8 台自助服务机，其中包括个体工商户年报机、社保自助查询机、房产自助查询机、交通违法自助交款机等，可自助办理 172 项事项。难怪他们的口号是：最多跑一次。

七彩社区的丰富性和前瞻性，充分体现了"未来"以及"共享"的含义，对于人口密度较高的浙江，还真是一个发展方向。

如果说南大房是瓜沥的一张古朴名片，那么七彩社区就是瓜沥的一张金名片。前者代表着过去，后者代表着未来。在过去和未来之间，横跨的不是几百年，而是两个世纪。我站在两者之间，无法不眩晕。

可是我还是得说，两张名片中，古朴的名片更吸引我。究其原因，是因为南大房积淀了漫长的岁月，厚重的文化，有一层被无数生命滋养过的润泽。而代表着未来的金名片，尚需时间的检验和打磨，尚需不断完善和提升。说不定哪一年，又会修一座四进门呢。

但我相信，最终它也会成为一张留给后人的名片的。

从七彩社区的建设，便可看出瓜沥镇雄厚的经济实力了。

尤其是之后，我们还参观了航民村。在这里，"村"的概念已被彻底更新，新到令我瞠目结舌。我初以为"航民村"是因为机场在此地，后得知是先有航民村后有机场。此处的"航"非航空，而是水航，因水航有了航坞山，再然后有了航民村。现在，是航民集团。

　　站在航民集团的展厅里，我又不合时宜地穿越了，仿若回到半个世纪前，有个知识青年下乡到此地，那时，他一个全劳力干一天的活，只能挣几分钱，一个月下来，连自己的口粮都买不起。那是我姐夫，当我告诉他我要去瓜沥采访时，他很是感慨。而现如今的瓜沥，一个镇就有五家上市公司，其他中小企业更是数不胜数，百姓们无须外出打工，就能过上富足的生活。瓜沥连续数年进入中国百强小镇。

　　说到这儿，我得坦白我的第三个不知了：我不知瓜沥竟如此富。

　　大而富的瓜沥，真像一个甜甜的西瓜。我穿越在其中，可谓步步惊喜。如果要说遗憾，也是有一点的，那就是此地不再种西瓜了，或者说，西瓜不再是此地特色了，"瓜沥沥"仅成了传说。也许是城市化进程太快，让沙地消失，让瓜们失去了立足之地。

　　这多少让人有些遗憾。因为瓜沥的瓜不是普通的瓜，是穿越历史的瓜，是勾连岁月的瓜。今人不见古时月也就罢了，今人总该吃到古时瓜吧。

　　当然，没有瓜的瓜沥，依然流淌着甜蜜的沥汁。

　　　　　　　　　　　　　　　　　（原载《浙江散文》2020 年第 3 期）

轮　回

任林举

"哐"的一声，大罗山从天而降，落在了东海之滨。

瓯居海中。传说，这座方圆300里的环形、独立山系原为一脉"鸿蒙元气"所凝，正是太上老君的道场"玄都"，也正是瓯海人世代栖居的家园。因为山系形似一面大箩，故称之为大罗山。

我入大罗，行抵山脚之时，正水雾弥漫，细雨菲菲，但想象中的那一声轰鸣早已随时光远逝，千万年之前的海水四溅已不再是眼前雨雾蒸腾的因由。茫茫雾霭，掩埋的不仅仅是"九狮一象"相衔、相拥的巨大山形；也不仅仅是裸露的"龙脊"和隐蔽的"天宫"，还有一个千古未解的谜团——天罗一降，到底罩住了什么？先我之前，早有先人一代代一年年沿"大箩"之壁摸索前行，把岩崖拍遍，把乱石踏平，沧海已桑田，都没有找到明确的答案。而我，也只能怀揣同样的追问在大罗山如梦的雨雾中行走，行走且深思——

不知不觉间，就滑出了如梦的雨雾，却依然没走出另一片雨雾，如梦。在瓯海之西，泽雅的一个小村庄，我不得不停下惯性移动的脚步。我不无惊讶地发现，自己已经一脚踏中了时间之轮，一个旋转，回到2000年前。时光，竟然也是一个闭合的圆环。

水，就那样从翠竹掩映的山上流下来，却让人只闻淙淙之声，而不见其踪。突然从村头的小溪里一跃而出，则像极了古代袭城的神秘士兵，迅捷地流过石砌的渠，穿过人行的路，一步紧似一步地向低地集结。水所行走的渠，从茂密的竹丛中伸出后，就再也没有打过一个弯，径直伸向了岁月深处，连接着两千前古人惯用的一种机械装置——水碓。众水如潮，待行至水碓的闸口前，已成飞奔、汹涌和咆哮之势，巨大的冲击之力足以让一切挡在前路的障碍发抖。闸门是开放的，水便直接扑向了水轮的板叶。巨大的喧嚣和撞击之声，被转化成水轮的旋转；紧接着，水轮的旋转又被碓杆转化成石杵的连续起落；石杵的夯击之声不断，咚、咚、咚，像催命的战鼓，像不息的春雷，把令人兴奋也令人不安的震颤，传向天空，传向大地，也传向满怀期待的人心和连绵不断的日子。

一片轰鸣之中，水随着水轮跌落，声音渐渐衰微、渐渐消散……而远山又响起了细碎、轻柔的窸窸窣窣，那是雨打竹叶的声音。穿越隐秘的时空，水的来生又在雨水中拉开重演的序幕。而来生，水依然要用一生的心血滋养山上的竹，也依然要乘坐时间的滑梯重返水碓，尽一生的力气推转一只命运之轮。

站在唐宅村的水碓旁放眼远山，远山巍巍，高耸如围，锁住了云，锁住了雾，也锁住了云雾掩映的翠竹和隐隐约约的水声，仿佛连时光也被锁在这封闭的山坳里不得流动。2000 年前的古法造纸技艺、2000 年前的造纸设备和器具、2000 年前造纸人的梦想和心念……一切都如 2000 年前的云雾一样，历经无数的循环、轮回之后，依然在山间萦绕不去，保持了 2000 年之前的形态和面貌。沿地势依次排列的水碓、"纸烘"、烟囱、纸槽、腌塘、腌塘里深深浅浅的蛎灰水都清楚地记保留着岁月深处的记忆，都能够见证每一张"泽雅屏纸"的前世今生——

一切注定要从某一个春天开始，也注定要在某一个春天结束。

春雷响起，久旱的山间落下了第一场春雨。雨滴是一个神秘的指令，只有它们才能深入泥土把那些掩耳沉睡的生命唤醒。受到雨水的诱惑，一棵棵懵懵懂懂的水竹还未及醒"透"，便匆匆破土而出，开始沿着与大地垂直的方向在春天里"奔跑"。只是它们现在还太稚嫩了，没有经过足够风吹日晒的生命因为纤维没成、水气太重，还不中用。是的，一定要等到两年，但不能超过三年，三年以上的水竹就已经太老了，也不中用。只有等它们血气方刚、筋强骨壮，体内的纤维长度长足两毫米时，才会有斫竹人拎一把竹刀找上门来。一丛水竹在风中摇曳，是老、少、强、弱交杂的一个生动家族，斫竹人总是要经过一番认真的盘查和遴选，才能选出那几杆最中意的竹，手起刀落将它们斫走。

斫，并不是杀，只是让竹换一个地方活着，换一种方式生存。从此后，它们将随斫竹人远走他乡。刀光一闪，竹与故土的联系被瞬间切断，一缕清气从它们离开的地方升上来，那是一缕永难慰藉的乡愁。

新斫的竹，是刚刚落发出家的细妹，水水嫩嫩的身子、清清爽爽的眉眼，却偏偏要走一程世间最惨、最烈、最痛的苦修之路。和水竹一样命苦的斫竹人，天生一副好心肠，舍不得让水竹一出家门就被丢进炼狱一般的程序，便把竹子轻轻放在自己的肩上，软着、暖着、心疼着，顺着水竹的心思和情绪稳步走回自己的作坊。柔软的竹稍在斫竹人的肩上，一步一弯一顿首，那是竹在向故土拜别，道一声珍重，道一声珍重，此去想必无归矣！

"刷"，这是师傅们早早为水竹备下的名号。不破不立，从此，水竹们原有的一切都将被破掉。不但破掉，它们还要经历交臂历指、水煮汽蒸、千锤百炼、粉身碎骨等等一切惨绝的历练。竹当然已不能再叫竹，那么娟秀的名字会让人想入非非，而不敢触碰；竹也不能再保持原有的身段和品貌，要破相、破身、破圆满。光溜溜、水润润的一杆秀竹，要完成救苦救难、普度众生的沉重使命首先要让自己变得残破、丑陋、低微如不堪的尘土。那么多穷苦的山民在指望着它们活命呢！竹坚忍无声，咬紧牙关舍去那段"虚心、有节"之身，一任那班粗陋器具的鲁莽杀伐——被斧、锯截断，被重物锤裂，被烈日晒干，用粗麻捆扎，而后，便成为一捆捆地地道道的"刷"。

既然已经叫"刷"，就要按照"刷"的运道继续运行下去——投入腌塘，在蛎灰水里长久浸沤。方方正正的腌塘就那么一个挨着一个从纸坊排向远处，两两腌塘间只隔了一个窄窄的石梗。当很多腌塘连成一片时，就给人一种浩瀚如海的感觉，而蛎灰水中隐约可见的"刷"则像一片片竹筏或小舟。实际上，这只是一种错觉或幻像，另一片海是无形的，人们根本看不见，它隐在这些腌塘的"背面"，而只有在另一片海中，这些由竹变成的"刷"，才是真正意义上的"舟"。

夏日里，骄阳如火，从天空里泼下来熊熊烈焰，与腌塘里发烧的蛎灰合力，对堆满腌塘的"刷"进行着严酷的"考验"。金黄的蛎灰水会不断发出"哧哧"的响声，升腾的烟雾夹裹着呛人的气味，带来了塘底的信息：那些曾经嫩绿的竹已被"杀青"，最后一缕生命的迹象已然消失。但等秋天一到，塘水从金黄变成暗褐，竹子们便可宣告完成了由竹而"刷"的全部"功课"，炼尽了生命里所有的"渣滓"，皮肉、木素和果胶尽绝，只剩下柔软而坚韧的筋骨和干净的灵魂。

咚、咚、咚，当沉雷一样的轰鸣再一次从水碓旁不断响起，这已经是初冬时节。"雷"声里，并不是一杆杆新竹冲破泥土脱颖而出；而是一捆捆"刷"在石杵的锤捣下变成了泥土一样的"刷绒"。这些看起来云朵、棉絮一样的"刷绒"，就是"泽雅屏纸"最基本的原料。它们既是一种纸张的筋骨和皮肤，也是这些纸张的魂魄。

至此，如七十二劫的"七十二道工序"已经大部分完成，历经数月的艰难孕育，终至"分娩"时刻。之后再经过"踏刷""烹槽""撩纸""压纸"等一系列工序，一"张"纸就宣告正式诞生。新造出的纸柔韧绵软，色泽金黄，高贵而低调，形平而质优，虽仍怀有一棵"竹"心，却不再有人能够辨认它们的身世，想象不出它们就来自这山中的泥土。

挑一个日暖无风的好天气，纸农们要把这些新纸运到山上去晾晒——一沓沓铺开，亮闪闪，金灿灿，排满泽雅的山岗，本来翠绿的竹山一日间就变成了一座金色的"纸山"。宛如一个隆重的告别仪式，新纸们最后一次贴近这山、这泥土。当它们把体内最后一缕水气，最后一丝念想，都归还给这片家山故土之时，它们就会变得如魂魄般轻盈，可以跨越年代和地域之界，飞往遥远的时空——天之南、地之北、国之内、海之外。突然，有一阵出其不意的风从竹林里蹿出，当地的纸农们称其为"鬼风"，"叼"起一张没有压住的纸就飞上了天空，飘飘摇摇，如一只断了线的风筝越飞越高，直至无影无踪……这张纸已经在所有纸张的未来之路上先行一步。

阿旺伯十岁入行，从青竹一样的年纪开始，就一年年陪着那些水竹辗转于竹山和纸坊之间，不停地斫，不停地沤，不停地捣，不停地撩，不停地晒，也不停地卖，终于在 70 岁那年突然就走不动了。在最后的一段时光里，阿旺伯手抚一案屏纸，看透了自己的生平。原来，一生竟被水竹所误，生命里的那些血气和力量一开始就已经被命运之刀砍伐，之后便与那些水竹一样，一点点被沤烂、剥离、捣碎、分解、散发到无边的时空……

阿旺伯走的时候，儿子选了一担最好的屏纸做冥币，为父亲送行。那日，正好是一年一度的清明节。"南屏纸，冥间钞，红火青烟绕天烧。"不仅阿旺伯家的屏纸在燃烧，天下所有的屏纸都在燃烧。猎猎火焰将屏纸化为灰烬和向上升腾的烟气，竹的魂和人的魂终于双双超脱了那张符咒般的黄表纸，升了上去与天空里的云汇合。云与烟，水与火，在九天之上握手言和，相拥相携；随风而去之后，已不知所往，不知所归。

清明一过，泽雅的山上突降一场豪情万丈的春雨，新雨后，又一茬新竹破土而出。

（原载《浙江散文》2020 年第 1 期）

行走的仙人掌

沈 苇

仙人掌的别称"火掌""火焰",在碗窑变得尤为贴切。当燃烧了400多年的窑火渐渐熄灭的时候,两株200多岁的美洲仙人掌——苍南人称它们为"公婆树"——代替火焰在继续燃烧。这带刺的植物火焰、绿色火焰,虬曲、硕大、升腾,经历时日、台风、湿气、病患,生生不息,生生不灭。它们远离了沙漠故土,像资深游子,用足够漫长的时光,在异乡扎下根,并在干旱的另一端,在亚热带的天空下,锻造出自己外刚内柔的异相和魂魄……

苍南桥墩碗窑古村,旧称蕉滩,这个名称也透露了它的地理位置——靠近东海和海上丝路。"碗知山语,窑藏千秋",说的便是碗窑。走进碗窑村,仿佛走进了一个过去时,一座微型山城,一段静息在深山里的幽微时光。这里至今完好地保存了龙窑、水碓、工坊、古戏台、三官宫等35幢300多间明清建筑。山谷幽静,树高林密,山道蜿蜒,拾阶而上,泥寮错落,层层叠叠。许多建筑的屋顶压着砖石,是为了防止台风吹走瓦片。浙江最南端的苍南,属亚热带季风性气候,夏日台风很大,据说有一年的龙卷风特别凶猛,居然把一条渔船卷到了山顶。

第一个在此开窑烧瓷的人，是福建移民巫人公，外号"黑人老"，志书记载的时间是明万历三年（1575年），他为躲避倭寇侵扰避难到此。此后，陆续有余氏、江氏、华氏、胡氏等烧窑制瓷大户前来落户。碗窑这弹丸之地，渐渐成为商贾云集、万众衍聚、市井兴旺之地。到清代，这里是浙南地区烧纸民用青花瓷的主要基地，鼎盛时期曾拥有18条生产龙窑。民国时期，青花制式和坯釉工艺已非常成熟，以"铁血十八旗""五色旗"为代表的碗、瓶、壶等产品蜚声海内，远销海外。

苍南旧属平阳，《平阳县志·食货志》载："烧造业最早者为南港三十七都蕉滩，清雍正年间……有十二窑，产值约银圆八万。出口销路……浙、苏、皖、鄂以及山东牛庄、台湾诸处。"事实上，台湾只是一个中转站，经由台岛，碗窑村的产品远销到菲律宾和新加坡等南洋诸国，产品有酒盏、茶瓯、瓮子、穿花大斗、鹅中水、各寸盘子等10多个大类。

当碗窑村的瓷器经由海上丝路远销海外的时候，美洲的仙人掌正远渡重洋，登陆中国东南沿海，包括我们在碗窑村所见的"公婆树"。

今天，仙人掌的分布范围包括南美洲、非洲、中国南方和东南亚地区。墨西哥沙漠是仙人掌的故乡，是一个多浆植物宝库。植物分"多点起源中心"和"唯一起源中心"两大类，墨西哥沙漠是仙人掌的唯一起源中心。

墨西哥被誉为"仙人掌之国"，有2000多个品种的仙人掌。该国最大的仙人掌在北部下加利福尼亚，有20多米高，10多吨重，要用两辆大卡车才能把它运走。仙人掌是墨西哥的国花，墨西哥人还将它作为盘中美食。在墨西哥，仙人掌是作为蔬菜在集市和超市出售的，辣炒仙人掌、蛋煎仙人掌和仙人掌沙拉是三道墨西哥名菜。仙人掌还用来做饼食点心，用仙人掌酿造的酒就是男人们青睐的龙舌兰酒。

美洲还有一种会行走的仙人掌，叫"步行仙人掌"，在秘鲁沙漠。一身的软刺就是它的腿脚，它随风移动，居无定所，随遇而安，软刺也是它的根须，通过这些根须它在空气里吸收水分存活下来。"步行仙人掌"使我想起新疆沙漠戈壁的风滚草，随风滚动，走走停停，四处为家，在极端干旱、恶劣的环境里，顽强地生存。

那么，作为"植物移民"的仙人掌，是什么时候走出墨西哥沙漠、走向世界的呢？

1492年至1502年，意大利航海家哥伦布受西班牙国王资助，四次横渡大西洋到达美洲，开辟了欧洲到南美的海上通道。新大陆的发现，是欧洲海外殖民和海上霸权的开始，带来人员、商品、物资乃至动植物种的交换和传播，世界进入了一个风起云涌的海洋时代。其时，"中央帝国"却是另一番景象，虽然郑和七下西洋要早于哥伦布发现美洲，但这次"试水"却很快被农耕文明的保守意识阻挡回去了。明朝明令海禁，封锁海洋，从明至清，闭关锁国的中华错失了一个开放而活跃的海洋时代。当然，闭关也不是铁板一块，民间的海上交往依然存在，这是由胆魄非凡的商人、具有先见的官员、民间探险家，甚至包含了三成"真倭"、七成"外倭""假倭"这么一股暗潮般的力量，用野心和梦想、鲜血和生命开辟出来的海上丝路。

我们已知，土豆和红薯大约是在明末传入中国的，并从"贵族美食"逐渐变为"穷人食粮"。一种说法是经过菲律宾先传到中国沿海地区，另一种说法是先传到爱尔兰，然后由欧洲人传到中国内地。印第安人培育的五颜六色、花样繁多的土豆，传到中国只是少数几个比较单一的品种了。据此我们可以推断，仙人掌传入中国，不会早于明末清初，但也不会大大晚于土豆和红薯的传入时段。

在中国，"仙人掌"这个名称早在唐代就出现了，但它指的不是植物。唐代窦牟有诗"仙人掌上芙蓉沼，柱史关西松柏祠"，诗中的仙人掌，指的是陡峭而嶙峋的山崖和岩石。许多草木花卉都一样，先是指别的事物，然后为某一种植物命名，成为专属。譬如玫瑰，晚唐温庭筠《织锦词》中"此意欲传传不得，玫瑰做柱朱弦琴"的玫瑰，是指玉石。他的另一首诗写"杨柳萦桥绿，玫瑰拂地红"，这里的玫瑰才是植物了。宋以后，"玫瑰"一词才为植物所专属。

再回到仙人掌故乡——美洲。兴起于 20 世纪六七十年代的拉美"爆炸文学"，一度改写了以欧美为中心的世界文学版图。因此，当我注视一株球形、团扇形或蟹爪形仙人掌时，会不由自主地想到"爆炸文学"，或者仙人掌就是扎根在干旱或潮湿中的"爆炸文学"，有着烛台状的分枝、肥硕繁多的叶掌和火焰般的摇曳、扭摆、升腾……帕斯的"批评的激情"，博尔赫斯的"迷宫"，马尔克斯的"百年孤独"，福恩斯特笔下的干旱平原和罕见的肥大雨滴，等等，无不具有一种外刚内柔的魔幻的仙人掌风格。拉美"爆炸文学"，犹如一匹匹披着仙人掌盔甲和钢刺的黑马，杀向世界文坛，其振波和影响传递到了改革开放后的中国，使习惯于喝"母奶"的中国作家、知识分子开始喝上了异国的"狼奶"——异常好喝的、汁液充沛的仙人掌之奶。

"美洲的爱，与我一起攀登！"是一株巨子般的仙人掌，是仙人掌之爱，与聂鲁达一起攀登马楚·比楚高峰。

我站在碗窑村五六米高的两株仙人掌跟前——

一公一婆，一阴一阳，耳鬓厮磨，相伴而生，这带刺的纠缠和恩爱，这内心的超级柔软，旷日持久，直到海枯石烂、地老天荒。叶掌在每年春天和秋天开两次花，好看的橘黄色花朵，像一盏盏不灭的小灯笼，仰天或倒挂，招蜂引蝶，绕树飞舞。秋天叶掌开过花后，就干瘪、收缩、硬化了，渐渐变成枝干的一部分。尔后，新枝干又长出新的叶掌，上下左右节攀、延展，等待下一年的花期。像烛台，像宝塔，仙人掌就是这样自我更新、生生不死的。它们，活过了人的天命和大限，超然而顽强地站在那里。

这一沙漠干旱地区的植物，是如何适应亚热带季风性气候的？这简直不可思议，是一个谜。难道经历了漫长的异乡生活后，已发生基因突变，变成了另一物种？一种超级仙人掌？仙人掌惊人的适应力，已经以潮湿为干旱，以狂风为港湾，以异乡为故乡。如此，它们才能在异域建立起自己的新故乡。

据碗窑出生的苍南本土作家朱成腾介绍，"公婆树"为单刺仙人掌，属丛生肉质灌木。三年前，公树得了大病，主干根部严重溃烂，整树奄奄一息，婆树也变得萎靡不振。后来村民们给公树做了一次外科手术，清除烂根腐肉，消毒培土，并做了支撑架。公树奇迹般地活过来了，婆树也仿若重生。"公婆树"依旧茁壮而蓬勃。

村里的老人还记得，"公婆树"是1902年由一对烧窑的王氏夫妇从附近山上移植到村里的，移植时它们已是百岁老人了。仙人掌是多浆植物，它的汁液能够治愈烫伤。这就能解释移植碗窑的原因了。事实上，仙人掌是一种很好的药物，能清热解毒、健脾补胃、清咽润肺、护肤养颜，还能降血脂、血糖、血压，是治疗"三高"的奇药。碗窑村里还有一种名叫薜荔的古老植物，攀爬在门廊和老宅屋顶，结的果子像青涩的无花果。薜荔也多浆，俗称凉粉子、凉粉果，它像鲜牛奶般的乳液，加糖、加荷叶汁，可以做成炎夏里窑工们最爱吃的凉粉。

碗窑一带，从前多古木、大树，但杉树、松木里的巨子消失了，基本上都成了烧窑的柴禾。与200多岁的仙人掌一起存活至今的，是一株300多年的香枫树。民国年间，香枫树的主人打算把它出售给南洋商人。伐木工来了，第一斧砍下去只砍掉一点树皮，第二斧砍下去却砍在了自己小腿上，鲜血淋漓，嗷嗷大叫。围观者纷纷说这是一棵神树，不能卖掉，于是这棵老枫树得以保留下来。

"土著"和"移民"，一起构成了苍南葱茏的植物景观和绿色宝库。樟树和杜鹃，是苍南的县树和县花。在南宋镇大园村，有一株千年香樟，树下立有"苍南樟王"的石碑。金乡卫，曾与天津卫、威海卫齐名，从明洪武至嘉靖年间，是东南沿海抗倭史上的名城，民间有"一亭二阁三牌坊，四门五所六庵堂，七井八巷九顶桥"之说。今天，它的城门、城墙都消失了，但四个城门外，依旧屹立四棵明清时期的大榕树。榕树被苍南人视为风水树、地标树，房前宅后要"前榕后竹"。在另一座保存完好、老百姓仍在生活居住的古城蒲城，东门城墙上的无柄小叶榕已经165岁了，锈褐色气根穿透城墙石缝，盘根错节、虬曲有力，巨大的树冠，像一把巨大的天然遮阳伞。鹤顶山是苍南最高峰，曾是一座活火山。火山熄灭了，山腰乱石间，开始长出杜鹃花，花瓣奇大，清明前后，一簇簇，一蓬蓬，漫山遍野，红红彤彤。我在写苍南的诗里，称杜鹃花是"岩浆之花"，模糊了地质学和植物学的边界。还有苍南出产的四季柚、荔枝、香瓜、火龙果、葡萄等，在浙江和江南地区都是十分出名的。

夏多布里昂说，森林是人类最早的神殿原型。古木大树犹如神殿的巨柱。世界上不少民族，尤其北方民族，都有一个"世界生命树"和"宇宙中心树"的理念，这是人类最古老的万物有灵信仰。

当我们站在碗窑村两株仙人掌跟前时，凝视就是一种尚未丢失的信仰，一种对自然神灵的虔敬膜拜。

一到苍南，我就把"东海之滨，玉苍（山）之南"修改成"大洋之畔，苍天之南"。苍南是个小地方，只有1200多平方公里的土地，但它的山岳风光、河川秀色和黄金海岸令人流连忘返、经久难忘。浙闽交界，濒临东海，通达海上丝路，它的文化呈现出一种开放、多元、包容的气象。不说别的，就说苍南的方言，就有闽南话、瓯语、蛮话古语、畲语、金乡话和蒲城话等六种之多。苍南文化的多样性，如同它植物的丰富性，不啻是沿海文明的一个微缩样本。

有人曾说，当你从头到根弄懂了一朵小花，就懂得了上帝和人。我想说，当你弄懂了仙人掌的一根刺、一片叶掌、一朵橘黄色小花，就懂得了自身之外广大而丰盛的世界。

（原载《浙江散文》2020年第4期）

北麂人家

沈小玲

一

"阿莉，又回来啦?"

"是啊，老家好呢，今天生意好否?"

在丁香坦街口，几位大姐热情地与阿莉打招呼。大姐们就在自家门口卖岩头货，藤壶、香螺、辣螺、珍珠眼、蛎钩，什么都有。才到上午九点，她们摊位前的小箩筐就已经空了，海味一大早被游客买得精光，每天都如此。

阿莉是位老师，北麂岛的女儿。她趁暑假回岛上疗休养，有时也带好友来玩，她的老家在岛上的立公村。

北麂岛是北麂列岛中最大的岛，面积一点九平方公里，山巅海拔一百二十三米，离浙江瑞安市区约三十八海里。岛上有四个大渔村，三个靠海而居，立公村独自在半山腰的山坳里。

阿莉抄近路，选择爬山。山路靠海一侧种满了甜美的百日菊、万寿菊、矢车菊。山上的芦苇一丛丛、一片片，海风吹过，轻轻地弯腰。

　　这几年，游客越来越多地在芦苇丛中拍照留念，北麂的芦苇成了"热门景点"。岛上的渔民这才注意到，自家房前屋后的芦苇原来这么美。

　　阿莉往上走，一直走到芦苇的尽头，立公村就到了。

　　村里的房子与岛上其他村子一样，清一色的石头房。石头房并不大，往往两三间连在一起。建得也不高，只有两层楼，窗户小小的，屋檐并不花哨。石头房多是矮矮壮壮很结实的模样，像在海边野大的孩子，赤着脚坐在山岗上吹海风。

　　石头房依山而建，房屋之间层次分明，错落有致。山上细窄的石头路将石头房尽数串起，小道在海风经年累月的吹拂下，岩缝里生出了带着淡淡海味的青苔和嫩嫩的蕨。

　　岛上渔民大多在瑞安市区买了房子，闲置下来的石头房被改成民宿。立公村的石头房整村开发建设，现在，部分民宿已对外营业。

　　不过，阿莉从来没有想到，有一天，会有那么多人坐船两个半小时，来岛上疗休养，住进他们村的房子，过一把渔民生活的瘾。

　　在村子里，正好遇上一位来疗休养的中学老师，手里拿着刚买到的海货。他把阿莉当成了和他一样的游客，兴致勃勃地向阿莉介绍他住的石头房的一景一物。

　　"看见了吗？房前的小院里有浮筒、铁锚、丝网，都是用过的，上面还带着湿气。"他说，顺手指了指堆在空地上的虾笼，"好像渔民们劳作完刚刚离开，一顿饭的时间他们就会再回来。"

　　地上的虾笼六边形，蓝绿色的尼龙绳网在每一边都剪开了口子，如果虾和蟹冒冒失失地钻进去，想出来就难咯。海风习习，天空染上了藏青色，远处有人在大声说话，窗户里飘来饭菜香。

　　"这里的石头房子一点儿都没变，"那位老师跟阿莉说，"很真实，就像家里一样。"

　　阿莉笑了。她在自家门口站了站，屋里有工人在干活，民宿改造要到明年才完工。每次回岛上，阿莉都要去看看自家的石头房，也数数村子里的变化。

二

阿莉告诉来疗休养的老师，她就是本村人。她还特意告诉他们，落潮时一定要去立公村不远处的过水屿看石头房，与石头房来几张美丽的合影。

在北麂列岛中，过水屿是一座毫不起眼的小岛。

过水屿地名很形象，过水——屿。它与本岛似连非连。涨潮时，可以开过一艘捕鱼船，但落潮后，会现出一条路。走在礁石、石砾和沙土组成的小路上，常是忽高忽低，一脚深一脚浅。礁石表面有被海水腐蚀过的痕迹，像是大海把浪花拓印下来了。

20世纪70年代，北麂渔业发展起来了，陆续有人从高山、平原、另外的海岛来过水屿讨生活。最繁华的时候，过水屿有二十多条船，三百多口人。

渔民们在陡峭的岛上盖了一排排茅草房，每天出海，捕鱼、晒鱼、腌鱼、卖鱼。岛上条件艰苦，没水、没电。一旦涨潮，通往本岛仅几百米的路，就被大海淹没，但讨海的渔民一年又一年坚持了下来。

上初中时，阿莉和同学常结伴去过水屿玩。那时候岛上的渔民盖起了两层的石头房，结结实实，不怕台风，也不惧大火。码头、晒鱼坪、加工场一应俱全，还接通了自来水。岛上的生活每天都热气腾腾的。

到了20世纪末，北麂岛附近的渔业资源开始减少，岛上的渔民在政府的帮助下，纷纷改行做其他工作。石头房因此人去楼空。

阿莉说，望着无边无际的大海，看海风梳理着大片的芦苇，看安静而又美丽的过水屿，你不会觉得伤感，反而感到高兴。

因为，原先住在过水屿的人们有了更好的去处，到本岛，到市区，他们有了更好的生活。担心涨潮时被困锁，在黑漆漆的大风夜用昏暗的煤油灯，都成了遥远又模糊的记忆。

而今，北麂岛成了温州市摄影小镇。其中，过水屿尤其是绝佳的拍摄点。若是有人与阿莉聊天，阿莉便会劝他们趁着落潮，赶紧先去过水屿拍几张照片，那里最漂亮。

三

阿莉的堂弟阿西开着车从村间路上过来，看到堂姐，就把车靠边停下。健壮的阿西被晒得黑红黑红。

靠山吃山，靠海吃海。渔民阿西深谙北麂作为浙江省大渔场所有的故事，海洋生态，渔家文化，海岛旅游，他都一清二楚。

"八字门还记得不？"阿西说，"那里的水够深，够咸，还很干净，那里头养的黄鱼和野生的一样鲜美。什么多余的东西都不用放，一点盐，一点酒，一点姜，再放一小把葱，那味道，美呀！"

岛上渔民在八字门海域的海洋牧场里工作，每天都要捞起活蹦乱跳又肥美的黄鱼发往各地。

"我估摸你们城里人家办喜酒，用的黄鱼都是从我们北麂岛上运去的。"阿西很自信地说。

阿西在村里承包了一个小岛，三年到期后还可以续租。岛上有牡蛎、辣螺、红蛋虫血。如果风浪不至于太大，阿西基本每天都会上岛去采海味。潮起潮落，海水日夜滋养，礁石上的贝壳生生不息，一个人，只要肯去捉，岩头货总是有的。

北麂列岛有三十八个岛屿和五十一个海礁，有些岛礁租出去了，租给各自村里的渔民，渔民随时可以到自家岛上收割岩头货。美味的海鲜是不愁买家的，有直接被游客提走的，有让高速客船带到瑞安市民家的，也有腌制了流水供货的，怎么好卖就怎么来。

来疗休养的老师们听得兴起，也顺便问阿西：年收成如何？是租金的三倍？四倍？

阿西笑而不答。

到冬天，天气变冷，岛上的游客稀少，阿西他们便全家到城里住高楼去。第二年春天，又回到岛上，住进自家的石头房，继续红红火火的日子。

作为从海岛走出去的青年才俊，阿莉的小弟响应省政府"乡贤回乡"的号召，反哺家乡，投身家乡的建设，为北麂打造休闲海钓基地添砖加瓦。在禁渔期外，他常要回岛上来，组织海钓活动。

阿莉回北麂岛，就住在小弟在海边的石头房里。二楼的窗户是小弟特地设计过的大飘窗，帘子一掀，就可以看到一汪碧水、一片蓝天。门口的避风港零星地停着一些捕鱼船，小船上的渔民在养殖的网箱旁作业。

傍晚，阿莉开火烧水，把岩头货洗干净下了水。海味鲜活无比，香螺浓郁醇厚，龟脚软嫩鲜香，牡蛎软滑爽口。刚从锅里捞出来的藤壶，用镊子夹出藤壶肉，再将"壶"里的鲜汤一饮而尽——如同将半个大海的鲜美含在舌间。

更多的时候，阿莉就与好友坐在院子里看蓝天，碧海，渔船，芦苇，就这样看着家乡的岛一天天变成了海上花园、美丽渔村。

对于阿莉而言，北麂岛是永远的家园，它率真、舒适，让所有来过岛上的人们都流连忘返。

（原载《人民日报》2020 年 10 月 12 日大地副刊）

郑振铎的莫干山之问

慎志浩

一

1926 年 7 月 24 日清晨，有点热。郑振铎和好友唐先生、高先生来到上海火车站。他们是想趁凉快的早晨，乘车去杭州，赶去"清凉世界"莫干山避暑。

这年夏天，江南前所未有的酷热。上海滩被骄阳烤得像口大热锅一样。有钱有势有门道的人们已被蒸得不像个样子，纷纷择清凉之地避暑。此时，在《小说月报》担任主编的郑振铎也暑热难熬，已经有两个星期没做什么事了。心中烦闷，便约上好友，赶快逃离这热锅般的大都市。

20 世纪 20 年代，莫干山已经是闻名遐迩的避暑胜地了。自 19 世纪末西洋宣教士和冒险家在莫干山建立避暑区，已有近三十年光景，很是热闹繁华，公共设施也非常发达。

洋人们在莫干山赁屋购地，建别墅会馆，还习惯捐出百分之一二十的土地资金，建了教堂、图书馆、音乐厅、幼稚园、游泳池等公共设施。而且，他们还组织了自治机构——莫干山避暑会来行使自己避暑的权益。那时，从上海到莫干山的交通已经十分通畅便捷，其程度已远远超过北边的泰山、西边的天目山和南边的雁荡山。

郑振铎一行坐火车到杭州艮山门下，随即又上一列小火车到拱宸桥，再换乘小汽船到武康县三桥埠（现为德清县）。

小汽船上洋人居多，一路行来，江南景色尽收眼前。船经武康县城，郑振铎看到河中无数孩童，赤裸着身子立着游着。沿河民居多半用木柱立于水上，其景观颇似秦淮河两岸。郑振铎还注意到，屋下河滩木柱旁，是厕所。很是感慨，一个是河道之不洁，再个是居民是如此紧迫地利用废地。不要说满汽船的洋人没看到过，就连郑振铎这样的见多识广的知识分子，也觉得这是未见之奇观。

到三桥埠码头上岸，便有车夫挑夫等候着，根据接待方安排，郑振铎三人把行李交给挑夫，各自上了一顶竹轿子。

郑振铎此时年方二十八岁，又是具有新思想的读书人，见别人抬着自己走，颇过意不去，行至山路陡峭处，便下来步行。他们五点钟上轿，走走歇歇，到山上已经是八点钟了，天色已暗黑了下来。高唐两位先生订的是铁路旅馆，郑振铎住的是滴翠轩。

尽管一整天舟马劳顿，但安顿下来后，有着写作习惯的郑振铎便铺开稿纸，给友人写信。身居洋人营造的莫干山避暑乐园中，他是习惯把自己放进去的。第一天的所见所闻总是新鲜而刺激强烈。他不禁感慨道：*如果旅行都是如此的便利，我们真的要不以旅行为苦而以为乐了，中国一定可以有不少人会诱起旅行的兴趣来。*而且，行笔到此，郑振铎笔锋一转，反躬自省道：*我们却不能光美慕他们洋贵族的福气，光嫉妒他们的有势力。我们自己不去要求，不去创造，幸福与势力，自然不会从天而降了。*

郑振铎 1898 年 12 月 19 日出生于浙江省永嘉县（今温州市区乘凉桥），在温州读完小学中学后，考入北京铁路管理传习所学习，

1919 年参加五四运动并开始发表作品。而后，与沈雁冰等人发起成立文学研究会，创办《文学周刊》与《小说月报》，是上海滩颇有爱国情怀的文学青年。

二

"今年本山工匠擅自加价，每天工钱较去年增加了一角。本避暑会董事议决，诸工匠此种行动，殊为不合。本年姑且依照他们所增，定为水木各匠，每天发给工资五角。"落款是"莫干山避暑会"。

这份在山上到处张贴的《通告》，引起了郑振铎的注意。

郑振铎知道，上海、杭州等大城市的劳工都在闹增加工资的风潮，他没想到这股风潮居然蔓延到了莫干山。而且更刺激他眼球的是"莫干山避暑会"这六个字。他不知道这是个什么玩艺，口气那么大，仿佛背后有政府势力在撑腰似的。

郑振铎开始关心起这个组织来了。经多方询问，他大致搞明白，这是一个在莫干山有地产物业的业主组织起来的自治组织，而且这个组织开展的事业还真不少，比如每周五总会举办音乐会。但是，避暑会都是洋人没有中国人，即使是在山上有物业的中国人。为什么没有中国人？他就不得而知了。后来，郑振铎知道，中国业主也打算成立避暑会，但始终没有建立起来。为什么？也没有人说得明白。

一天下午，郑振铎正在滴翠轩房中写作，突闻敲门声。他打开门一看，是一个年轻的洋小伙。他彬彬有礼地自我介绍道，"我是美国人，在上海沪江大学教书，暑假来莫干山上做义工。今天是受避暑会所派，来募集建造大会堂所欠的工程款。"

洋小伙见郑振铎一脸狐疑的样子，接着说，"你没有到过大会堂吗？那边有图书馆，可以去借书看书，还有音乐会，每星期一次。还有幼稚园，儿童们可以去上课。"

郑振铎顺便问了避暑会的一些情况。洋小伙见他的桌子上摆放了许多书和稿纸，笑着说"我每天上午也在工作，预备下半年的教材"。

郑振铎捐了几块钱，洋小伙道谢后离去。

郑振铎送走洋小伙，想着他们搞得有声有色的事业心潮难平，一个巨大的问号布满脑海——

"他们的人不多，而且很复杂。他们的国籍有美法英德，职业有教员、牧师、商人，还有上海工部局的巡捕头。聚这些不同国籍、不同职业而且平素不在一处的人，立刻把这些公共事业整整有条地举办了起来……我们愤怒他们之侵略，厌恶他们之横行与这种不问主人的越俎代谋的举动，然而我们自己则如何呢?!"

三

"我们愤怒他们之侵略，厌恶他们之横行与这种不问主人的越俎代谋的举动，然而我们自己则如何呢?!"这是郑振铎的莫干山之问，虽经过近百年时光，今天听起来，依旧振聋发聩。

随即，郑振铎提出了自己的答案：我们一向是太懒惰了，现在是非做事不可了！能做的便是好人，能为公共而尽力的便是好人，能不因私意而阻挡别人之工作者便是好人！

抑或说，洋人们做得好，是因为他们不懒惰。果真如此吗？

郑振铎的这本《山中杂记》我在二十多年前就已读到，并经常翻阅之。以前，我每当读到这里，都予以信服，是的，我们一向懒惰，缺乏公益精神。但随着对"莫干山避暑会"渐渐深入的了解以后，发现问题并没有那么简单。

今天的莫干山有洋人留下的别墅教堂、图片书信等，还留下了一部《莫干山避暑会章程》，这要感谢《莫干山志》（1936年版）编撰者周庆云先生，眼光独到，收录了这部洋人的章程。而后，徐珂、赵君豪又将章程收录到莫干山指南、导游等册子。1994 年，莫干山管理局重编《莫干山志》，又将此章程收录其中。

《莫干山避暑会章程》十分人性化，循循善诱。其宗旨是：一谋完美之组织；二求交通之便利；三改良公共之事业以谋社会之便利与安宁。最后赠言说：莫干山之社会，端赖众人之合作及善意而维持，如有一人因私见而有妨碍公众之动作，则将与尽义务者以难堪，而影响及于公益，惟诸君其三思之。

后来我发现，这部章程的意义除了宗旨和最后赠言，更在于第六条之约定，"劳倍脱氏议会法为本会议事之规则"。

什么是"劳倍脱氏议会法"，很长时间我不得而知。直到有一天，在莫干山管理局工作的友人吴承涛先生拿了一本《罗伯特议事规则（第 10 版）》到德清图书馆来找我。见到此书，我眼睛一亮：就是它。后来我知道，不光是莫干山避暑会采用"罗伯特议事规则"，就连美国国会、英国议会也是采用这一议事规则。

从《莫干山避暑会章程》到《罗伯特议事规则》，都是协调规范人们行事的规章规则。1926 年的夏天，在莫干山避暑的郑振铎有没有看过《莫干山避暑会章程》，我不得而知，但这部《罗伯特议事规则》，估计郑振铎是没有看到过。尽管这部规则民国初年就引介到中国，而且是孙中山为之作序。

我拿到书后，如饥似渴地看了起来。《罗伯特议事规则》初版于 1876 年出版，作者亨利·罗伯特是一位军人，参加过美国南北战争。罗伯特是位有心人，他看到开会讨论问题，常常扯皮，议而不决，浪费了好多精力和时间。便下决心要制订一部开会议事的规则。后来罗伯特的子孙接着做这个事情，这部规则越来越详尽、完善，至今已出版到第 11 版。

现在，介绍《罗伯特议事规则》已经成为一门专业。我这里只罗列几个基本的原则：少数服从多数；修订一个规则的权重要大于制订一个规则；主持人中立，正反双方发言要朝向主持人；法定开会人数，以保护未到会人员；与会者的动议权；反对意见优先，等等。当然，《罗伯特议事规则》只有在独立平权者组成的机构议事时才适用，比如莫干山避暑会、比如住宅小区业委会等。

《罗伯特议事规则》是部工具书，在执行操作层面更多是技术性的。自晚清洋务运动起，开明之士提出"师夷之长技以制夷"，但是估计清廷不会引进重视这套议事规则。尽管，在江南腹地的莫干山避暑区，一群洋人已经用这部规则在治理营造自己的避暑生活。

现在，有关莫干山避暑会活动的材料很少，但上海《申报》多次刊登莫干山避暑会董事会会议公告，显然是根据章程和规则在行事。避暑会有了统一的议事规则，就好比行事有了通用的语言，郑振铎也感叹，"洋人做事，不消多时，便有条不紊地做起来了。"

"罗伯特议事规则"是不是郑振铎莫干山之问的一个答案呢？

（原载《联谊报》2020 年 10 月 20 日）

争说西施曾醉此

施立松

桐乡城外八公里，十分钟车程，一路花开如海，此为桃园村，又称槜李乡。这里曾是马革裹尸的古战场，现如今却是香动十里的桃李乡。

桃园村并非结义之所，却是醉李之乡。古语云"桃源村里好耕田"，这里既并非世外，更非桃源，却是不耕田只种李，桃与李本就不可分，桃李，就应该是满天下的。

早春，乍寒还暖，迎春花还在翘首以待，槜李花已经白茫茫一片了。它，竟是比迎春花还要开得着急。一时间，村庄仿若玉树临风的少年，白衣胜雪，优雅而飘逸。远远望去竟似在这江南春意中目睹了北风卷地雪压枝头的奇景。那扑天盖地的架式奔放磅礴得英雄气短又儿女情长。它并非是急着争第一，只是不屑于与众花为伍，故尔冷艳独开。夏至未至，栀子才刚刚打了骨朵，槜李已经熟得红粉粉，连"枝压群芳"这个形容词都可以省了。

不过粉且粉着，摘下来也不要急着下口，精于此道的当地作家小魏千叮咛万嘱咐，那是要在阴凉处放上三五日才可入口的，那时候的槜李已经少了枝上青涩，沾了地气；去了脆硬，多了软熟；去

241

了仙气，染了尘缘。那时的李子，殷红的外表之下一股酒香沁人心肺，让人看着闻着，便有些微薄薄的醉意，所以这远近驰名的小果子又叫醉李。

站在桃园村的槜李林下，似有隆隆争伐之声，早些年这里的人经常能在李树下挖出些青铜器和锈迹斑斑的古剑来。搜遍了记忆中那些所剩无几的历史知识，有几张面孔似曾相识，他们叫勾践、西施、范蠡、夫差，正是这些名字，组成了历史课本里很是绘声绘色的一章内容。

公元前510年，吴军便是在这里大败越军，十五年后，勾践为父报仇，又是在此地一雪前耻，甚至将夫差的父亲杀死在这里。史书记载，"阖庐（夫差之父）伤将指，取其一屦。还，卒于陉，去槜李七里。夫差使人立于庭，苟出入，必谓己曰：'夫差！而忘越王之杀而父乎？'则对曰：'唯，不敢忘！'三年，乃报越。"槜李之耻成了夫差的心头恨。前前后后长达三十七年的吴越之争，便是在这一片雪白的李花缤纷之中隐藏了刀光剑影。

想不到一树槜李成了这段历史最著名的注脚。俞兆晟的《吴宫曲》里如此唱："军声殷殷来槜李，犀甲晶莹照秋水。"古来征战几人回？谁看得透史册间那些虫蛀的文字到底有多少新仇旧恨？那战场上的李子树应该记得吧。它们不声不响，一言不发，努力长高，开花，结果，用绽放为一段历史补白。李白用诗，怀素用字，黄宗羲用画，挣扎者各有武器与方式，而勾践用一枚苦胆和一个叫西施的女子，那么西施呢？用一匹纱还是一颗名叫槜李的果子？

历史从来只提出问题却不给出答案。杨贵妃爱荔枝，西施独钟槜李。钱牧斋绝句中有"语儿亭畔芳菲种，西子曾将疗捧心"之句；朱彝尊也有"听说西施曾一掐，至今颗颗有爪痕"，把美味与美人妙手天成。

更有文人雅士学苏轼曲水流觞之意，以槜李为题大抒诗性。光绪十九年，李培增发出《征诗启》，以先世数代培育槜李为题，更尽地主之谊与叙师情友谊为旨，以期"增盛名于尤物，得佳名于奚囊。"后有俞樾、张鸣珂等七十余人响应，计作诗百多首，结成《龙湖携李题词》集传于后世，相比之下，盛况更胜苏轼当年。

中国人独爱黄与红，这是骨子里传承下来的，炎即是红色，红黄之间便是炎黄子孙。携李恰好如此，表皮琥珀色，果肉金黄，更是在果子身上常常可见一条弯弧的黄色浅痕，像是指甲的划痕，这个划痕大有来历，后人美其名曰"西施爪痕"。据说当年勾践大败，献上美女西施。西施去吴国途中路过此地，曾享受过此等美味。喜其粒圆果大，一时兴起随手一掐，于是此后的携李上便都多了这一条诗意阑珊的爪痕。清代刘炳照曾有诗云"古城遗迹认依稀，朱实离离映夕辉。争说西施曾醉此，长留爪痕是耶非"。

人间皆传花魁牡丹上有贵妃指印，而这小小的携李上就留了西施爪痕，"兴亡常事何须问，且向西施觅爪痕""美人纤爪空留掐，一捻还堪比牡丹"，这小小的李子，似乎每一个尝过的诗人都不肯放过西施指、牡丹香，故尔又有"爪掐纤痕留颗颗，琼浆吸尽润诗喉"的句子，把美人美句美味合成七言，又千万言不可尽数。

更有记载说西施自幼便有的顽疾胸口疼，就是因为吃了携李一夜而愈。后来越国复国，她与范蠡驾舟西去，又路过这里，只觉此地人杰地灵，与自己颇为有缘，于是决定在此定居。二人便在湖边栖身，几间茅舍，三两池塘，男耕女织，其乐融融。后来这湖便叫做范蠡湖，西施梳妆处则名为胭脂汇，汰脚湾。这些地名，现今仍存。范蠡与西施的动人之处是在大丈夫式的战火离乱之中隐含着小家碧玉般的儿女情长和柔情蜜意，从而让那一段血腥历史有了婉约和细腻，让那些翻阅历史的学者们也不得不叹息一声，把目光放向那些俗世因果，柴门犬吠，而不必对着厚重的复仇、征杀留太多感慨，让人知道，历史的更迭虽然不一定是善的，但却一定是真的，更是美的，它让历史从枯燥之中透出些可爱和温润来。至于传说，毕竟只是传说，倒是那西施一掐的小果子真真切切实实在在。

传说虽不可信,但这小小的果子,却因这美人一掐而诗性天成独尊李子中的头魁。从此之后槜李名声大振,历代皇家都定为贡品,倒不见得只是想尝尝美味,更有一睹美人指痕的雅意吧,没有哪位君王在端详槜李的时候一定会想到勾践,但每一个人都会想到西施,毕竟品尝美味是需要从本性出发,也非以教化为目的,它只是逗口舌之快,尽味蕾之欢即可,不必强加于吃一个太伟大的理由,如果一定要以卧薪尝胆开始,很多食客难免会转身而去。那开始太自虐太扫兴,太索然无味。

槜李天生尤物,不能囫囵吞枣,吃时要极尽美人本色,拈了兰花指捏着,先轻轻咬开一个小口,慢慢吮吸,有玩心重的就找根吸管插进去饶有滋味地啜吸,与美人齐名的水果,连吃都不能失了风雅。

为一种水果做传,在文采飞扬的中国历史中也不多见,除了前彦之的《荔枝谱》《橘录》之外便要数到朱梦仙的《槜李谱》了。这书虽然只是一棵植物的传记,却是集大家之手笔于一身,更极尽美言之能事,民国元老于右任题名,文史学家郑逸梅作序,丝毫不弱于任何一本知名典籍。桐乡的哪一本家谱里没有槜李的名字?哪一个街头巷尾没有槜李的影子?槜李早已超脱了水果的范畴转而成了一种文化概念和地域象征,它饱满、低调、深得儒家精奥,从而成为一种桐乡人文符号和精神内核。

一个种族的全部教义,就这样神奇的在一枚果子的身上完美呈现了。

相比于凡树俗花,桃李之上更无果,如此一来,高下立断。

槜李产量极低,故而珍果难求,虽春来遍地雪白,但一枝之上花开百朵,才勉强结果三五而已。槜李从不以数量称雄,那高绝,让人望而生敬。它惯于沉默,用微笑媚眼看人,用安然与世界对峙或连接,它等在那里,为迎接秋实,已经做足了准备。

这是种自己哄自己开心的植物,而修成正果,从来都不是一件容易的事。它挣扎了几千年，才熬成今日的容貌，养成今日品格，活成今日个性。花开几日便衰，是不与百花争奇斗艳；枝高过丈自枯，是不以魁梧引人注目，那小小的果子，竟透着处世之道，最难的是认清自己，槜李却轻而易举就做到了，它从不妄想追日、补天、填海、逐日，它只是闷着头开自己的花，结自己的果，活得很哲学，受了美人一掐之苦，它懂得安身立命的本质含义，它外表平庸，又贵不可言，这禅意，怎能不让它名声在外？

槜李名声响亮，全国各地都想引进，但这小小的果子实在个性太强，记得淮南为橘淮北为枳的故事吧，槜李也一样，那特别的秉性使之久居故土，"槜李独钟桐乡，迁地弗良"，但这秉性却也和此地民风相仿，历朝历代，无论是王侯将相、游侠商贾、文人墨客，生在桐乡，便坚硬中透着倔强，温润中带着阳刚。

所谓慷慨和豪气，看一个人失意时的自重、贫穷时的大方、受骗时的善良、得意时的谦恭、离难后的自若、跌倒后的微笑。想想看，槜李岂不也正如此？它沉默寡言却凛凛威风，小花小果却大开大放，温厚淳朴又冷艳高傲，不染凡俗又平凡随意。越是个性的东西，越是性情中物，它自花不孕，更兼有雄蕊粗短雌蕊长，本就互不牵挂，很有些卓然不群的高傲味道。这品性岂非正像江南士子的狂傲孤绝？熬了几千年，甚至加以现代化的培育手段，到2018年的时候年产量不过也才420吨，相比于动辄成千上万吨塞满仓库的大众化水果，简直不值一提了。

可正是这少少的不值一提的槜李，却像桐乡人那精悍顽强的意志一般，不与俗物相提，只与雅人为伍，梧桐之侧不活他物，槜李的身前身后也很少杂草。它高冷得旁若无人，就如朱梦仙《槜李谱》中所说，"所产槜李，甘美逾恒，迥异凡品，为最上乘，果大味甘，足以傲睨一切。"睨，且是傲睨，槜李虽小，却合了老子那句"以其终不自为大，故能成其大"，如此看来，哪一种水果能与之比肩而立又毫不逊色？

　　从来不认为从一枚果子身上能参透什么人生真谛，桐乡槜李却让人醍醐灌顶，那几乎是一种哲学意义上的存在了，它朴素端庄，不张扬不讨巧，也不夸夸其谈，却分明又是静女其姝、伊人在水，那是植物里的诗经。燕之梨、闽之橘、南海荔枝、西凉葡萄，嫩江西瓜、烟台苹果，以特产水果成名之处数不胜数，但争胜者未争已败，唯不争者而莫能与之争。那小小的槜李在枝上一立便是千年。染了千年风雅，看惯冷月清风，它见过美人西施，也见过贩浆走卒；它见过王侯争斗，也见过市井恩怨，它以不变应万变，以不言对万言，活得花香四溢。

　　草木一秋，就是人之一世，参不透自己的时候，不妨来槜李坐坐，在一个江南水乡里，一个叫桃园的地方，重温那些唇齿留香的传说与神话。

（原载《散文》2020 年第 5 期）

叶 落

石志藏

　　叶落，是树木生长过程中的一种自然现象，四季交替每岁枯荣。这种现象同样在我老家的院子里年年发生。老家院子很大，那是从曾祖父辈继承下来的。院子里临围墙种了好多棵树，杜英、梅树、茶花、苏铁、蔷薇、五针松，当然还有一棵树龄二十多岁的雕樟树，也是这些树中最大的"树王"，树们都是父亲生前留下的活的"作品"。

　　这些"作品"中，唯独那棵雕樟最特别。不仅大，而且枝繁叶茂，远远望去，如一顶大伞盈盈地撑开在那里。

　　去年八月三十日，老家院子里的那棵雕樟树，突然落了一大圈叶，遍布树下。虽是落叶，但枚枚显得金黄硬扎，且叶子掷地有声。

　　令人惊奇的是，雕樟树大片落叶的那天午后，病中的父亲溘然离世。

　　雕樟树，属樟科，多喜欢生长在海边的丘陵地带。在起伏的丘陵中，它随遇而安，凡有沃土，可长成参天大树，若置身贫瘠山梁处，则形似灌木。它的落叶，与众不同，尚未枯萎，呈金黄色时乃坠然而下，遇有岩石或坚硬之地，落地时会发出"啪"的声音。落叶，不仅挺刮，且纹理细密清晰，如同人的经脉一般。因此，我常在树下闻听叶落之声，如同倾听一棵树的诉说。

雕樟树是二十多年前父亲从山上移植于院内的。刚种下那阵子，才齐膝高，拇指般粗，略显蔫然。数周后，雕樟树开始成活，向下扎根，朝上长个。以后的年头，雕樟树生长旺盛，一年长一个个儿，每年初春，雕樟树会绽出紫绛色的的嫩芽，小指一般齐刷刷向上，煞是可爱，它边长嫩芽边会脱下一层包衣，无独有偶，它的包衣脱下掉落时，同样落地有声。于是，仲春乃至春夏之交，树冠披着一柱柱新芽，层层紫绛渲染在树冠，而树底下则铺上了一瓣瓣翠绿色的嫩叶，新陈代谢之际，一派生机盎然。

由于我家院子现在的地面是在原水泥地加土后围成的，因此，泥地底下夹了一层硬地基，种上去的树不像大自然那样有很深的泥层，它的根系只能横伸，所以栽种的树木如同大盆景一般。十几年后，雕樟树就长成巨伞形，下小雨时，撑开的树冠为树下的人挡风遮雨，盛夏的时候，则为你遮阳，在树下乘凉，抬头仰望，斑驳斑驳的，仿佛将天空剪成了一块块碎布。后来，树上叽叽喳喳有鸟儿过夜，更有白头翁和七姐妹鸟在树上搭窝，生儿育女，年年如此。

有人来家里做客，首先看到的就是这棵树，都会啧啧称赞"格树树形真好。"得益于父亲栽种的这棵树，每每双休日回家，若是天晴，我总会移来木桌竹椅，喝茶阅读思考，在树影的庇佑下，十分惬意。坐在树下，常有惊喜，待要喝茶，金黄的树叶冷不丁翩然而下，"噗"不偏不倚掉在杯中；闭目遐想中，忽然树叶紧贴前额而过，恍若灵光一现；树叶也会逗你，立在树下，光滑的叶子借着自由落体，冷不防钻进你的脖子，带来一丝凉意……

放牛娃出身的父亲，对家乡对家乡的山山水水草草木木，极赋情感。在院子种树，在自留地边植木，成为他的一大爱好。我印象中，父亲栽种过的树木，有桂花、苦楝、珊瑚、柿树、金橘、杨梅、沙朴……还有各种竹子。

以至后来，父亲担任了生产大队负责山林的干部，曾带领社员引进良种，在炮台岗、中岭脚开辟了浙东穿山半岛上较早的杉木基地，又在雨林岙、樟岙、后山岗、乱石山建起了盛产杨梅、茶叶、油茶、柑橘、金针花、西瓜等林特产品的山林队，小门也因出色的林特生产，远近闻名。

父亲任大队支书的时候，正赶上"全国农业学大寨"那战天斗地的岁月，因此这段时期也成了父亲人生历程中最辉煌的年代。父亲几次参加省、县组织的参观团，赴山西大寨、河南林县、本省南堡等地学习。特别是父亲参观了大寨大队虎头山七沟八梁一面坡、狼窝掌自然环境恶劣的山上建梯田的情景，心有感触，回来后，召集大队干部开了几次夜会，决定改造谷冲山下乱石滩，组织社员，经过几年艰苦奋斗，硬是在乱石成堆、荆棘丛生、山水横流的半山腰，用炸药炸、钢钎撬、铁锤捣、乱石垒、畚箕挑，建起了层层梯田，办起了小门大队第四个山林生产队，把昔日的穷山恶水，建成了盛产茶果的桃花源。又大规模开展了治山改水整地的农田水利基本建设，小门填平了近二千米弯曲的老河，开挖了一条长达一千四百米的新河，当时全是靠上一代社员用体力铲挖肩挑车拉完成的。"那个年代的小门人真是辛苦"。新河挖成后的第一件事，就是父亲带领社员在河岸植树造林，开始时种植柳树，后来改种樟树，由此不仅巩固了岸基，而且美花了乡村。父亲和社员们一起用自己勤劳的双手，描绘着"田里是粮仓，山上建银行"的社会主义新农村蓝图。

父亲带领社员改山、治荒、造梯田，挑墩、挖河、填低洼……典型的"泥腿子书记"。曾听别人讲过父亲的一个细节：说的是当年村庄里搞冬季农田水利基本建设，主河掏了一半，结果河道里天寒地冻结了冰，当村民背着劳动工具来河边时，众人望而却步。怎么办？如果不抢时间及时挖通河道，势必影响来年的春耕生产，这在当时可是最大的政治任务，也是四季农时所决不能耽搁的。当时，父亲二话不说，脱掉鞋袜，卷起裤卷，第一个光着脚，踏破冰窟窿，下到河里干了起来，其他人见状，也纷纷"破冰"，耐着严寒铲土担泥……这正是"喊破嗓子，不如做出样子"的写照，靠如此的吃苦精神，村民们改变了家乡穷山恶水的落后面貌，也就是这一细节，成为社员心目中"榜样"两字的最好注脚。

父亲任支书时，在社员心目中就是一棵树，是一棵腰板挺直的树，正直公道无私，心地善良。队里的大小矛盾，包括邻里家庭纠纷，基本都就地化解，少有出村的。我懂事后，记得父亲还救过三条人命。其中有一件是我们同族的云德公，曾经是小门第七生产队队长，有一年使用一种新农药，喷农药后背包机故障，云德公不明就理用火柴照明想看个究竟，由于农药中有易爆气体，霎时背包机内发生爆炸，把云德公整个脸炸成黑包公。那时农村各方面条件差，没及时去医院就医。到了晚上九点多，父亲开完夜会心里不踏实睡不着觉，就去云德公家探视，一去不得了，云德公的头肿胀得像小木桶。父亲一看不对劲，赶紧叫上大队的一台手扶拖拉机，连夜赶到宁波二院，抢救后才拣回了云德公的一条性命。事后，老百姓夸赞父亲，像一棵大树庇佑了生命。

从儿童团长到团总支书记到党支书到老年会长，父亲像乡村的一棵树，深深扎根于这块土地，须臾不离。

七十几岁后，父亲耳聋体弱，主动辞去了老年会长职务，有人劝他留任，老人说："身体差了，耳朵也听勿清了，不合适了。"于是，就在自家地里莳弄果蔬，七十八岁后不幸又生了两场大病，八十四岁时终于没有挺过去。

自谕"草木之命"的父亲生命力极为坚强，临终的前几天几夜没合眼，双眼炯然有神。后来，虽然说不出话来，但脑子十分清晰，孙女坐在床边，用手机播放老歌，老人竟然凝神细听，问他一些问题，也能用低头或摇头来表达意思。

父亲是唯物主义者，生前常说："树高千丈，叶落归根。"又说人是"土生土长"，那里来，总是要归到那里去的。

生前，父亲也极爱坐在树下，尤其是天气晴朗，一家人会搬来木桌吃饭，这个时候，是老人最开心的时光。闲坐着，老人翘首常常注视着雕樟，就像关心他自己的一个孩子。当然，老人也关注过树上的叶落，有一天，树上飘下了几片黄叶，敏感的父亲曾摸着曾外孙女七七的头，感慨地说："七七也五岁了，就像一棵树长出了嫩叶，老叶也该落下了。"

我这时在想，一生爱树的父亲，早已把自己的生命，融入到了树中，无论大小高矮，只愿成为枝头之叶，倘若坠下，也要悠扬而掷地有声，也要化作春泥成为树的养分，在来年的春季重新绽放在枝头……

（原载《文学港》2020 年第 7 期）

春蚕记

苏沧桑

农历四月，我把一些细碎的时光给了一百条蚕，它们回馈我最后一头"春天的小兽"。

农历四月，我把一个黄昏和一个凌晨给了十万条蚕，它们抵达我，以一束光的形式。

入桑林

黄昏，我进入一片桑林，像进入自己的名字。父亲为我取名自"沧海桑田"，儿时所有的人唤我"桑桑——桑桑"。东方古国不用金戈铁马慑服远方，用最柔美的力量，一枚绿茶化为无华杯水，一片柔桑化为如水丝帛，不具统治性，却摄人心魂。

我和我的影子，连同一片桑林，倒映在桑田与桑田之间的一大片水域中。多么普通、多么安静的一棵树啊，在时光里静静站了五千多年，时光选中它成为"东方自然神木"，选中曾日夜噬咬它的虫为"蚕"，让它们相互成就，在人类文明进程里，璀璨如火石，如光，如电。

这是农历四月初十湖州新市镇勇兴村秀才桥的黄昏，我随沈桂章夫妇，踩着被雨水泡软的泥路，高一脚低一脚深一脚浅一脚穿过一片片桑树林，像三条船淌过一浪一浪的碧波。我的耳畔响起《诗经·桑中》，响起汉乐府《陌上桑》，响起南北朝的《采桑度》，我看见康熙久久伫立采桑图前，画中的年轻男子爬在桑树上往树下扔着桑葚，树下一位男子撩起衣襟仰头去接，一位红衣孩童蹲在地上捡掉落的桑葚，康熙仿佛听到了桑田中采桑男女的欢声笑语，题笔道：

桑田雨足叶蕃滋，恰是春蚕大起时。
负笤携筐纷笑语，戴鵀飞上最高枝。

在黄昏的桑田里，没有戴鵀鸟，也没有踩着桑梯爬上桑树如鸟儿般歌唱的采桑女们。空中一匹骏马形状的晚霞飞驰在桑林之上，雨后粘成一团的湿气，被一声声锐利的"咔咔"声啄破。

骏马，沈桂章看不见，如果有戴鵀鸟飞过，沈桂章也看不见。他抬着头，"咔咔"地剪着桑枝，眼睛看向虚无。花甲之年的脸藏在一顶灰布帽下，很瘦，身上是一件印着一行小字的蓝布工作服，脚上是一双军绿色的旧解放鞋，整个人显得有点旧。他的头循着声音转向我们，白亮的目光无着无落。几年前，他的白内障手术失败，几近失明。干杂活农活，采桑养蚕，倒是一点都不妨碍，如他所说，手感在的。

这一片桑林，喂养着家里三张半蚕种、十万条蚕，桑叶一采完，就要赶在天黑前将桑枝剪完，否则，枝条就老了，不好剪了。

邵云凤剪一枝桑枝最多只需一秒。左手抓住桑枝，一拗，右手的剪刀顺势一绞，一枝枝桑枝，瞬间臣服在她两条老桑枝般的胳膊之下。一棵桑树有七八根桑枝，她五六秒就能完成，而我用了两分钟，虎口已被压出一道道深红的印。这些印她也有过，十三岁就有过，岁岁年年，如今早已变成了老茧。夕阳挂在一棵桑树上，她

"咔咔"剪下去,夕阳没有掉,掉落的是一颗颗发紫的熟桑葚。桑葚很甜,他们没空吃,白白掉在地上,每一棵桑树下的泥地都被洇染成了紫色。

从蚕种孵化到收蚕茧,约一个月,每天三点起床,四点半喂好蚕,天一亮去地里采桑叶,采好桑叶再回家吃八十岁老母亲烧的早饭。二十四小时要喂三四次,其余时间采桑,剪枝,整理桑叶,晚上九点多喂好蚕,十点多睡觉,一天睡四五个小时。最辛苦的,是三天之后,蚕快要做茧了,像一垄垄正在灌浆的水稻丰收在望,桑叶要喂厚一点,照料得要更勤一点。

这是"辛勤减眠食,颠倒着衣裳"的一个月,也是担心受怕的一个月。

第一怕,是断粮。几年前,秋蚕将熟,整个杭嘉湖地区所有桑叶都被虫吃了,好不容易养大的蚕,到了最后一周活活饿死,几乎绝收。

怕蚕宝宝生病,僵掉。

怕蚕茧卖不掉,十五天后就会变蛾,咬破蚕茧,茧子就废了。

怕蚕茧卖不出好价钱。

沈桂章是名闻方圆百里的养蚕能手。他当过兵,当过村支部委员,办过水泥厂,福利厂,养蚕养了几十年,以前每年要养十几张蚕种,楼上楼下七间蚕房。人们只道他蚕养得最好,他自己知道,窍门是有的,主要还是用心,平时桑叶铺得薄一点,蚕间隔得稀疏一点,这就意味着要勤喂,多花功夫。和江南大地上无数养蚕人家一样,勤快,是本分。

"我们这一代人养好了,就不养了,儿子他们不会养了,太辛苦了。"他声调平淡的话语将被暮色吞没时,我用力抓住它,心中黯然。是啊,五年后十年后多年以后,还会有集体合作社和蚕桑基地继续养蚕,有桑基鱼塘长久的保护传承,但散落民间的养蚕人家恐怕真没有了。

"你们也不希望儿子养吧？换做我是你，也不想儿女那么辛苦。"我说。

"对啦！你说得太对了！"他的声调骤然高起来，显得很兴奋，仿佛遇到了知己，说出了他最想说又不好意思说的话。

如他所说，现在条件好了，农村跟城市差不多了，做其他事也能挣钱，养蚕实在太辛苦了。

暮色如雾，渐渐淹没桑林，淹没桑田与桑田之间的那片水域，水域倒映着最后一缕霞光，也倒映着一板车桑叶和两个人：邵云凤在前面摇摇晃晃拉着板车，沈桂章弯腰手扶着车尾，像一条晚归的船，驶过田埂，渡过村口，穿过两棵巨大的火桑树。通往家门的窄窄的小路上落满了桑葚，泥地被桑葚汁洇染成了大片大片的紫色，像开满了迎他们回家的鲜花。

十万蚕

凌晨四点，蚕在桑叶上发出春雨打在万物之上的声音，与真正的雨声交织缠绕，将天地织进了一个巨大的雨茧里。

一个影子破茧而出，穿过幽暗的长廊，向着蚕房缓缓移动。影子形状奇特，像一头行动迟缓的怪兽，又像一棵移动着的树——一个瘦小的女人驮着一大篓桑叶，低着头，腰弯成90度，右肩特别夸张地耸起，布编的篓绳紧勒在右肩上，像要将她整个人吊起来。长廊的顶灯照在她花白的头顶上，照不见她的脸。影子在地上蹒跚前行，被长廊外飘进来的阵阵春雨打湿。

凌晨四点，我穿过雨，穿过秀才桥村口一棵棵火桑树浓重的影子，踏进沈桂章家的院门时，听到了雨声，喘息声，桑叶摩擦墙壁发出的沙沙声。

邵云凤将一篓篓桑叶驮到蚕房里，喂给十万条蚕。曾经养过十多张蚕种，三十万条蚕，楼下楼上七间蚕房。楼上的她驮不动，沈桂章和儿子驮。沈桂章驮一篓桑叶摸着墙壁走，她在后面帮他托着桑叶篓。

将桑叶轻轻盖到十万条蚕上，像给一垄垄的庄稼施肥。空阔的蚕房地上，平铺着一垄垄稻草，稻草上爬满密密麻麻的蚕，像巨大的二维码图像。离地半尺，架着一条条蚕凳，直接将树刨开钉成，有孔，有裂缝，有发白的年轮。蚕像一垄一垄田，蚕凳像田埂，六十岁的邵云凤和八十岁的婆婆站在"田埂"上俯身喂蚕，免得踩到蚕宝宝，腰弯成90度。蚕太密集了，邵云凤就连同桑叶抓起来，挪开，弄匀，用的是巧劲，不会抓伤蚕。

> 春深处处掩茅堂，满架吴蚕妇子忙。
>
> 料得今年收茧倍，冰丝雪缕可盈筐。

耕织图诗时时浮现，不绝于耳，不绝于耳的，还有一个声音"宝宝，宝宝"，像对着怀里的婴儿呢喃。是邵云凤在用新市话跟我讲蚕，我听不懂，只听到频繁的两个字"宝宝"，她叫蚕"宝宝"，而不是"蚕宝宝"，像是略掉了人姓名中的姓，语气比屋外的雨丝更柔，比记忆里的烛光更柔。

我将一片桑叶轻轻放在一条蚕身上，蚕昂起头，抬起白胖多汁的身体，去嗅，去够，如婴儿的嘴一接触到乳头便疯狂吸吮，咀嚼的频率极快。湖州一位朋友告诉我：蚕有耳，能听得懂人间话语，因此蚕房不可有淫声秽语，不然，蚕闻之即僵。当年他一位老友下放的生产队曾有一事，民兵连长在蚕室与一女子苟且，一室冬蚕全部僵绝。

那么，蚕也听得懂邵云凤母亲般温柔的呢喃吧？

桑叶篓空了，我自告奋勇去驮。一百来斤重量，通过布条勒进我右肩，感觉不到疼，只感觉到越来越紧，一股无名的力量将我往右边拽，使得我穿过长廊走进蚕房的整个过程都在趔趔撞撞。我们喂好一间间蚕，关灯，轻轻退出，悄悄关门。我和她们一样，是一个小心翼翼的农妇，穿着棉布衫，没有擦香水，没有涂带任何香味的护肤品，守着所有禁忌，轻手轻脚，尽量沉默。

深夜里另一处光亮，是沈桂章所在的桑叶房。他坐在桑叶堆里，几近失明的眼睛看向虚无。他的眼睛长在手上，精准地捡起桑枝，用手摘，或者撸，再将枝条码齐。他凌晨四点的样子，是我傍晚六点看到过的，夜里九点看到过的，好像从没有挪动过。灯光对于他毫无意义，他用耳朵循着我的声音，将脸对着我说，不要撸桑叶，有虫，有很多看不见的绒毛，很痒的。

桑叶撒向蚕时，像雨滴落入湖面，泛起一圈一圈涟漪，一间一间的蚕房里次第响起沙沙沙的"雨声"，屋外下着夜雨，整个江南都在下着一场持久的雨，他知道吗？他能分辨得出两种"雨声"吗？又或者，他从来不会去注意。

我从他身后的蚕匾上轻轻撮起一条眠着的蚕放在手心里。

它正停留在一个梦里，一动不动，与我手心接触的，是它细嫩的腹足，凉凉的、极细微的痒顺着神经传至我头顶。蚕要经过四眠，才会成熟做茧，此刻，它已进入三眠，昂着头，尾部正在蜕皮，肢体透出淡淡的青紫色，像人的静脉，又像玉石，凝固在时间里，梦里。

村舍家家帘幕静，春蚕新长再眠时。

这是二眠。

只因三卧蚕将老，剪烛频看夜未央。

这是三眠。

257

它会做梦吗？会做什么颜色的梦呢？梦里，它是游曳的丝绸？鱼的尾翼？溪中的云影？深潭的波光？半截月光？光年之外的星云？女人的腰肢？猎猎风中的旗？一段古老民族的传奇？一句诗里的泪滴？还是，剥去层层意义后最普通的一条虫？

第一次，我觉得，虫是美的。

四点五十分，蚕喂好了，天光慢慢放亮了，江南最后的养蚕人家要冒雨去采桑叶了。

我说好辛苦啊。

邵云凤不知从哪里掏出一大袋鲜蚕豆递给我，笑着摇了摇头，说，不苦不苦，不养可惜。这是我自己种的，采桑叶顺便摘的，你拿去吃。

我听懂了她的话，她把我当成相帮她的邻里，而不是添乱的外人。这是我没有想到的，心里一暖。

晴明开雪屋，门巷排银山。
一年蚕事办，下簇春向阑。
邻里两相贺，翁媪一笑欢。
后妃应献茧，喜色开天颜。

相传，种桑养蚕之法源于黄帝的妻子嫘祖，自古后宫重蚕桑，女人，在蚕桑里扮演着最为重要的角色。再过几天，这一间间蚕房将会变成耕织图中的"雪屋"和"银山"，微微的光会照亮两个女人的笑颜，一个八十岁，一个六十岁，在这个春天里又苍老了些。

（节选自《十月》2020年第4期）

秋　尽

苏　敏

林　寒

　　林间是鸟的天堂，鸟儿是树的花朵。可这鸟儿包括白鹭、大雁或者雄鹰吗？它们的天堂在哪儿呢？它们是谁的花朵呢？

　　我不是一只鸟，关于鸟界诸多的事情我并不知道。来说林间的事，只是以一个偶然来到林间行走的人的身份。

　　来到林间，你才能更深切体会，霜降这样的节气，仅仅是针对北方吧？在南方，草木依葳蕤，依旧以绿展示它们茂盛的生命力。几片零星的落叶，想必它们是有做一只蝴蝶的梦想吧？

　　友人在微信朋友圈里晒北方林间火一样的落叶，还有人为翩翩起舞的落叶赋诗。他们将落叶拍得那么美，将落叶写得那么美，真不知道落叶是怎么想的？也不知道那些光秀的树木是怎么想的？

　　走在南方的林间。寒意已越来越重了。我身着一件外套，可明显有"可怜身上衣正单"的感觉，一阵阵寒意从袖口、领口，以及扣子的缝隙里钻了进来。这寒意，像拍 CT 时的 X 光。肌肉，血管，骨骼，以及所有的内脏，都在寒意的照射下，过了一遍。我不知道我的骨骼是否经受住了这样的检查与考验。我的颤抖是来自神经还是骨骼？骨骼怎能颤抖呢？不过，假如牙齿也算骨骼的话，那它一定是骨骼的败类吧，在我的嘴里，它一直打哆嗦，它瑟瑟作响。

树并不正看我一眼，它们依旧一动不动地立在那里。风来的时候，叶子跟着起舞，摆动，做蝴蝶梦的那些便开始一场蓄谋已久的飞翔了。而我像是一名闯入者。但林间似乎并不太在意这林寒，是降霜的前奏吗？或者它干脆就是南方的秋霜？

桂　落

过了霜降，早晚便有明显的寒意。前阵子开疯了一般的桂花，这几日已相继凋落。王维说，人闲桂花落。可其实，人不闲的时候，桂花也一样地落。这些日子，我几乎忙得连饭点都不正常了，哪里还能听得到桂花落呢。

好不容易，在某个午后得点空儿，来到园区漫步，途径一条小道时，发现有几株桂树。不知为何，望着眼前的桂树，竟仿佛像是遇见一位故人。我放慢脚步，在树前停下。树底下，落满细碎的桂花。仔细瞧去，落在地上的桂花已失去往日的风韵。"红颜弹指老，刹那芳华。"就像一名妙龄女郎，转眼间变成一位饱经沧桑的中年妇女。

桂花落在草丛上，与草丛一起，像是给树底下铺上一层带花的绿毯。我知道，再过几日，等秋霜一打，待秋雨一淋，它们便将要化作泥土。

零落成泥碾作尘，香怎能如故呢？桂花再香，再有怎样的传说，也终究逃脱不了成泥的宿命啊。我尝试靠近桂树，仰头，俯身，以最可能接近桂树的方式，想再去回味一番桂花的怒放与它馥郁的香味，可终究不能像一段视频那样，可以任你自由回放。科技高速发展，可大自然赐予我们的这些，终究无法将它们挽留。

要看它的怒放，要闻它的浓郁，必须要等到来年了。来年？来年在何处闻桂花香呢？来年与何人一起在桂花树下徜徉呢？

橘 甜

桂花的零落，是它怒放岁月的终止，是它必经的生命历程，是否也是桂花因其他生物的即将登场而退隐，腾出一片空间呢？是的，再过些时候，就可以吃涌泉蜜橘了。可以这么说吧，在水果里，能让我有想吃的欲望的，大概只有两种，一是杨梅，二便是这涌泉蜜橘了。而从严格意义上来说，杨梅都还不能算，我仅仅只是拿它来酿制我的"胭脂红"。

在《橘事》里，我曾这样写道：我有些迫不及待。拔开细薄的橘皮，娇嫩的橘肉黄里透红，如年轻女子凝脂的肌肤，只要轻轻一掐，便能溢出水来。轻轻一拈，橘瓣儿上少许的白色橘筋便轻易剥起。而那橘瓣儿，随即松散开来，如一群妙龄女子，簇拥在一起，忽地下，笑声朗朗，散开而去，留下一抹清香。

这几日，与卖蜜橘的店主联系，问蜜橘什么时候上市。这位店主，是去年通过朋友介绍认识的。她家的蜜橘，地道、正宗，于是一直留着她微信。微信里她说，要等到天再冷些时，蜜橘的糖分才会更足。降霜的过程，从物理学上讲，是水蒸气遇冷凝结而成。

橘子的品种很多，许多橘子性子急，耐不了这霜的考验，唯有这涌泉蜜橘，在霜的形成过程中，慢慢积聚着水分与糖分，一点点地酝酿，成熟，将这深秋、这人间，孕育成蜜一样的时光。

哎，为了尝到那蜜一样甜的橘子，体瘦、少脂肪的我，竟然盼着这天儿快些冷起来呢。

遍地金黄

办公楼前有几株高大的水杉，笔直高挺，亭亭欲盖，葳蕤茂盛。每次路过，我都要朝它们投去仰望的目光。天气渐渐变凉，那层叠如松针模样的叶子，也一天天变黄。立冬当晚，一场小雨随风潜入，第二天一早起来，发现湿润的柏油马路上，铺满了一层厚厚的金黄色"松针"。

立冬有三候：一候水始冰，二候地始冻，三候雉入大水为蜃。这大概说的是北方吧？不知立冬时北方是否有地方正在下着雪？莫非这满地的金黄，是此刻南方与北方的呼应，是南方的另一场雪？

想起立冬雨夜，窗外传来沙沙沙的声音。推开窗户，循着昏黄的路灯灯光望去，淅淅沥沥的细雨在空中翻飞，落在远处的楼顶，落在近处的树枝上，落入楼下的草坪中。南方的冬雨像江浙一带的方言，温婉、缠绵，有副难得的好脾气。可纵使这样，对于银杏、水杉这类树木来说，足以让它们感到季节的更迭与光阴的流逝。

银杏、水杉大概属于树木里耿直而细腻的那类。它们对风、雨、气温以及季节与光阴的感知，或者说感触，远比其他树木更敏感细腻。这是大自然进化过程中的恩赐，也是它们在漫长时光中自身修炼的结果。哪像我们这些整日坐在办公室里的人，常常忙得晕头转向，不分昼夜，不问秋冬。

万物皆是自然，一株草木也是世界。水杉、银杏被称为"植物里的活化石"，它们之所以能在千年甚至万年漫长时光的洗礼与淬炼中顽强地活下来，并在今天仍展现出顽强的生命力，是因其遵循了天道。

不过，我想的却是，在这样一个初冬的黑夜，一根根松针或一片片银杏叶，从枝头脱柄，零落、飞旋、飘舞，然后坠入坚硬的柏油路面。这一路的恐惧，那笔挺的树干是否知晓呢？那些窗户里正

享受温暖如春的人们是否能体会到呢？你是否只会为那满地的金黄
而惊喜兴奋呢？

　　松针落在地面上，被雨水裹着，它们几乎以同一种角度，仍朝
向那些水杉—那里是它们的摇篮，是它们的成长地，也是它们的青
春伊甸园……

　　立冬夜，我在梦中大哭一场。莫非，我的号啕是为这满地的松
针？或者我也是这满地金黄中的一员？

　　　　　　　　（原载《今晚报》2019 年 11 月—2020 年 12 月）

地上的良渚

孙昌建

　　走进良渚遗址公园的时候，已是冬季，田野上的水稻早已被收割完毕，只剩下一些干干的稻根留在田里，像是一种提醒，也像是在供人凭吊和想象。五千年来，这一块土地上的人都是以水稻为生的，因此也有人认为这是一片鱼米之乡，自古以来过着美好的生活。我以为这虽然有对"良渚"二字望文生义的成分，但如果跟浙江或杭州的其他地区相比，良渚这一片的自然条件当然是好的，有山有水有田地，但是作为一个写作者，我希望寻找和发掘一个更为丰富的良渚，而不只是对所出土的文物进行解释和想象，那也不是我的所长，虽然这也很重要。哪怕仅仅是对水稻，我也想找到更多一点的信息，因为我看到过一则记述，说四五千年前良渚先民也以种水稻为生，亩产大约有一百到两百斤左右，且这个产量一直保持了四五千年，但具体的数字我还未去查考过，为此我询问过位于杭州的中国水稻研究所的沈希博士，他说江南一带也是要自唐宋以后才把水稻当作主要的粮食作物来种植，而在 1949 年前后，亩产两百斤左右也是可以达到的，但那时的农业技术还不发达，特别是在选种方面可能还是比较原始的状态。

我们无法回到五千年前的良渚，但可以回到六十年前的良渚，2019 年整整一年，我都在一个数据库里寻寻觅觅，我从 20 世纪 40 年代末到 50 年代末的《杭州日报》（1955 年前为《当代日报》）上去寻找良渚，准确地说是搜索和打捞良渚，这时间的跨度是整整十年，其中跟良渚相关的文字有三十万字之多，这当然算不上是考古发掘，但是从某种程度上说，我看到的也已经是一种"文物"，几百年几千后，人们要说起良渚的生活，比如具体是公元 1958 年或 1959 年，良渚人是怎么种水稻的，种水稻之外他们还做些什么，这地下的良渚和地上的良渚到底是一种什么关系，那我想我也提供了一些数据和谈资，这是我写这篇文章的目的之一。

良渚频繁而密集地进入大众视野，是在 1958 年，这一年《杭州日报》加大了对农村郊县的报道。当时的报社架构中，除了党群部之外，农村郊县部是最为重要的部门之一。也是在这一年，杭州对之前杭县的行政区划作出了调整，良渚便也在其中。之前的良渚属于杭县的拱墅联社，良渚是一个乡的行政编制。1958 年 5 月 1 日，杭县建制撤销归为杭州市管理，良渚乡则属于新成立的三墩区，也仍然是一个乡的建制，一直到 1958 年 9 月，良渚乡成立了人民公社，但它的区域范围仍是良渚乡，有一阵子也管辖过安溪和大陆。

地下的良渚有宝贝，这个大家都知道了，那么地上的良渚有什么呢，那主要就是要种田，要登上报纸的版面，那就是要在种水稻上出新闻。

新闻在 1958 年 6 月 18 日出现了，标题是《种了试验田　干部大变样　郊区农民称赞干部能文能武》，这个标题基本能让人明白是什么意思，这里的"文"是指能说会道，这是干部的基本特征之一；这里的"武"就是指干部学会种田了，变成一个内行了。文尾有这么一句话："广大农民群众反映：过去是要了解政策，解决思想问题才去找干部，如今是凡有生产困难也要去请教干部了，因为干部既能说又会做。"

　　而接下去的这一则新闻，出现在 1958 年 6 月 20 日，标题是《力争早稻亩产一千四百斤　良渚乡大摆超规划擂台　各乡奋起应战决定苦干一场争取更大丰收》，这则标题透露出三个信息，一是良渚要做先进了，因为它敢摆擂台；二是这个早稻亩产一千四百斤，它有一个前置条件叫"超规划"；三是"各乡奋起应战"说明这一则报道肯定也是"策划"过的，且这里的各乡是指整个杭州农村的三十多个乡镇。

　　大约也是从那一天开始，良渚就成了杭州农业和农村工作的一杆旗帜。20 世纪五六十年代的杭州，如要说农村的典型，它也是分产业的，茶叶是梅家坞，蔬菜是笕桥，而水稻则主要是良渚，因此凡有外国元首和政要来杭州参观，特别是要到农村去看看的，一般就是这三个地方，而到良渚来过的外国领导人中，就有越南总理范文同，当时我们的朋友主要是亚非拉的，早期则以苏联和东欧为主。

　　半个月之后的 7 月 4 日，正是要到双抢的季节了，这一天的杭州日报第二版发出了一个很强烈的信号，它的头条即是"在超规划运动中比一比　中共杭州市委农委发出奖励高额丰产单位的通知"，通知列出了具体的"奖励条件"，主要是针对水稻和络麻等的，其中涉及水稻的——

　　早稻：以区为单位，早稻产量每亩平均达到 1000 斤、900 斤、800 斤以上的，分别评为一等优胜区、二等优胜区、三等优胜区。

　　而在这一天的同一个版面上，又刊发了两则有关良渚乡的报道，从今天的角度看，这应该是属于"放卫星"了，一则是《大胆首创　改三熟为四熟》，一则是《良渚乡干部雄心勃勃种试验田　要叫晚稻亩产一万五》。其他还有一则报道是《力争三千五　誓师超"良渚"，东新乡超规划运动声势浩大》。

　　"三熟改四熟"的报道说："良渚乡干部和农民在粮食超规划运动中积极动脑筋，在三熟制的双季间作稻里多插一季秧，做到四熟制。这一建议是干部深入到农业社和老年农民共同研究后提出的。

在间作双季稻的早稻收割后，掘掉早稻根，插上一季老壮秧，只要加强田间管理，合理施肥，每亩可多收四百斤粮食。这样，双季间作稻成为三季稻，加上一季麦子，一年就可以四熟。现在群众都把多插一季的稻子称做'超英稻'。"

对此我也咨询了水稻博士沈希宏，他认为"四熟"是根本不可行的，因为时间不够呀。同时他也认为亩产超千斤可能在极个别的试验田里可以做到，一个社一个乡那是根本不可能的，因为这是那个年代的稻种和农业综合水平所决定的。

同时我也咨询了余杭区专做口述史的作家姚水林，他采访过当年的一些老农和社村干部，他们普遍地说"三三得九不如二五得十"，什么意思呢，即全年种三熟种的产量只有九百斤，还不如种两熟可得一千斤，且三熟又费劳力又耗田力，所以是不合算也不科学的。

这个阶段的良渚不仅出现在新闻报道中，也偶见于散文一类的文字中，比如7月29日的杭报就发表了陈绥之的《良渚行》一文，开头是这么一段："今天是开镰收割的第一天，喧腾的良渚乡醒得特别早，孩子们唱着、喊着，跟着爸爸的生产队，向金色的田野奔去。清凉的晨风，吹来了一阵阵的稻香。丰收的喜悦激荡在人们的心头。"

结尾则是这么写的："我不时想起王书记一手捏土，一手抓谷的样子，他坚定地对自己说：'一定，我们一定能从这样肥沃的土里挤出每亩一万五千斤、二万斤的粮食来。'"

这就是五六十年代的文风。

粮食产量要抓，其他也要抓，当年对养猪一直是很重视的，但怎么让猪长得又快又肥？当年还没有在饲料上做文章，那在什么上做文章呢，10月12日杭州日报发表了这样一篇文章，题目叫《"三割"经验好 肉猪每天长肉三斤四两》，文章说，9月25日，良渚人民公社把十二只肉猪作"三割"试验（即：割甲状腺、割尾巴、割耳朵），这些肉猪经过"三割"之后，食量增加，喜欢睡觉，长肉特别快，经过四天的饲养，其中有一只猪每天平均长肉四斤半；十二只猪四天共长肉一百五十五点五斤，平均每只猪每天长肉三斤四两。比未"三割"前每天长肉六两增加九倍。

文章接着说，本月5日，市农林水利局在该场举行养猪"三割"现场会议。会上，良渚人民公社介绍了"三割"的经验。"三割"肥育肉猪的办法是：割除甲状腺，甲状腺在脑骨和甲状软骨之间，用简单的手术取出；割耳朵，将猪耳朵的尖端部消毒后，剪去一寸半；割尾巴，在尾巴尖三寸地方用线扎紧，然后用剪刀在二寸或一寸半处剪断，剪断后到血快止时用纱布药花、消炎粉包扎伤口。到会的全郊区饲养员听了良渚人民公社"三割"的经验后，一致表示回去要立即推广。

请注意，良渚的"三割"开了个头，杭州市农水局即开现场会进行推广了。后来我将这则旧闻传给相关人士看了之后，他们表示均无此道理，特别是割尾巴和耳朵，那更是"惨无猪道"的，但是当年就曾经发生过。今天我在引述这些报道时，并不是将之当笑话看的。好在后面就没有相关的报道了，看来这个"三割"并没有推广看去，因为后来我们还是能吃到猪尾巴和猪耳朵的。

（节选自《中国作家》2020年第5期）

一张纸的玩法

孙道荣

他意外地得到了一张 A4 白纸。

这么白的纸，比家里的墙白，比天上的云白，肯定也比自己的屁股白吧……他想不出更多的白了，反正就是白，白得让他想哭。

他没有见过这么白的纸，老师发的课本，都印了黑字，没它白。爷爷给他买的作业本，也没它白，爷爷只肯在集镇的小摊上，买 1 毛钱一本的作业本，还没写上字，就跟公路两旁地里的庄稼一样灰头土脸了。就算过年了，在外打工的爸爸妈妈从遥远的城里买回来的年画，也没它白。他没有想到，世界上还有这么白的纸。

他小心翼翼地捏着这张纸，思忖着该拿它做点什么。

他先是慢慢地将纸卷成一个圆筒，以前，他也用作业本上撕下来的纸这样卷过，这是他的望远镜。他闭上左眼，将纸筒——不，是望远镜，架在右眼前，天哪，真是神奇，他看到了村口的老槐树，还有树下拴着的老牛，以及一个闲坐的老太太。用别的纸做的望远镜，就不会看得这么清楚，一定是它的白，照亮了它们。

他往上抬了抬，这样可以看到更远的地方。他看到了通往山坳的土公路，这是村子进出的唯一通道，土路往山坳一拐，就看不见了，这也正是土路的神奇之处，你盯着它看，就总能看到山坳变魔术一样，忽然变出一个人，向村子走来，如果是村里的人，就没什么可兴奋的，但如果是一个陌生人呢，那会让整个村庄都激动不已；或者变出一群羊，那么多的蹄子，将土路上的浮土，踏得纷纷扬扬；有时候还会变出一辆车，刚露了个脸，又掉头跑回去了，那一定是迷了路的，不过，到了腊月，你如果看到山坳变出了一辆面包车什么的，那就可能是谁的爸爸妈妈回来了，虽然大多数的爸爸妈妈在城里混得并不好，但总有一两个人的爸爸妈妈很能干，他们就开着车回来了，一路扬起的尘土，能比车子跑得还快，将村里的老人和孩子的眼睛，一下子都迷得泪汪汪的。

不过，今天他什么也没看到，虽然他有这么白这么亮的望远镜，他依然也什么都没看到，现在离过年还早着呢，山坳似乎还没有多少变魔术的兴趣。这未免让他微微的失望，觉得真是对不起这么白的一张纸，这么明亮的望远镜。

他将纸展开，恢复原来的样子。他看着它，心想，这么有纸感的一张白纸，叠出来的纸飞机，一定能飞得很远很远吧。他犹豫了半天，要不要折一只飞机，如果折成飞机，一张纸就留下折痕了，就再也回不到它最初平整的样子了。他有点舍不得。不过，另一个更强烈的愿望在鼓动他。他一咬牙，折下了第一道痕，他听到了白纸沙沙的声音，像一个孩子的抽泣。他很快就折出了一架纸飞机。即使是软踏踏的作业纸，他也能折出飞机，他只会折飞机，班里镇上的孩子能折出更多的玩意，比如千纸鹤什么的。他不折那玩意，他更喜欢飞机，虽然除了在电视上，他压根就没看见过真正的飞机。

他端详着自己折的纸飞机，棱角分明，尤其是飞机的头，尖锐如刺，他见过电视里的战斗机，都是这个样子的，能将天戳破。他觉着自己的这架飞机，也能戳破天空。他来到村里的打谷场上，这是全村最开阔的地方，是小伙伴们放飞机最好的跑道。你可以先奔跑，然后，用力像空中一掷，飞机就如脱壳的箭，刺向天空。他四周看看，今天一个小伙伴也没有，只有邻居家的一条小土狗，莫名其妙地跟在他的身后。这让他略略有点失望。不过，一个人的飞翔也自有乐趣。

他对着纸飞机哈了口气，他觉着这能将自己的力量，传导给它。他举着纸飞机，奔跑起来了，越跑越快，然后，奋力向前方一掷。纸飞机飞出去了。

它飞得那么高，那么白，那么快，那么亮眼。

如果自己能缩小，坐上去，也许就能飞到爸爸妈妈打工的城市。他坐在上面，城市的风景呼啸而过，他在一个工地找到了爸爸，在一个街道找到了扫地的妈妈。

他要降落了。

他的纸飞机，一头栽了下去。

他跑过去，在一大片玉米地里，找到了他的飞机。他又来来回回飞了一遍又一遍。

他累了。他的纸飞机上，沾了各种庄稼的颜色，还有一些黄土。飞机没那么白了，也没那么坚挺了。它已经摔了太多的跟头。

他回到家，拆了飞机，展开，铺平。曾经洁白光滑的 A4 纸，现在，有点皱巴巴了。

它还能派用场。他要用它给爸爸妈妈写一封信，告诉他们，他想他们了。

他写了密密麻麻整张纸，他把他会写的字，全都写上去了。

最后，像以往一样，他将写好的信，撕成碎片，村里没有邮局，镇上有，但他不知道爸爸妈妈在哪里，他们在那个城市，从来没有能够收到信件的确切地址。

他将撕碎的纸片，抛向空中。那是一张纸最后的玩法。白色的碎纸片，在空中纷纷扬扬，像一场雨，像一声声呼喊，又像他独自一人时，忍不住的眼泪。

（原载《长江日报》2020 年 11 月 1 日）

被风吹折的野花

孙敏瑛

云不是我的亲人，可是，她曾给予我的安慰，不比一个亲人给得少。

我和她同村。高中毕业后，她考上师范出去读书，我则离开家，去外面闯荡。她后来在乡下教书，又和一个镇上的人恋爱、结婚，这些，都是辗转听村里人说的。我母亲说云曾来家里找过我，想让我做她的伴娘，可是，那会儿我母亲也不知道我在哪里。

那年夏天，一个黄昏，我去镇上一家照相馆拿相片，碰巧在那里遇见了她。几年未见，她已不是我记忆中的样子：白色连衣裙，白色高跟鞋，长发披在肩上，一双眸子笑吟吟的，黑白分明。望着她，我有一些自卑的窘。

此后，每到周末，她常会来我做工的毛绒厂等我下班。她站在那里，看着我接棉线、换钩针，也不嫌机器声吵。很多她的事，都是在那时候听她说的：每个星期一的早上，天还蒙蒙亮，她就从家里起身去乡下的学校，到了星期五的下午，再坐车回来。她教孩子们功课，和他们一起游戏、唱歌……她的世界与我的世界完全不同，我听着她的话，脑海里现出她和孩子们一起在山野间嬉戏的样子，觉得她像一朵野花，甜美而温柔。

云曾经带了两本书来给我，一本是列夫·托尔斯泰的《安娜·卡列尼娜》，还有一本是余华的《活着》。她说那是她看了好多遍的书，每次看都会掉泪。她觉得，悲剧总是比喜剧更能震撼人心。人活在这个世界上，最让人难受的，不就是不能够拥有寻常人该有的幸福吗？

这是我头一次听人说起这样的话，心里有别样的感觉。我同厂的女工，多半是从乡下来的，她们常常节衣缩食努力攒钱买喜欢的衣裳，花许多时间打扮自己，有时候，也会去那些不要姑娘们买票的小舞厅和陌生的男性一起跳舞，但是她们从来不看书，什么书都不看。

云的话让我明白了一件事：在这个世界上，人和人是很不一样的，喜好不一样，追求不一样，眼界不一样，爱与恨也不一样。我觉得，她说那样的话，绝不是故意的矫情或卖弄，也不是假装的悲天悯人，她有一份稳定的工作，受着小孩子们及家长们的尊敬，在小镇上有一个属于自己的家，没有什么不满意的，她内心有这样的悲悯，我觉得那是因为她的善良。

那一年春天，我去了云所在的学校，坐在教室后面听她上音乐课、上语文课。云的嗓音甜美，说的故事又满含趣味，不要说是小孩子，连我也深受吸引。

她办公桌右边中间的那个抽屉里，满满地装着孩子们送给她的礼物，有小孩子的相片、新年贺卡、魔术棒、彩色橡皮筋、装满千纸鹤的幸运瓶……看得出，她的学生们对她有多么的喜欢。

黄昏的时候，孩子们都回家去了，校园里安静下来，她带我去乡间小道上散步。田野里，紫云英的花千万朵，一起开放，一起随风摇曳，一起散发出脉脉清香——这田野的香气使人松快，并生出倾诉的欲望。

不知不觉的，我跟她说起那个只见过两次面的人，他明净的笑容，他体贴地把他的风衣披在我的肩上，他的谈吐是那样的亲切又温和，长久以来，我不能在心里将他抹去……可是，明明交谈的时候，是那样愉快，却何以不能继续？我不知道是不是自己做错了什么、说错了什么，写了信去问，也是杳如黄鹤。

这样说着，我的眼底浮起忧伤的水雾。

云对我说："这里有花神，我帮你向她祈祷吧，祈祷让你遇见一个对的人。"

她说完，就低头，闭上眼睛，双手合十，真的为我祈祷。她在晚风中的低语满含着慰藉抚过我的心底，让我觉得平静，我竟不似先前时那样难受了。

我一直记得那天，在昏黄的暮色里，她被风吹拂的长发，衬着她的脸，年轻而美丽，谁也不愿意相信，那会是一张即将在生命里消逝的脸。

云在乡下努力教书，出教学论文集，拿职称证书和教学大比武的奖状……到第三年年末，她遇到一个赏识她的校长，借了一个机遇调到了镇上。

然而，可以坐在一起谈心的时候反而少了。云开始变得很忙，约好一起去环城南路看柳絮的，错过了；约好一起去旧书店淘旧书的，临了又是有事去不成……一年以后，她有了宝宝，偶尔去看她，要么在忙着照顾孩子，要么在抓紧时间备课，让人没有心情跟她说一说心事。她有一次抱歉地跟我说："还是不结婚的好，不结婚有不结婚的自由，一结婚，自己就不是自己了，任何事都要受现实的捆绑。"

我玩笑着说她是进了围城的人。

其实，那一段日子，我过得很苦闷，爱情仍像星星一样遥远，对于前路的判断，我开始变得犹豫。我不知道该继续待在镇上做工，还是去别的地方逃避一些令人厌倦的脸。

之后，大约有半年没见，忽然有那么一天，就听说她病了，而且，得的是那种会要人命的病。

我不相信，跑到她家去看她。

那是仍然酷热的八月。

来开门的她让我觉得有些陌生——那一头乌黑的长发没有了，头上光光的，看见我，她苍白的脸上现出一抹笑。她说："别奇怪，头发全没了，我又不喜欢戴假发戴草帽，只好光着。"

我拉着她的手，只想哭。

她由着我哭，默默地让我进去。

只有她一个人在家，屋子里冷冷清清的。

她告诉我，她在洗澡的时候，摸到颈部有一小块肿起来。虽然不痛也不痒，但是，要戴项链的，这样不好看，她就去找医生。医生居然猜是那种会要人命的病，她自然是不信。可是，到省城看过专家，人家也是一样的判断，确定是癌。

自从确诊她的病后，公公、婆婆、丈夫便带着她的孩子，住到镇上另一个家里去了。他们觉得，她生了这样的病，那种不祥的气息会对周围的人不好，尤其是对宝宝。

"不怪他们。"云说，"谁能不怕死呀。"除了去医院做必要的治疗，她从不出门，菜场里有个小贩隔天会给她送一些蔬菜过来。

她总是一个人，做饭，睡觉，自己跟自己说话。

坐在客厅里，我看她就着一杯水，将大把大把的药吃下去。吃得太急了，有眼泪呛出来。

她说："成天吃，也不知道这些药管不管用。"

我忍着伤心对她说："一定会有用的，你一向那么健康，连感冒都不太生，怎么会随随便便因为得了什么病而死呢？"

她听了我的话，眼睛一亮，开心地说："对啊，对啊。"

我低头，眼泪滴到手背上。

那天下午，我陪她坐了好久，听她慢慢跟我说一些教学上的经历。她实习时上的第一节课，因为没有经验，加上太紧张了，一节课只上了十五分钟，就再也想不出有什么要说的，只好讲故事给小孩子听，其实，那个故事也是她临时瞎编的。那些可爱的小孩子们却听得那样认真，让她觉得羞愧。从那以后，她就发誓，一定要做一个好老师。

"那些小孩子，你也见过了，蘑菇头、萝卜头、菜花头，真是可爱对吧？"云说，"不过，比起来，我最喜欢的还是我自己的孩子。他是那么小，我把他抱在怀里，喂他吃奶，逗他开心，他的眼睛就一直望着我，笑，小脚儿踹来踹去，我舍不得他呀。一个没有妈妈的孩子，会是多么的可怜。"……

云翻着宝宝的相册给我看，宝宝在笑，宝宝在哭，宝宝睡着了，宝宝戴着花帽子……相册里的照片，只有前六个月的。

云终于还是没能熬过这一年的冬天。

我去参加她的葬礼。在她家看见她的孩子，小小的，可爱的，被他的奶奶抱在怀里吃手指，他的眼神清澈、好奇。我抱他过来，他睁着大眼睛，看我的脸，没有一点点怕生，他那样小，还没有一周岁呢，没有人告诉他，他已经永远失去了爱他若珍宝的母亲。

我没有跟云的丈夫说"节哀"，他平静麻木的脸，心里、眼里，绝没有"哀痛"二字。在云最后的日子里，他没有去医院探望过她，因为他的母亲怕他沾上云的晦气，而且，云也知道，他一直悄悄在与别的女子相亲。

绝情至此。

云却自己想得很开，她说，她托婆婆捎话给他，一定要找一个能待宝宝好的，她说："只要他以后娶的人能真心待宝宝好，我能有什么意见。"

送走云的那个夜晚，我睡不着，想到她再也不会回来了，和她在一起说话笑闹的日子已经永远成为过去，便不能自已……我模糊的视线里，看见云，她温柔微笑的脸，她曾那样虔诚地在田野里为我向花神祈祷……

我想起最后一次去看她的时候，她对我说，她能感觉生命像一蓬火，哔哔剥剥地快要燃烧干净了，"如果我真的去了，你来看我的时候，一定要带鲜花来，小野菊也好，紫云英也好，我不要那些假花。"

我记得她的嘱咐，每年清明去看她时，都会带一捧美丽的白菊或紫云英，放在她的墓前，并告诉她，无论时光过去多久，我一直是那样的想念她。

（原载《散文选刊》2020 年第 5 期）

山村月

唐晋枫

记得上小学一年级时，老师教我认的最初几个字是"山、石、田、土、日、月、星、辰"。

多年来，我并没有感觉到这八个字有何特别的奥妙，是在去年中秋月满之夜，我和一位儿时玩伴相约，缓步熟悉的山间小道，傍着溪水淙淙，聊起当年的趣事，蓦地发现，这八个字竟暗含着天地玄机。

这八个字中，前四个字代表的是"地"，后四个字代表的是"天"。照此推演，那么去认识这八个字的主体就是"人"，字与认字者，正好合成"天、地、人"三才。而之所以首先要去认识这八个字，正是为了让生长在天地间的人，去认知并敬畏天地乾坤的神奇无穷。想到这里，我不能不由衷地赞叹，当时编书的老师该有多么的智慧！

作为一个廿七都大山区的孩子，对于代表"地"的前四个字，在读书之前，虽然不认识也不会写，更不懂她的神圣与高贵，却和她朝夕相处，就物质本身而言，那是再平常再熟悉不过的了。对于代表"天"的后四个字，虽然在生活中也同样须臾不离，但质感不强，更多的只是痴痴地仰望和神秘地遐想，最让我情有独钟，并终身为之眷恋的是天上月，尤其是高悬在山村夜空那一轮纯净无瑕的皎皎明月。

少时，谈不上所谓的意境、超脱，谈不上什么浪漫情怀，欲望很是直接，对于月亮的喜欢，大多源于她的自然光给我带来太多的便利和快乐。

早年的山区，极少有通电的，当然也更别谈路灯了，即便有一把手电，那也只是大人应急之用。只有在月明之夜，我才得以趁着月色，呼朋结伴，到生产队的晒谷场，或野外的山坡草地上放纵一番，玩造屋、跳绳、翻筋斗、捉迷藏、老鹰抓小鸡之类的游戏；玩累了，便聚集在村中心一棵300多年树龄的枫香树下，或坐或躺或蹲或倚地凑在一起，任由透过枫叶婆娑的斑驳月影，飘忽不定地在身上游移，互相抢着讲一些道听途说，当然也有书上看来的神仙妖魔以及将军元帅等故事；有时，还会追逐、抓捕忽闪着莹莹绿光，穿梭在夜空中或落脚在暗处草丛里的萤火虫，把它装在早就准备好的玻璃小瓶里，带回家，放在床头，看着玻璃瓶中透出的明灭荧光惬意地进入梦乡。

月亮不仅给孩子们带来嬉戏的快乐，也给大人们的劳作谋生带来极大的便利，在很多情况下，他们都会选择月夜，借着柔柔月光，趁着习习凉风，到菜地里浇菜，到稻田里割稻。或挑着簸箕、扫帚、箬叶等农副产品，翻山越岭，到几十里开外的集市去赶集，换回钱以及必需的生活用品。

正是因为月亮给了我们太多的恩赐，村子里的人从来对月亮都是敬畏有加，还附着一些现在看起来甚是唯心的禁忌。无论是初月如钩，或是弦月如弓，还是满月如盘，大人们都会叮嘱自己的孩子："你们可不要用手指指月亮啊，不然，月亮会割耳朵的。"也怪，那个时候也的确有很多小伙伴的耳际会莫名地裂缝化脓，于是，我们都一致肯定地认为，他决计是用手指月亮了。鉴于此，村里的小伙伴们大都自觉地遵守这一规矩，对月亮望而不指、赏而不点。

每年中秋时节，家家都要拜月。一般在月亮探头东山，银辉斜照西山时分，母亲会拿两条长凳放在正对中堂大门的空地上，凳子上再放上一个直径约一米带边框的"团匾"（竹制晒器），在团匾中间摆上早些天准备好的芝麻月饼。摆月饼很有讲究，先是在团匾中心摆上一个约莫大白碗口那么大的月饼，再在它的周围均匀摆上六个小月饼，摆好后，点上三炷香，合手肃立三鞠躬，尔后将这三炷香插在大月饼中心。

当这一系列的程序走完，剩下的就是守月了，所谓守月，就是守护拜月的香火和月饼，这个任务一般由家里的小孩担任。守月也有规矩，必须等大饼中心的三炷香完全自然燃尽，才可以分吃月饼，意指先让月亮娘娘受其香火尝其供品。

记不起那年的我有几岁了，但我却清晰地记得，我和二姐奉命守月，为了早点吃到月饼，我俩分坐在大门槛两头，一边仰望皓月中天，争论着月亮中的那个砍树人到底什么时候才能把树砍断；一边贪婪地嗅着随风飘来的芝麻月饼味，双手用力去扇香火，使它提前熄灭。当我们欢快地向母亲报告香火已灭的时候，母亲虽略显诧异，但终究没多说什么，到厨房里拿出菜刀，将已经微微变软的月饼，相对平均地切成小块，分给早已不知吞咽了多少口水的兄弟姐妹们。

时隔数十年，再精美绝伦的月饼，也早已勾不起我半点的食欲，但每每回想起当年这小小的滑稽，在哑然失笑之余，心下也着实愧疚，但愿月亮娘娘能原谅我儿时的孟浪。

人们总喜欢把月亮和花儿联系在一起，制造出一种幽静的温馨和缱绻的浪漫。"花前月下"就是一个美妙而又动人的联合词组，她让人非常自然地联想到一对情窦初开的少男少女，怯生生演绎朦胧爱情的故事，只是未必谁都有情景交融的切身感受，尤其是生活在茶室、咖啡馆、网络、KTV 盛行的现代都市的俊男靓女。

记得十九岁时，也就是入伍的第二年，我与一位幼年相识并彼此心仪的邻家女孩悄悄相恋，频频地私下传书。离开军营回到地方参加工作后，会趁着夏夜皎洁的月光，相约走在高低不平的乡间小道，或者坐在种满豇豆的菜园地坎上，一边闻着田野里散发出的淡淡稻花香，偶尔下意识地摘下几朵月白色的豇豆花，既紧张又兴奋，更多的是羞涩，有一搭没一搭地说一些不着边际的话，当然也会商量些彼此如何保持联系，当大人知道后怎么办之类的应用性话题。直到月亮西移，月光斜照东山半坡，才一步三回头各自归家。

这段平生仅有一次的纯真初恋，前后保持了六年，虽然由于我的年轻率性而最终没有"花好月圆"，但曾经多少次在月夜里独身穿山路、赤脚趟小溪、单车双飞骑、只为那两地相思的年轻故事，不仅月亮见证，也成为我成长中一段不可复制的绝版记忆。

"不是寒溪一夜涨，焉得汉室四百年。"说的是"萧何月下追韩信"的故事。但我更愿意把这两句话改为"若非汉中一明月，焉得汉室四百年"。

理由很简单，在照明、交通甚为原始的古代，若非那天正好月明之夜，萧何怎能即时策马去追？就算寒溪夜涨，阻了韩信去路，文士萧何，漆黑之夜，又怎能追得上武将韩信？所以，无论是从客观场景，或是从内心情感出发，我更偏向是月亮成就了大汉朝422年的基业！若非如此，那就应该把这个故事改名为"寒溪夜涨阻韩信。"假如月儿有知，我想她定当颔首赞同，而对于她自己无心成就的这一段千古历史佳话，那又该是怎样的一番情怀！

"月亮在白莲花般的云朵里穿行，晚风吹来一阵阵快乐的歌声，我们坐在高高的谷堆旁边，听妈妈讲那过去的事情……"一首悠扬抒情的《听妈妈讲过去的故事》，还原出月夜山村的素雅与高洁，也启迪我人性中潜在着的真善美。

如今，种稻谷的爸爸和讲故事的妈妈已经离我而去，我成了爸爸，那么，我又该用怎样的劳动和歌声，去唤醒孩子心灵深处的那份清澈呢？

明月知我。

（原载《中国青年报》2020 年 11 月 10 日）

站在历史的洞口

汪芦川

薄薄的残雪，浅浅的洞窟。

我背雪而立，扶着洞口的石壁，感慨得泪眼模糊。谁能想到，就是这么个一百平方米左右的小洞窟，当年，居然是震惊中外的"杜立特突袭行动"的飞行员们，从死亡线上挣扎回来之后的聚集地呢？谁能想到，当年，这里曾收留过五十多名美国飞行员呢？

一步一步，我踏着自己的心跳，走进了那个古代因采石而成的江边洞窟，手扶着洞壁上那一条条清晰的凿刻印痕，仿佛摸到了一条条历史的血管。我的思绪，不禁顺着那些"血管"，游回到了1942年的春天。

1942年4月18日，有16架经过改装的B-25轰炸机，在美国陆军航空兵中校杜立特的率领下，从航行到日本海附近的大黄蜂号航空母舰上起飞，前往日本的东京、名古屋、神户等地实行空袭。可任务完成后，16架飞机却因种种原因没能按原计划降落在浙江的衢州机场，而是在雷雨交加的深夜盘桓在我国东南沿海上空，最后因机油用尽，飞行员们纷纷弃机跳伞逃生。

16架飞机，每架飞机5个飞行员，有两架飞机的飞行员不幸降落在日占区，遭日寇逮捕，受尽非人折磨，其中三位还惨遭杀害，有一架飞机的飞行员降落在苏联境内的海参崴机场，被苏联军方秘密羁押，其余65名飞行员（有两名在跳伞过程中不幸身亡），悉数被我国普通民众救起，即使死难者，也得到了体面的安葬。其中，有51名获救人员，经过当时国民政府的接送，被集中在位于衢州城郊的第十三空军总站的防空洞里，休养身心，等待启程去重庆、回美国老家。

而我今天，踏雪寻访的地方，便是这个防空洞。

最初，我是从我母亲的小说里得知这一历史事件的。2009年的春天，我母亲从我们家乡的《衢州日报》上看到关于"杜立特行动"的报道后，便开始寻找历史资料，开始走访一些当年拯救过美国飞行员的当事人，经过三年多的准备和创作，她的少儿长篇小说《拯救断翅雄鹰》于2012年9月9日完成了初稿。

那天晚上，年近十一岁的我，第一次读到了母亲的这部书稿，也第一次与"杜立特突袭行动"撞了个满怀，我万万没想到，这个在第二次世界大战中颇有名气的突袭行动，竟然跟我的家乡衢州有着千丝万缕的关系！

为了准备迎接杜立特将军和他麾下的飞行员们胜利归来，我们衢州机场曾经过大规模的整修，我们还替那些英雄们请好了英文翻译，雇好了西点师。只是由于空袭行动因被日本人发现整整提前了十个小时，美军又没有通知我们机场，才使得空袭当晚衢州机场没有对那些经过衢州上空的机群开灯迎接……不过，在营救跳伞美国飞行员的过程中，我们衢州江山、常山、衢县等山区的农民，都作出了巨大的贡献。我母亲就是以江山人民营救3号机组的奥扎克、曼奇和运送死难的法克托尔尸体的真实历史事件为创作背景写成了她的小说。

"哇，妈妈，你这个小说可与你以前的作品很不相同噢！"当时，我还小，初次在母亲的作品中遭遇了杜立特行动后，只觉得母亲写了一部非常与众不同的作品，但具体也说不出它好在哪里。

果然，小小年纪的我，眼力还是不错的，2015 年，母亲的这部作品获得了浙江省"五个一工程"奖。

而第二年 9 月，我进入衢州二中就读，成了一名高中生。一进校门，我竟再一次与"杜立特行动"撞了个满怀。因为在学校图书馆南侧的树林里，有一棵小树下方，嵌着一块大溪石，石头上居然刻着字，指出那棵小树就是为纪念中美两国人民在"杜立特行动"中结下的深情厚谊而种的友谊树。

"难道，这学校有老师小时候也参与过营救美国杜立特行动的飞行员吗?"我带着这个疑问，在高中生涯开始的那段日子，就进图书馆查阅了大量的资料，由此得知，我们衢州二中的潘志强校长，曾去美国与我们衢州结对的城市雷德温进行过为期一年的访学，使得衢州二中与雷德温市的学校结下了深厚的友谊。而衢州之所以与雷德温结成友好城市，就是 30 多年前雷德温市两位航空爱好者来衢州寻访杜立特行动的机组残骸以及救人英雄所牵引出的缘分。

啊，我的人生，就这样与 70 多年前的一次历史事件再一次挂起了钩。

在衢州二中就读的一年多时间里，虽然学业压力不小，但我还是常常去那棵友谊树旁徜徉，时时收集着"杜立特突袭行动"的资料。

我最大的愿望，就是能去当年的营救地点走一走、看一看。

"别慌呀，等你考完了大学，我会带着你一一去走访的!"妈妈总是这么说。虽然她是个作家，可她更是个母亲，总希望我高中三年能专心做一件事——准备考个好大学。

但我，却在这周末下雪的日子里，突然生出了寻访当年收留过 51 位美国飞行员的第十三空军总站和防空洞的强烈愿望，因为我听说，这个防空洞，已被一房地产开放商圈进了他们的开发区。我担心，等我考上大学，那地方，说不定已被那开发商毁掉了。

"带我去吧！带我去吧！带我去吧！"我反复反复纠缠着母亲，并说出了我的担忧。

"好吧……"母亲终于同意了。为了替我节省时间，不会开车的她，还直接为我打了一辆出租车，去了位于衢州柯城区东港开发区汪村社区的"九润公馆"。

没想到，那么著名的历史遗址，离我竟是那么近，离我只有半小时的车程。

母亲前两日还和她的几个好朋友来过这里，所以，一进入那个滨江小区，她直接牵着我的手，咚咚咚地来到了一个看去像个老仓库似的石洞面前。

母亲什么也没说，只冲我做了个"请"的手势，可我，站在那个石洞门口，却觉得自己的脚有千钧之重。

我耳中同时响起了五十多位美国飞行员的笑声，和无数中国人的哭声、惨叫声。因为拯救了这些美国飞行员，我们浙江和江西的人民，在 1942 年曾遭到了日寇疯狂的报复，日军发动了浙赣战役，在这次战役中死难的中国人，共有 25 万之多，日寇在这次战役中施行的细菌战的病毒——炭疽病毒，至今还令一些老年人痛不欲生……

51 人与 25 万，这数字对比也太悬殊了。

想起那段历史，我浑身战栗，不知不觉，已经眼泛泪花，迟迟不敢进洞。

母亲理解我的心情，在我身后轻轻说："孩子，既然来了，还是进去看一眼吧！无论历史多么沉重，总需要少年人去了解并肩负，这也是我写那部书的原因！唯有勿忘历史，咱们中国人才能前行得更勇敢更坚定更努力啊！"

听了母亲的话，我重重地握了一下母亲的手，毅然走进了那个其貌不扬只有百多平方米的浅浅的洞穴，同时，也走进了一段深深的历史时空，走进了一部精彩又悲壮的中美两国友谊史……

母亲花了四年多时间为它写了一本书。我的母校用了二十年时间来纪念它。而我今天,在残雪中,花了一分钟来抵达,以后,将花一辈子去牢记,将花整整一生,去告诉各个民族各种肤色各个国家的人们,在中国大地上,曾有这么一个地方,为世界的和平作出过贡献和牺牲。

我们来探访它,不是为了简单的纪念,而是为了使我们的世界更和平更美好地前行。

(原载"浙江教育在线"公众号 2020 年 8 月 19 日)

"桥机"姑娘

汪　群

　　一开始大家都叫她周娣，她说，我不是这个娣啊，是这个"菂"。

　　在古代，"菂"指莲子。周菂出生在2001年，那年中国申办奥运会获得成功，举国欢庆。父亲为女儿取名菂字，期盼着她也像莲花一样清纯和美丽。周菂自懂事起，一直把父亲寄予的希望，深深地留在心底。

　　生长在云南的周菂，活泼可爱。她2019年毕业于技工学校，去四川雅江两和口电站实习三个月。从云南到四川，稚嫩的丫头第一次远离亲人，周菂隐隐约约有过落寞。

　　起先并不知道，等待她去实习的是既"笨重"又艰险的"桥机"岗位。

　　"桥机"，就是桥式起重机，也称"天车"，似一轮月儿挂在天空。它是横架于车间、仓库和料场上进行物料吊运的起重设备。

　　缓慢而有力的"桥机"，与纤巧的姑娘，听起来并不"登对"。但周菂有一股儿钻研和认真学习的韧劲。她把每一天的实习看成磨炼的机会。实习结束了，周菂的"桥机"操作技能被评定为"优级"。

不久后，三峡水电建设集团下达招收员工的指标。位于浙江安吉的长龙山抽水蓄能电站建设工程，已经拉开了战幕，急需招收一批会操作的"桥机"工。

周莂，成了第一批被招收者中的唯一女性。

这是她第一次来浙江。

"轰隆轰隆，哐哒哐哒……"安吉天荒坪深山沟，施工现场的各种声音震耳欲聋，向着大山里的各个隧道口漫延开来。周莂仰望巨大山洞的最高端，似黑夜的天幕漫无边际。设备安装、施工中的电焊火花"哧哧哧"地向四处飞溅，如火树银花不夜天。如此壮观的大场景，不同于实习时的境况，姑娘感到从未有过的新鲜与好奇。

长龙山地下中心机房，是电站的要害。六台机组需要在这里安营扎寨，阵势早已全面铺开。

即将乘上"桥机"现场操作了。周莂很紧张，又很兴奋。

需要她操作的是一台大型"桥机"。起初，周莂是在师傅的后面跟班，心理压力并不大。她慢慢地尝试了小物件的吊运，觉得自己有能力、有信心，便自告奋勇地向师傅提出，让自己来操作大物件的垂吊。施工现场人手紧张，师傅也很了解周莂过硬的操作技能，尽管只是经历了短短的磨合期，师傅还是放心地把这副"重担"压在了周莂的身上。

悬在高空中的大型"桥机"，这下只剩下周莂一个人独立操作了。

每次跨入操作台，就像攀登峻山一样，要经过无数个陡峭的台阶。途经的又是一条狭长的岩壁，脚下另一侧却是百米深渊，让人眩晕、惊恐。从"桥机"工作台往下看，地面上的施工人员，都成了一个个"小不点"。周莂每天像一只欢快轻盈的燕子，"飞"到"巅峰"上的工作台。随后，这只小巧的燕子，便借着钢铁的臂膀化身"大力士"，挑起货真价实的"千斤重担"。电站领导与员工们看在眼里，都赞叹她是一个聪慧灵敏又性格沉稳，精气神里散发出灿烂阳光的好姑娘。

可是，天天吊起那么大的物件，高空中又要反反复复地调整位置，绝对不能伤害到地面上的人，心理压力特别大。"桥机"岗位有时还需要白天黑夜连轴转，小姑娘在山洞里待久了，新鲜感褪去，疲劳和枯燥油然而生。

"爸爸、妈妈，我这些日子天天失眠了，我在这里挺不住了啊!"电话这头，周莇姑娘哭了。父亲、母亲开导女儿："小莇啊，任何工作都有它的两面性，但它真的能锻炼人啊。""不要哭。我们经常可以通过电话、视频、微信取得联系，爸爸妈妈就在你的身边。"父母亲的一番话温暖了周莇姑娘，她心头上的愁云也慢慢驱散了。

大家都看好周莇姑娘，她的悟性和学习能力强，尤其是在垂吊重大物件时，采用什么方法，寻找最佳着陆点，周莇的方案常常是最好的。公司一份鉴定表这样评价周莇：她爱岗敬业，"桥机"独立操作能力强；她困难面前不退缩，脏苦累活无怨言；她奋勇争先，团队关系很融洽。

大型"桥机"，有"三个钩"：一个大钩可以垂吊二百五十吨的庞然大物；一个小钩至少可装吊五十吨；一个葫芦也可起吊十吨钢材。有时大钩与小钩并用，对技术要求特别高，加上一些大型设备外形不规则，重心不居中，需要转身、翻位时，难度更是倍增。周莇勤学苦练，掌握了大小两个挂钩并用，精密控制物件左右晃动的技巧。她一边听着地面指挥员口令，使物件腾空与着陆精确到位；一边观察四周是否有障碍物，避开人群多的地方。学本领要经历"铁杵磨成针"的过程，需要慢慢地摸索，一次次地尝试。周莇开始领悟到职业带给她的成长。

本领在手，周莇却不想做"独行侠"。她把团队融洽看成是增强"战斗力"的秘诀。特别是与大家一起谈论工作的时候，周莇可以借此机会向师傅和同事请教。工作之余聚会或食堂餐桌上，也像朋友一样拉家常。这样的交心，对周苪帮助很大，当遇到许多棘手的问题时，她一个人在高高的工作台手握操纵杆，却清楚地知道自己不是孤军奋战。

艰苦环境的不断磨炼，让周苪变得越发坚强，越发成熟。在这份平凡而普通的工作里，她学会了不断思考，下次怎样把这份工作做得更完美。揣着这样朴素的想法，年轻的"桥机"姑娘，一天天在成长。

(原载《人民日报》2020年2月17日大地副刊)

褐色鸟群

王加兵

村庄里，褐色鸟群占领一树又一树的枝丫，像是西风中逆流而上的黑夜。

这褐色，远看是墨似的乌鸦，近看是乌鸦的墨黑。我厌弃这巫师一般的肃穆和没有节制的浓墨渲染。待几只肆无忌惮扑棱着落在近前，能看清它们轻佻的小黄爪，翼下点缀的几片白色翅斑。恼人的是，小东西的脑壳前端还盘个洋气的冲天小辫。蓝绿的羽冠是孔雀高贵的标配，而这坚挺的一撮黑色羽簇，成功脱离了美应该有的谱系。

没见过这么多褐色的鸟来村里，从冬聚集到春。它们盘踞在村庄，树梢，屋顶，水塘，麦地。为着屋山头一棵高耸的白杨，为着父亲菜地里一只蠢蠢欲动的青虫，为着姐姐虾塘飘过的一阵鱼腥，它们在光天化日下，叫嚣，追逐，说脏话，撕破脸，纠缠不清。

我问父亲，他也叫不上名，只会说褐雀子。

我的乡村印象里，喜鹊是笃定的智者，白鹭是闲游的仙人，而高低蹿跃的灰麻雀就是我这样赤脚瞎蹿的男伢子。我曾许诺，最美的汉语应该献给鸟儿。而今，乡野空了，村庄废了，褐色鸟群，你们很让我失望。

新冠疫期，人的嘴巴可以遮掩不说话，而鸟雀的嘴巴谁也阻挡不住。春野啼响，是为了不能耽搁的爱情，为了子孙苟活的领地，也为了摇摇欲坠的身家性命。美丽，有时不足以确保安全。活着，安稳活着，才最是要紧。

这是寂静的春天。斑鸠在空旷的田野练习长调，舒缓悠长，河流一样不紧不慢。喜鹊依旧从容地飞过树梢，喳，喳，煞有其事地发布最新疫情报告。绣眼、鹡鸰、翠鸟、黑卷尾、四喜儿、野鸭子，却一直匿而不见。眼前，妖风一样的褐色鸟群霸占了我的村庄。

四月，不见一只轻盈的燕子归来垒窝叙旧。摇摇欲坠的村庄，已没有遮风避雨的屋檐，没有牧牛赶鸭的男伢子。村庄的人寥寥无几，村野的鸟无家可依。各门另户，各奔前程，我这个奔走天涯的人，只能如此祝福你们。

暮色渐浓，褐色鸟群簇拥在村树枝头，不知是为黑暗的到来欢呼，还是为坠入无尽的暗夜瑟瑟发抖。

2020年清明，疫情好转。我终于可以顺利返乡。回家，看望病中的父亲和大地艰难的生长。

父亲是土地的崇拜者，土地在哪里，他虔敬的身影就在哪里。父亲离不开土地，农民的生命意义全部播撒在那里。父亲不懂如何诗人一样赞美土地，只会像照顾我与姐一样，追随四季，春暖就点染黄灿灿的花色，天寒就披上雪白的棉衣。一卷卷，一幅幅，水彩、版画，或是晕染的水墨，这都是父亲大地上的杰作。

上坟祭扫回家，父亲扛锹提桶，领我去他的菜园。辣椒，茄子，萝卜，西瓜，西红柿，空心菜。翻土，垫肥，挖坑，浇水，覆盖保暖保湿的地膜。做起活来，父亲才是我心中那个当风而立指点山河的精神领袖。父亲种菜，量不大，品种却多。单是那茄子就分白茄子紫茄子，圆茄子长茄子。我说简单点好，他说花色多些生活有味道。

春天是用来播种的。种下去，才有一行行沾着硕大露珠的赞美。

父亲一辈的农民，劬劳功烈，苦是清苦，但也曾有过土地上诗意的栖居。我相信他们都是乡野有尊严的行吟诗人，一双脚，一双手，一架锃亮的犁铧，一行温暖儿女肠胃的赞美诗。

种菜，对应城里人的种花。种花，养心怡情。种菜，养身度日。

父亲陪我去乡野走走。经过汪寿霞家的蔬菜大棚，张竹元家的歇荒麦地，还有刘三胖家清水虾塘。父亲一定下到地头，这苗，那水，向我解释一番。每块地都有自己的耕耘史，水汪汪的，亮堂堂的。

我们走向西大滩。父亲的三亩麦地没有麦子，绿油油的是学名看麦娘的捶棒草，黑乎乎盘旋的就是那些阴沉的褐雀子。乡村土地轮转，父亲的麦地也转包给大户。大户不种麦，说成本以外，麦子没钱可挣。

父亲跨进杂草过膝的麦地，薅起一把，恨恨地抛上田埂。田无苗，仓无谷，父亲放心不下，但又无可奈何。聒噪的褐色鸟雀不听他的，锈蚀腐烂的犁耙不听他的，曾经赐予他力量和自信的身体也不听他的。一棵白杨树，只要不倒，会是土地上崇高的存在。但父亲终究只是一棵乡村的白杨树，他的劳作，除我之外，确实没有多少意味深长的社会价值。而我离开太久，褐色鸟群已然盘踞了父亲这棵风雨飘摇的白杨树。

土地是父亲一生的牵挂，歇荒，等于是宣告一辈子的耕耘突然失去了意义。44 年前，父亲送走了我的母亲。25 年前，父亲又送走了我的哥哥。把眼神与身体都埋入泥土的人，把粮食与苦涩一起咀嚼入胃的人，每一笔血色的耕耘记录，都是田垄一样隆起的疼痛。胃病毁了我的父亲。而来自土地的疼痛，比他的胃病严重。

没有什么放不下，他已经放走了那么多。只是父亲之后，没有谁再来收留我的冬麦。

走过旧时的泥场，谁家的石碾深陷蒿草丛间，谁家的拖拉机锈成黄色的泥土。父亲说，收废铁的来看过，扭头就走了。石碾是永不腐烂的记忆，我很想放车里带回城。父亲呵呵地笑，搬得动你就搬。

场地边灰喜鹊与褐雀子在争夺一树泡桐。泡桐长相漫不经心，但白紫的花香艳诱人。丑陋的褐雀子哪里禁得住这斑斓的春色诱惑。一树灰麻雀突然散去，像是在玩快闪游戏。时间被它们鼓噪得支离破碎，不成体统。

幸好，鸟虽与人生在一个空间，却没有活在一个世界。

这褐雀子是哪来的呢？父亲在村庄生活了七十多年，他摇头不知。如果是过路的候鸟，不见它们有风雨兼程的忧郁。如果是打算住下来的新居民，人去村空，倒是个不错的选择。

那我们王家又是从哪儿迁来的呢？上坟时我数过，上有曾祖，下有内侄，老老小小总共才六代。父亲说从夏庄迁来，三伯说从鲁庄迁来。夏庄鲁庄都是别人家的村庄，我关心的是夏庄鲁庄之前的王庄在哪。三伯老了，只会摇头。父亲老了，不然怎么也犹犹豫豫。待他们都老得糊涂了，我去问谁呢？我怎么给我迁居千里之外的匆儿朵儿理清王家的血脉源头？总不至于说，黑户，像褐色鸟群一样，乘着夜色，偷偷从黎明前的深渊飞来。

四月天清气明，雀鸟在树梢摇荡，村庄在熏风下晒暖。土地累了，村庄旧了，歇荒，变迁，这都是自然而然的事。

村庄没了，离去的亲人还族居在那儿。鸟雀，草木，还是原来的样子。也许喜鹊麻雀稻鸡以及这新来的褐色鸟群就是我那些不愿离开的亲人。他们的话语从鸟嘴出来，我隐约还能明白几句。

无所谓失去，只是换了一种形式，生活一直在那儿。

春暖日曛，父亲爱端条小板凳坐门前晒太阳。几个同龄老人凑过来。他们闲聊，驷马山会战，黄栗树水库引水，谁家儿孙磕错了祖坟，谁家进城的伢子赌博，传销，放高利贷。自然也有狐狸精、黑乌鸦、丢了魂找不回的稀奇事。关于驷马山，父亲说那年腊月初十，冰碴咔咔响，村里人带信到会战工地，说我在家里的老屋出生了。

春光沐洗，父亲的白发高高在上。有生也有老，有些褪了色，有些依然鲜活。

第二天，我开车领父亲去驷马山、黄栗树。翻山越岭，穿村过桥。春山空寂，流水潺湲。那是属于父辈的农业时代，那是属于草木的明亮春天。

我只用半天就开了个来回，而这对于父亲，却是一生的行程。他的一生，方圆就这么点。而我奔走他乡，画出的半径再大，也不曾脱离这个泥土堆积的圆心。

看见土地，我就看见了父亲。父亲在哪里，我一定要回到哪里。

村前是游龙一样意气风发的合宁高铁，村后是褐色鸟群野蛮生长的春日寂静。村庄是田野的神经末梢。村庄废弃了，末梢正在坏死。高铁穿梭，它是来做救命的搭桥手术。村里的伢子们搭上高铁，欢腾着穿越乡村。我看见有谁贴脸在窗，做一次次深情的凝望。

菜花不开，放牧春天的养蜂人不来。燕语不响，看护田野的父亲已然老去。姐夫后来执着地捉来一只，是凤头八哥。八哥，与哥八竿子打不着。这八哥，特长是模仿，模仿人言，也模仿鸟语，它们真没把自己当成自己。它们远道结伴而来，原来是想取代父亲做村庄的主人。

在这寂静的春天，我返乡领父亲去做手术。化疗，停药，复查，是该与蓄谋已久的疼痛做彻底切除的时候了。

（原载《中国校园文学》2020 年第 6 期上半月）

藏在靖江的丝绸画缋

王剑冰

一

我来的时候，北方的田野闪现着黄绿的色块。列车高速驶过，色块产生出缎面般的感觉。越接近杭州，缎面越有变化，变得水亮光鲜。是的，多水的江南是铺展在大地上的丝绸。从茅盾的《春蚕》可以看出，这一带有着植桑养蚕的传统。在波光滟潋的杭嘉湖地区，丝织业很是发达，杭州丝绸早就在海上丝绸之路上闪烁异彩。

伴随丝绸出现的，还有另一种艳丽，那就是"丝绸画缋"。这是我国最早的视觉平面艺术，是古代满庭芳华中的耀眼之花。或许一群女子，为了美丽而提起醮有天然色彩的画笔，将梦幻点画进丝丝缕缕，而后惊喜地发现，那种随意与随想，在阳光下变成了无与伦比的美妙。说起这个时间，竟然是商周时期。此后多少年，这种丝绸与色彩组成的华贵，成了宫廷里的专享。《冬官·考工记》即反映了画缋的色彩理念。不可思议的是，这一人类最早的丝绸绘画工艺，竟然长时间没有了声息，连留存这一技艺的载体也消失得无影无踪。

考古曾发现，色彩斑斓的锦缎，见光的瞬间即化为腐朽。

由于知道了丝绸画缋的价值与意义，我总是以急迫的目光寻找着。来萧山的靖江街道，他们说这里就藏着我要找的秘密。尚未到达，我已经将一条街想象出绚烂的景象。

二

在这条街上走，处处见水，安澜河、靖江河、牛拖湾河、万千娄河，水将一个空港小镇贯穿。可以想见，以前这里主要是水运通道，而靖江大部分也是填涂围垦而来。这里已经成了萧山机场的温馨港湾，经常会见到停驻的机组人员与空姐。有一个"空港新天地"，是各地旅客最欢喜的聚居地。

实际上，处于钱塘江南岸的靖江，就是萧山的一个文明窗口。你看那些村子，甘露村、东桥村、光明村，无不展现着美丽乡村、美丽庭院、美好生活的三美景致。光明村最早迎接了钱塘江的第一缕曙光。那一排排整齐的楼宇，一块块绿色的田地，格外有一种新生活气息。唯一的一座茅草房里，坐着一位满脸堆笑的老人。老人不愿住在孩子家，喜欢原来的草房，村里就帮她照原样翻新。老人叫周爱仙，八十三了，梳着两根白辫子。老人说她从六岁起，就跟着母亲学纺织。

见到一个"妇女微家"的所在，原来是妇女的"娘家"。里面可以学习各种技艺，包括"萧山花边""丝绸画缋"。这里还是调节疏导站，谁有事情都可以找娘家人。温暖可亲的院墙上，长着一围的绿色佛甲草，墙根处是紫色的碧冬茄，还有女贞，散发着淡淡的清香。

这里的人好客，会给你做传统的"沙地十碗头"。这里的人好说，程门立雪的杨时在萧山做知县，还有诗人贺知章，都有百姓的好口碑。还有西施姑娘，也是这一带的，这里有花神节，有美女山，不定都与她有关。萧山与诸暨古时同属一个区域，那么，西施也是要练习纺纱织锦，或也会丝绸画缋的手艺。

走过安澜老街，那里正在打造文化高地，设计策划就是丝绸画缋的第五代传人叶沣仪，她要将艺术理念嵌入自己的家园。

风行千年的丝绸画缋，已经成为靖江的一张名片。

三

古人的聪慧埋入了荒漠，但文明的记忆深处，仍然星辰闪烁。

叶沣仪手扶着花树，五月烂漫纷扬。儿时第一次穿月色的衣裙，水样的滑润弥漫全身。但她不知道上面还有父母的一丝遗憾。那种遗憾，多少年后会由自己弥补。

时间的旷野，该萌动的早晚要萌动。叶沣仪，什么时候也成为一个走火入魔的女子。她以端庄素雅的姿态拿起画笔，在绸布上一点点挥毫。当然，她还要施以染、绣、泥金等多种手段。丝绸的锦溪，叶片与花瓣洒落上去，云朵与鸟语洒落上去，溪水变得缤纷，变得浪漫，变得躁动而狂野。

沣仪的母亲王孝琴也在一旁看着，目光里含满挚爱。这是她和四代传人叶建明唯一的女儿。曾经的一段岁月，使得经历了三代的技艺沉寂，有些手法在沉寂中流失。沣仪说父亲将整个家业整个生命都倾注在找寻与探索上，为给这荒芜的艺术带来一缕晨曦，他不断向天借时间。

父亲摸索出经验之后，沣仪的心还在外面飘着。这里是杭州湾，到处都是诱惑。父亲多么想要大学生女儿回到靖江，"我大半辈子都在靖江，你即便有诸多不便，也要明白我喜欢靖江，和这个地方一起成长的心血"。

或许是充满父女情深的话语，也或许是充满活力的临空之城与善美宜居地，叶沣仪回来了。她试着接受那些丝绸，那些颜料。在她幼小的记忆里，还有祖父捉笔操刀的影像，那个时候她尚不明白大人们做什么，但是全家人对于丝绸与颜料的欣爱，她是有感觉的。母亲曾讲过，父亲当初向母亲求爱，就送了一件尚欠成熟的丝绸画缋裙子。母亲虽然不懂，却晓得其中蕴含的深情。后来母亲就一直跟着父亲学习，给父亲打下手。父母毕竟奔六十了，他们希望这接力棒，能传到女儿手上。父亲说，择一艺，终一生，国内能完成丝绸画缋七十多道工序的人寥寥无几，这些工艺要学会，至少要十年。他以前也带过不少徒弟，却没有人能学彻底。

当父亲把沣仪带到树下去看阳光透亮的叶片，带到田野去看朝霞氲出的烟霭，并手把手地教她拿起画笔，灵魂的烈焰，瞬间如迅疾的电闪，宿命的温暖一下子定格在父女之间。

最初完成丝绸画缋的人不会想到，两千年后，会有某种默契与她们相通。叶沣仪像父亲一样，守着寂寞与孤独，守着执着与信念，思羽飞翔，幻象漫漶。春风沉醉的晚上，她为自己的努力与进步而泪流满面。十年之后，这个长期浸染于艺术、专注于花布而顾不上谈爱的女孩，终成为萧山叶家丝绸画缋技艺的第五代传人。

四

看着一块块诗意盎然的丝绸画缋，你能感觉出色彩背后的娴淑与沉静，灵异与新颖。品质出于功夫，一块丝绸画成一幅画，竟然需要一两个月甚至更久。此中会用到直罗、横罗、花罗，用到素软缎、回纹缎，用到变三越、卷草纹、蝶花图各种手法。我看到一些小花在布面上隆起很强的骨感，沣仪说这是先用丝线一点点扎起，上色后再将丝线打开。这可都是十分微小的起伏啊。最难的工艺，还有抽拉吊，在丝绸上打洞，实际上是镂空，每一个镂空处都要细密缝合，不能脱线。那些细如小米的孔，该是怎样的精心。

所有颜料都来自天然。我看到一些绿色和紫色的碎石，这些石子最终要研磨成粉。沣仪说白颜色来自深海贝壳，泥金色用的是深海骨胶。而紫松、黄柏、板蓝根、洋葱、橘子皮，也都能提取染色剂。画缋还有褪色的一环，为了需要，要将画上的颜色消除。褪色也是用一种植物。柜子上金铂和银铂闪着自带的光芒，它们也是要研粉，而后用海植物粘入画中。

我看到了一种文化的追光，是的，那追光穿越靖江街道，从两千年前直到现在。光芒在颜料上闪现，每一种色彩，都是辛勤探索的乐章。光芒在绸布上流淌，每一笔落下，都有思想智慧的沉淀。

丝绸是促进世界文化交融的纽带。叶沣仪记得，在工艺美展上，一位老人看到丝绸画缋的烟雨迷蒙的西湖，惊讶道，哦，这个东西出现了。叶沣仪还记得，几位日本人远远地找来，那个同样喜欢丝织物的民族，发现失传的丝绸画缋出现在中国杭州。现在，"杭州天缘"的画缋产品出口日本是免检的。

东盟会议在中国举行，元首夫人每人得赠一个丝绸画缋的手包，手包上的图案，竟是对方的国花。精美的礼品引来万分欣爱，丝绸的国度，让丝绸有了更加绝美的表现力。G20峰会在杭州召开，从事丝绸工艺四十年的叶建明接受邀请，与家人历时半年完成了"龙喜迎客"的画缋作品。作为丝绸之乡的杭州，有了新的担当。

是的，凝结着民族智慧，于华夏文明谱写灿烂篇章的丝绸画缋，会成为丝绸之路的永久光点，也会让霓裳羽衣的生活带有更加鲜美的梦想。

（原载《浙江散文》2020年第3期）

台州俚语中的海腥味

王 寒

外地人初到台州，闻到空气中咸湿的海腥味，有点不习惯。但在台州人的嗅觉里，那不是海腥味，而是鲜味。台州人热爱家乡的一个重要理由就是——台州的海鲜实在太丰富太美味了。所谓"靠山吃山，靠海吃海"，台州人的口福真是没得说，漫长的海岸线保证了台州人一年到头海鲜不断。到台州的酒楼吃饭，一楼"点菜房"的玻璃柜里、桌板上、地上，到处都是生猛海鲜，任君挑选，活杀现烧。吃完海鲜，喝完啤酒，把嘴一抹，打个响亮而自豪的饱嗝，那叫一个痛快！

海鲜吃多了，说话也难免沾点腥气，台州人比别地方的人更喜欢拿海鲜说事，到温岭、玉环、椒江等地走走，冷不防就会听到一连串带海腥味的俚语俗话。

台州沿海县市，小孩子开荤必用鱼。小女孩要吃鲳鱼，寓意长大后，会长鲳鱼小嘴，是美人坯子；男孩子则要吃黄鱼，黄鱼嘴大，寓意嘴阔吃四方，做生意兴旺发达。我一朋友的表弟，嘴很大，朋友妈妈老是说这表弟小时候是黄鱼开的荤。老一辈讲究点的，给孩子开荤还非得买野生的鱼不可。所以台州人说人嘴小，不说樱桃小嘴，而是说"鲳鱼嘴"。某台州人在电话里向姐姐介绍新任女友的长相，说她长得比前一任女友漂亮多了，"鲳鱼嘴，沙蜂腰"，外地同事听后几乎晕倒。鲳鱼身材扁平，嘴巴十分小巧，不像胖头鱼之大头肥唇。不过从美感角度而言，鲳鱼嘴毕竟不及樱桃小嘴之红润，鲳鱼嘴再小，看上去白惨惨的，像贫血病人，让人产生不了一亲芳泽之欲望。把女友的樱桃小嘴说成"鲳鱼嘴"，大概也只有台州人了。鲳鱼嘴除了指嘴小，还指人食量小。除了"鲳鱼嘴"外，还有"虾皮眼"，是用来说人眼小，也颇为传神。

某人性格绵软，或者精神委顿，有气无力，台州方言形容为"软潺"，温岭人称为"嫩潺"。潺指的是水潺，水潺体狭长，半透明，前宽后细，灰白光滑，肉质细嫩，全身无刺，仅一根软骨，又称龙头鱼、豆腐鱼。别看水潺不起眼，红烧水潺、咸菜水潺的味道极佳，汪曾祺曾著文夸过它的美味。台州人把软弱无能者，一律称为"软潺"，颇有轻视之意，亦十分形象。水潺从外形上看，的确柔若无骨，实际上，它锋利的牙齿吞得下数倍于它的海鱼，剖水潺时，经常能从它的肚子里挖出小鱼。可见，水潺外形上的软，很具有蒙蔽性，它的凶残并不亚于其他的海洋生物，而且水潺不是天生软绵绵的，刚捕捉上来的新鲜水潺，也是硬邦邦的，与其他鱼没甚区别，死了才变得软不拉叽的，所以临海杜桥和三门沿海一带的人，言人软弱无能，一般不说"软潺"，而是说"死潺"。

海边人说："正月雪里梅，二月桃花鲻，三月鲳鱼熬蒜心，四月鳓鱼勿刨鳞。"的确，台州南边县市的人谁不知"三鲳四鳓"，农历三月鲳鱼的味道最鲜美，而到了四月，该尝尝鲜嫩肥美、口味鲜香的鳓鱼。鳓鱼双眼炯炯、向外凸起，而且眼睛是血红的，像得了红眼病。台州人喜欢吃鳓鱼，却把那些嫉妒人钱财的人称为鳓鱼眼，或者索性就叫"红眼鳓鱼"。而与红眼鳓鱼相对应的，则是"白眼泥螺"——泥螺离开滩涂久了，会泛白。台州人以白眼泥螺比喻自以为是、看不起别人的人。

303

台州人酒量真好，一顿饭吃下来，在座的不少人喝得满脸通红，台州人管这种人叫"红头君"。红头君是一种头部发红的小鱼。

"公"一般是尊称，老公是私的，却以"公"称之。钱是个好东西，所以财神称为赵公元帅。而台州人用"虾公"泛指驼背，委实形象不过。我小时候，听到爱开玩笑的邻居，把驼背的看门人称为"虾公"，以为此人姓夏，跟着叫夏公公。稍大些，才知台州人是以"虾公"泛指驼背。

我跟朋友到温岭钓浜的海滩玩，朋友小资，趁机晒起日光浴，当地人打趣她为"晒鲞"。晒鲞就是把各类用刀剖成片状的鱼晾在竹席或竹架上，在大太阳下或阴凉处晒干或风干，变成海鲜干货。晒鲞是腌制干货的一道程序，石塘、松门等海边渔镇的男男女女，一到丰收季节，就忙着晒鲞，台州的画家和剪纸艺术家则把晒鲞当成渔家特有的风情来表现。所以台州人把仰卧或太阳底下曝晒的人也戏称为"晒鲞"，而在《临海县志》方言栏中，女人互揭隐私也谓之晒鲞。

台州出产鲞，品种颇多，有黄鱼鲞、墨鱼鲞、乌狼鲞（河豚）、鳗鲞，光是大黄鱼鲞就可分瓜鲞、老鲞、潮鲞、无头鲞、老虎鲞等。台州的鲞名头很响，是谓台鲞，尤以温岭松门出产的为最，闻名全国。美食家袁枚在《随园食单》中提到台鲞时，流着口水赞叹道："台鲞好丑不一。出台州松门者为佳，肉软而鲜肥。生时拆之，便可当作小菜，不必煮食也；用鲜肉同煨，须肉烂时放鲞，否则鲞消化不见矣。"台鲞最妙之处在"杀饭"，夏天天气炎热，胃口不开，吃什么都味同嚼蜡，一碗黄鱼鲞端上来时，又咸又鲜，让人食指大动，一碗饭下肚了，还想再吃一碗。这鲞的诱惑力着实大着呢，鲞头交给人看管，都有偷吃的嫌疑，何况交给猫看管。所以台州俚语中的"鲞头交拨猫望"，指用人不当。

除了黄鱼鲞、带鱼鲞、鳗鱼鲞外，海边还有各种各样的咸鱼，海边人喜食咸货，咸带鱼、龙头烤都是经过曝腌，极咸。咸鱼既腌渍，自然复活无望，所以"买咸鱼放生"之举，用来形容徒劳无益，也指沽名钓誉之举。

在海鲜中，还有一种最不起眼的东西叫虾虮，虾虮是海洋浮游生物，虾子般大小，旧时贫苦人家以虾虮下饭。台州话里的"烂虾虮"，指不值铜钿的货物。虾虮虽然不起眼，不过亦有人爱极，以为美味无双。虾虮经盐糟渍而成为虾酱，味鲜香浓郁为调味之冠。虾虮如此微不足道，自然无法兴风作浪，所以台州话里"虾虮作勿起大浪"，指不可改变的事，"虾虮作大浪"，指的是不自量力。

台州北边的山里人常分不清墨鱼、鱿鱼、章鱼、望潮、鲑蛄，他们一律称为乌贼。海边的人绝不会搞混这几者的关系。台州话里"墨鱼笑鲑蛄"，指的是五十步笑百步的事，与这句俚语相类似的是"老鸦笑猪乌，勿晓得自己满身乌"。

张爱玲的《红玫瑰与白玫瑰》里有一处点睛之笔："也许每一个男子全都有过这样的两个女人，至少两个。娶了红玫瑰，久而久之，红的变成了墙上的一抹蚊子血，白的还是'床前明月光'；娶了白玫瑰，白的便是衣服上沾的一粒饭粘子，红的却是心口上一颗朱砂痣。"得不到的东西总是最好的，得不到的爱最值得人怀想，当然，这不仅仅局限于感情。对此，台州人也有一句带海腥味的俚语——"逃去的鱼大"。

台州人以"回娘家两脚撩虾，回婆家眼泪婆娑"，指出嫁的女子回娘家，心情好走得快，好像在水里撩虾，而在婆家有时难免受点委屈，想到伤心处，不免委屈流泪，故有此说。

台州方言中，以"乌龟合得鳖价钿"指不合算；以"搅塘乌龟"喻捣乱之人；以"墨鱼注岩"来比喻很多人围观；以"尚鱼头颈矾弗瘪"比喻不分场合说话乱说一气，又听不得别人意见的固执之人。在台州方言里，海蜇被称为尚鱼，海蜇被打捞上来后，须用明矾使其脱水，但它颈部是不脱水的。

台州人喜欢吃蟹，尤其喜欢拿蟹说事，台州人管不死不活、名头响、却没什么花头的人叫"死白蟹",俚语就有"台州府人死白蟹"一说,临海旧时是千年台州府,此俚语是说生活在千年台州府的人,虽然名头响当当,其实没大花头。一个人做事随便,无主见,就称他是"大水蟹",大水蟹是随水漂流之蟹。劫夺别人财物的则是"倒壳蟹"。台州人以"空壳蟹"喻外强中干的人,以"软壳蟹"喻胆小怕死的人,其实,软壳蟹不好听,但软壳蟹的肉极其细嫩。台州人喜欢拿"蟹血"当口头禅,言其子虚乌有,因为蟹是没有血的。醉汉或怒汉的红脸,谓之"落镬的红蟹"。"跛足蛑蝑现成洞",有傻人傻福的味道。"沙蟹爬进盐缸里",意谓自寻死路。除了这些,还有"讨饭人撮死蟹——只只好"和"一只手柯勿牢两只蟹",意谓做人不要太贪心。

台州人对海鲜太熟悉了,他们喜欢借海鲜说事,有关海鲜的俚语张嘴便来,这些俚语委实形象生动,既入木三分,又接地气,谁说台州人只有赚钱细胞没有文学细胞呢?

（原载《文汇报》2020年11月18日）

你的穿梭，温柔了光阴

王秋珍

外婆出嫁时，像个公主。她不仅戴着缀满流苏宝石的凤冠，还带来了红绸子包着的宝物。

那是一套桃木梳子，手感光滑，齿体圆润，背上刻着两道竹节形脊，从大到小，一共五把。外婆说，这叫五代鸳鸯梳。有了它，就能五代同堂、夫妻恩爱、身体健康。

外婆每天都在小院的葡萄架下，用最大的那把鸳鸯梳梳头，一下，一下，又一下，外婆的动作轻轻柔柔，眼神轻轻柔柔，声音也轻轻柔柔："一梳梳到头，洁心不染尘；二梳梳到头，无病又无忧；三梳梳到头，此生共白头。"

小花猫在外婆的脚边绕来绕去。细碎的阳光小猫一样在外婆的发间跳跃，外婆柔软的黑发仿佛游动起来。外婆把头发盘成一个髻，圆圆的，给晨梳打上了一个大大的句号。

九年后，外婆生下了三个儿子三个女儿。小花猫变成了老花猫，慵慵懒懒的。外婆每天都给女儿梳头，再编出好几条麻花辫，像一串葡萄坠在脑后，跑起来一跳一跳的，仿佛被猫儿追赶的毛线球。

外婆的大女儿害偏头痛。外婆每天早晚给她梳300下头发，一天不落。后来，大女儿养成了每天梳头的习惯。木梳变得闪闪发亮，大女儿的头发也闪闪发亮。

"文革"期间，外婆的五代鸳鸯梳遗失了，只留下最小的那把。大女儿出嫁那天，外婆用红绸子包好桃木梳，交给了大女儿。

第三年，大女儿成了我母亲。

我从小就对长发和木梳感兴趣。6岁时，我学会了自己扎头发。小木梳在发间穿梭，所有的头发乖乖地听着它的指挥，排成整齐的队伍，再用橡皮圈一扎，整个人就变得精精神神了。

16岁那年，我成了师范生。不知道是水土不服，还是学业紧张，我右侧的脑袋总是疼，像锤子在敲打。吃了好多药，总也不见好转。它像一个甩不掉的噩梦，夜夜惊扰着我。母亲听说后，骑着自行车跑了20多公里。她喘着粗气，出现在我四楼的宿舍。母亲从一个布包里取出红绸子，取出桃木梳，郑重地交给我："用木梳梳头，可以通经活血。桃木，还能辟邪呢。我当年的偏头痛，就是你外婆的桃木梳梳好的。"

后来，我的偏头痛渐渐好了。桃木梳成了我们寝室最受欢迎的物品。来自金华各地的室友们叫它"东阳木梳"。

我真正认识"东阳木梳"是在十七年后。这年，表妹大学毕业选择了东阳木梳厂。一切仿佛因缘注定。我恍然看见了外婆当年出嫁的情形，看见了用红绸子层层包裹的五代鸳鸯梳。我决定一探究竟。

走进木梳厂，我才有些微的了解，一把小小的木梳，凝聚着怎样的精气神。

东阳木梳制作，传统说法叫"十八样"，也就是要有18样工具，要经过18道工序。一整套的流程繁复得像一个巨大的工程。

把整段木头锯成厚度为6厘米的若干段木饼状木头，这一流程叫锯梳坯，行内俗称断本子。然后就是出坯，也叫取料。只有取好料，才能使成品木梳不变形，梳齿不畸形。因此，取料方法有些讲究，锯坯时要按树的横断面，顺着树龄结构成"人"字形下锯。胚胎要成"△"形状下料。这样出胚可以不需热处理，还能避免树汁水过快流失，防止木质脆化。接着是斩头，把木梳坯边上残余的部分斩除，使木梳坯达到若干种规格尺寸，再将木梳坯进行烘干处理。烘干好的木梳坯箍在一起，再放入一些木梳坯撑紧，叫箍坯，它能使木梳坯长时间地储存且不易变形。然后锯掉木梳坯的两个角，利于木梳坯固定在"作马"上。此后，还要经历刨坯、画坯、开齿、出线、撞根、脱面、剔齿、枓齿、绕背、做伐角、刨背、抛光等一系列工序，一把东阳木梳才算做成。就像经历一场风暴，锤炼出生活的骨架。

我的手轻轻地抚摸着木梳，就像抚摸着怀胎十月诞生的娃娃，心中升腾起爱意和暖意。东阳的木梳艺人们，在日复一日的努力中，将寂寞和坚守打造成了具有质感和美感的木梳，给家乡人带来日日可触的温情。

又是一个明亮的清晨。阳光猫一样地跳跃在窗台的木梳上。我拿起木梳，享受着它带来的柔情，想起了刻刀与木头的灵魂碰撞，想起了母亲奔波的自行车，想起了外婆的祈愿：

一梳梳到头，洁心不染尘；二梳梳到头，无病又无忧；三梳梳到头，此生共白头。

（原载《散文百家》2020 年第 1 期）

白露是一个人

王叙乐

毕竟是白露了。

地处江南深处的江村，开始氤氲着秋天浓郁的况味。在这节气之前，秋天在江南，总是那么浅，那么淡，若有若无地漂荡的空气里，很难捕捉到这个季节的气息。四野仍是夏日的山河，烈日当空，绿荫匝地，开不败的朝颜与扁豆花爬满了碧色的篱笆。从清晓至黄昏，蝉声聒躁的鸣唱，不知疲倦。唯白露时节的一场倏忽而至的夜雨，或几缕北风，清冷的露水打湿了田野与村落，夏日残存的山水终渐失去城池，天地之间一切忽清澈而明净，有了禅味与远境，江南开始了秋天真正的序幕。穹宇幽旷，不着纤尘，仿佛一个历经沧海的人，终得宁静。流水澄碧，静默无言，幽深得浸入一个人的往事里去。清凉的风从北地遥遥地吹来，漾起你心间粼粼的波光，木叶有了斑驳的金属之声。红椒与紫茄，比夏日深邃、明艳，有天空与光阴的色泽。紫色的朝颜，蓝色的底片上弥漫着莫名的哀愁，凝望着，让人怀思远方与故人。候鸟已然远行，消逝在云朵与苍山之外。连秋虫的鸣唱，也悠远宁静起来，流泻着古典的意趣，"十月蟋蟀，入我床下"，已从田野藏进屋舍的虫唱，仿佛还是《诗经》里的那一只。

这样的时节，恍若有什么声音在耳畔呼唤。在你低头凝思的一瞬间，在你回眸的一刹那，或你于梦中醒来，"来吧，来吧，来我这里!"声音从漫野纷沓而来，扰动着你的情思。四顾张望，却不辨来处。疏朗的金色秋叶，被明亮的阳光映照，仿佛一双双明亮闪烁的眼睛。斑驳的木窗外，飘下一地如细雨一样的"沙沙"落叶之声，恍若是谁悄然走过，嗅得见他的气息。你不禁放下手头一切的事情，跟随着呼唤，到郊野里去。呼唤不知踪迹，却无处不在，在天宇内，在田地间，在流水上，在空气中，停驻在一朵金黄的野菊，飞舞于飘忽的蝶影……，仿佛一伸手就可以将她触击。你的心激动又喜悦、苦涩又忧伤。你仿佛去见一个久别的爱人，他就在那里把你等待，等着你诉说。你就这样走过一片渐至黄金的田野，又沿着一条河流漫游，白色的村庄远远在你身后，有蓝色炊烟升起。狗尾草在风中摇曳，蒲公英一枚枚果实随风飘向不知尽头的远方，白色的芦花倒映在流水之间，四野弥漫着这个节令浓郁化不开的气息。你不见他的踪迹，却感受到他的无处不在，你随意张开双臂，仿佛就可以将他拥抱。你立在那里，仿佛随时将他倚靠。天地真静啊，静得你听得见自己的脚步，听得见心在跳动，静得你想找一个肩头，莫名又淋漓地大哭一场。

二十四节气，沿着光阴的河流，次第而来。立春、雨水、清明、谷雨……仿佛生命里相遇的一个个故人。轻轻在口中读着，摇曳生姿，口留余香。让你爱过又恨过，多年后忆起，他们青春或苍老的面容，仍让你感慨万千。白露，在金色的阳光与清澈的北风里，他正越过光阴的千重山水，历尽千帆，风餐而来。刚刚褪去早秋华美丰盈的衣裳，目光明澈，头缀清霜，就在你身畔，或拥着你。静静地聆听着你的满腹心事，或凝望着的满面的泪水。你一颗浮躁的心莫名地遁入宁静。

白露为霜。大地上那些事物开始变得洁白与素净。河流已无夏日的喧哗，沉静幽深，捧一潭秋水掬于掌间，流出指缝间的是洁色如玉的水滴。明月悬挂乌蓝的天宇，素色的月光映照着清朗的村庄田野。灰色相间的芦花相依着天际白色的云朵，流泻在大地与流水之间，分不清彼此，却是寂静。这个时节，成熟的食物，它们的种籽、果实或根茎，都几乎无一例外地有一颗饱满洁白的心脏，素朴而默言。清晓，天空与大地一片白，如落下一场新雪，又若铺了一层白糖，那是寒霜。夏日里所有残存的山河已无踪迹，朝颜还来不及的开放的花朵已经皱缩，流水一样的扁豆花，不再摇曳着远逝又苍茫的歌声。立在白露时节的天空下，你忽然忘却了尘世的一切束缚与忧烦，恨过的，爱过的，皆如烟云，都抵不过此时你内心的纯净与哀伤。

所有的食物，却开始变得甘甜。那些被寒霜扫尽落叶的红椒、秋茄、扁豆，顶着最后的枯色寒衣，都无一例外地在生涩或辛辣之外，有了丝丝清甜，却那么清浅，淡淡的，若有若无。白菜、萝卜还有蒜苗，这些白露时节繁茂的菜蔬，却是透彻地甜，或绿叶蔓蔓，或块茎肥白，只看着就让人感受到清甜的气息扑面而来。清炒、红烧、腌制……怎么做都好吃，那种甜，却不改滋味。一直从白露流淌到冬日的深处。你会想起多年那个爱过的人，在你青春年少的时代，曾那样爱过又恨过，相信过一生一世只等一个人。却清楚地知道，这样的时光再也回不去了。现在想起，心底里升腾起的只是美好又苦涩的回忆。

我喜欢应着节气，读那些古老的诗歌，如草木山河一样，它们都一一生长在各自的节令里。春草葳蕤，繁花匝地，人间生长着爱情，最适合捧一本《诗经》来读，那是一个民族的文明的开端，古绌而朴实，也是一个人的青春时代。"关关雎鸠，在河之洲。窈窕淑女，君子好逑。参差荇菜，左右流之。"春天的草野，鸟鸣于耳，流水青青，荇菜丰茂，这样的时节，适合邂逅一场爱情。"采采苤苢，薄言采之。采采苤苢，薄言有之。"周南的田野间，茂盛的植物，勤

劳的农人，优美的歌声，勾勒了农业时代的美好与安宁。早唐陈之
昂一句，"念天地之悠悠，独怆然而泪下"。悲壮、豪迈而厚重，开
启了盛唐的伟大时代。不忍读那些暮冬节气一样诗句，读着这些斑
斑血泪与人生沧桑的诗句，心，就得千疮百孔。一个人，一个朝代，
经历了沧海与人世人悲欢，终如凋零在冬日的落叶，一切只是回忆。
"少年听雨歌楼上。红烛昏罗帐。壮年听雨客舟中。江阔云低、断雁
叫西风。而今听雨僧庐下。鬓已星星也。悲欢离合总无情。一任阶
前、点滴到天明。"晚年的蒋捷，山河已破，昨日的繁华已成旧影，
空留惆怅与回忆。世间还有什么是永恒？什么值得追求呢？这样的
诗句最适合白霜满野，黄叶漫天的时候来读。这些寂寞又孤独的灵
魂，多像这寒凉的季节。

　　白露的时节，莫名里想读《古诗十九首》，仿佛这个节令就为这
些诗句准备的。这些生长在古老秋天田野里诗句，最适合就着秋霜
与北风吟诵，一句句诗行，就是一枚枚这个时节斑驳的林叶，一颗
颗寒凉的清露，或是一声天宇间鸿雁响起的悲鸣，有着只属于白露
的气质。随便哪一句，都有着白露时节清冽与人生的苍茫。已然爱
过又恨过，已然追寻与奋进过，雄心壮志也曾繁花漫漶，现在是生
命的暮年，参透了人间的生死，一切终敌不过光阴这冰冷却永恒的
利器。仿佛不是在读，而是在看着它们就这样地生长在秋水长天间，
等着与你相遇。"思君令人老，岁月忽已晚。"爱如春草森森，美好
让人着迷。千年不变的海誓山盟，让一个人相信永恒。却一别经年，
难思量。不觉已秋霜染白青丝，不变的是爱仍如桃花灼灼。可这又
如何呢，一切的一切，时光易逝，容颜易老，所有的爱与誓言终归
湮没在荒草之间，不知踪迹。"白露沾野草，时节忽复易。秋蝉鸣树
间，玄鸟逝安适。"秋天一年年地来，白露沾满秋草，这是自然不变
的规律，变化的却是人物，物事人非，却不见君的归期。"回车驾言
迈，悠悠涉长道。四顾何茫茫，东风摇百草。所遇无故物，焉得不
速老？"一切的一切，繁华与喧嚣，最后不过是终归空无，就如这秋

天茫茫又茫茫的荒野，什么都不曾留下。就连那些描写春天或夏日的诗句，也浸润着秋天袭人的寒气。"青青河边草，郁郁园中柳。盈盈楼上女，皎皎当窗牖。""涉江采芙蓉，兰泽多芳草。采之欲遗谁，所思在远道。"爱情是那那么美妙，如春草青青，郁柳森森，美人如玉。但这些春夏里摇曳的草木，总敌不过时光，爱如流水匆匆，终归生满无尽的清霜，寒凉了千年。

白露是一个人，总要远行。随着秋天的深入，秋分时节，大地又是一片山河。如水的秋虫鸣唱终不见踪迹，天空越来越高远明澈，可以清晰地凝望着苍蓝的远山。在斑驳摇曳的树影间，已不见白露的踪迹。

当那一天，我从远方归来，又立在这片生养我的土地上。大地已沧海桑田，不是昨日的模样。我满身伤痕，一颗心已然苍茫，爱过的恨过的，早已随风而逝。但我知道，在秋天的时候，白露，这个故人，又会在这里等我，还是当初的模样。

（原载《翠苑》2020 年第 5 期）

我见青山多妩媚

吴合众

1

三十多年前，十岁光景，正是苦于无书可读的年纪。老家阁楼翻出几本旧书，多的是"打倒×××"之类的大字书。有一天，在屋角一大叠的棉絮之中，突然翻出了半部残卷。那书百来页光景，每页书角都卷心菜一般层层叠着。卷前卷后的几页，摸上去脆生生的，一碰就碎块小纸片。没有书名，没有书脊，看页码一开篇就是几十页出去，七八十回后又撕掉了，完全没有任何关于这本书的信息。

也是太没有书可读了。找到这么没头没尾的书，还是读将起来。书里说的是一个大家族的欢乐故事，一群少男少女住在一个有几个村子那么大的大园子里，吃喝玩乐，饮酒斗诗，无忧无虑，其乐融融。

那些富贵繁华，少年人却是看不大懂。只知道里头的食物让人垂涎欲滴，一只茄子又是拔丝又是揉细，做得风流婉转。只是看不懂为什么要那么忌讳油星，那油汪汪的红烧肉我们过年才吃得上一回，不是世间最美的味道吗？

里头的诗自然也看不懂，却总感觉有种说不出的况味，符合少年人为赋新词强说愁的心境。于是找了个笔记本，挑喜欢的工工整整抄了大半本。课堂上无聊，拿出来默默背上一遍，什么"花谢花飞花满天，红消香断有谁怜"，什么"桃花帘外开仍旧，帘中人比桃花瘦"，自得其乐中似乎慢慢拥有了小伙伴所不知道的欢喜和哀愁，向往和惆怅。

书到了七十回，又是重结诗社，又是饮酒填词，正是华枝春满天心月圆的时节，却戛然而止。问家里的大人们，自然不知道是什么书，更不知道是谁放在阁楼上的。

从此，少年人的心里，心心念念，都是那诗酒趁年华的欢乐篇章。

2

第一次去外婆家，是六七岁光景。

在一个叫秦屿的地方坐上三轮卡，一路突突的车声中，全是绕来绕去的山路。每到一个山村，三轮卡就在村头停一阵，搬东西的，走亲戚的，司机也下车不知道去了哪家喝一阵酒，老半天总也不见个出发的点。

到了山林深处，突然就看到一大片翻滚的云海。越来越猛，越来越重，弥漫在整个车外。群山只苍茫几点，流云奔腾，迅如激水，让人仿佛置身在一个梦一般的仙境中。

三轮卡在云雾中带着浓浓的酒意穿行了许久许久。在一个山坳处停下，父亲大声说，到了到了。云海逐渐散去，我们下车一看，却是山路边一间小店。父亲很熟稔地进去，跟店家欢乐地招呼着。在半人高的柜台上，揭开大酒瓮，舀了半斤老白干，又从柜台上大玻璃罐子里抓几把花生，喝上聊上，一坐又是老半天。

这样天色全暗了下来。父亲叫起昏昏欲睡的我们，正式走路往外婆家出发了。

还有很长的山路要爬，翻下山梁，有一条山涧，得脱了鞋赤脚趟水过去。之后再顺着茂密山林间的羊肠小道走半个来小时，越过一个山包，在山凹里，远远间就看见一片昏黄的煤油灯晃动着，外婆家终于就到了。

苍茫群山，昏黄夜色，只此一户人家。老屋三四间连着，聚拢来一大家族的人，被母亲带着一个个招呼过去：外公、外婆、大舅舅、大舅妈、大阿姨、大姨父、三阿姨、三姨父、四阿姨、五阿姨、二舅舅、三舅舅……还有一群一样大小的小丫头，都瞪着明晃晃的大眼睛望着我这个陌生人。

大人们喝酒、吵闹，小娃们很快熟悉起来，在庭院里疯跑一阵，外边的夜色便跟墨一样浓厚。最后被大人们吆喝进来，随便拿热毛巾抹把脸，拽到小阁楼里，在一个角落铺了几床大棉被，所有的小娃们都窝一起睡觉。那个夜晚，听着楼下大人们大声喝酒，在似梦似醒间嘎嘎地大笑着；听着屋外夜风沙沙从树间穿过，刷刷地从瓦上过去；听着山里不知道鸟声还是小兽的叫声呜哇一声……突然心里就有种说不出的满足幸福感。

3

读初中的时候，语文老师是个读书人。在当时的乡下中学，他的宿舍里藏了两大竹书架的书。虽然没怎么去他那里借读，日常之中，却常常听他指导说要读些什么书。

有一天，他终于说，同学们要读读四大名著啊。那个时候，大家完全不知道什么是四大名著，除了课本，大部分人都没接触过其它带字的读物。自己凭着小时候读金庸积攒下来的一些历史知识，在小小的学生群体竟然有着鹤立鸡群的感觉。

入学不久，学校组织国学知识竞赛，自己代表初一年级参加。分组抢答的性质吧，坐在简易桌椅拼接起来的台上，跟初二、初三的学长、学姐们同台竞技。竟然就发现老师提出的每个问题，都是一个小小的鱼钩，抛在自己旧往认知积聚的池塘中，都可以钓上一条既定的鱼来。

于是全校震动，众说纷纭。初三的学姐，会在晚自习的时候，绕到教室来，在讲台上站定，说某某站起来，然后看一眼，笑着踱出门去。

饶是如此，我也依旧不知四大名著写的是什么。甚至也并不能记全哪几本才算是。有一回晚自习，不知道是谁带了本《红楼梦》过来，于是顺手拿来翻，翻到几十页，突然就怔住。坐在教室角落，浑身颤抖，眼泪就流了下来。

原来，小小阁楼，懵懂年少光阴里头，那本掐头去尾的卷角书，竟然就是所谓四大名著之一的《红楼梦》。急忙忙翻到当年戛然而止处读下去，几天里茶饭不思，却是越看精神越颓靡。大观园里的诗酒盛宴，竟然是这么一个结局。"眼看他起朱楼，眼看他宴宾客，眼看他楼塌了"。有那么几天，看着教室里来来往往的人们，心底里全是那种找不到人诉说的悲凉。

4

有很多年，不曾再去外婆家。

外公病逝那一年，自己在小县城读书，很久以后，收到父亲托人写的一封信，小心翼翼在其中提了一句，似乎在说他人的故事。

毕业后我一直辗转于几个小乡村教书。有一年外婆爬楼梯，突然一个眩晕摔下去，脑溢血，也过世了。我收到消息赶过去，却是在小镇一座庙宇里做的法事，在灵前烧了一些纸钱，站起来，满眼是缭缭的青烟，满眼是陌生的路人，哪里还有一点点跟外婆有关系的影子。

从此后，消息总是断断续续。那么一大家子人，散到山里的角角落落，生病、贫穷、衰老，生活得磕磕碰碰。有着明晃晃大眼睛的大大小小的丫头们，纷纷长大，也嫁入各种各样的人家，生了各种各样的娃，那些娃太多，终于连名字也叫不全。

也是很多年后的一个春节前，突然想起那苍茫群山，想到昏黄夜色里的一户人家，想到那小阁楼里，几床大棉被，一窝热闹的小娃；想到大厅里大声喝酒的人们，嘎嘎地笑个没完；想着穿堂而过的夜风沙沙地过去又回来；想着山里不知道鸟声还是小兽的叫声呜呜哇哇……心底的念想野草般滋长，开了车就赶过去。

出了高速路，也就是绕山一圈，不过大半个小时的车程，哪里是童年记忆里无尽的盘山路。到地方一看，哪里还有什么老屋子？芳草凄迷，浓树蔽日，"哇"地飞起一阵寒鸦。倒是沿路的云海，依旧风云激荡，银瓶乍破处，玉漱飞溅，飞快流向远处。

过去的一切一切，只是记忆里若隐若现的梦境。

5

读《红楼梦》之后的许多年，偶然翻到余英时先生的《红楼梦中的两个世界》一文，大意是说曹雪芹在《红楼梦》里创造了两个鲜明对比的世界，即大观园这个理想世界和大观园之外的现实世界。这大观园内外的差距，其实也就是理想和现实的差异。

突然就想到，少年时候心心念念的大观园，就是刻意营造的乌托邦罢了。不仅如此，云海尽头怎么走也走不到的村庄，村庄里头多迟也不愿意散场的庞大家族，其实也都是人生里头的一座大观园而已。隔着时间的距离，隔着空间的距离，它们在我人生的伊始，仿佛在一首词的上半阙，华丽丽地铺垫下许多美丽的意象。

又过了一些年，完整读到孔尚任《桃花扇》里《哀江南》的曲子，金陵玉殿青苔碧瓦，秦淮水榭鬼哭枭啼，无尽惆怅，一声哀婉，尽是旧梦丢难掉。

中学的那个午后第一次翻看下半部《红楼梦》，成年后心血来潮的某次旧地重游，那些物是人非的伤感也终于慢慢释然。大观园般的理想国终会破灭，里头的起朱楼，宴宾客，落在了舆图换稿里头，覆巢之下，哪里会有什么完好？

沧海桑田，个体如沙。时间的流逝和空间的变更，总是无法抗拒的铁律。我见青山多妩媚，青山眼里的我们，确确实实，终不过是年少倏忽白头的过客而已。

（原载《散文选刊》下半月版 2020 年第 2 期）

看电影

吴小东

六岁那年，母亲带我去葛山看电影。消息是老舅托人捎来的，说放的是《红楼梦》，让我们全家都去看，他会占好位置。母亲听了很高兴，决定带我一起去。母亲很爱看戏，每年七月，包坑口村的三合堂唱古戏，母亲就会想尽办法放下手头的活去看，连续几天早出晚归。她经常念叨的戏目有《状元与乞丐》《孟丽君》《碧玉簪》。不识字的母亲，从戏文中看出了苦尽甘来、善恶有报的生活道理，并时常拿这些道理来教育我们。或许在母亲看来，戏是在台上演还是屏幕中演，并没什么区别。但父亲从不凑这些热闹，干完一天活，喝一杯米酒倒头就睡，是他最喜欢的事。

去葛山要走十里山路。母亲早早让我吃了晚饭，给我换上过年才穿的衣裳，并在左右两个口袋里装满了炒南瓜子。太阳还离村对面的梅山尖顶有两三竹杆高的时候，我们就出发了。时近深秋，收割后的稻田无比空荡，只剩下一排排稻茬在孤独地列队。空气中夹飘扬着野草、稻杆和泥土混合的好闻味道。傍晚的阳光将山岗染成了金色，枫树、乌桕的叶子红了，仿佛在杂树丛中高高举起的火把。石阶路又高又陡，走不了多远就气喘吁吁了。要在平时我肯定找各种理由不肯走了，但那天心里惦记着电影，我紧紧攥住母亲的手，怕她一不小心要逃走似的。她走我也走，她歇我也歇。

到葛山时已是黄昏，太阳早掉到山后面去了，天光由金黄转为墨蓝。路上有许多人扛着或提着长短不一的凳子往前走，我们跟随人流穿过一片黑黝黝的房子，来到一座戏台前。台前挂起一大块白布，对面的空地上，挤挤挨挨摆放着各种形状的凳子，以及站着或坐着的人们。交谈声、小孩哭声、嗑瓜子的声音响成一片。早就等着的老舅，引我们到凳子上坐下。等了一会儿，电影还没开始，我让表弟带我去看放映机。放映员是个瘦小的中年男人，嘴巴神气地叼着一根烟，别人问话也爱理不理。只见他从箱子里拿出两卷又黑又圆的胶卷架在机器上，等人差不多到齐了，男人大声宣布：开始放电影了！机器上的胶卷开始"咔咔咔"地滚动，一道白光射在大白布上，白布上出现许多人影，大家顿时安静了下来。

电影中的人，无论男女都穿得花花绿绿的，他们有时候唱歌，有时候讲话，但口音跟我们的不一样，大部分听不懂。我听明白了一句"天上掉下的林妹妹"，就问母亲，为什么她是从天上掉下来的，母亲说，那是夸她漂亮的意思。我觉得没意思，就抓了一把南瓜子给表弟，两个人一起嗑瓜子。嗑着嗑着，我就睡着了。

后来，我在一阵钟声中醒来，身上披了一件厚厚的大人衣服，边上人也少了许多。我问母亲刚才怎么敲钟了。母亲见我醒来，披了披我身上的大衣服，把我像粽子一样被包裹起来，然后说电影马上就结束，贾宝玉要去当和尚了。我隐约知道当和尚不是一件好事情。我想，刚刚不是还又唱又闹的，很高兴的吗？为什么突然要去当和尚！我本来想问问母亲，但终于还是没问。只是心里莫名地有些难过。

电影散场，我们点上火篾往回走。但见夜幕中有无数移动的火光，那是和我们一样，看完电影回家的人。他们可能是葛山本村人，也可能是坳根、印章、岱头、金榜等周边村庄人。在路上移动的火把，仿佛天上星星散落山岗之间，在漆黑夜幕中跳动着温暖的光芒。
以后，我无数次回忆起这个场景，感觉比任何一个电影画面更像
电影。

（原载《散文选刊》上半月版 2020 年第 11 期）

藤须蔓思

徐惠林

空中，这些新鲜嫩绿的南瓜藤，在我肉眼看不见的微观时空里，一直光明正大地潜滋暗长，一纳米，一微米，一毫米。

它们枝丫的顶端，伸出一条条触须，水的舌头一样柔若无骨。优美的白描线条，在空之海中，如章鱼伸展，蜿蜒，探摸。即便一缕最轻微的风吹来，它们也会被鼓宕，游弋，飘忽。但同时，生命真息弥散，丝须都像装上了触觉之锚，依攀的键钮，比蚂蟥吸盘更加灵敏。

向虚空中伸出须爪，瞽井瞽人无异，但它们绵长的游龙的身躯，一直出有根部；枝杆是有了部分附着，才再向前伸张，推进的。它们从不停息，它们要从无中抓到有。

只要稍稍碰触到一个他物，会比狗鼻嗅觉更灵敏，一些触须就在不经意中趋靠，没有黏液却能逐渐搭上。几番拂摆，晃荡，妖娆，在你无法捕捉的某段时刻、哪个时间点，它们与物什缠绕在了一起。几乎不加选择，无论对方是竹竿，木桩，还是残墙，断壁，抑或荆棘，草垛。如果一阵狂风将这最初的粘搭吹散，摇晃中无意触碰到另外一物，无论黑白俊丑，高低正侧，它们依旧能搭就又搭上。有情，却是毫无判别，无情，却又百般妩媚。

生物学上解释说，是为了生存，争取更多的阳光，雨露，为了能开花结果，蓬勃衍发。为此，一株南瓜藤，会在每个枝节处旁逸而出，一面生长出颈管、宽叶，一面再生发出须蔓，丝丝缕缕。

一旦搭上，勾攀住，它们就更缠绵悱恻——你看那一根根弹簧样卷曲（美妙的力学结构，神的存在！），却依然牵拉住的藤蔓，我只能将其想象曾有过挣扎、妥协，自虐般的委曲求牵。阳光下，那些周折已全然不见了，显现的是别一种坦然自若，能屈能伸，天然自洽，吻合，般配，谐和。没见着钢丝弹簧（人类后来的模仿？）那种狰狞，蛮横张力，反而像我常年工作时在版样上对"错误"娴熟勾出的螺旋符号，它们更整齐、轻柔，充满生命另一面周正的秩序，脉管流动的汁液中，没有一丝戾气，甚至烟火气。月色下，也定款款曲曲，歌吟绕指柔。

这夏日里的顽强，对攀爬、依傍的渴望，让我想到《教父》《美国往事》等黑道片里，街头小青皮刚出道混世时对教父式人物的苦苦寻找。甚至，非人之力所能般匹、比拟。常常，在媒体社会新闻中，你能看到那些利用植物特性被形塑成方型而生长的西瓜，更多的文化承传中的"以病态为高级审美"的金鱼、盆景。我最直接的震撼，来自几年前与友人的一次碧岩同游。正是冬春时节，已修筑为宽阔柏油路的坚固的山道，我发现有几处一段一段起伏不定，有时还如一条长鞭子横亘凸起。弁山脚下长大的友人笑曰，不知道这是什么原因吧？告诉你它们其实是鞭笋，在这底下穿路而过。在我惊诧中他手指前方，"继续走！"由是继续深入，山行道上，奇观越来越显露：一些勃勃生机的鞭笋，已受不住地下的憋屈，从整条被鞭笋拱断了路面罅隙间，脱颖而出，硬是前一根后一根，左一根又一根，英雄出少年，卓然成独异风景。柏油山道，像黑马之背，被鞭笋自内而外，"抽"裂出一道道鞭痕。自然的生命力量，就这样在太湖西岸，青卞隐居图蓝本的天目余脉、弁山之腰上，鞭出闪电击绘的一幕。

而眼下，江南水乡，一个叫厚全（"厚德载物，周而全之"）的村子，我在东城篱院里，再次感受地面上、空气中……涌动的这种神秘、自然之伟力，在一片细雨的清凉中、葱茏繁茂的蜜意里。

——心有灵犀，又常为庸碌俗见之雾，一次次遮蔽。也许，只有澄明之目，第三只眼睛，才能够看到田园里的风暴、池塘里的海啸，炊烟里的宁馨，看见泥土、乡村乃至大地的灵魂。

我想说，对"攀附"一词的类比、讽谕、褒贬，都是后来的事，人类自己利益扑腾中挪借滥用的事，功名富贵里的事，人身依附的事，文化的事，历史积淀的事；我还想说，对藤蔓攀附的本性，被人类顺手拈来，实则现出了人自身的牵强、"攀附"的本能。将人性牵扯到植物特性，生硬借喻、附会，污名，怨不得植物本身。那个木心在谈文学写作时说，我从来不用比喻。

对着这一派丝丝须须、藤藤蔓蔓的柔软，深情，我还想说，我们必须源头重返、回归、释放、偿还。让这片南瓜藤做一回本色代表，远离人间的比拟、是非、恩怨、利害，质本洁来还洁去。是的，我喜欢事物回到语言的原初，种子一样的原初。神启、发芽、破土，有太阳新生的光亮与温暖，有雨水洗净后的清新，有露水与鸟鸣的晨伴，蓬松生长一种朴素的自然主义。

"懂得复杂修饰的人看质朴和只能质朴的人看质朴，其意义完全不同。"（西川语）此下，我真想来一次少年狂，一次奇诡实验：如果这南瓜藤蔓不拒绝人体它物，我愿在菜地边伫立一夜，任它们在星月下攀爬缭绕，与它们有一次更亲密的低语呢喃，我因此，能得更进一步倾听、体悟，关于"生命"那辽远、深厚而丰沛之秘密。

（原载《山西日报》2020 年 8 月 14 日）

味蕾上的舞蹈

杨静龙

永恒的旅客啊，你可以在我的歌中找到你的足迹。

——泰戈尔《飞鸟集》

台湾肠包肠

是谁开启了灵感之窗，把案头上两根香肠揉杂在一起？

是闲着无聊，随心所欲瞎鼓捣，还是开了一个玩笑？

不管怎么说，那个不知道是谁的人成功了。

从那个念头在心中升腾起来那一刻开始，他就注定会获得成功。他一定是一个美食的天才，一个抒情诗人，鉴赏家。

那是一个阳光明媚的春日午后，一截糯米大肠在碳火上来回翻动，香气随风舞蹈，他手握薄薄的小刀，轻轻一挥，大肠被当中剖开。接着是酱油膏、黄瓜丝和花生米。尔后，拿起另外一根烤得香喷喷的小香肠，夹入其中，紧紧地拧了一把……

虽然不知道他的名字，但我们知道那一定是他最得意的作品。他的作品大获成功，一夕之间便风靡全岛，成为"台湾小吃界巨星"。当他与晨鸟一起醒来，为自己的作品大吃一惊。

大肠包小肠，现代时尚，口味丰沛。在台岛，无论达官显贵，还是细民百姓，腰缠万贯也好，身无余钱也罢，人人都吃过大肠包小肠，都喜欢吃大肠包小肠。

天南地北的游客，白皮肤，黑皮肤，黄皮肤，人吃人爱，个个叫绝。

几位北京游客兴冲冲地来了，一边吃，一边吟出一副对联。上联曰："大肠包小肠，肠中有肠，常来尝尝"，下联道："旧桥改新桥，桥底修桥，桥上瞧瞧"，横批：早日通桥。其时，美食街对面呼隆隆地正在修建一座高架桥，真个是妙手偶得，俗句雅趣。

然而，要做到"常来尝尝"，这一座高架桥非修宽修长了不可，跨越窄窄的海峡，一直通往广袤大陆上云彩升起的地方……

一道小吃，吃出了一怀情愁。

长沙臭豆腐

火宫殿老牌坊下，一副油炸臭豆腐担子，从晚清摆到民国，从民国摆到1958年的春天。

人们来到豆腐担子前，恭恭敬敬叫一声"姜二爹"。

"姜二爹，来一串油炸臭豆腐。"

"来一串油炸臭豆腐，姜二爹。"

岁月悠长，姜二爹臭豆腐的名声跋山涉水，传遍三湘四水。"姜二爹臭豆腐，闻起来臭，吃起来香"，听起来像是一句谒语。

名声就像一朵云彩，在高高的天上飘扬，却不能解决日常生活之点滴。姜二爹一生贫愁，娶妻四人，前三个皆弃他而去，所生子女十几人，也皆贫病夭折。好在第四任妻子王氏善良贤惠，于丈夫年迈体弱之际接过那副油炸臭豆腐担子，人称"姜二娭毑"。

1958年4月一个暖洋洋的下午，新生的共和国领袖回到阔别的家乡，坐在长沙火宫殿里点名要吃臭豆腐。一碗热气腾腾的油炸臭豆腐从"姜二娭毑"的摊子前，来到领袖餐桌上。依然是早年卓尔不群的风采，外焦里嫩，鲜美香辣，初闻臭气缕缕，入口浓香诱人。领袖缅怀往事，感慨万千……

"姜二娭毑"的名声于是大过了丈夫，"大到了天边"。此时的名声依然像一朵云彩，却从高高的天上飘落下来，化成一阵及时雨。

"姜二娭毑"很快调入火宫殿，成了国营饮食店的正式职工。老牌楼下那副百年不变的油炸臭豆腐担子，曾经栉风沐雨餐风宿露，至此登堂入室，成为火宫殿的招牌小吃。

油炸臭豆腐也披上四件漂亮的衣裳，盛装来到人们面前：姜二爹臭豆腐，姜二娭毑臭豆腐，火宫殿臭豆腐，长沙臭豆腐。

"长沙臭豆腐，闻起来臭，吃起来香"，香与臭，就在同一块豆腐之上。

上海糯米团

取一团热气腾腾的糯米饭，擀成薄饼，放上榨菜丝、肉松、海苔、芝麻、油条，卷成团子，便是老上海人的掌上明珠"糯米团子"。

在上海人心目中，糯米团子是最好的早点了，几十年如一日，一如既往地喜欢。大街小巷的点心摊上，随处可见糯米团子的踪影，花三五块钱，即可买一团来吃。

"阿拉就喜欢吃糯米团子，哪能？"他们说，像是在向谁宣示一般。

上海往东，隔一汪窄窄的杭州湾，便是糯米团子的出生地宁波。

宁波是上海近邻，也是上海的姻亲。

上海开埠，宁波人是上海人口的主要组成部分，"上海是宁波第二故乡"。有多少上海人家有"宁波亲眷"，就有多少宁波人家有"上海亲眷"，糯米团子是一座跨海大桥，也是一张联姻证书。

宁波人吃的是糯米团子的简易版，一团糯米饭，夹一根油条，省却了擀饭成饼的工序。这也是上海糯米团子的最早版本。

宁波再往南不远，便是温州。

温州人更是简单务实，连油条都省了，直接把糯米和小料放在一起，蒸熟了，捏成一个饭团，当早点吃。虽然改了一个名字，叫温州粢米饭团，其实与糯米团子是一对同胞兄弟。

在小吃世界，糯米饭团最是朴实无华，是简中之简，平民中的平民。从一地饮食小吃可以窥见一方民风，吴越富庶之地，但百姓崇尚简单务实之风，不浮夸，不张扬。

当人们开始崇尚简朴，富庶就朝人们大步奔来了！

东北大合子

东北人包饺子，包到最后，都会留下一些面皮和馅子。

"整几个合子吧……"

"嗯哪，整几个合子吃……"

合子是饺子的另一种形式。取一张饺子皮，放上饺子馅，再取一张饺子皮，合起来，上下捏合成圆形，再捏一圈儿小花边，便是合子。因体形比饺子大，又叫大合子。

饺子是月亮，合子便是太阳。

东北人吃饺子，最后一锅，必然日月同煮。饺子合子们在一口锅子里挤挤挨挨，上下翻滚，好一幅日月同辉、云蒸霞蔚景象。一家子人吃毕饺子，围一桌儿热乎乎地喝饺子汤，吃合子。

"吃了合子，一家和气。"

"和气生财，家和万事兴……"

合子便成了饺子的吉祥版，驶往"和合圆满"理想国的通行证。

合子可以煮着吃，也可以煎着吃，烙着吃。吃法不同，口味也各有不同。

煮合子不必再说。

煎合子和烙合子却另有一番讲究，多半是专门擀的皮，专门和的馅。面皮会擀得大一些，厚一些，馅料多半是韭菜拌鸡蛋。

韭菜是菜中上品，四季常青，春香夏辣，秋苦冬甜，尤以春韭为好，杜甫说"夜雨剪春韭，新炊间黄粱"，东北人则称"韭菜合子值千金"，皆非随口瞎咧咧。

不管怎么个吃法，讨彩头是第一位的。好的吃食，必然洋溢着一股子喜气，吃了健康，吃了吉祥，和合美满。

逢年过节，更是如此。"初一饺子，初二面，初三的合子往家转。

"转"，就是"赚"，财源滚滚而来。

不但初三吃合子，其他日子也千方百计地吃。

正月初八、十八、二十八吃合子，叫"合子加八，越吃越发"；正月初九、十九、二十九再吃合子，叫"合子加九，越吃越有"；正月十一、二十一还吃合子，叫"合子拐弯，得利多"。

东北人能耐大，会"整"出一串串理由来。

绍兴女儿红

绍兴黄酒是一群性情温婉的姑娘，有许多好听的名字：善酿，花雕，女儿红……

绍兴人家生了女儿，一定精选自家最好的糯米，舀取门前鉴湖水，酿起酒来。然后，用稻田里的好泥封口，深埋后院桂花树下。三天两头，做父亲的都会来到树下，轻轻地踏几脚。深深的父爱，化成一声声的脚步，在女儿的心窝窝回响。

后院的桂花开了十八载，女儿要出嫁了。

父亲用锄头小心翼翼挖出酒坛，用大红的绸布包裹起来，一半用来招待亲朋好友，一半作为陪嫁的贺礼。这酒，就叫"女儿红"。

新娘子从坛中舀出三碗酒，一碗敬父亲，一碗敬公公，一碗敬自己丈夫。

新娘子酡红的娇脸蛋，白瓷碗中琥珀色的糯米酒，两相辉映，是人间最美的色彩。"女儿红"，红得叫人心醉。

在这样的场合，宾主皆欢，吃醉了酒是常有之事。"放翁烂醉寻常事，莫笑黄花插满头。"酒从饮者中找到了自己，饮者从酒中找到了知己。

吃菜要吃梅干菜，吃酒要吃女儿红。

父亲们觉得做得还不够好，还要精益求精，还要锦上添花，恨不得把自己酿成了酒，装在酒坛里，或者把自己直接变成酒坛子。

酿好了酒，父亲们请来当地的秀才，往酒坛上刷大红大绿的釉彩，然后绘画雕花，取一个文绉绉的名字，叫"花雕"。

一直到深深的父爱消融于糯米酒的内容和形式之中，再分不清你与我。

酿酒吃酒到这份境界，也就到了精神层面，形而上了。

（原载《杭州日报》2020 年 4 月 3 日、8 月 7 日）

大地物语

叶　琛

1. 黄　昏

田后湾顺手抛出的夕阳有把黄昏的事态闹大之嫌。

抬眼，屋舍、牛羊、炊烟、归鸟都迫不及待涌出热切的气氛。细瘦的秧苗也顾不上脚下水深水浅，光是摇头晃脑要把村庄的热闹看个究竟。我赤脚跑向后山的小路，夕阳铺满的小路到处闪现着野蕨绒绒的脑袋。即便它们有着精灵般的诱惑，我也未曾过分深入，数不清的野刺给予了光脚行走的局限。

静静地席地而坐也挺好，还从未如此认真地看过一回大地上的黄昏。从东面到西面，从南面到北面，从村头到村尾，从尚未开耕的玉米地到北地的番薯窖，夕光从不亏待村子里哪一样事物。如此准确、均匀地散布，甚至让我有所怀疑它们曾有过充分的彩排。

野鸟稀稀疏疏飞回山林，而父亲则肩挑一旦柴禾从林子里走出来。回家的路上我一直在想，人与鸟交错时间彼此借用一段生活场景并形成默契这事，是从什么时候开始的？父亲不知，我也不知，大地上的黄昏闭口不谈。

往村庄的低处走去，不难看到撒在松土里的菜苗也很高了，密密地挨着身子，表现出一副不想分家的样子。原本掩盖在菜秧子身上的那层地膜，也被掀得远远的了，皱巴巴地堆在地头没人搭理。它们一旦被遗弃，即刻变成白色垃圾。这塑性的膜纸，对短暂生命的结束并不以为然，它把所剩不多的余晖引到身上，像是在向黄昏证明着一些什么。

水渠独自应付着灌溉的事务。轻快的流水把一层薄薄的夕光运送进水田，犁铧一拉，这一层金色就被搅进更深的土里。如果稻田有良心，一定不会怀疑稻穗的金黄至少有一半是因于漫漫黄昏。

再绕过两栋房子就到家了，我跟在父亲后面。在邻居们的眼里，我大概除了跟随之外就一无是处了。他们并不知道我带回来的黄昏有多么沉甸，他们并不知道黄昏落下来时，庄稼地里的泥土是不是会略带一点紧张的情绪，他们也不知道村庄繁茂的草木在黄昏里甚至有比在早晨更强烈的生长欲望。当然，我并不因此而去辩解，也不因此而责备，毕竟两手空空的是我，毕竟可视之物方显可靠与真实。

黄昏至美，也有不好的时候，也曾给人们带来过伤害。冬子家的牛是黄昏里丢的；水三家的媳妇远远出走时正值黄昏，至今也杳无音信。我不知道是不是有一天，大地上的黄昏再一次热烈地升起时，冬子家的牛就自觉回到牛棚，而水三的媳妇也就笑脸盈盈地站在村口大声地呼喊着要水三去迎接……我从未这样把黄昏拉长、拉斜过。仰头望向黄洋尖，那高耸的山尖上，越来越重的暗色像门板一样一块一块压过仅剩的余光。

再过一会儿就要完全封闭了，这片山林、这个村庄也将住进夜色筑起的大房子里。

门前的晒谷坪上，母亲正往屋子里搬送一筛子晾晒的菜干，父亲则在堆叠干柴禾。黄昏越落越低，越落越低，然后在村庄逼仄的一隅消失殆尽。我第一次感到黄昏的陌生。它有时很黏稠,让大地上的人、事、物紧紧贴在了一起;有时它也像一条分界线,锋利地切割着黑夜与白昼以及各自附带的所有。

黄昏的缝隙里,我又能抓住一些什么呢?暮色四合,村庄亮起灯盏。只有万物知道,远去的黄昏曾填补过我心中那片荒芜的土地。

2. 地 力

这个时候,土豆已经进入青春期,壮实、耐旱。

这吃土并不深的作物,一畦畦排在村子北边的坡地里,篱笆牢树,它们在宽大的世界里演绎着热烈的一生。你要是在地里多待上一会儿,或许它会告诉你,即便天黑了它也不会感到害怕,即使大雨来了它们也不会为之担忧。深厚的土里,它已偷偷藏起了果实。

红色的五月,葱茏仿佛大地漾起的粼粼波光,这激情澎湃让生长变得更加迅速而敏捷。作物长,杂草也疯长,助草为虐显然是不容的。好天气里,我也紧随母亲的身后俯身去除草,在地里来回走动,努力让空出来的土地和养分唯种植的作物所享用。

累了,我们便坐在地的一头歇息。丝瓜藤就从搭蓬上垂下来伸到了肩头,随风摇摆时正贴住我的脖颈,一次亲密接触,瞬间让我原谅了老丝瓜不规则的长形。再往左一点,我看见一只悬在篱笆上的蜘蛛,面对投网而来的飞虫久久凝视,那眼神像是主家对异乡来客可疑身份的重重打量。

在地里劳作,只要你愿意,就可以腾空心境来揣摩一番西芹的心事,也可以赞美一番黄花菜艳丽的静美。向万物靠近,步履轻盈。靠近地头一棵甜枣树之时,就靠近枝丫上逗留的短尾鸟和鸟嘴里衔着的有限的粮食;靠近绕经菜地一路哗哗而行的小溪流之时,就靠近溪边被水流磨得光滑的大石块,以及坐在石块上掬水洗脸人的表情。没错,他是我的父亲,他像是一只蛰伏在村庄里缓慢爬行的昆虫，从不在乎起点与终点，在专属的国度里、在时间更替里熟练地做着一系列关乎土地的事情。多少年来，他都在用那一膀子力气为我们土里刨食。他头戴斗笠，阳光照着箬叶斗笠，也把他黝黑的脸照得格外亮。

这一方土地上的生活是丰富的，生活中的一切需要都可以从土地中获取。缺医少药之时，父亲总有办法，他往地里一转，采来一撮嫩草洗净煎服，然后睡上一觉也就显效了；当我们姐弟嘟囔着嘴馋，母亲便指使我们到地垄边采上一兜野草莓，美美地让甜汁溢满口腔。我对世界的认知，最初始于这一片小小的天地。当父亲说"你与土地是分不开的"时，我仿佛瞬间与浩瀚的宇宙连接上了，仿佛瞬间成为了苍茫大地上不可或缺的一部分，哪怕我微小如尘土。惊蛰、谷雨、小满、芒种，好像每一个节气都是为我们准备的，我们和土里的庄稼一样，热烈地在其中来回穿梭、进进出出。

面对这片土地，我也有惊慌的时候。有一次，我竟梦见独自一人在荒无的大地上行走，道路两旁一畦畦高低不一的庄稼向身后退去，脚步越来越急促，速度也越来越快，直至一切变得模糊不堪。幸好，梦是相反的。记不清是个头大大的番薯还是芋艿，在梦里绊了我一脚，这才让我得以脱险。我知道相反的梦和事实是一头的，它们并没有把我从这片土地上移离，也没有丝毫不讲情面地把我推向另一个浮世之地。

时移而不事往，不论在什么时候，村庄依旧，大地还是生生不息的。由茄子、朝天椒、西葫芦所引发的怀念不可收拾，美好不断发酵。热爱显得更加清晰，心头的疑惑也随之逐渐加深。

目所能及均是大地给予，那么目力不及之处还有什么在发生呢？于是我试图对一块地进行旁敲侧击。一根干瘦的木柴，不具备棒喝的能力。我又朝一块地投去石头，以期问出一条路来。一块石子在土地上空划过一道弧线后，沉沉落在另一端，也没有醒来之意。

地有地的打算，父亲一脸严肃。我的追问，迅速被大地上吹来的一阵清风淹埋。这可贵的隐藏里有着足够的力，它把茂密的绿送出地面，把鲜红的花朵送出地面，把粮食以及种子送给村庄里的每一个人。

日复一日，大地有着足够的耐心。

3. 看 山

山，一直是我不敢轻易触碰的字眼，直面一座山，不比直视父亲的眼睛轻松。许多时候，在一座山的面前我会习惯性地驻足沉思。这"沉思"饱含的情绪是复杂的，或许是心怀敬意吧，也或许是自觉的忏悔。

到百山祖去。一路上，先遣的露珠率先打开沿途的早晨。长尾鸟或是被雾气打湿透了翅膀，在弥漫的雾色里短距离飞飞停停。可能是能见度不高的缘故，总感觉所见的景色无非是接连不断的重复。浓雾多少有些让人云深不知处之感，只凭经验顺着高处的石阶向上行，完全只是身体惯性而已。渐渐地，光线越来越强烈，太阳跃过一面山直射大地，围困山体的雾气被照得发白，被照得越来越淡，升腾的速度也变得越来越快，并向山头集结。远远望去，宛若戴在山顶上的一顶白色绒帽。

这个秋天，在注目百山祖的云雾里，我开始相信这些稀薄的水汽是有生命的。向稍低一些，还是能看到生气满满的雾气的，大团大团仿佛灶口回吐的烟。我在想，它们短暂的一生都是在向上奔赴直至消逝吗？所谓的升华，是不是就是把自己向高处抬啊抬，然后在风中、在空气中又一点一点将自己稀释，直至一无所剩呢。故此，面对初阳里满山的雾气，不免又心生怜悯起来。我并没有弄明白，当崭新的一天来临，这周而复始的浓雾究竟是新生的，还是昨天走失的那一群又重新回来了。

雾里看山其实是看不到多少内容的，但是我能感知到草木、生灵、鸟雀们都在领受百山祖的厚重与虔诚。立身于半山腰向身后往去，颇有一种天地白茫、我心安然的笃定之感。再过一会儿，天上的白云也开始有了边，松针在阳光的照耀下显露金黄，整座大山瞬间开朗起来。

我继续上行。百山祖最高峰有个好听的名字——雾林山。正如它的名字，常年的云雾缭绕增添了不少神秘感。我不知道这种雾气氤氲的朦朦胧胧是不是就是人们意识里所认知的仙境，如果是，那么云雾就成了仙境的必备要素。由此可知，它应该给予了人们很多很多对自由、隐秘、美好的各种想象……忽然想到"境界"这个词，它是一种气度、一种自我修持的能力。山的气度、潮湿雾气的吸引、大自然的修持，让一个独坐山尖人的心绪很容易就贯通起来，也让逃离也变成一种顺理成章的风景。

云雾充盈的世界仿佛一个迷宫，但植物们、鸟兽们总是能准确地找到回家的路。这白色烟絮始终交替地围住它们，像是要为它们围合起一个鲜为人知的村庄，为它们守住隔绝尘世的所有秘密。

不可否认，百山祖的雾是有感知力的。山峦间行走，银杏金黄色的叶子风中的摇曳时断时续，透过雾气似乎可以猜测它想抓住这片空茫的想法。成熟的种子裹在坚硬的壳里，显得有一些羞怯、内敛。我十分喜爱这白色果实，它让我想到一个人的完整人格，情欲、智慧、个性、敏感、世俗憎恶等等，它的形成就像是一部作品，不需要强调规范与标准。当然，于天地万物来说也是如此，一切的日常景象都可以与山川大地和谐相呼应。

百山之祖，日复一日迷雾重重，它隐秘的部分是我永远未知的，我也没有要去弄清楚的意思。我想用最简单的办法，让这座雾气缭绕的大山察觉到我对它的好感，但是如果它没什么反应，那就各走各的路，我完全可以独自停留在想象、等待和一如既往的向往中。

4. 山 雨

在我一贯的认知里，一个地理方位的确认需要两个省份的共同介入，那么这个地方的多元性是必然的。浙南闽北百山祖，从词意上就已经用足了一种气势表明它的身份属性。巍巍的高山之上，芒杉、柳杉、香樟、合欢、刺桐在自由而宽大的世界里随心所欲；云豹、黄腹角雉、猕猴、大灵猫、白鹇，它们是这座大山的主宰者，密林深处形迹可疑。

然而于我而言，对一个地方的印象似乎从来都没有过整体的概念，真正吸引我并为之存储下记忆的，更多时候是那些细微的事物。比如说下在百山祖的一场雨。惊蛰过后，一切复苏的事物也渐渐变得暧昧起来。低矮处，匆忙钻出地面的形形色色的草，首先为这片山林带来了勃勃的气象。而雨是季节的提醒者，我以为它就是拉开春天大幕的那个人。在你毫无防备之时，它稀稀疏疏地洒上一阵然后就走了，扰得密密匝匝的树叶都有了扑棱欲飞的想法。我曾为它讨厌的不负责任而感到忧伤，但转念又为它的俏皮可爱而感到欣喜。

虽说百山祖是个不缺水的地方，浅溪流水、飞瀑碧潭处处皆是，但是再发达的水系也替代不了雨水的降落。这天外垂落之物把万物连得更紧密，山体弥漫升腾的水汽之下隐藏着大自然的无限神秘。我曾以一个游者的身份，在一条盛夏的野径里行走，灌木葱茏疯长，鸟鸣和山涧之音也近在咫尺，阳光明媚高悬。就在我以为可以可靠地拥有这样一个闲散静心的午后时，忽然一阵小雨阻断了我的去路。白花花的雨点落下来，它们落在树桠上、草木间，也落在我的脸上。伴随着雨点簌簌落下的，还有不知名的细小颗粒状的树籽，它们相互拥挤着打在我身上。同行的朋友和我说，在百山祖，夏雨多，春、秋雨次之，冬雨少，这是百山祖降雨的规律，你要适应一阵随时等候着你的雨。他的话让我觉得，这片神奇的大地上，雨这个精灵像是无时无刻不在山林的某个隐蔽处窥视着我们，它的出其不意更多时候像是毫无目的的一场游戏。

我在百山祖不止一次与雨邂逅。本以为并非自己热衷于雨天登山，但后来渐渐发现，在潜意识里，我还是极其喜爱雨天的百山祖的。一阵雷雨酣畅之后，阔叶林间哗一声好像涌起重重的浪音，高大的树木、茫茫望不到边的阔叶之林像是与世隔绝的秘境，随时都可以发生公主和王子的童话故事；往观景亭上一坐，就可以自在地盘点百山祖的景色，风藤、光皮桦、甜槠，当它们倾身于自己时，只有一阵雨能为之触动；百瀑沟的水面，细雨混迹其中，就连周边的水草也不能将它们分辨。

记不清是谁和我说过"能把一场雨看完整的人是有福之人"这句话了。在山中观雨、听雨，独自把虚无的一天耗尽也不觉寡淡。当然，我也不会因此而感到对时间的浪费。宽广的山林之中，我就这样一场接着一场去看、去听，它们总是会在我的体内溅起山中岁月的浅浅回音。有时候，我甚至觉得自己就是百山之巅大自然古老残遗的一株冷杉，与时光里的孤独越来越熟悉，与风霜雨雪越来越亲密，四季轮回，把我的一切都安排得如此周密。

身陷百山祖，雨打落叶的沙沙，让山中的寂静找到了一个可以妥协的理由。不远处，雨急促的脚步声又追来了，一下子让我的生活有了真实感和重大感。雨就像是一种幸福激素，给予我无限的自由感和最为深重的快乐。山中的一切，都在雨中展现这自己最为光鲜亮丽的一面，它们和我一样也不急着审视自己，一味地在盛大的节气里张扬生长，然后一点一点敞开自己，在对自我的认识和对这座大山的认识中，慢慢深入。

（原载《岁月》2020年第4期，原题《大地·山》）

小 费

叶 青

在 2018 年末的一次工作交流中我认识了小费。

为什么叫他小费而不称他费医生呢？因为打从我第一眼见到小费，就觉得他像猫腻长卷网络小说《庆余年》中的范闲！一张婴儿般清爽的脸似稚气未脱，憨涩的笑容里蕴含斯文的自信。

小费是浙江省人民医院内科医生，他除临床工作外，还参与省人民医院健康管理中心的建设、搬迁和启用，担任健康管理中心副主任。那次学习交流结束后，小费送我们到电梯口，下电梯，走出院区行政楼，在医院门口的马路上请我们上一辆叫好了的出租车。这是怎么做到的？他一直跟着我们，我们一再请他留步他还是坚持送行，是什么时候下的单？是在哪个环节知道我们的目的地？真使了范闲的功夫？

我们就这样因工作成为朋友，互加微信。我注意到他工作之余还做公益培训，记得有《费老师教你急救技能》《如何做一场精彩的医学演讲》《全科病案回头看》，还有关于珍惜生命、关爱健康科普知识，激励青年医生岗位担当等讲座。从医院到机关，进企业入社区，讲台上的他貌似有一副范闲打小练就的坚毅心神，从容而专注。

后来大家在各自的工作岗位上忙着，在节日相互问候。

直到今年 2 月 3 日，我开始像瞎子五竹跟踪范闲一样，每天都通过手机追踪在武汉的小费。原来，小费还是浙江省国家紧急医学救援队 21 位队员之一，由省人民医院何强副院长带队出征武汉，这支队伍也是华东第一支国家紧急救援队，是迅速向武汉人民传递"浙江力量"的先遣部队。

请战书上，费敏两个字上摁着他红色指纹印。有一个海外朋友问我：你们医护人员去疫情那么严重、传染性那么强的地方工作是自愿的吗？是抓阄的结果吗？我告诉她：在华夏大地，中华儿女万众一心，在浙江，我见证了每家医院确定驰援湖北人数后，主动请缨的医护人员都是超过需要的人数，院长带头、党员、有经验的专业人员冲在前面，甚至退休的感染科、呼吸科、重症医学老专家都纷纷出来请战。就如费敏说的：今天出发前好几个媒体记者都问了我同一个问题，你是自愿报名的吗？我告诉他们出征前一天晚上十一点钟我接到医务部电话，对话不到一分钟：

你是党员吗？

是的。

愿意去支援武汉吗？

愿意！

其实就这么简单，之前就向组织递交了请战书。

尽管驰援武汉是以命搏命，舍命相助，既要机智又要本领，我们的医护人员从获知自己能上前线到集合出征基本不到 12 个小时，亲人和同事都是泪眼婆娑相送，但战士们个个都是精神抖擞，冲锋陷阵，义无反顾地投入这场史无前例的抗疫人民战争。

费敏是 2 月 7 日进驻江汉方舱医院，也是第一批入住方舱医院的医护人员，他还担任国家紧急救援队临时党支部副书记，有繁重的协调工作任务。第一天方舱医院就收了 900 多个患者，后来增加到一天收治 1200 人，医生护士 4 班轮流，5 个医护一组，开始每个医生管 60~70 个患者，穿着厚重防护服的费敏第一天出舱我就联系了他，他说救治任务十分急迫，方舱工作一班 6 个小时，但从准备到出舱实际时间超过 8 个小时。这一天他没有用到尿不湿，他说进舱前基本不吃，完全不喝，口渴吗？这是肯定的。一个上午要回答无数问题"医生，我有救吗？""我什么时候可以出院？"还要协调各种需求，给予患者关心抚慰。出舱时，他总是满身汗水湿透，几近虚脱，但都会让同事在背后写上："我很好，加油！"传给亲人、朋友、所有息息相关的人们，这是新时代抵万金的家书啊！

继黄陂体育馆改造成方舱医院后，费敏受命转战黄陂方舱医院，带领湖北的战友在黄陂方舱上了第一班，并把江汉方舱医院治疗经验带给黄陂的战友们。二月二十日，当黄陂方舱医院首批患者出院时，费敏接到紧急调换指令，他要到武汉最大的方舱医院，有 4500 张床位的光谷日海方舱医院投入救治和管理工作。他似乎是武汉方舱医院的接力棒传递手，向患者传递生命的力量！出发，再出发，他一直奔跑在英雄之城的抢人救人路上，与时间赛跑，与病魔比拼。他说自己最喜欢光谷日海方舱医院围墙上这句话："这座医院将很快关闭，因为您将康复回家！"

小费来武汉一个月时，他吃到了志愿者为他们做的热干面，他开心极了，微信发图还写了一段文字：

"不知不觉来武汉已经一个月了，前后转战了四家方舱医院，从参与者到管理者再到建设者，我们是最先看到武汉胜利曙光的人。"

从小费传递的信息，我得知有八千多医护人员在一艘艘生命绿舟上诊疗了 12000 多个新冠肺炎患者，医患距离不到半米，而小费是国家紧急医疗救援队第一个踏进江汉方舱医院的医生。这种特殊仪式感在这场"战"疫中意义非凡。

他说新中国成立以来，第一次把军事野战概念的词语"方舱"用在抗疫这场战役上，他进江汉方舱时看到一车又一车公交拉着病人进方舱，那种视觉冲击力前所未有，而这里的每个病人都是强传染源，方舱就是战场。他曾 6 小时接了 150 多个新冠患者，不吃不喝 10 小时是常态，医护人员在方舱感染的压力十倍百倍于其他救治医院。

当我得知小费曾经参加汶川地震救灾、援助菲律宾救灾、夺命速递到温州动车事故现场救险，可谓身经百战，作为国家紧急医疗救援队副队长，就是野战部队副总指挥，我对他充满敬意！

小费说，如果这次没来武汉，作为急诊科医生出身的他一定终身遗憾，这就像是二战的老兵，必然会想到柏林去打仗。

小费直言，武汉换帅后，抗疫思路十分清晰。第 37 天，小费微信传递捷报：由 94 支队伍一起奋战的方舱关闭了。方舱模式是用最短的时间解决了床位问题、定点收治问题、分流问题、极大地避免了疫情的进一步蔓延扩散。短暂存在的方舱，是全面胜利的基石。

方舱关了，但生命的绿舟还在行驰。

如今小费还在武汉，他又一次转战袁家台医院，收治女子监狱感染者，不获全胜，决不收兵。我等着他凯旋归来，也许我再见他时，他脸上范闲般的婴儿肥已被这场硬仗的消耗重塑，我想肃然起敬地叫他一声费医生。

（原载《台州日报》2019 年 3 月 10 日）

瓯海里的仙岩

叶　辛

　　二十年前，我参加过一次瓯江文学之旅，把一条瓯江，从发源地龙泉城郊外的山巅到温州的出海口龙湾，走了个遍。沿江两岸的风土人情、山水景观在十多天的时间里，都粗略地看过来，对一路上住宿过的景宁、青田、云和、仙居、丽水，包括终点温州城，都留下了颇深的印象。尤其是小小的仙居与云和县城，我觉得充满了诗意。

　　二十年过去了，丹桂飘香的晚秋时节，我又走进了瓯海。一踏上瓯海的土地，两个念头始终在我脑海里盘旋。其一，在江南，包括上海，桂花飘香时节已过，为啥瓯海的桂花仍如此馥郁温馨地在空气中无处不在地飘散？细细一想，就想通了：这地方靠近福建，更南一点，气候还是舒适的秋呢！第二个念头，却得不到答案。原先我想，瓯海瓯海，这海肯定要比江大。可是走进了瓯海，却没有看见海。问瓯海人小王，他微微一笑，答出一句诗来："山那边是海。"一边说一边伸出他的手臂，遥指远方的山那头。看我一脸的疑惑，他又不慌不忙地对我说："到瓯海来，是要请你看仙岩。"

　　这回轮到我笑了，浙南人爱给他们的景点用"仙"字，仙都、仙水洞、仙人座、登仙石、仙姑洞……瓯海里还有个仙岩！这仙岩上有啥呢？

我得读一读它。

嗨，一读，还真读出了滋味。

仙岩景区里的第一景点是梅雨潭。

九十六年前，一个年青的中学教员两次来到梅雨潭，他看着点点白梅般飘飞的水花出了神，恍恍惚惚之间，一会儿觉得那从悬崖峭壁间飞溅而下的瀑布，形如篆书的一个"人"字，好似玉女出浴，一会儿又觉得纷纷扬扬从头顶飘舞而下的水点，如同年年来到江南的梅雨。拾级而上，他伫立着凝神读古人留下的摩崖石刻，可见这地方古往今来，吸引过不少文人墨客、达官禅师。中学教员情为所动，来过一次，又来第二次。第二次来的时候，他在梅雨潭前坐了好久。这地方静啊，除了梅雨瀑的响声，没啥杂音干扰。于是，中学教员给梅雨潭写下了一篇散文《绿》，留在了中国现代文学史上。

不到两年，中学教员被聘到清华大学当了教授，而且写出了更为出色的散文《背影》《荷塘月色》。

读者看到这里肯定明白了，中学教员就是散文大家朱自清，毛泽东说过要为他写《朱自清颂》的一代名家。

朱自清简洁亲切、精致委婉的文笔，把梅雨潭描绘得奇异而又醉人，自然也大大提升了梅雨潭的知名度。这个小例子又一次证明了浙江籍作家郁达夫所说的"江山也要文人捧"的道理。

梅雨潭前现在修建了梅雨亭，给游人们辟了摄影点，扩建了以人文景观为主的仙岩景区，一路看下来，还有雷响潭、龙须潭、圣寿禅寺、陈傅良祠……半天也读不完。当游人们一一细观细看的时候，我早早地从梅雨潭前退到了景区门口，坐在一棵桂香弥散的树下小憩。这一坐，竟让我发现了不在景区里的一个小景。

像所有的景区一样，进梅雨潭景区是要购票的。我发现的小景在大门之外，不需购票就能看到。这块石头太普通了，走过路过很容易忽略。我若不是坐下来，也不会看到。

石头有半人高，蛮厚粗粝，突兀地立在路面之上。让人疑惑的是，石头中央穿凿了一个拳头大的洞。我询问站在景区门口的保安，这块石头上为啥凿通一个洞？

背着手的保安笑道："难得你能留神这块石头。告诉你，这块石头虽不起眼，却是一块'系虎石'。"

"这块石头系过老虎？"我顿时来了兴趣，"小老虎还是病老虎？"

"都不是。"保安手一摆，兴致勃勃地给我讲了起来。那是个明月当空的秋夜，寺庙内的遇安禅师正在给济济一堂的听众开讲佛经，忽然蹿进一只大老虎，大摇大摆地朝着众人走过来。听众们惊骇万分地四散逃避，唯有遇安禅师端坐如常，朝着老虎大喝一声："孽畜！你休得乱动，乖乖坐下。"稀奇的是，老虎当即伏地而跪，双眼里的凶光也收敛了。遇安禅师食指朝虎一点，又道："你若也要听经，就点三下头，摇三摇尾巴。"众目睽睽之下，大老虎点三下头的同时摇了三下尾巴，泰然自若地坐了下来。吓得躲在幽暗处、粗柱后面的人们，亲眼见此情形，也都慢慢回到原地，坐下来继续听法。从那个晚上之后，老虎就归顺了遇安禅师。禅师上山下山，老虎成了他的伙伴。禅师下山到集市上去，怕惊扰了老百姓，就将虎系在这块石头上。故而，这块石头就被称为"系虎石"。

我望着保安讲得眉飞色舞的脸，忍不住笑问："这传说是为发展旅游编出来的吧？"

保安正色道："哪里！这个传说，从北宋年间流传至今。瓯海的老百姓全都知晓，不信你去随便问。"

我并未去问路人，只是在心里忖度，这寺庙自古以来叫伏虎禅寺，想必缘于这个故事。北宋以来多少高僧来此修炼，连近代的弘一法师也来此寺中静修著书，想必是对伏虎禅师情有独钟。

天下的寺庙何止成百上千，称为伏虎寺的想必只有瓯海里的仙岩这一处吧。

（原载《浙江散文》2020 年第 1 期）

白露竿起

俞天立

山核桃的风味，以临安昌化的为最。这种坚果几乎和昌化紧紧地捆绑在一起，与这里盛产的鸡血石一样，让世人对这个浙西小镇的认知变得独特而容易。

昌化山核桃粒圆壳薄、脆口生津，自明朝初年以来开始种植、榨油，据说一度还成为朱元璋起兵反元时的军粮。清朝黄景仁《核桃园夜起》曾云："梦回小驿一灯红，四面腥吹草木风。身似乱山穷塞长，月明挥泪角山中。"

岳父一家都是土生土长的临安昌化农人，家族世代的血脉经络都与山核桃树的根系紧密连结，难解难分。他们所在的村庄，家家户户种植核桃树，作为维持生计的重要收入来源。

凌晨五点，我们一行五人便早起上山了。晨光熹微，山风凉爽。曲曲弯弯的山路，像是农人的汗印。一行人背杆的背杆，驮干粮的驮干粮，寻途登岘，约莫四十分钟才爬到山核桃林。岳父母家的核桃林位于一面斜坡上，我的视野差不多得扭曲成四十五度，方能仰视那些绿荫浓密的乔木。岳父提了竿子，蹭蹭地爬到树上，身影霎时隐入茂密的树荫里，只剩沙沙的响动。

"啪！啪！啪！——"那竿子击鼓一样敲击在枝干上，又灵巧而准确地回落在枝丫上，极富节奏感的击打声在群山间回荡，如同一首悦耳的协奏曲，谁说农人不懂艺术的美？竿子和树枝跳着欢快的"交谊舞"，成片的山核桃应声而落，如同急雨落入水潭，洒在山坡上。妻子连忙让我把草帽戴好，说万一被山核桃砸到可不是好玩的。父亲撸起袖子跃跃欲试，岳父笑着让他拿过竿子，站在树下打那些低矮的枝条。只见他猴子一样上蹿下跳，抢起竿子就往树上胡乱地拍打："啪！啪！啪！"只是这声音是他自己配的，只闻其声，没见几颗核桃落下；一会儿他又喊"老爸在练武功嘞——"那个滑稽样把众人都逗得捧腹不已。

"你那姿势不对！"岳父憨笑着朝他扯嗓子喊。众人的目光聚焦到了岳父的身上，他开始边比画边传授秘籍。他说，正确的姿势，应是先用竿子中上部在树枝上轻轻一拍，利用竿头反弹的冲击力击打在果子上，这样既省力，也能最大程度减轻对树木的伤害，同时增加打落的山核桃的数量，一石三鸟。在顺序上，得把近处低处打完再打远处高处，切记不可伤害嫩枝嫩叶。山核桃树是自然的生灵、草木的菁华，这种科学的打竿方式，体现了对于自然的尊重，蕴含着农人的智慧。

岳母、妻子和我，就负责捡拾打下来的山核桃。打落的山核桃不少隐匿在残枝、落叶和乱石中，天青色的外壳也与草坡整体颜色接近，发现它们考验着人的眼力。一开始，我徒手去捡，不料很快手被染黑，据说要一周左右才能完全洗净。我只好乖乖地戴上了手套。山核桃本是大地之子，吸纳天地之精华、山川之灵秀，对外来的打扰是极其敏感的。当我将其中一颗握在手心，它还带着山林的温度，显得畏葸、娇羞。我把山核桃放到随身的编织袋里，它开始了脱离母树后的长眠。一颗，又一颗……空荡荡的袋子渐渐鼓囊起来，这些刚才还在树枝上摇曳生姿的小生灵，此刻显得极为安详。

突然，脚下一滑。原来，脚踩的是块悬石，吃不住我的脚力，顺着那坡度，就要把我的脚往下带。我整个人朝坡下唆唆地滑去，手脚丝毫不听使唤。"呀！"家人们都转过头来，觳觫地顾望着我，空气紧张得像是要爆炸。好在我最终并没有滑倒坡底，而是被中途的枯枝钩住了衣服，滑行才终于停了下来，人无大碍，只觉大腿根部隐隐作痛。不远处的坡坎上，有经验的岳父扎上了一层尼龙网——这是最后的保险，在兜住山核桃的同时，也可防人失足，但也只能稍稍减缓下落的冲击力而已。"你千万小心呀！"岳父在树上大声喊叫起来。"没事，我没事！"我明白这对他们这样在山里讨生活的农人来说，本是稀松平常的事情。从报上时闻打山核桃的农人或雇工，从树上坠下、坡上滑下，摔成残疾甚或死亡的惨剧。这种美食的获取时刻充满了危险性，搞不好就是带血的，或许这是大自然发出的警示，以提醒人们山泽之精华的珍贵。

山核桃的成熟，不知要经历多少风霜雨雪，它们似乎远比我们懂得生存的法则、生命的本真。与它们相比，人类有时候是愚顽的。我们为了口腹之欲而来，这种索取的欲望甚至不惜以生命为代价。在神性的大自然面前，我忽然觉得自己在缩小，缩小成了一条见饵忘钩的鱼。此刻，我已浑身是泥，有些狼狈。幸好手边的一袋山核桃已归入大袋，只剩下干瘪的袋口，仿佛一张朝我讪笑的嘴。我本能地两手撑地站了起来，继续开始我的捡拾。

漫山遍野的山核桃，仿佛是沙滩上的沙砾，岳父一把打下来的数量，便够我们捡的了。终于，又拾了整整一袋，有惊无险地将之汇总到大麻袋里。岳母说，她干一天，这样的大麻袋要捡上八袋，五百多斤！两周的透支劳作，只为赚得一年的口粮。我还有什么理由顾上伤痛呢？

"或许，可以试着利用核桃壳，制成香料呢！"父亲在旁脑洞大开。没有人能够回答他的问题，对于岳父母这样的农人来说，伺候好一亩三分地的山核桃已非易事。事后请教了专业朋友，才知核桃青壳可以配置兰花植料，防止土壤板结，亦可驱虫。此刻，岳父已端上了热腾腾的饭菜，众人席地围坐，狼吞虎咽，三两口饭菜就下了肚。劳作后的片刻憩息，竟如此宝贵，仿佛饭菜也美味许多。聪明的岳父见我睡意蒙眬，便用纱网为我做了垫子，我聊以枕着树枝小睡一会。秋阳照着我的身子，酥暖暖的。

下午的活儿明显加快，因那大块的区域已捡拾完毕。妻子告诉我说，岳母再负责最后检查一遍便可以收工了。众人渐渐从各自的岗位上凑拢过来，将一袋袋山核桃汇集在一起，整整有九大袋。那些山核桃相互依偎，仿佛熟睡的婴孩，芳馨的香气萦绕鼻尖。经过农人带温度的手，小小的山核桃变得温润可爱。而岳母则继续一路捡拾，她的脊背弯成一轮弯月，仿佛是向大地的鞠躬，表达着深深的敬意和谢意。毕了，她双手合十，对着那棵高大的核桃树王，虔诚地作了个揖。"落其实者思其树，饮其流者怀其源"这样的道理，岳母说不出来，但是她懂。对天地山泽心存敬畏，它们才会平等地回馈人类。法天则地，是亘古不变的真理。

我们在山上的最后一道工序，便是为山核桃进行脱壳。脱脯机就在山上，是岳父一早用"爬山虎"（一种电推车）运来的。将满袋的山核桃倒进喇叭口里，脱脯机便隆隆地运作起来。机械怪兽开始吞噬这些生灵，精准地划清自然与世俗的界限。从出口吐出来的脱了壳的山核桃，便是我们平时看到的模样了；而那些青壳，从另一侧的口子汹涌而出。岳父让我拿了锄头，将青壳从机器下方扒离，这些山核桃的"青色外套"很快变成了咖啡色。这种神奇的改变兆示着生命的演化，标志着山核桃离开大自然的襁褓，以社会产物的身份继续生存。

汗涔涔的岳父将三满袋去壳山核桃装上"爬山虎"，领着我们踏上归途。

回到家，天已擦黑。经过岳父的过水筛选，撇去浮在水面的坏籽，那三大袋山核桃竟只剩下三小筐。五个人一整天的劳作成果，不过是三两吃货一日之食。过水筛选的山核桃籽料，还需要经过晾晒、选料、蒸煮、脱湿、开缝、分筛、烘干、入味等多道工序，才能最终出现在市场上，成为美味的零食。这其中所耗人力之艰，不知凡几。"谁知盘中果，粒粒皆辛苦。山核桃价格这么贵，不是没有道理，也是对劳动的尊重啊！"妻子感慨道。近年来，病虫害增多，土地板结，临安山核桃林逐渐萎缩，山核桃产量早已不复当年。随着年轻世代走出农村，老一辈农人逐渐衰老，新的山核桃林已逐渐乏人种植。有几人愿意接续这份辛苦的农活？我不免为之心忧。

但至少，对自然的虔敬，应当成为我们从不背弃的生态信仰。保持敬畏、心怀诚明，人生才能如一颗颗圆润的山核桃，释放出美妙的香味。

（原载《文化交流》2020 年第 2 期，原题《竿起白露核桃香》）

海上的父亲

虞 燕

　　父亲每每回家，携一身淡淡的海腥味。这个深谙海洋之深广与动荡的人，从来不会在家逗留得久，船才是他漂浮的陆地。以至于在从前的许多年里，在我童年、少年甚至更长的时光里，父亲对于我来讲，更像个客人，来自海上的客人。

　　那艘木帆船，是父亲海员生涯的起始站。木帆船凭风驶行，靠岸时间难以估算，我无法想象稍有风就晕船的父亲是怎么度过最初的海上岁月的。比起身体遭受的痛苦，精神上的绝望更易令人崩溃——四顾之下，大海茫茫，帆船在浪里翻腾，食物在胃里翻腾，跪在甲板上连黄色的胆汁都吐尽了，停泊却遥遥无期……吐到几乎瘫软也不能不顾着船员们的一日三餐。木帆船的厨房设在船舱底下，封闭、闷热、幽暗，父亲一点一点地挪过去，船颠簸，脚无力，手颤抖，连点煤油灯都成了一件艰难的事。借着煤油灯黄晕的光，他强忍身体的极度不适淘米、洗菜、生火，实在受不住就蹲下来，靠在灶旁缓一缓，或喝下一碗凉水等待新一轮的呕吐。吐完再喝，喝了又吐，如此循环。

　　父亲跟我聊起这些，一脸的云淡风轻，说这是每个海员的必经之路，晕着晕着就晕出头了，一般熬过一年就不晕了。

　　父亲走出木帆船的厨房，是三年之后了。其时，木帆船已式微，父亲调到了机帆船，锚泊系岸、海面瞭望、开仓关仓、手动掌舵、柴油机维护等等，他早做得得心应手。曾有人用两种动物来形容海员——老虎和狗，父亲说实在太形象，海员干活时就跟猛虎一样剽悍，咬咬牙一气呵成，累成狗是经常的事。船上经常会为争取时间连夜装货卸货，寒冷的冬夜，父亲和其他船员奋战在摇摆不定的甲板上，分不清劈头盖脸而来的是大雨还是大浪。一夜下来，他们原本古铜色的脸被海水、雨水泡白了，皱皱的，像糊上去了一层纸。脱掉雨衣后，一拳头打在各自身上，衣服上就会滴下水。

　　成为水手长后，父亲的工作更琐碎也更危险。如桅杆维护这一项，原本水手长的职责只是现场督促和指导，但父亲从来都是亲自做的，他生怕别人要么不细致做不到位，要么缺乏经验容易出事故。十几米高的桅杆，父亲"嗖嗖嗖"一下爬到了顶，驾轻就熟地打油漆、修补。那可是在无有效保护措施下的高空作业，一个万一，后果不堪设想。母亲简直有些愠怒，埋怨父亲憨傻，人家都不愿意做的他倒是抢着做，让她平白地添了担心。父亲一脸无辜，觉得母亲小题大做了。对于工作，尽管辛苦，尽管危险，他从不抱怨，最多就说说船上夏夜难熬，因为他特怕热，而铺位闷热如蒸笼，根本无法入睡。父亲后来想了一个办法：穿好雨衣睡到甲板上去。甲板上海风徐徐，但蚊子猖獗，穿雨衣是为了防止被蚊子咬惨。再下点雨那更好，淋雨睡觉很凉快的。他为自己能想出这个点子颇为得意，好些船员都效仿了呢。

　　父亲的警觉和反应之快常常让我惊讶，他说都是当海员练出来的。深夜，船体的异常晃动，值班海员的脚步，他人睡梦中的轻微咳嗽，浩渺之处传来的鸥鸟叫，都能使他突然惊醒，且几乎一睁眼就判断出了大概时辰。一经醒转，全身进入一级戒备，观望，静听，再到逐渐放松，这已然成为父亲的习惯。大海诡谲莫测喜怒无常，海浪可以有节奏地轻拍船舷，像在温柔呼吸，也可以汹汹而来掀翻船只，如张着血盆大口的魔鬼。岛上有一句民谚——"三寸板内是娘房，三寸板外见阎王"，足见出洋工作之凶险。

那是父亲海员生涯的第一次生死历险。夜里11点多，父亲刚要起来调班，突然听到一声天震地骇的"砰"，同时，整个船像被点着了的鞭炮似地蹦了起来。父亲的脑袋嗡嗡作响，五脏六腑都像要跳脱他的躯体。触礁了！他在第一时间冲了出去。船体破裂，过不了多久，海水将汹涌而入，等着将他们卷入巨腹。全体船员命悬一线。

船长紧急下令，把船上会浮的东西全部绑一起，必须争分夺秒！父亲跟着大伙疾速绑紧竹片木板之类，制成了临时"竹筏"，紧张忙乱到来不及恐惧。

待安全转移到"竹筏"，等待救援的父亲才感到后怕，环顾四周，大海浩淼，漆黑得像涂了重墨，望不到一星半点的灯火。彼时正值正月，寒夜冰冷刺骨，带着腥咸味的海风凌厉地抽打着他们的躯体，父亲的额头却冒汗不止。时间一点点过去，他的绝望越来越深。老船员们给他持续打气，一定要牢牢抓住"竹筏"，掉进海里就算不淹死也会被活活冻死，只要有一丝生的希望就绝不能放弃。幸运的是，天亮时，有一个捕捞队刚好经过这个海域，救起了他们。

多年后，父亲早已被各种大大小小的惊险事故磨练得处惊不乱，而对于留守岛上的人，担惊受怕从未停止，苍茫大海里不明所向的船只一再成为我们惊惶失措的牵挂。每到台风天，母亲都会面色凝重地坐在收音机前听天气预报，播音员的声音缓慢、庄重，每一句均重复两遍，"台风紧急警报，台风紧急警报……"我跟弟弟敛声屏气，每一个字都似渔网上的铁坠子，拖着我们的心往下沉往下沉。

那个通信不发达的年代，无措的母亲跟着别人去村委，去海运公司，那里的单边带成了大家最大的精神支撑。随着单边带的嘶嘶声，话筒不断地捏紧放开，代表船号的数字一个个呼出去，来自泱泱大海的信息一个个反馈回来，我们便在一次次的确认中获得慰藉和力量。

我曾经梦到过父亲在海上遭遇不测，梦里大恸，醒来后依然哭得不可抑制，继而埋怨父亲为什么要选择这么危险的职业，害家里人过得如此提心吊胆，还任性地叫父亲不要再当海员了。父亲愣了好一会才回答：我都这把年纪了，不当海员不知道该做什么……母亲叹了口气，拦过话头说父亲啊前世可能是一条鱼，离开了海那是要生病的。

母亲是最理解父亲的，她知道父亲此生跟海和船是密不可分了。纵使在修船期，父亲也要每天往船上跑一趟，不然就浑身不自在，总怕有什么工作遗漏了。其实船员们干完了分内事后，完全是可以清闲一段时间的（一部分修理事宜需请专业人员完成），但父亲偏不，他每次从船上回来，要么浑身湿答答，要么石灰、桐油或海泥沾了一身，肤色也往往在那个期间黑到了顶峰，黑得泛油光。若船上实在没活，他便借了蟹笼等工具在海边捕捞各种小海鲜，就算收获无几，他也开心。

我亲见过父亲在陆上生活的无以聊赖和郁郁寡欢。父亲所在的那艘两千六百吨大货船货舱高达四五米，进出都必须爬梯子。几次爬进爬出后，不知道是不是体力不支，父亲竟一个趔趄滑倒于货舱底部，导致手臂骨折，被送上岸休养。待在家的父亲看起来羸弱而颓丧，埋头从房间走到院子，又从院子回到房间，一天无数次。母亲有些抓狂，说被父亲转晕了，跟晕船似的。看电视时，他对着电视发呆，跟他说话，他答非所问。三番五次打电话给同事问船到哪了，卸货是否顺利，什么时候返航，他像条不小心被冲上岸的鱼，局促、焦躁、神不守舍，等待再次回到海里的过程是那么煎熬。

就休息了一个航次，还未痊愈的父亲便急吼吼赶往了船上，母亲望着他的背影咬牙道：这下做人踏实了。

我时常想起那个画面：水手长父亲右手提起撇缆头来回摆动，顺势带动缆头做 45 度旋转，旋转 2 到 3 圈后，利用转腰、挺胸、抡臂等连贯动作，将撇缆头瞬时撇出，不偏不倚正中岸上的桩墩。船平稳靠岸。父亲身后，大海浩瀚无际，澹然无声。

（原载《安徽文学》2019 年第 12 期，有删改）

黄花菜正在动情歌唱

袁明华

1

终于等到了小暑节气。

有点小激动，仿佛迎来一个重大节日。

二十四个节气，二十四种时食，若问我最看重哪一种，必须是黄花菜。

好吃不好吃尚在其次，青菜萝卜各有所爱嘛，关键是黄花菜的文化底蕴深不可测。每当想起黄花菜，便想起了母亲，即便忘尽天下美食，也断断不敢忘了黄花菜。

早在西方母亲节和作为母亲花的康乃馨进入中国之前，黄花菜早已确立了中国母亲花的地位。

可不知道为什么，当今大多数国人都是不知道的，孤陋寡闻如我，同样不知道这不知道的问题究竟出在哪里。可以稍稍告慰自己的，正是这诸多的不知道促成了我的努力，赶在小暑节气到来之前，多做了一点功课。

黄花菜是民间叫法，古书记载，学名叫萱草，其记载史可上溯至《诗经》，大约至唐朝抵达巅峰，无论前浪还是后浪，有关萱草与母亲的歌咏在唐诗大潮退去后的沙滩上，像金子一般闪闪发光。

那时候，人们昵称娘亲为"萱亲"，称母亲起居的"北堂"为"萱堂"，称母亲居住的房间为"萱室"。与之相对应，称父亲的"南堂"为"椿庭"。遇上为父母双亲祝寿的好日子，母之"萱"与父之"椿"相合，亲朋好友送上"椿萱并茂"一匾，便是最好的祝福，相比"福如东海，寿比南山"那些空头大话更显朴实而亲切。如今我们游走于各地古村落，这样的匾额在代代相传的老宅中还是不少见的，与"耕读传家"一类书画相映成趣，相得益彰，更能感受其贴地而行的乡村气息。

当然，母亲花的确立也是有一个过程的。

最早的说法，萱草称谖草，同时被称为忘忧草。典出《诗经·卫风·伯兮》："焉得谖草，言树之背？"白话文的意思是，我到哪里去弄到一棵萱草，种在母亲堂前，使之乐而忘忧呢？朱熹批注："谖草，令人忘忧；背，北堂也。"这也是后人将"北堂"与"萱堂"画上等号的由来。

称之为忘忧草的另一层意思，可能源自中医养生学。魏晋时代，竹林七贤之一的嵇康著有赫赫有名的《养生论》，其中有言："合欢蠲忿，萱草忘忧，愚智所共知也。"接着，西晋文坛泰斗张华所著志怪小说集《博物志》也说："萱草，食之令人好欢乐，忘忧思，故曰忘忧草。"

从忘忧草到母亲花，最有名的诗篇当推孟郊的"游子姐妹篇"。

孟郊的《游子吟》久负盛名，连幼童都会摇头晃脑齐声朗诵的，名气比孟郊本人还大：

慈母手中线，游子身上衣。
临行密密缝，意恐迟迟归。

谁言寸草心，报得三春晖。

但姐妹篇的另一首《游子》，似乎被后人遗忘了，至少是被冷落了，与萱草的命运差不多：

萱草生堂阶，游子行天涯。
慈亲倚堂门，不见萱草花。

两首诗都以"游子"为主题，吟诵人世间最普通而又最伟大的亲情——母爱，尤其是后者，着眼点在游子，但通篇不言游子思亲，但言慈亲思子，字字平常，句句朴实，慈亲思子这一游子想象中的虚景，将母爱之伟大推到了刻骨铭心、欲罢不能的极致。

萱草原本是游子行前为化解慈亲思子之苦而种植的，慈亲却全然不见萱草花，思子之苦"能把天涯望断"，其立意之高，技巧之妙，着实比《游子吟》略胜一筹，只不过没有"谁言寸草心，报得三春晖"这样脍炙人口的名句广为流传罢了。

有人说，"寸草"在此不是泛指，而是专指"萱草"，我以为假如《游子》写在先，《游子吟》写在后，是可以作如此推想的。

这两首诗是对黄花菜从萱草到忘忧草到母亲花这一演进过程的最有力的佐证。

于是常常告诫自己，如果你对自己来自何方一无所知，那么，你前行的脚力又来自何处？

2

做好了功课，终于踏上了寻找黄花菜之旅。

我常说，心中有的，眼中就有，心中没有的，熟视无睹。但绽放于盛夏的黄花菜，我确实未曾亲睹过，吃了大半辈子的黄花菜，除了近年来夏天偶尔在菜市场见过并买过新鲜的细长针形花苞，未曾见过原生态生长的模样，能见到新鲜花苞，也是托了近年来物流业发达的福。

为了让想象照进现实，今年是下定了决心的。

起初规划了三条线路。首选山西大同，这些年每次去太原，都会在机场带一点大同黄花菜回家。据说，著名影星成龙已多次深入大同黄花菜种植基地，并为黄花菜代言。今年北京两会之前，习近平总书记赴山西调研脱贫攻坚成果，也去到了大同云州区黄花菜种植基地，并在那里发出了"黄花菜是个大产业"的号召。看情形，黄花菜的好时光将要到来。其次准备去四川达州渠县，网络搜索显示，那里也是有名的黄花菜之乡，也是较早认定的黄花菜之乡。但最后还是决定去湖南衡阳祁东，一是了解到湘江中游是黄花菜最早的原产地，有"中国黄花菜发源地"的美誉（这是决定性的因素），二是据报道早几年大规模种植，祁东黄花菜占了中国黄花菜市场百分之六十以上的份额，三是查阅到了袁隆平为祁东题写的"中国黄花菜之乡"石碑，虽说中国大地上这个"乡"、那个"乡"的已经过于泛滥，但我相信袁隆平的为人。

今年天气似乎格外反常，从立夏到小满到夏至，家乡临平难得一个好太阳，阴有阵雨或雷雨、局部地区暴雨或大暴雨成了常态，而外地无论山区还是平原，洪涝灾害的消息也时有传来。等到端午三天假期，觉得实在不能再等了，便坐上了从杭州东到祁东的高铁，直奔神交已久的黄花菜去了。

高铁在无休止的雨水中恍如穿云破雾，心中有一千个一万个呼唤，依然有那么一点小激动。一罐啤酒喝到最后一滴，最后一片牛肉干告诉我，我已经想念黄花菜太久了。

车过玉山南站，鹰潭北站，南昌西站，衡阳东站，方位的重要性早已在我的人生中深入骨髓，仿佛在一个遥远的峡谷，你前世的恋人一直在那里等你，等你曾经的黄花盛开，等你曾经的硬实板床，等你黑夜里留给南岳之巅的一个梦，直等到端阳声声，等到黄花菜都凉了。

等到黄花菜都凉了，这是多么美好的一个故事。在我的故乡李家桥，每年从正月初一到正月十五闹元宵前，每家用来请客的压轴大餐通常是一大碗黄花菜叠肉，哪怕家里再穷，借了钱也是要叠一碗装装门面的。事实上，那碗大菜确实也是用来装门面的，我们小孩子口水流得再长，也知道正月里前半个月是不能碰的。我们称之为"墙头肉"，碗口水平线以下压实了黄花菜，碗口以上用耐压的猪腿肉像砌墙头一样砌起来一座"六和塔"，压在碗口以下的黄花菜是看不见的。其实客人也都知道这是一碗"门面菜"，轻易不会动筷，更不会去"挖"墙角下的黄花菜。然而，蒸了一次又一次，那肉和黄花菜合谋生发出一种奇异的香味，满屋子地弥漫。记得有一年大年初三，我舅舅姗姗来迟，我父亲很生气地说："等到黄花菜都凉了！"我舅舅笑着顶了一句实话："反正又不能吃！"然后小心谨慎地，仿佛掘宝似的，往碗底挖黄花菜，不多不少夹出来一根，塞进我嘴里，说是奖励我期末考试每门课都得了五分。哇，那个香啊，做梦都要笑醒来的！

3

感谢中国高铁，堪称守时标杆。我乘坐的 G1503 班车，9 点 59 分从杭州东站出发，下午 3 点 52 分抵达祁东站，历时 5 小时 53 分，对比火车票时刻表几乎分秒不差。

更为喜出望外的是，祁东蓝天白云，天气大好，许是日积月累的心心念念感动了上苍。

于是改变计划，先不去酒店安顿，包了个出租车，立马奔驰官家嘴镇。司机姓何，是本土白地市人，交流时能感觉到他对黄花菜熟门熟路。我翻出网上搜来的袁隆平题写的石碑照片，要求何师傅冲着石碑而去。他说，你运气真好，上午一直在下雨，中午还下得很大，这些日子阴晴不定，每天都下雨，摘来的黄花菜很麻烦。

从祁东站出发一路向西，我留意着路标，沿途依次看到风石堰镇、白地市镇、石亭子镇、黄土铺镇、官家嘴镇。他说，黄花菜主产区主要就集中在官家嘴镇、黄土铺镇和石亭子镇，现在真的很麻烦。

我当时心情大好，压根儿没去理会他说的"很麻烦"是什么意思，倒是刺了他一句，有你这么热爱家乡的？你就给我好好开车，帮我找到我要去的目的地。

车过官家嘴镇后进入一个山村，也不知道叫什么村。他在村口一块横卧如牛的巨石前停了车，巨石上刻着"黄花源"三个大字，估计已接近"发源地"了，可他却不知道下一步的走向了，不知道袁隆平题写的"中国黄花菜之乡"在哪里。这下他说实话了，他也没来过。

你开出租车几年了？

八年了。

难道没有接送过外地游客来寻访？

你这样的是第一次遇到，要不怎么说黄花菜都凉了？

4

离巨石不远有一户人家，我们从屋后绕道上山。

山不高，视野所及是无边的丘陵。道路和缓起伏，远近民居白墙黛瓦，错落有致，墙面上涂鸦着各种有关黄花菜的口号、图案、诗歌和故事，显然是进入了景区，是官方刻意修饰过的。

时间已接近下午 6 点，热浪依然劲头十足地波动，大朵的白云在蔚蓝的天幕下缓缓移动，地面还蒸腾着雨后的水汽。当我们登上一个相对较高的小山坡找到袁隆平题写的"中国黄花菜之乡"的碑石时，呈现于视野中的黄花菜啊，漫山遍野，好一幅天然画卷，将我一路的小激动推到了大激动，让我又一次感到了语言的苍白，而这样的感觉已经很多年没有出现过了。

曾经赞美过春天油菜花海的浪漫无边，但油菜花海的人工痕迹太重了，崇尚自然之人一向讨厌人工。夏天的黄花菜虽然没有春天的油菜花黄得那么浓烈，艳得那么激情，却是浑然天成，令旷野深处每一个角落都跳荡着勃勃生机，让你深切感受到中国母亲花的力量原来是如此强大，是炎炎盛夏无与伦比的存在，天生属于夏天的骄傲，若与娇弱的康乃馨相比，她才应该是诗人笔下至高无上的伟大意象。

仅此一刻，我已深感不虚此行，值得！

来不及享受身在花丛的喜悦，我便迫不及待地钻进一处又一处黄花丛，觉得自己颇像一位严谨的科考队员，细细观察其底部一丛丛基叶，像大蒜又像水仙，正渐渐老去，而她高高挺起的茎秆大都能没过腰身，高的能触碰额头，茎秆上一条条细长的花苞精神抖擞，犹如芝麻开花节节高，一律奔着阳光向上。花苞大都还是青色的，接近成熟的花苞鼓胀起来，青里泛黄了，据说只要一天，就会在某个瞬间啪一声绽放了，而且通常是在夜间绽放，烈日下不会开。这就注定了菜农的辛苦，接近绽放的花苞必须赶在绽放的前一天及时摘走。这需要十足的经验和判断力，摘早了花苞小，分量轻，意味着少挣钱，摘迟了，花开了，就只能留着欣赏了。日常饭局怕等人"等到黄花菜都凉了"，山里的菜农最害怕看到"黄花菜都开了"。而因为烈日下不会绽放，水分少，菜农们最乐意顶着烈日采摘。试想三伏天毒辣的日头下，地面被烤得热浪滚滚，菜农们穿着长衣长裤，戴着草帽，全副武装穿行在黄花菜地里，有多难受，可这是一年的希望啊，再忙再苦再累也要把当天该摘的花苞都摘走。

我从黄花菜丛中出来时，上身衬衣已经完全湿透，估计都能绞出一大把水了。

这时发现口口声声"很麻烦"的何师傅此刻居然也在专心致志地拍照了，冲我笑笑说，若要拍采摘的场景，得等到明天上午 10 点后，但愿不要下雨。

接着又自言自语，被你感动到了，没想到还真这么美，感觉之前从未见过似的。

我说："这可是中国的母亲花啊，你能说她很麻烦吗?"

（原载《杭州日报》2020 年 7 月 10 日）

乌 柏

严国荣

　　在南方，柏树很多，也很普通。很多人又叫它乌柏，那是因为柏果成熟后，它外裹的果皮逐渐发黑的缘故。明代徐光启说"臼不须种，野生者甚多"。春夏间常有很多自生出来的小柏树，那都是鸟儿们啄食柏果没法消化果核所致。香樟、楝树、乌柏是宁波乡间最为常见的本土树种。特别是乌柏，在农家的房前屋后，以及河漕边沿、农田的土墩上，随处可落地生根，没几年便绿叶扶疏了。"柏"字在古籍上多见作"臼"，它的果核非常坚硬，喻意如石臼。我们院墙外的路名随地名而来，也与乌柏相关，叫作"柏墅方路"。我想，方姓人家原先住的地方必定有棵柏树，当陌生人问路时，就会有人指着远处的一棵柏树说，就是那里。柏树与方姓人家就这样自然而然地被连在了一起。至于后来发达了，不知是哪个门客的主意，改柏树为"柏墅"，农家茅舍一下子成了乡间别墅，顿时身价百倍。

　　民国时期，宁波一些公路的两边，种的全是乌柏，其痕迹至今依稀可寻。到20世纪七八十年代，当年种植的乌柏树仍然起着护路的作用。其时管理公路的叫"道班"，只见护路工赶着一只南方少有的毛驴，拖着半弯破旧的汽车轮胎，将滑到路两边的砂粒往中间拨拉，累了就将驴子系在柏树下休息。前人起初选择乌柏树用于护路，是有一定道理的。因为南方多水稻田，新建公路必定横穿田野，而乌柏亲水，容易种植和管理。另外乌柏的根系不甚发达，也不至于因此拱坏路基。再者乌柏的树叶并不茂密，它的树阴对路两边农作物的光照的影响也较小。至于随之而来的风景，只是"无心插柳"，多多益善。

　　乌柏在古代，算是一种经济作物。它黑色的裹皮开裂后，白色的柏籽外有一层带蜡的油脂。其蜡层下臼核里的果仁可以榨油，榨出来的叫青油，兑入白蜡倒入模型冷却后便是柏烛。柏烛的亮度据说要比蜂蜡制成的蜡烛高。南宋诗人陆游有句"乌柏烛明蜡不如"的诗，正说明了这一点。晚清光绪年间，有一个叫徐绍基的绅士上条陈给左宗棠，提倡广种乌柏。他以为乌柏树可以保持水土，"捍水患、保圩堤。"再者当时社会经过洪杨之乱后，民生凋敝，其时"蜡价日昂"，洋人乘机运油"夺民间日用之利。"广种乌柏，无疑是一举二益之事，即小见大，言之恳切。

　　春天里，别的树都长了新叶，而乌柏却不紧不慢缀些极细小的碎叶出来，就像是胡乱地在树枝上涂了点漆渣了事。等到草长莺飞那时节，它才蓬勃起来。乌柏叶的叶柄较长，叶片棱非棱、圆非圆，两样重合后接近于心形，倒也入画。初夏之时，新叶泛翠，柏叶就像是一把把精巧的小扇子。每当微风拂过，正反两面稍有色差的叶片不停地在阳光下翻飞着，就像姑娘们穿着薄衣伫立在风中而尽得"玉树青葱"之意一样。过后，在它们的叶丛之间，会吐出一条条铅笔样粗、小指头般长短、毛毛虫似的花穗来。盛夏之期，乌柏树树荫婆娑，若在它的下面把酒言欢，是一件很惬意的事。它的叶片不像香樟绿得发暗而略显压抑，乌柏叶似乎能透过强光泻出绿影来。白的瓷碟、白的酒盅，在它的下面，都会被染上一层淡淡的绿晕。虽说是在树底下，却给人以一种通透畅亮的感觉。

　　乌柏树不高，顶多也就十来米，也没听说过有上百年的乌柏树。除了它根系不发达外，另一原因是当它生命最旺盛的时候，正好遇上台风的缘故。每年八九月份，乌桕绿荫披离，桕籽累累，而此时狂风伴随着暴雨时有袭来。风雨之中，很多乌桕树被刮得遍体鳞伤，有的则因不堪重负而倒下。乌桕生长之期，枝丫不断地向上分裂。一杈大多分四五出细枝，然后在细枝中会有胜出者作为主枝，并由它选择生长的空间和再次分裂，一切都是自然选择的结果。乌桕的生命力很顽强，也很少看见它有什么病虫害，只是偶尔会有几条颜色鲜艳的洋辣毛虫爬过，到秋后再在它皲裂了的老树皮上做几个比大豆大点且十分致密的虫窠过冬，这对乌桕来说，则是多了些点缀而不伤大雅。乌桕树枝叶匀称，鸟儿们能穿叶而过，所以都喜欢待在它的上面聊天、憩息。尤其是白头翁，每到秋后桕果即将成熟的时候，唧唧喳喳，一树的吵闹声。由于乌桕的树枝一直细分到顶，所以寒冬腊月里一遇风，便丝丝作响。若风大一点的话，这树梢声则十分凄紧；或在半夜惨淡的月光下，风摇影动，会给人有种恐惧感。乌桕的树形很美，仲冬之时，木叶尽脱，它们就成了画家眼中的寒树，如同《芥子园画谱》里的树法。它曲屈如虬，阴阳向背，诸法皆备，入情入理。

一俟秋后，寒烟凝碧，乌桕树的树叶就热闹了。原先的绿叶失去了往日草泽般的光鲜，继则暗淡，之后便老旧起来。可才几天，它最外层的叶片已呈浅绛色，有的还现出了淡淡的紫晕。有时在同一片叶子上青黄交错，竟会有好几种颜色。乌桕叶没有叶腊，因此也没有反射光，叶色如同画在宣纸上一样，让人看起来十分舒服。冬初之时，几番霜风一过，乌桕树的颜色就更丰富了，绿的橙的，红的赭的，一树树的锦绣。此时在太阳底下，若近距离耐着性子仔细地观看，藏在枝条间的，则另有一种半透的酒红的叶色，最为美艳。在那些叶片中，淡黄色的条条叶脉像是缮在上面的一缕缕金线，把这种红叶衬托得更为精致可人。

三四年前一日傍晚，我乘车从奉化横山水库向尚田行进。中途，在田野与一处向阳山脚凹交汇、相当于一个小气候的地方，有一大片乌柏树映在落日的余晖里。其热烈的色彩，流风曳丹，如梦如幻，连片的柏叶就像低垂的霞云一样。若不是天时地利碰巧的话，那种景象稍纵即逝，是很难得一见着的。而水边的柏树，则是另一番景象了。前几年的秋末，我去白马湖的春晖，见湖边也有不少乌柏树。其中一株有一大半枝叶欹向水边。树枝在微微晃动湖面的倒影里，将那种本就层次丰富的叶色进行了重新组合。就像一幅印象派绘画的作品，没有具象的形状，只有抽象的轮廓和看似不经意的色块，但它却于虚实之间产生了一种意想不到的妙处。

红叶之美，似乎总被枫树给揽了，那是杜樊川"停车坐爱枫林晚"的成就。然北京大名鼎鼎的"西山红叶"，并不是枫叶；南方宁绍平原一带的"红树青山"中的红树，也不是枫树而是乌柏。"红叶题诗""乌舍凌波"，关于红叶的诗文和故事有很多。但却很少有人用三角枫、五角枫画入中国画里去的，而真正入画的红叶恐怕只有乌柏了。许多名画家如张大千、吴湖帆也都喜欢画红叶。为得美人芳心，红叶最讨巧。图中粉绿的草茎，焦墨淡彩画出的树枝，再在树枝上染上绿苔，点上花青，尤其是那几瓣耀眼夺目工笔重彩双钩的红叶；那种红柏叶带着虫咬过的破损，给画面带来了无尽的生机，谁见了都会喜欢。可多数人并不知道画里的红叶其实是乌柏。乌柏称小枫，亦称江枫。一是因为"乌柏后枫而丹"，从体量上而言，乌柏没有枫树高大。唐代张继《枫桥夜泊》诗中"江枫渔火对愁眠"的江枫，很多人总以为是枫树，完全不会意识到竟是乌柏。古人说"枫宜山而柏亲水"，山枫不可能伴渔舟于江边。而乌柏性喜湿，所以诗中的"江枫"，张继说的本就是乌柏。

前段时间，我同作协朋友们陪几个香港人去宁波帮博物馆参观，因我不是主陪，簇拥着的人也够了，因此我也懒得再进去，只是在外面看风景。那里也有一棵植在人工岛上不算高大的乌柏树，红叶无多，柏壳尚乌，半开了的果皮外露出许多白色的柏子。当时我也没太在意，只是觉得好。可想不到的是，几天前我同几个朋友去绍兴和诸暨，在杭甬高速公路的两边，又见到许多原先未曾注意到的乌桕树。因为车速比较快，我已经看不清它们残存的红叶了，只是满枝开裂了的桕子，像是满天颠簸着的雪白的爆米花一样。百余公里的桕树带在杂树和天空的衬映下，给人以一种轰轰烈烈的视觉的冲击。这是我第一次才感受到桕果成熟后的乌桕树，竟有这么的壮美。

那天我们一行人沿山转溪，"莳店社林"，从东白湖而斯宅、而千柱屋、而兰亭，行进在历代文人多所向往的"山阴道上"，路两边时有乌桕树从我们的眼前掠过。可能是季节的关系，它那高下错落桕子的白点，嵌缀玲珑，粗粗看去，倒以为是弄错了季节而开早了的梅花呢。是啊！记得前年的冬天，我于山脚边寻访书有"听涛"两字的一块旧石。过后觉得时间尚早，便在荒野间闲步起来，并想从那里带点什么回去。可是除了眼下苍黄的景象和凛冽寒风所发出的阵阵林涛声外，似乎没有什么可令我关注。四顾茫然之中，忽见深色山前有一树结满了白子的乌桕树格外触目，它像是一轴大写意的"风梅图。"于是我顺手折了几枝，回来后插在一只刻有"玉柳"两字的紫砂笔筒上，亦当它梅花来欣赏。几年过去了，疏枝上磁白色的桕子，至今温婉如新。桕子这种白，没有光泽，白得很稳定。不像白色的花朵，没白几天就泛黄了。它就像旧称称杆上的称花，历久弥新，沉稳而亮丽。又像深色屏风上月白色的螺甸，会洐生出很多故事来。桕子它白得含蓄，白得恬淡。

"乌桕红经十年霜"，这是吴梅村在《圆圆曲》里的诗句，说乌桕在江乡间红了一年又一年。虽然不久之后，绿荫退去了，红叶稀疏了，乌桕树上的桕子也会随鸟儿飞向各处，或随风飘落，落地成尘。乌桕看似平凡，也非栋梁之材，却给人以一种田园般的亲近感。你寂寞时它也寂寞，你若想起它时，它便会演绎出很多美好来供你欣赏。

（原载《浙江散文》2020 年第 1 期）

良渚古文明的剖面

张抗抗

人口稠密的杭嘉湖水乡，这一片良渚平原，少见的空旷敞阔。

视线中，地面上几乎空无一物。初冬的草坡依旧青绿、坡下的小河清亮亮波潋潋，岸边银色的芦花摇曳、金黄的茅草飒飒。

走进良渚古城遗址公园。浙江余杭区。2019 年 12 月。

终于，有一座类似房屋的深褐色建筑，出现在一座小坡顶上。茅屋？巨型木架？曲线起伏的坡形大屋顶，简洁庄重古朴。

这是良渚遗址的一个重要发掘点，莫角山台地。

走上几十级台阶，然后往下俯视——

粗大的围栏下，一座长宽深达十余米的大坑赫然显现——四周都是笔陡的土墙，用江南最普通最常见的黄土夯成。壁上干裂的泥土裂缝、错落的方柱形洞眼，是考古发掘现场的印记。越往下，层层垒砌的墙土越发硬实紧密，如此干净而又细腻的黄土，筑墙时定是经过了严格的筛选。不同分层微妙的色泽差异，可辨认出黄土的堆筑分多次完成，墙上标注着土层的不同年代数字。墙壁腰线处规整的土埂、泥阶一级级通往大坑底部，坑道里散落着大大小小、黄褐色灰白色的石块，由于安卧于地层深处而未被世间的风烟磨去棱角。它们承载了过重的史前信息，无言地诉说着远古的秘密。

这是良渚遗址南城墙。两侧的土墙剖面，正是城墙上部的泥土。那些散落的石块，是当年城墙的地基垫石。

那一刻，那一瞥，那些曾经深埋于地下的城墙垫石，那些被考古发掘的土层剖面，在眼前拉开了一道厚重的历史帷幕，它们如同一条锋利的历史纵线，在瞬间穿越了古今，回到五千年前华夏文明的原点。

良渚古城遗址，位于浙西山地丘陵与杭嘉湖平原接壤地带，地势西高东低，南面和北面都是天目山脉的支脉，凤山和雉山两个自然的小山，分别被利用到城墙的西南角和东北角。古城略呈圆角长方形，正南北方向，占地约 3 平方公里。城墙底部铺垫石块为基，墙宽 40~60 米，用纯净的黄土堆筑基础，上层为浅黄色粉沙质淤积层，底部为青灰色淤泥层。部分地段的地表如今还残留着 4 米多高的残墙。在良渚瓶窑葡萄畈遗址，曾发现了古城的西城墙。古城之外，有占地约 8 平方公里的外城郭迹象，建筑高度由内而外依次降低。考古已先后发掘了 8 座水门的土层剖面，可推断良渚的普通居民住在城的外郭，乘坐独木舟与竹筏来往于古城内外。在南城墙中段，还有一座由三处小型夯土台基构成的陆城门，这是良渚古城唯一的陆路通道。

内城、外城、城墙。宫城、皇城、外郭——这三重建构，标志着城市和都邑的成型。意味着良渚时期的社会形态，已从原始部落联盟进入了奴隶制等级社会。

良渚地处水乡泽国，河网密布，五千年前的良渚古城，营建于沼泽湿地之中。王公贵族居住在城中央 30 万平方米的莫角山高台地上，如今仅剩下三座宫殿台基。据考，人工堆砌的 10~12 米高的巨型土台，面积达 30 万平方米。大莫角山宫殿位于城址中央，地势最为高敞，视线开阔。往南眺望，远近的丘陵起伏河道环绕，小莫角山、乌龟山宫殿台基遗址，有如两座小型卫城匍匐护佑。前方不远的台地顶面，有一片面积不少于 7 万平方米的"沙土广场"，河沙加上取自山上的黄色黏土，夹杂石头颗粒相间夯筑而成，质地坚硬制作考究。考古可见沙土夯筑的上部剖面，为黄褐色或暗褐色的沙质夯土，土质致密。下部由沙层和泥层间隔筑成，层数最多可达 13 层，自上而下沙层逐渐加厚，泥层逐渐变薄。泥层上留有一个个明显的夯窝，夯土面上还有成排的柱坑，像是良渚古人为今人留下的窥探气孔。沙土广场是古良渚人举行大型仪式的"公共场所"。从田野考古学角度判断，作为良渚古国权力中心的"首都"，应该就在我们脚下。

莫角山内城城内，还曾发现了 35 座良渚时期的房屋基址，附近有坑状烧土堆积，灰坑、积石坑、沟埝遗迹，还有用于排水的大量卵石盲沟。姚家墩一带发现石砌地面与红烧土地面的建筑遗址，与莫角山遗址遥相呼应。修葺如旧的遗址，酷似一组横铺的剖面图，勾勒出史前良渚人族群聚落的样貌。

20 世纪 80 年代，在良渚古城中部位置，考古发现了一座完整的墓葬——反山墓地，从墓葬群墓坑的排列等级，考证这是早期良渚部族显贵者的专用墓地，故而反山被誉为"土筑的金字塔"，是中国新石器时代末期最高等级的墓葬。几千年漫长的岁月，反山墓地一直被覆盖于一片汉墓的厚土之下，直到近年大量纹样精细的玉琮玉璧玉璜玉片、陶缸陶鼎陶罐等多种随葬品被考古发现。其中最为人赞叹的"玉琮王"，也就是那尊神秘的人面神兽、半人半兽的玉琮神徽，就在反山 12 号坑出土。当它在五千年后重见天日之时，那双睁得大大的双重四眼，向我们投来好奇无邪的目光，羽冠上的幽幽纹饰，散发出原始宗教质朴的尊荣与威严。良渚玉器表面的浮雕、纹饰、线条与符号，令人对甲骨文、古汉字的起源及前史浮想联翩。

还有城外北偏东五公里处发掘的瑶山墓地和祭坛遗址，剖面显示均为"熟土墩"，祭坛顶部平面呈回字形的三重土色清晰可辨。这里相继出土了完整的成组玉礼器：与神权有关的玉琮、玉璧；与特殊礼仪有关的精美嵌玉漆杯等形器；用于生产工具的玉钺；成为"玉器时代"的标志。这些玉器经碳 14 测定，古城的年代下限应当在公元前 2300 年，也就是说，持续发展约一千年良渚文化，距今已有 5300—4300 年。良渚遗址因此成为五千年中华文明史无可争议的凿凿实证和注释。

还有良渚时期的古河道。

古城墙边的护城河里，曾经发现了很多良渚文化晚期的碎陶片，河岸边曾发现垫石埠头、黑石英石片、玉料、钻芯和漆木器坯件等遗物，说明这里曾经是玉石加工、漆木器与骨角牙器制作的手工作坊区，这些手工遗物大多工艺精致、做工复杂，为史前遗址所罕见。难以想象远在五千年前的新石器时代，使用麻绳和沙砾作为琢玉工具，竟然能够将玉器表面的花鸟鱼虫图饰，钻芯的剖面如同鹅卵石一般精细光滑。还有大量的螺蛳壳蚬子壳蚌壳、动物遗骨、木浆、烧焦的稻谷，栩栩如生地还原了良渚先民生产、生活的原始样态。

如今，水量丰沛的东苕溪和良渚港，依旧在良渚城的南北两侧款款流过。智慧的良渚先民，在这山水环绕之间，依山傍势建起了古城外围的高坝和低坝。天目山夏季多暴雨山洪，水坝即可用以灌溉、泄洪、运输、调节水位。这是迄今所知中国最早的大型水利工程，也是世界上最早的水坝。不由深深惊叹古人的智慧、胆魄和坚韧。

这天傍晚时分，我们到达一个叫作老虎岭的水坝遗址，在两座矮矮的小山之间的谷口位置，夹着一堵褐黄色残墙，乍一眼看去，只是一个毫不起眼的土堆。顶部覆盖着一层厚厚的黄土外壳，生长着些许灌木杂草。黄土的下方全由青淤泥堆筑，结构类似豆沙包。土层已被几千年的岁月压得硬邦而坚实，几乎与山合为一体。

准确说，这是山间水坝的一段截面和断坎。

经讲解指点，再细细辨认，依稀发现土墙上留有一道道极其细微的纹路，颜色较周边的泥土略深，类似草茎的痕迹。草茎顺向分布，并没有交错叠压，不像是编织过的草袋，而是用成束的散草包裹着淤泥制成。轻轻触碰那墙，指尖下传来了年深日久的凉意，草蛇灰线之间，隐隐浮动着良渚古人灵巧的双手和健硕的身影。

这就是良渚古人修筑水利工程所大量使用的"草裹泥"。草是沼泽地带常见的"苫"，碳14测定，样本的树轮距今4900年，属于良渚文化早期。坝体的堆土内还曾出土过一把完整的木锤，推测其应当是制作"草裹泥"的工具。淤泥中还曾揭出一片草裹泥堆筑层、木柱及竹编、竹片遗存，木桩的底部削尖，插入原河道的淤泥中，应当是为草裹泥的层层码放起加固作用。

老虎岭东侧的岗公岭，留有一座最早被考古发现的高坝，坝高约30米。良渚水利系统共有6条高坝，分为东西两组。近年来，用遥感卫星技术还勘探到多条低坝，低坝在卫片上看起来呈细长形，类似哑铃把手或是字母H中间那个短横，坝体仅高10米，利用了几座自然山体连接而成，构成了良渚南线的水利屏障。低坝水系的存在，也是从草裹泥的碳14测定年代得到了确认。

自此，由史前良渚人统一规划并人工建造，距今约5000年古城外围水利系统，全部浮出水面。高坝低坝，巍巍然屹立于世。

伟哉良渚！智哉良渚！善哉良渚！

良渚遗址上所有的断面、断坎、剖面，就这样为我们一层层揭开了良渚古文明的真相。兴修如此大规模的水利工程，需要调集整个古良渚的人力资源，并进行组织管理。专家学者以此推断：良渚古城是长江下游并太湖流域马家浜文化的承继与发展。这些由城址、外围水利系统、分等级墓地（含祭坛）、精湛极致的良渚玉器等四类人工遗存构成的文明范例，揭示出一个以稻作农业为经济支撑，有复杂的社会分工、阶层分化、礼制规范、城市架构，并拥有神权与王权的原始宗教信仰，毋庸置疑具备了区域性文明的早期国家雏形。

自1936年开始的良渚遗址发掘，一代又一代考古工作者在田野上披风沐雨，历时八十年寒暑，为华夏文明起源分布的"满天星"

说，提供了最有说服力的佐证。

2019 年 7 月 6 日，中国良渚古城遗址获准列入世界遗产名录，成为中华五千年文明史的实证地，得到了国际社会的认可。

作为一个杭州人，我曾几次到过良渚。只是，迟至这一次，我才懂得，北依太湖、西靠天目山脉、东临钱塘江的余杭良渚平原，才是"最早的杭州"。良渚古城，就在我们少时向往的"大观山果园"。

离开良渚多日，那尊四目双眼玉琮神徽，始终带着它凝重神秘的微笑高悬于头顶。我似乎听见他说：历史的真相，无论在地下掩藏多少年，待到重见天日之时，一切妄语和谎言，都将化作尘埃。

（原载《浙江散文》2020 年第 2 期）

我已经准备了哈根达斯

张林华

劈面遭遇新冠，宅家读书就是休息，何况还能被称作是一种贡献。翻读文汇出版社的一年一度的"笔会文萃"《今生一盅茶》，读到学者葛兆光先生的文章《陆谷孙先生》，称因为情趣相投，陆先生喜欢邀作者夫妇去陆家做客，常去电话时，还特别不忘记交代自己"已经准备了哈根达斯"，为的是能够又一次痛快而无忌讳的说话。读到这段文字，我瞬间有说不出的爽快与会意。葛先生是著名历史学家，七十多岁的陆先生则是大翻译家，编著了了不起的《英汉大词典》。两位学者都供职复旦，除此外，显然还有一个共性特点是，两位大家（以及夫人）都是哈根达斯的粉丝，这实在很有趣，也多少有些让我感到意外。

我之意外，首先来自我对哈根的敏感，坦率地说，我是它的拥趸，所以有兴致关注它的每个细枝末节，以及由此派生的趣闻轶事。一扫而过是读书常态，惟其敏感，才会注意到那些生动的细节，并会禁不住击节叫好。我无意神化任何一个品牌的冰激凌，但哈根无疑是独特的，其原料与味道皆纯正，奶源地新鲜制成的优质乳脂，幼滑浓郁，带给味蕾辗转缠绵的奢华触动，舌苔上无颗粒状，呈现美妙非凡的味觉体，我尤爱杏仁味的那款。包装也是精致不过，大小合适，不似国内某些品牌体量过大，外观粗糙。真的是很厉害，尽管它价格贵得有点不近平民情。

作家刘瑜曾经写过一篇文章《不是每个人都有热气腾腾的灵魂的》，引起不小的争议。我是确信世间有"灵魂"的存在的，因为如果没有灵魂这个属性，人世间许多事情便很难归类与形容，比如像除生老病死、遮风挡雨，以及吃喝拉撒睡等自然的、物质的形态以外的许多东西，既形而上，又无形胜有形，你当然不可否认它的客观存在。我只是很意外刘瑜竟会用"热气腾腾"这样的词来形容灵魂，这是很文艺的一种说法，却又说得何其生动形象！

那么，什么样的灵魂才够得上称"热气腾腾"呢？我认为灵魂应该有丰盈与干枯之分，有生机勃勃与暮气沉沉之分。干枯的行尸走肉一般的灵魂，尽管也还没到"死灵魂"的地步，也只是五十步与百步之别，而丰盈的、生机勃勃的灵魂，是一种质的优势，定然是自由意志的灵魂，是鲜活有趣的灵魂。

知心朋友间推心置腹的谈话交流，伴之以美味可口的冰淇淋助兴，其场景很让人憧憬，想想就是一件美妙无比的事情。当然这件美妙事情的成立是有前提的，那应该是对谈话交流对象自身水准的要求，比如葛先生笔下的陆谷孙先生，知识渊博，心胸豁达，是"一个灵魂里始终涌动着波澜的人，一个思想中始终有火花的人"。

深层次反思，我的意外，其实还来自于我的某种固有观念。这种观念，就是我原本满心满脑、彻头彻尾地以为，哈根达斯仅是年轻人之钟爱，却没想到它竟老少通吃，而且，杀伤力延及七老八十的高龄人。看来我的这种观念其实是一种成见。品尝美食，乐享口福，满足味蕾之需，是人的天性使然，没有多少道理好讲，即使口味有些与众不同的特殊，也无可厚非，萝卜白菜，人各有所爱所求嘛。老年人有自己独特口味，偏偏还与年轻人口味重合，本来也很正常。哈根为年轻人喜爱，不属于大部分老年人的菜，这是事实，但并意味着它就是年轻人的专利。问题恰在于怎么看待个人的口味异众，以及是否有勇气坚持自己的个性这件事？因为它是决定你行为的魂，你是理直气壮、当仁不让地享受，还是犹犹豫豫、心有愧疚地享用？有观念在支撑。

保有自由意志何以重要？传统社会的一个顽症是不承认个性差异，不宽容个性存在，抑制创造力，强求整齐划一，老少一个样，上下一般粗，这才叫危害不小，实不可取。我个人寄居小镇，条件所限，相当长时间里，无福享用哈根，每每只在有出差机会时，才在机场一饱口福，许多时候还尽可能回避同行者，略显心虚地悄悄享受。见过几次同事发觉我这半拉老头舔哈根时惊异的夸张表情，想来大概我给人留的印象总是保守与死板，人五人六的有些端着生活，没料到也有暗求时尚的一面。同事的吃惊，并非无来由，某种程度看，莫不也是从一个侧面，反映出周边环境的一种共有成见呢？所以我已打定主意，不打算以牺牲自己的这种正当爱好为代价，来消解人们的那种疑虑了。事实上我很担心，长此以往，真到了年老的那一天，在我所有的恐惧中，最终有一种可能的选项会是：成为一个反应迟钝、表情麻木、完全没有主观意志的木偶般老头？

热气腾腾的灵魂的另一个要义是鲜活有趣。客观地说，单因爱吃哈根，便称其有热心腾腾的灵魂也许牵强，相信有更多的老年人不爱吃哈根，也很正常，绝不可断言他们的灵魂因此就没有热气。这里要讨论的焦点在于，明明未亲口品尝过味道即排斥、抵制或斥责，或者明明内心喜爱却不敢理直气壮地食用，有这样那样的多种顾忌，才值得深究。事实上，爱不爱吃哈根，不是味蕾爱好问题，不是牙口适应问题，是关于生活方式与生命观的观念问题，是对时尚、对外来新事物的态度问题。

作家贾平凹宣称："活得有趣，取悦自己，才是人最和谐、最完美的状态，也是人生最高的境界。"说活得有趣是人生最高境界的观点，可能成为一种社会共识吗？不好确定，完全可以讨论，但人活着不是为了迎合别人，献媚世界，而要懂得取悦自己，自得其乐的见解，我是认同的。懂得取悦自己的人，才会在生活中寻觅悠闲，悠闲就是原生态的自由自在，如同鲜花迎风怒放，飞鸟展翅翱翔，冬雪覆盖大地，是一个道理。活得是否有趣，相信与知识多少无关，与挣钱多少无关，只与幽默乐观的生活态度有关。为佐证自己的观点，贾平凹还讲了一个故事：

现代作家郁达夫，有一次和夫人王映霞一起看电影，一时得意忘了形，把鞋子脱下来，盘腿而坐，感觉很舒服。王映霞忽然发现他的鞋底竟然有一些钱，立刻质问他为什么要在鞋底藏钱。郁达夫急忙解释说，我现在生活的确不错，有点名气，也有点钱了，可是，我总没忘记刚踏入社会的时候很穷，吃尽了没钱的苦头。钱这东西欺压了老子好多年，所以要把钱踩在脚底下出气。王映霞一听，心中疑虑烟消云散，反倒和丈夫一起感慨起生活的不易来。

在我看来，这个故事更像一个段子，当不得真，当然也不无趣味。你可以暗笑郁达夫的歪人屈道理，但你不得不承认郁达夫是个有趣的人。有趣的人，就善于面临困境时，急中生智，绝处逢生，转危为安。藏了私房钱被抓个现行，竟还能处变不惊，自圆其说，最终逃过一劫。看来活得有趣，总体上属于生命的正能量，我们理应把有限的时光多多浪费在有趣的事情上。

从这个意义上，我敢说喜爱哈根的两位老先生，有两个热气腾腾的灵魂，他们的聚会，是两个热气腾腾灵魂的叩首。

"我已经准备了哈根达斯。"真好，真温馨！

（原载《文汇报》2020年4月2日笔会）

舞勺之年

张梓蘅

篝火升得很高

从窜向星空的火花

回忆喷薄出来

每个熟悉的面孔

独特的笑脸

在火光明灭里

映射出最初

最初的美好

……

篝火晚会。

三百多人围在柴火堆成的巨大篝火周边，一曲婉转悠扬的笛音飘至天际，身着汉服的女孩们腾起曼妙的舞姿，仿佛与丝绒般的夜幕融在了一起。

在欢乐吵闹的气氛中，大家早已忘却属于毕业旅行的那份忧伤。音质一般的音响和偶尔出错的音乐、同学们的高声欢笑和低声细语，让大家感觉此时和往常没什么大的区别。

直到烟花燃起的那一刻——

从行程表上隐去的烟花，在篝火中突然蹿向高空。破空声鼓动着心跳，一条歪扭的线飞速冲上夜空，绽开七彩的光芒。惊喜在眼中冉冉而起，全场默契地没有一个人说话。大家都用最安静的心，认真凝视着炫美的花火，一朵、两朵、三朵地露出笑颜……

直到烟花燃起的那一刻。

烟花，是整整三天的毕业旅行的高潮。它象征着结束，也象征着开始。

所以才会在欢乐中感到一种遥远却清晰的落寞，所以才会默默祈祷最后就着柴木噼啪作响的火星可以在空中多停留一刹。而任何开始都创造了将来的结局，因为不存在永恒。如此我们也只能一次又一次地迎来下一个开始和结局，因为时走，风吹，树动，影摇，没有人能永远停下。

太阳和空气都很清新。途经一片辽阔的草地，浩荡的人马一趟趟搬着砖块与木柴，开心又笨拙地将砖块摆成能架起锅的阵型。七手八脚地垒高，然后把沉甸甸的、被阳光烤得滚烫的铁锅搬上来，又呼呼地将脸烤成炭色，锅底下跃起火焰与浓烟……被烧黑的砖块与脸上的汗水，成就了竟也还算上相的农家美食。

透过炊烟看去，一切都在波浪般舞动着，如梦似幻的汩汩清泉，远处的水坝与木桥，草丛中潜伏着的跳动的小青蛙、细长的花色小蛇和叫不出名字的虫儿。知了的叫声猛地炸响又戛然而止，像害怕蛇虫的同学一惊一乍的尖叫。一切都像是来到了只有语文课本里才存在的那个多彩的世界。

炊烟燃尽，夕阳西下。郊区格外明朗的蓝天，晕开橙色紫色红色的绚丽晚霞，像是大自然在宣布自己最强画家的实力。它美得太漂亮，令人羡慕、崇拜，想去描摹、想去触及。

可是这整片的天，又定然会有失去夕阳与晚霞而迎来黑夜的时候。

如此亦无妨。因为与一切的相遇，与它们共度的绚烂与美好的总和，要比它们离去时的悲伤，强烈得多。

而夜正值满月之时。月极明亮，清晰而圆满。月下却并非多么安静的风光：一群大呼小叫的少年争抢着坐上不堪重负的木秋千，汽车木马与滑滑梯的轮回，暗明扑朔的手电筒的光芒，白色的橙色的黄色的……五彩斑斓的身影不断在滑梯壁与丛生的树林间留下转瞬即逝的痕迹。

持着手电筒向月光照去，形成一道光束，像能和月呼应似的。在夜色中辨认着北斗七星与北极星，远离人群的草坪难得寂静下来。

另一处草坪搭满了帐篷。各色的帐篷睡袋，就是今晚我们要入睡的地方。可是这样两三人窝在一个帐篷中，自然是很难睡着的。十点就宣布熄灯入寝的营地，直到凌晨仍传来窃窃私语的声音。露水渐渐浸湿了帐篷，直至第二天清晨，整个帐篷表层都已经湿漉漉的了。太阳刚刚升起，大家就陆续从帐篷里钻了出来，互相串着门，又追逐打闹起来。烈日当空以后，令人直打寒战的气温才开始突然转为酷热。

从羽绒服到单薄短袖，只是太阳升起的距离。

启程去梯田的茶山上采茶。很高很陡峭的山坡，没有石头的阶梯，必须从松动的土坡踉踉跄跄地爬上去。我们相扶着登上去，采毕又相扶着下来。从山脚到山顶其实都是有茶可采的，所以从大家采茶的位置也能看出性格来。

不过那山顶是不让上的：下来会十分艰难，也很危险。我们把采的茶送到茶厂加工，茶厂又送回我们手中带回家里。径山茶，有一股沁香与淡苦，浅浅化在舌尖。可是它已不仅仅是径山茶了，它成为我们的独家记忆，将在人散之时，留下余温。

第三次晚霞泼墨般潇洒在天际的时候，我们已经返程，结束了毕业之旅。

《礼记·内则》记载："十有三年，学乐，诵诗，舞勺。成童，舞象，学射御。"孔颖达疏："舞勺者熊氏云：'勺钥也。'言十三之时学此舞勺之文舞也。"世人于是以舞勺代指十三岁。

十三岁的我们，正值舞勺之年。在这场毕业旅行之后，我们的缘分或终将如那篝火暖光消散殆尽，只留下丝丝细烟迷失在寰宇。

即便如此，校园里宽到能通行车辆的柏油马路、春天会落满樱花的石板小径，下雨时会掉色的在阳光下仿佛闪着光的红色塑胶跑道，统统汇成一条记忆深处的路，散发童真与青春交错的光。

即便到了六月，带着温度的风吹散了这篝火下一大群人的日后之缘。

这场长达六年、独一无二的温暖邂逅，也必定会逆风而行，经久不息地守候着来日我们的归途。

（原载《中国校园文学》2020年第3期）

你会记得这个春天

赵 霞

春天是剑桥多么好的季节。

太阳暖暖地照下来，常常一整天，到处都沐浴在一片明亮的橘色光芒里。抬头望去，天空中除了偶尔吹过去的云，只是一顷透明的蓝，蓝得像梦幻。风还是大，但风里多了草叶和花的清香。白天明显变长了。傍晚六七点，若在冬天里，天早已黑透，现在恰是夕阳西斜、熏风拂面的时光。雏菊像活泼俏皮的小姑娘，顶着花帽子，叽叽喳喳聚在各处。华兹华斯诗里的黄水仙，从田野上，花圃里，绿草掩映的小径边，一小丛一小丛地冒出来，在风里摇动着金色铃铛般的花朵。白色和粉色的花，分不清是樱花、梨花还是别的花，一树树地开，软缎似的花瓣撒到空中，地上，行路的人头上肩上。

那天去邱吉尔学院赴约，走过一段熟悉的幽静小路，路旁一大树雪白的花，开得纷纷纭纭。一个骑单车经过的少年，在疾行中，忍不住从车座上站起身来，高擎着手，伸进头顶掠过的一大丛花枝里去。我也忍不住向迎面走过的一位女士打听这树花的名字。她高高兴兴地停下来与我闲聊。这，大概是黑刺李的花吧，她一面说着，一面走到树边上，就着开在低处的一枝花，数了数花瓣，又仔细将枝条打量一番，告诉我，看花瓣的数量和花序，这应该就是黑刺李的花。那么，我是遇上了一位植物学家吗？我笑说。她也笑了。我们就在这飘浮着浅淡花香的树丛下，高高兴兴地道别。

还有雪滴花，起初我以为是水仙的另一种。一丛一丛，吊铃似的洁白花朵，开在葱绿的茎叶中央，又都羞涩地垂向地面。朋友乔告诉我它的名字，snowdrop，雪滴。真是浪漫之名。坐在邱吉尔学院的餐厅里，跟乔还有他介绍相识的另一位朋友乔纳森一边午餐，一边神聊。乔纳森是邱吉尔学院的入学导师，也是儿童文学研究专家。他是威尔士人，风趣幽默，热情爽朗。我们谈儿童文学，谈方言文化，又谈到美国的选举。太阳光从通往餐厅步梯的大玻璃墙直照进来，倾泻在入口，暖意融融。用完餐，我们踩着闪闪的阳光，步出餐厅。

那样美妙的日子，好像就是昨天，又好像隔了一个世纪般的遥远。

从三月中下旬起，英国实施社会疏远、继而宣布封锁政策后，这样好的景致，只能从窗里往外看。眼看着向阳的客厅窗口，不知名的灌木渐渐绽开粉色的花簇，而后谢了。铺在地面的绿色植被，一直以为是草，现在开出了蓝茵茵的小花，在窗下连片起伏地蔓延。蒲公英的绒球，这里一个，那里一个，结在花丛中央。风吹过去，小绒伞们都纷扬飞起，落到明年准备生根的土地里去。

现实生活却很难浪漫起来。网上社交群里，大家紧张地讨论着超市里缺货的情况。有伙伴刚从超市返回，发帖告知同伴，许多紧俏的食物买不到了。不少人把超市里随手拍的照片也贴出来，那些空荡荡的货架，因为自己熟悉的缘故，比新闻报道里看到的消息更加感受真切。差不多有两个礼拜吧，货架上的鸡蛋都是空的。那是上下七八层的高大货架，过去几乎全是满的。前路迷茫，大家只好互相鼓气取暖。有人在讨论群里愤愤地安慰大家：我不相信那些鸡不下蛋了。现实的无奈里，笑得人迸出眼泪。

越是焦虑紧张，越是感到这幽默的一笑，多么难得的珍贵。封锁初期，官方强烈建议，即便在家工作，应尽可能保持日常工作的常规程序。于是就有好顽人士一本正经地传上"乘地铁"的照片。"地铁"里自然是没有座位的，眼见各位君子同仁手握扶杆，挂着标配的耳机，认真站着刷手机。再仔细一看，原来是握着自家浴室里隔水帘的挂杆，其认真逼肖，令人哑然失笑。谁说挤地铁不是"日常工作的常规程序"？想象每天出工挤地铁的日常，实是苦差。现在因为疫情被迫居留在家，想起这枯燥的日常，又有了另一番滋味，细辨起来，竟是亦苦亦甘。

乔担心我在这里人生地不熟，疫情之下，生活和情绪都容易受挫，一再写信来说，如遇任何困难，随时联系他。此后，除了工作联系，每隔近两周，他都会传来一个 check in 邮件，问候并确认我和家人无虞。一切骤然停摆，对许多人来说，心理上确是一道大坎。我跟纽卡斯尔大学的朋友通信，得知封锁初期他们正在着手做的准备工作，无关专业，而是疫情期间团队内的心理支持。封锁以来，英国各地发生了若干因精神压力导致的家庭谋杀与自戕，其中一例就在剑桥边上，令人唏嘘。家庭暴力的案件数量也直线上升。

时世艰难中，有人发明了简单而温暖的互助卡片，上写着志愿者的姓名、住址、联系电话，自行打印，在社区传播，为了给恰好处在困境中的人提供必要的帮助。面对着英国每日不断上升的确诊和死亡数字，需要多么大的勇气和善念，在卡片底下承诺"只要你需要，我随时在候"。社交媒体上，大家纷纷转发剑桥各家医院接收捐赠的链接。我曾带孩子去看过急诊的艾登布洛克医院，是剑桥城代表性的一座医院。记着那里医生护士的耐心和友善，我打开了医院网上捐赠的页面，费了一番周折，总算顺利走完捐赠流程，了却一桩心愿。

每每这样的时刻，文明与野蛮，启蒙与愚昧，大概总是空前醒目地如影随形。纯粹为了宣泄莫名的愤懑，社区间一度出现了各种仇医行为。有医护人员因被认作与病毒有关的扩散者和传播者，在上下班途中遭到莫名的暴力袭击。一些 NHS 工作人员只好选择着便服出门，也不敢佩戴工作证。还有护士遭到所在小区居民的仇视与驱逐。

但另外一半的故事是，年轻的护士清早去上班，一脚踏出门外，意外迎来邻居们热情的掌声和温暖的礼物。3 月 26 日晚八点整，从王室、首相到普通民众，全英国人应约走向窗前、阳台、门廊，一起为坚守在前线的 NHS 医疗工作者鼓掌。那个晚上，我们站在客厅大开的窗前，也把手掌拍得通红。此后，这成了全英国每个礼拜四晚上八点的固定仪式。很快有人嫌拍手掌不够响，亮出各式助阵的"乐器"，从锣鼓喇叭到锅碗瓢盆，巴不得在静默了一个礼拜的街巷里，弄出最响亮的声音。

疫情当前，一己之"我"似乎太渺小、太脆弱，不得不向"我们"借取更多的勇气和温暖。所以，当二战中生还的 99 岁老兵汤姆·摩尔推着助行器，发愿 100 岁生日之前，在自家庭院里走满一百个回合，以为 NHS 筹款一千英镑，他的行走在公众中引发了强烈回响。那些日子，"每日邮报"网站关于这场特殊的筹款活动的消息，比王室、明星的报道更引人注目。BBC 直播了他充满仪式感的最后一圈。镜头下，一个普通老人艰难而缓慢的勉力行走，助行器触地的轻响，还有近在眼前的终点，明明是日常，却令人动容。最终，这次筹款的总额超过了三千万英镑。汤姆队长的名字，也成了这个春天的战时氛围里英国精神的某个符号。

约翰逊宣布解封计划的第二天，我按照诊所网上的预约，去药店取药。这是近两个月来，我第一次离开小区，前往市中心。单车行过之处，田野已覆盖上厚厚的绿意。春花谢尽，换作一树树稠密的枝叶。骑过剑桥大学图书馆旁的林荫道，路两边的树阴，浓密得像要滴下绿来。一只褐色的短尾巴鹿，从一边栅栏钻出油亮的身子，悠悠踱过路面，消失在另一边的林子里。国王学院对面，往日喧嚣的露天市场，现在一片空荡，却从哪里传来了说话和轻笑的声音。我忍不住侧头张望，看见了远处摆着蔬果的三两摊位。木头架子上一点点红绿橙紫，那样的小而零落，却那样让人感到愉快。

我踩动单车，从这一点点彩色的画面里，愉快地穿行过去。

（原载《文汇报》2020 年 5 月 17 日笔会）

我们缘何记录？

赵青航

2009 年 9 月迈入法学之门，是过往 30 年里改变我命运轨迹的一次重要选择。从一个法科学生，逐渐成长为一名律师，时光所镌刻的不仅是身份的变化，还有那一天天过出来的日子和一步步走出来的人生。可回忆易逝，我深知，想要真正留住这过往的岁月，唯有记录方可永恒。

写作即是一种记录。之前，我在一些场合和文章里都谈过法律人记录、写作的功用，例如梳理知识、总结经验、传播观点、彰显专业等等。这些功用都是针对产出法律专业文章而言的，形成的是一个个专业的法律观点，塑造的是一位专业法律人的形象，于自身必有助益，很大程度上也是利他的，即给读者提供专业见解上的借鉴。

其实，还有一种记录是以"我"为中心的，是非常个人化的，是关乎作者心迹和心灵的，笔调或温润，或惆怅。本书即可看成是一位法律人在而立之年的自述。我很在意，也很重视这些记录。殊不知，形成这种文字的灵感是转瞬即逝的。时光易逝，我们每个人终将被时光抛下列车，迅速得看不到一点踪影。那么，何以证明我们曾在这片土地上呼吸过呢？也许，唯有文字。

每一个字，都是我们呼吸的频率；每一个字，都是我们思考的痕迹。否则就像一位长者所说的："如果你的笔不能及时记录下行踪，留住自己的感受和体验，那么忙忙碌碌就转化为浑浑噩噩了。"

人生在于过程，生命在于记录。当身体随着岁月的流逝一点点衰退，当心灵终于可以平静下来审视自己的日常劳作，我才意识到最值得珍视的不是那些天高地远的虚无缥缈，而是那些岁月河流中的点点滴滴，那些点点滴滴的情感和思绪，那些快乐、挫折和苦恼，那些努力、奋进和思考。正是这些不起眼的小事，构成了日子，也成了生命必不可少的组成部分。正是赞成这般人生观，我很欣赏叔本华写过的一句话，"我们一生的前四十年提供文本，后三十年提供对文本的注释；注释帮我们正确理解文本的真正含义与逻辑关系，明了其结论，欣赏其精微"。这便是我们在年轻时以"自产"的文字赋予一生的功用与意义。

由此，我将这类记录也作为写作的一类文体。这种文章即使不算厚积薄发的"产物"，起码也是有感而发。哪怕自己写的在别人看来仅是一篇篇与他人没多大干系的日记，但只要这是我们裨益终身的兴趣，它就一定生机盎然。

何况，法学与法律工作是我的挚爱。我对所学的专业和从事的工作有着深深的认同，我愿将它们镶嵌进自己整个人生的故事里，让它们变成我人生故事中不可或缺的一部分。同时，躬耕于此多年，我真真切切地感受到，书中写到的很多事或多或少地改变了我行走的轨迹，在我的生命中刻下了深深的印记，注定使我终身难忘。此刻我突然想起，每每写到憾事、悲事时，痛彻心扉之感不住外泄，"每一笔每一刀的痛楚，都可以通过我敲打的一个字句，直接、完整地传达到我的内心"（蔡崇达语）。感谢那些事，和经历那些事的日子。若它们成为一片苍茫的往事，甚至了无痕迹，我将无法接受，也会无比焦虑。所以我必须记录。

如今，它们以铅字的形式存在，我便心安了，是它们让我确信——当我们告老还乡含饴弄孙的时候，当我们年老体迈回首往事的时候，当我们久卧病榻眺望窗外最后一片落叶的时候，我依然可以追忆往事，且有迹可循，有料可查。

当然，不是每个人都能活成一部辉煌、璀璨的"大书"，但我们每个人各自都是一部"书"。倘若日子没有目标地流逝，那就过成了散乱的片段。但如果我们凝聚每一日的努力，以文字的形式实时且用心地记录，我们就能活成"书"的模样，它精练，它深刻，它永恒，它让个体的生命永不相忘。

时至今日，凡是被记录的，皆为我人生底色，这种回味犹新的踏实感不断指引我前行之路。

于是，30岁以前要记录，30岁以后更要如此。

（原载《法治日报》2020年11月15日）

大海深处

赵悠燕

壹

祖父手里擎着一盏点燃的油灯来到院子。晚饭后，天光还微亮着，这个季节，天日渐长。火焰因为他的走动摇摇晃晃，他缩了背，放慢了脚步，粗大的手掌还是护不住摇曳的火焰，直到在一个葡萄架下站定。他的身旁，有几株矮牵牛盛开着，漏斗状的紫色花瓣镶了一圈色边。这时，火焰微微颤抖了一下，他耐心等着，直到火焰倾斜了身子，仿佛想脱离油灯往上飞去。

祖父微微笑了，自言自语道，夏发东南风，乌贼好起畚。今晚，他用了油灯的测试方式，以确定是否开船。他想象着，夜归的路上，身上的背篓里装满了乌贼，擎着的油灯照亮脚下的路，光幕之外，模糊的身影，黑魆魆的树枝，皆都跌落一片黑暗混沌之中。他在灯下一路前行，直到推开院子木门，轻轻地"吱呀"声，给人一种笃定的安稳感。

白天，海面上，立着一簇簇如黑色矮丛林般的礁石，海浪绕在其脚下浅吟低唱，湛蓝的海水清澈如镜。那是一个海风习习的天气，人在阳光下几欲昏昏欲睡，祖父站在岸礁上，手里拿着一根木柄长长的撩篷，在海藻茂密的海域里，搜寻产卵索饵的乌贼，一撩就是一网兜。沉甸甸的背篓压弯了他的腰，他吃力地直起身子，不得不放弃浮游在海面上黑压压的乌贼。

这是很多年以前的事了，他的眼前经常会浮现出祖父捕捉乌贼的情景。现在，夕阳渐渐隐没在山背后，留下一抹胭脂红照在波光粼粼的海面上。他摇着一艘小船出现在稻礁附近，这块礁形似一株水稻，两边细长，中间拱起的部分像稻穗。他知道，每年这个时候，乌贼喜欢聚集在海藻茂密的礁丛里，把卵产在水中的礁石。它们把这里当作安乐园，从来没有想过，自己的命运带着一种与生俱来的悲剧，一旦产完卵，便会死去。眼前，海面平静，潮流平缓，作为猎手和猎物，他和乌贼似乎心照不宣。他把船锚泊后下网，在船舷搭架火篮，在铁丝捆缚的篮中燃起炭火，火光燃起来，照亮了暗下来的海面，似乎海水也在绵延燃烧。

他带了米饭和咸鱼烤，坐在船上边吃边耐心地等。抬眼望去，海面上，皆是团团闪亮的点点渔火，他知道，很多人和他一样，点燃了火篮，让它们在黑暗中亮起来。稻礁附近的海域一片亮光，仿若天上的星星落到了海面，璀璨明亮。这种方法屡试不爽，果然，乌贼循着光来了，它们从海底深渊往有亮光的地方拼命游去，这种赴汤蹈火的劲头曾让他暗暗吃惊，不过，现在，他已经见而不怪，心中泛不起涟漪了。听说东岛的渔民用灯光挂在板罾网上，诱捕乌贼，那些在黑暗中白亮得耀眼的光芒，让无数的乌贼前赴后继，网罾之内，全是白茫茫互相压叠的乌贼，几乎把网坠破。他暗暗羡慕，那种通了电的灯，果然神奇，不像他的火篮，每次起网要添加燃料，整个夜晚不得停息。

该收网了，他拨开网袋，看见里面一只只肉质丰厚、白净耀眼的乌贼。那些趋光而来的乌贼，在网里东突西窜，拼命吐墨。他想，乌贼遇到过无数的险敌，它以为喷射墨汁的方法屡试不爽，只有在人类面前，它无计可施。捕食小鱼小虾的时候，它身体变幻的彩光如碧海之花，它可曾想过小鱼小虾们的困惑和悲伤，现在轮到它了，它的感受是不是和它们一样？

阳光朗照的日子。午后，他走过晒场。那个晒场原来是片很大的滩涂，荒凉寂寞。人们驾驶着小船靠岸，把越来越多的乌贼运到岸上，如何处置成了一道难题。于是，有人想到了海塘围堤，原本废弃的滩涂便成了最好的晒场。那些密密麻麻望不到边的乌贼，长眠在一张张的竹笠子上。阳光是最好的烘干机，如今，它们曾饱满丰润的身子呈现敞开扁平的状态，所有的内容被丢弃或吹晒干燥。现在，它们有了一个新的名字：乌贼鲞，或叫螟蜅鲞。人们或蹲或站在其间，翻晒，整理，齐整，曾经鲜活的生命静止在晒场上，成为这个季节里绵延不绝的一道风景。

贰

夜半时分，他被门前的叫声吵醒。呱呱呱，咕咕咕，鼓噪不休，像许多青蛙齐鸣，响彻之声欲破门而入。他起身，半坐床前，月光透过棉布窗帘，洒在八仙桌上。圆肚长嘴的酒壶，剩了半截未喝完的酒。或许年岁渐老，不胜酒力，早早睡去，又不堪声响扰乱，一有动静便激灵清醒。

他披衣下床，打开门，白茫茫的月光如水一般哗地倾倒进来。离家不到百步，便是大海，他坐在用石块堆砌而成的海塘上，那些声响从海面上传过来，越发响亮。似集聚了生命里所有的能量，通过这种方式表达出来。热闹的气息遍布四周，大海在这种声响里开始躁动不安，被鼓动的海水在月光下波涌浪滚。

天明，他站在码头，目送很多船只出发。隆隆的马达声震碎了海面波光，矗立的桅杆如一把把长剑直指天空，仿佛胜利者打出的手势，所有的结果都在不言自明的气息和暗示里。

他在返回途中看见火红鲜艳的石榴花，挂满了树梢，微风拂过，红花摇曳，仿佛整棵树燃烧起来。他突发奇想，莫非黄鱼嗅到了花朵盛开的气息，匆匆洄游至岱衢洋产卵，用这种方式回应着大自然另一种生命的盛开和璀璨。

不久，传来了渔船回归的消息。人们奔走相告，岱衢洋大黄鱼旺发哪！谁家的船因为捞上来的鱼太多，把网都涨破了。他在那些人喜不自禁的脸上读到的信息，却让他久久不能高兴起来。

村里忙活起来了。很长日子，从码头通向村里的路一直没有干亮过，月光下，反照着湿漉漉的光，一直往模糊黑暗的远处延伸。站在树叶哗啦作响的大树下，他嗅到了经久不散的鱼腥味，似乎从树叶的脉络里徐徐析出。每个人的身上，都有这种来自海洋里的气息，就连他每天喝的黄酒，似乎也浸染了这种味道，让他食不知味，愁眉不展。

门外，人们挑着抬着满箩满筐的鱼经过。家家户户的餐桌上，每天都有这道叫大黄鱼的菜，或清蒸或红烧或晒或腌。主妇们的厨艺在这些日子里突飞猛进，她们想方设法让它们变换各种滋味，以避免黄鱼们腐烂变臭，倒进海洋。据说，它们的头被切割下来，倒进大粪池里，与粪便揉在一起，过后当作肥料。村民们避开了他追问的目光，对这些避而不谈。

日子一天天的过去。到了初冬，西北风渐紧，一阵一阵刮过村庄上空，门前的海浪在厚重的乌云压沉下，独自翻滚。镇上冒出了好几家制作鱼鲞的鱼厂，他们在地面挖开一个个巨大的地洞，把经过桐油浸渍后的木桶埋入土中。把捕来的黄鱼剖开，取出鱼鳔，鱼子，鱼白，用盐拌匀后落桶。之后，它们在晴天里被捞出来，洗净血污，吊挂在西北风和阳光下。黄鱼受此折腾，渐渐晒至骨髓枯干，在风不经意的吹拂间，常能听到空气中传来干燥坚硬的声响，那是黄鱼发出的彼此触碰声，细细辨听，似乎有风和阳光的气息和温度。

那天，他背着手一直往村口走去。晒场上的竹笠子晒满了大黄鱼鲞，密密麻麻，仿佛处在酣睡状态。细看，那些鱼头已被中间劈开，身子破膛而分，只有尾巴保持着最初的完整模样。有妇女走在其间翻鲞，她结实灵活的手臂如蜻蜓点水，让人不及细看。他想起大黄鱼在海里的时候，鳞光灿烂，悠游自在，金光闪亮了蓝色的海域。生命形式变得如此面目全非，让他不由暗自吃惊。

如何为大黄鱼呈现一种完美的状态？这种想法让他的步履匆匆起来，回到家，他检查那些已经晒干水分的鱼鲞，此刻，它们被绳子串起来挂在屋檐下，彼此轻轻触碰，又缓缓散开，以这种形式表达从海里到达陆地的惶惑和不解。风吸干了作为鱼新鲜肉质的细滑和软绵，像是一个标本，互相打量，感觉如此陌生。房子的角落里，有一口大缸，里面盛满黄灿灿的稻谷，他把它们摘下来，轻轻放入其中，郑重其事做着这些，仿佛在完成一个仪式。盖下缸盖的那瞬间，他直起身子，长嘘了一口气。

多年以后。有一天，他的子孙掀开屋角那口大缸，在满缸的稻谷里拎出那些黄鱼鲞。它们如见天日，在空气里依旧发出沉闷干燥的碰响，淡淡的鱼香弥漫了整间屋子，让他们立刻垂涎欲滴。

（原载《文学港》2020 年第 5 期，有删减）

敢于失败的英雄

赵宗彪

  《三国演义》《水浒传》看过多遍，老实说，看不出有什么英雄气，多的是流氓气。看《史记》，倒看到沛然而至的英雄气，让人感觉到人的伟岸。作为一个士，孟子可以不买君王的账，在两人的会见中，可以对君王说，喂，你走过来。庄子可以对于宰相的聘书嘲笑一番。因为在他们眼里，一个君王所拥有的权力，在我眼里并无多少价值；而我所拥有的智慧，却是君王所没有的，我们之间是平等的，作为一介布衣，我照样可以傲视王侯。而在《三国》与《水浒》中，追求权力，却成了很多人奋斗的目标。

  为什么士气从春秋战国之后每况愈下？这当然不是这么一篇短文可以说得清楚的。但是，贵族精神的逐步流失，肯定是一个重要原因。

  什么叫贵族精神？确实也是众说纷纭。但是，我以为，有一条是必须的，那就是心中有自律的底线、行动有严格的规矩，他们可以不计成败得失，自觉地坚守心中的底线和规矩，并以此为荣。

  春秋战国四五百年的战争历史，就是贵族精神逐步消灭的过程。众多的战争，催生了兵法的异常发达。兵法的精髓是什么？就是为了实现目标，可以不择手段。无论是孙子、司马氏、吴子、孙膑兵法还是以后出现的《三十六计》，兵法的所有法则，概而言之就是两个字：骗人。如果说，在战争状态下，骗人尚勉强可以理解，那么正常社会还以不守规矩和说谎为荣的时候，道德上就没有了底线。

从《史记》中，我们还能看到贵族精神的一些风采，也可以看到最后一抹贵族精神的晚霞是如何消失的。

周天子分封的宋，是"亡国之余"，他们是殷商后裔。宋人坚守其原有的礼制和宗教，在文化上有着自己的骄傲，所以在整个中原地区，显得有些另类，在许多当时的著作中，宋人都是迂阔的象征。

公元前 638 年，宋、楚两国争夺中原霸权，宋襄公为了削弱楚国的力量，出兵攻打楚国的盟友郑国，楚国就攻宋救郑。于是宋、楚爆发了"泓之战"。十一月初一，楚军进抵泓水南岸时，宋军已占领了有利之地，在泓水北岸列阵待敌。当楚军开始渡河时，右司马公孙固向宋襄公建议："彼众我寡，可半渡而击。"宋襄公拒不同意：仁义之师"不推人于险，不迫人于阨"。楚军渡河后开始列阵，公孙固请宋襄公乘楚军列阵混乱、立足未稳之际发起进攻，宋襄公又不允许："不鼓不成列。"直待楚军列阵完毕后，方下令击鼓进攻。但是由于实力悬殊，宋军大败。宋襄公的卫队全部被歼，宋襄公的大腿也受了重伤。

面对失败，国人皆怨襄公。但宋襄公并未觉得自己有错，他说："古之为军，临大事不忘大礼""君子不重伤（不再次伤害受伤的敌人）、不擒二毛（不捉拿头发花白的敌军老兵）、不以阻隘（不阻敌人于险隘中取胜）、不鼓不成列（不主动攻击尚未列好阵的敌人）"，自己遵守规矩行事，胜负乃是天意，作为元首，自己并无不当。

泓之战后，楚国在中原的扩张已无阻力。在其后数年间，楚国势力一度达到黄河以北，直到晋楚城濮之战后，楚国的扩张势头才得到遏制。宋国在泓之战后，从曾经的春秋五霸之一，沦为实力二流的国家。

正如成书于汉代的《淮南子》所说："古之伐国，不杀黄口，不获二毛，于古为义，于今为笑，古之所以为荣者，今之所以为辱也。"泓之战标志着自商、周以来以"成列而鼓"为主的"礼义之兵"退出历史舞台，以"诡诈奇谋"为主导的作战方式出现在中华大地。偷袭、诱骗变成了战争的常态，以水淹城、围困全城、饿死百姓、驱妇女上战场、掘敌方坟墓等殃及无辜民众的战事也频频出现，成千成万地杀俘也变得不稀奇，原先宋襄公所坚持的道义与规矩，已逐渐成为遥远的回忆。

宋襄公是敢于失败的英雄，行为有点像一千多年后西方的骑士堂·吉诃德。汉统一中国后，春秋时期的贵族精神，几乎从历史舞台上消失了。留下的，也只有个别人的坚守与抗争，往往也得不到人们的认同，变成了个人自撞南墙式的殉道。一个社会，只想实际利益而不顾道义规矩与名声，会怎么样呢？

司马迁不愧是一个伟大的史学家，他的目光穿透了历史的时空，不在一时一地的胜负上作评判，而是着眼于人类的文明发展。他在《史记》中对宋襄公的评价仍然是肯定的："襄公之时，修行仁义，欲为盟主。其大夫正考父美之，故追道契、汤、高宗，殷所以兴，作商颂。襄公既败于泓，而君子或以为多，伤中国阙礼义，褒之也，宋襄之有礼让也。"很明显，司马迁是认同宋襄公的。

（原载《今晚报》2020年4月2日）

重返与逃离

郑亚洪

茅盖村：重返与逃离

有一天，临近年边，在殡仪馆里，我们谈起了马勒，是《第五交响曲》。我忘记了怎么进入马勒话题。我们坐在殡仪馆泰山厅外面，厅里有一帮教徒朋友用唱诗歌赞美主来怀念死者，声音吵闹，我们大着嗓门说话才能互相听得到。在殡仪馆和李志洁聊天的那个晚上，后来把我带到了她当年逃离的茅盖村。

李志洁是内蒙古通辽人，1991 年南方来的一位弹棉郎租住在她家里，弹棉郎用歌声和对家乡山水的形胜描述吸引了她，志洁离别故乡通辽跟随弹棉郎南下来到了岭底乡茅盖村。婚后弹棉郎在外面做生意，志洁在茅盖村做了乡村教师，他们的婚姻终因弹棉郎弹断了琴弦而难以为继。2000 年志洁离开了茅盖村，从此她开始了对茅盖村的一次次逃离与重返，包括乐清电视台叶朝晖把她的故事拍成纪录片，志洁发在《西湖》杂志上的散文《茅盖村记事》，一个被贫穷和黑暗甩在崇山峻岭里的茅盖村在文字与胶片底下复活了。

茅盖村在岭底乡西南角，嵫（ɑi）崪（zu）村在东北角，湖上垟村位于两村之间。嵫崪村，很奇异的地名，在《新华字典》里查不到嵫，电脑字库里也没有这个字，在岭底乡级公路 X114 路牌上为嗌崪村。"嗌"是咽下的意思，与"嵫"字大相径庭，嵫崪，两个字带出崇山峻岭的想象来。开车去岭底寻找嵫崪村，站在村口的一位村民吐出了非常怪异的两个字"埃——崪"，前一个音同于"啊"，后一个音短促、有力，那人指着大山里面说，埃——崪，还在里面！从芙蓉进入岭底山区，开上盘山公路，过夏林头、仰后、南充、南山庵、泽基，在泽基分叉口出现"五亩田"与"湖上垟"的路牌，"嗌崪"两个很小的字写在"湖上垟"上面。三年前我来寻找过嵫崪村，二十一年我第一次来到岭底，二十二年前我在芙蓉中学教书，每天望着学校前面的大山与溪流，心思全在逃离芙蓉上（多年后我才明白芙蓉是雁荡山开山鼻祖寻找"村以花名，山以鸟名"的花村）。在芙蓉镇车站（二十年后芙蓉车站还是那么的小、乱、脏，一小栋被油漆成粉紫色的楼房就是发车点，当年这里有个录像厅兼舞厅）一次次转车、等车、坐车呕吐过程中完成了逃离和归去。我和李志洁有两年时间被困在芙蓉大山底，她在岭底，我在芙蓉镇。志洁从茅盖村，出来比我艰难上十倍，山路全靠脚走，走到天黑下来，留宿在别人村子里，第二天天亮了再走。

嵫崪两个字题在村小学大门上，小学外面即是车站，小学与车站合二为一。志洁说二十多年前嵫崪没有车站，每天只来往一趟车，停靠在这里，错过了这辆班车就别指望出去了。在志洁身上活动着两个嵫崪，一个是二十多年前她刚嫁入茅盖在嵫崪小学教书的情形，一个是现在的嵫崪，我和黄崇森看见的只是一个贫穷与富裕一同成长的嵫崪。村里新建的公厕与大城市里的同级别，中英文标示，有残疾人专用设施。这个富裕的嵫崪凸显于山路上豪华的私人轿车，在外面做生意的回家过年，豪华汽车是他们身份对外展示的机会。贫穷又是实实在在的，嵫崪村里没什么大户人家，他们的老房子很普通，最牢固的墙脚用大石头垒砌起来，因为破败了，落后了，在相机镜头里倒有了美感。志洁用芙蓉话对一位村人说："我是（小学）老师。"对方没有反应，志洁又说，"是阿玲"。我们望着李志洁，这个过去在村里叫阿玲的女人与我们陌路了，志洁需要用名字来界别身份，可是村里人回忆不起叫阿玲的女老师。后来志洁干脆说，"我是根飞家的"，他们慢慢回忆起来，有人说，阿玲啊！没有弹棉郎，我或许会在某个晴朗的午后独自来到嵫崒村，不会有志洁上面的对话，弹棉郎在乡村的空缺使得这次返乡之旅带上了志洁最强烈的情感色彩。离开嵫崒村，我们前往湖上垟村，湖上垟有两株年龄达六百多岁的柳杉，几人合抱的树干在天空中分叉出无数个枝桠来，其中一株柳杉旁边有一棵年轻的小柳杉，大柳杉像人一样伸出一个枝桠将小柳杉拥入怀里，成为拥抱之树，在农村你总会发现意想不到的超现实画面。湖上垟是中途停留点，我们把最好时间留给了茅盖村，坐进车里刚好流淌出布鲁克纳《第四交响曲》慢乐章，细腻的小提琴在营造感伤气氛。我打趣对志洁说，"你准备好眼泪了吗?"茅盖村在茅盖山下，依山而建，一个风水非常好的自然村，左右各有一列山，像伸出的臂膀一样合抱了茅盖村，一条小溪在村前流淌。站在村子里你听不到一点杂音，好像与外面的世界完全隔绝了，这么一个安静的自然村 1991 年来了一位外省姑娘——李志洁，我不知道志洁在二十四年时间里离开了多少次，又在哪一个春天的天黑以前回到茅盖村？茅盖村只有几十户人家，在山的制高点上建有一座超豪华别墅，像王一样俯视着茅盖村。在别墅下不远处一个残垣断壁的废墟，我们进去在里面拍摄，过了一会儿志洁来了，她说，这里是她的夫家，当年发生了一场大火，烧了三天三夜，旁边存留下来一座没有被大火烧掉的石头房子是她的闺房。我无法在志洁的描述里想象多年前的那一场大火，大火对志洁来说很惨痛，二十多年后志洁对外人描述大火成为无关痛痒的事件，但在她的记忆深处大火一直燃烧着。我想到了川端康成小说《雪国》最后结局的那一场大火，大火夺取了叶子的生命，"岛村总觉得叶子并没有死。她内在的生命在变形，变成另一种东西。"志洁说她经历过更荒唐的事，生孩子因为没有领结婚证被计生人员用手铐铐走，关在乡政府漆黑的房间里过了一夜。在茅盖村住着志洁九十多岁的婆婆、婆婆的妹妹、志洁的嫂子，她们与志洁见面，送她活鸡、蛋、苦菜、米酒，男人们（其中有志洁夫家人）手插在兜里站在村口，漠然地看着。弹棉郎、阿玲、大火、内蒙通辽、嵝崒小学、湖上垟、茅盖村小学，被扣之夜，模糊不堪、交叉混集的记忆在现实中又如此清晰，我像一个劣等窥影人，在阿玲漫长的二十年茅盖村生涯里做一次短暂低飞。

南北阁村：牌楼的双面生活

南、北阁村，分别位于两条溪上，南阁在从龙西流出来的砩头溪上，民居多为坐南朝北，北阁在福溪水库流出来的大荆溪上，民居多为坐北朝南，两溪在潭头卢交汇。南北两阁宛如开在仙溪上的一朵双生花（电影《薇洛妮卡的双面生活》La double vie de Véronique）。

北阁村的建筑是平民的，生活味浓重，南阁村有高高上翘的龙图腾、象征纯洁坚贞的莲花宝瓶，牌坊的功能是表彰、奖励或励志后世，同时也追求着不朽。南阁牌楼群下的最中央官道用褐色鹅卵石铺成，外道整以粗大的石块，供马匹行驶，这是一个严整、有秩序、阶层分明的世界，而下北阁建筑最明显的特点是临水造宅，大宅院选址在溪水旁，溪水上架六十多条石板桥，从这岸到那岸，实际距离不过两三米，因了这涓涓溪流，这石板桥，足以产生浪漫与诗意。我清楚地记得那个暖春的午后走进大宅的情景：从一条笔直阔大的水泥路上插进了小路，在一座古居民前停下，滴水屋檐像一张老电影的胶片呈现在蓝天下，阳光下过滤了灰尘渣滓，清清爽爽。一位妇人端着大木盆站定，她对这个老屋的外来客发出了好奇的表情，她终究没有问什么，我可以无人打扰地进出他们的私宅。感觉大宅里的布局很像过去的农村景象，我离开了我的故乡，我的三退屋里住着陌生人，我在别人住宅里寻找过去，所以我会这么迷恋：我拿相机去拍晒在屋檐下的几双布鞋，在一个门道里与自己的影子相遇。

那晚从御营回来，福溪水库路颇陡，汽车贴着岩面行驶，汹涌的瓦格纳歌剧与峻险的水库山路很是相配，经过下北阁，黑漆漆一片，整个村都睡着了。半个月后，一场大火夺去了北阁村清道光年间一座叫宝耕堂的老宅。为寻找这座被火烧毁的老宅，我又去了北阁村。在北阁村老戏楼下（现在是文化大礼堂，花花绿绿的戒毒海报覆盖了大礼堂整面墙）有人在烧制老酒汗，一帮妇女围上来，七嘴八舌地问我拍什么，当我说要看看被火烧毁的一座老宅时她们露出失望的表情，随后又斩钉截铁地说，你打个报告上去把（老屋）修一修。她们当我市里来的要人。她们把老屋发音发成"老喔"，最后一个"喔"字短促，不留余音。我朝大礼堂东走去，一座民国建筑，大四合院，宅里住着两位老人，他们原先住在宝耕堂里，大火烧了他们家后，政府安排他们住进民国四合院里，偌大的宅里就两人住着。这座建筑在新中国成立后遭遇相同的命运：宅主人被打倒，房子被政府没收充公，租给穷苦人，过后又安排进了灾民，老宅不停的变幻着住户，只是原主人再也见不到它了。我在想，如果有一天，原户主的后人像我一样，掩盖身份偷偷地潜入北阁村进入这座民国四合院，他看见住里面的老人，看见四合院里一草一木，看见它的拱形窗户，他会有什么想法？他会潸然泪下吗？他会宽恕住进四合院里的两位老人吗？离开民国建筑，我再去寻找宝耕堂，在一座半焚烧的废墙后面有一个硕大的长满芜草的大火焚烧县城，老墙用大石头垒起来，保存完好，老墙上面的木头房子被烧成了炭黑，黑木炭一头尖尖刺向天空，它与另一根烧成碳的木头交割成十字，刺目的黑钉垂挂下来，在火灾发生前这是楼阁或睡房。

（原载《文学港》2020年第10期）

喝茶记

周华诚

一枝春意

写了几篇茶文章，便有人说我是"茶人"。我是那夏日稻田边大碗喝茶的人。我是那秋天屋檐下大口饮酒的人。但我更愿意我是个素人。一张白纸，什么都可以往上写。一个人怕就怕，早早已经写满了，纸上密不透风，想插枝小花都没空地方（更别说插上一脚）。

所幸还有点玩心。有玩心，可以喝茶。

这茶细细碎碎的，褐黑之色，倒一点在手掌，看来看去不像茶叶的样子。晃动晃动铜皮罐子，倒是铮铮然有金属声。掰开一粒细看，有点像陈年老树皮——朋友说，这是熟普的老茶头，熟普里面的一种。也就是说，普洱熟茶在渥堆时，堆在底下的部分，处于高温高湿环境，茶叶里的果胶流积，使底部茶叶黏结一处，形成茶块。这就是老茶头。对了，也有人叫它"碎银子"。

碎银子，这名字使我想起从前行走江湖的人。行走江湖最要紧的是什么？是要知道人世间总是有坑的，坑里总是有水的，有些坑里的水还是挺深的。譬如普洱茶的故事，就是一部风起云涌的电影。普洱茶火的时候，据说就跟两三年前的"屁吐屁"一样，都是风口上的澳洲大火，扑也扑不灭。到了 2007 年，算是歇了，普洱茶市场崩盘。我觉得是这样，资金这个东西，狠角色，瞅着什么炒什么，没有炒不起来的。炒房，炒煤，炒钢，也炒鞋，炒肉，炒大蒜；炒口罩和双黄连，那是前不久的事。听说这两天又开始炒茶。这就是水深的意思。水深，说明什么？哈，说明有坑。

茶这东西，我喜欢它是因为，喝茶的心，就是玩心。喝茶不像喝酒。喝酒可以人多，不能人少。喝茶可以人少，不能人多。譬如说吧，一个人喝酒，那是郁闷。一个人喝茶，便是悠闲。十个人喝酒，那是热闹。十个人喝茶，那就是谈判——表面上呵呵呵，背后都别着菜刀。

说起来，庚子年是我的喝茶元年。庚子年正月，是我的喝茶元月。以前天天喝水，喝水如喝茶。现在天天喝茶，喝茶如喝水。所以，茶叶的好与不好，对于我来说，真不是决定性的因素。某兄说，我喝茶喝出了酒意。其实茶喝多了，的确是容易有酒意——茶也能醉人。

喝茶的时候，可以随手拿本书来翻翻。今天这本是《子规岁时》，日文版，在道后的子规纪念馆买的。俳句诗人正冈子规，和夏目漱石是好友，书信往来频繁。他很有名的一首俳句是：

> 我去你留，
> 两个秋。

这是子规记一次离别的——他要从松山去东京，夏目漱石则继续逗留于松山。两人分别，时在秋天，子规有感记下这样的别离。浅白的字句，却有深沉的情感。此正如他的文学主张：感情的文学，即纯粹的文学。又说，美的标准，在于美的感情。

翻开《子规岁时》这本书，查到二月二十七日这一首："……"用翻译软件译了一下，词句混乱："韭剪却借酒，去隔壁哉。"即便这样，也可以揣度一下字间的诗意——端起茶杯，喝一口茶，想一想，再喝一口茶，仍然揣摩同一句话。正冈子规三十六岁去世，在病床上写了随笔，《墨汁一滴》。他说，"比起人事来，我更爱花鸟风月"。

在道后，给我印象最深的，不只是它的温泉，还有是，我们居然在一家卖衣服的店里，发现他们同时在售卖二手书。于是找了半天，翻出好几本书来买下，我最开心的是，找到一本与谢芜村的画集。晚上抱回旅店，翻了很久。

这"碎银子"，泡了又泡，茶味还浓。夜已深。这些日子倒也好，平白多出来些时间，可以喝茶，可以翻闲书。就好像一张纸感觉已经画满，忽然又翻出新的一页，虽然荒荒凉凉的，却觉得富足，不愿意一下把它画满。

还可以干些什么呢？想起正冈子规的一句话：

> 把一枝寒梅插在袖子里，
>
> 那就叫做春意盎然吧。
>
> 二月二十七日记之。

四喜临门

自从看了那部叫《黑水》的电影，第二天我就把家里的不粘锅丢到了门口。锅这个东西就是这样，平常用着用着，也没觉着不合适，有一天突然听到人家说，这锅不行，有毒——就恨不得马上甩锅。当然这事，我成功了。抱着一个纸箱，戴着口罩（监控都识别不了），在电梯里我是隔了一层纸巾摁的电梯钮（害怕留下指纹吗？），更像是不良分子的行径了。出电梯，出楼道，四面无人，直奔垃圾箱，把两口锅哗啦一下丢了。甩锅成功，大快人心啊。

然后去了一趟车库，拿东西，打开后备厢就惊呆了，有两箱快递——这还是过年前收的快递。余无快递久矣——看看标签，没有寄件人信息，左想，右想，一路走到家都想不起是谁寄的了。打开箱子见分晓。果然，其一是两本书，曹晓波著《百人口中的百年杭州》上下册。翻了翻，有意思。曹先生，我在报馆工作常打交道，老杭州一枚，一口地道杭州话，一个地道杭州通，这座城市天上的事情他知道一半，地下的事情（包括地底下的）他基本都知道。和他聊天，聊着聊着就从地下聊到了天上。书里有一篇《为蒋介石开车的那几年》，我翻开一读，就忘了另一个快件。直到后来，口渴，要去烧水泡茶，这才启开第二件。啊，两饼老白茶。"革登"老白茶。啊，还有两筒香，龙涎红土，棋皮沉香。这是谁寄与我的呢？我抓耳，挠腮，坐下，立起，愣没想起来。我得跟人说一句，道声谢吧。烧水，温壶，温杯，把这一饼2015年的茶掰下一块，投茶，洗茶，泡茶，把茶汤倒进公道杯。茶汤是红的，仿佛红茶一样浓郁。饮一杯，居然第一泡，就喝出白茶特有的甘甜及清芬，入口润滑。然后出来红茶的醇厚。好茶。喝着茶的时候，我把记忆的锚点往前推，再往前推，一直推到了过年前——啊，是安安静给的茶。

安安静也很爱茶。上次谁说呢，对待茶，最好的方式是把它忘了。有一天，许是五年后吧，许是十年后吧，突然角落里翻出一饼茶来，那种捡到出土宝贝的喜悦，如同中了大奖。所以我觉得，玩茶，真是一种修行，是时间磨炼内心的结果。像我现在道行太浅，年前到今日也不过一月有余，我从后备厢里发现老茶，已欣喜若此。若是五年后十年后发现老茶，岂不高兴得痛哭流涕？

这茶越喝越高兴，果然是因了茶好。由此体会到，看书要看那个领域里最好的书，喝茶要喝那个类别里最好的茶。话是这样说的，没错，看花也要看世上最美的花。但是有时候，岂能尽如人意。看书看人，看茶看花，高兴就好，但求无愧我心。这样一想，茶就更好了。

　　傍晚收到短信，临安山里快递出来的春笋已经送到，想到晚上可以吃到天目笋了，不禁开心。于是戴着口罩下楼，抱了十斤春笋回来，想起那句话：春天到了，我扛春笋去看你。回来路上，收到叮咚一声短信响，某晚报汇入稿费税后一千四百余元，真是雪中送炭，如此困难时期发稿费的，都是好人好报。心算了一下，可买春笋一百余斤。想到今日四喜临门，不禁大喜过望，好不容易平静下来，回来坐下，继续喝茶。

　　二月二十八日记之。

（原载《江南》2020 年第 6 期）

《丑簃日记》里的几位书画家

周维强

　　《钱江晚报·人文读本》前几天报道，有藏家拍得近世治印大家陈巨来给收藏大家吴湖帆刻的"铭心绝品"田黄印，捐赠给了浙江省博物馆。这枚印吴湖帆曾盖在自己所收藏的《富春山居图》（剩山卷）等珍品上。吴湖帆后来又将《富春山居图》（剩山卷）捐给了浙江省博物馆，时在20世纪50年代中期。如今这枚印章又归浙博，可谓"画印重逢"了。吴湖帆《丑簃日记》1938年11月26日这一条里记录了他当年的购藏："曹友卿携来黄大痴《富春山居图》卷首节残本，真迹，约长二尺，高一尺半寸……一旦得此，为之大快。虽只盈尺残本，然是天壤剧迹，弥足珍贵，记此志幸。"日记未记购藏此卷的花费。吴湖帆重加裱装后，夫人潘静淑在画卷后隔水题"吾家梅景书屋所藏第一名迹"。

　　"丑簃"是书画家、收藏家吴湖帆的别号。日记的年头是1931年至1935年、1937年至1939年。吴湖帆日记几乎每天出现当时交游的书画家、收藏家的名字，他们常在一起谈艺论画、鉴赏古物、填词赋诗。而沈尹默、刘海粟、王季迁、徐邦达，在日记里更有一些具体的事情的记录，足可含玩。

　　1937年5月7日日记写道："沈尹默来，大谈书法，云力避北海、襄阳、松雪三家习气，而以不留意，时有流露，益见李、米、赵魔力之大。"此亦可知尹默书法受李北海、米襄阳、赵松雪影响之巨。日记记载：吴湖帆说尹默书法"似薛道祖"，尹默"大以余为知己"。道祖，即薛绍彭的字，号翠微居士，长安人，宋代著名书法家。与米芾齐名，人称"米薛"。元赵孟頫云："道祖书如王、谢家子弟，有风流之习。"又云："脱略唐、宋，齐踪前古，岂不伟哉！"吴湖帆说尹默字有道祖风，尹默引为知己。沈尹默1883年生人，此时55岁；吴湖帆1894年生人，此时44岁。

　　这一天的日记里还写道："尹翁今年五十五，而且目力已衰至极点，然书兴甚浓，因除此外无可遣，并云连阅书报多不能，甚苦甚苦。"这也可知尹默此时视力甚弱，"甚苦甚苦"道出尹默心情。

　　吴湖帆接着写道；"翁待人待友情态诚恳，有人就教书法则尤惓惓偘偘，今日在此谈二小时光景，余得益不浅也。"这几句话，可以说明尹默待人和善，书学造诣深。

　　1937年10月19日记载："今晚在誉翁吃夜饭。沈尹翁六时来同去。借去明拓《思恒律师志》与翁覃溪双钩唐本《庙堂》校本。"誉翁，即叶恭绰。《思恒律师志》全称《唐大荐福寺故大德思恒律师志文并序》。《庙堂》即《孔子庙堂碑》，覃溪即清人翁方纲的号，翁方纲手自追摹双钩。这条记载透露：帖学大师沈尹默对碑学亦有深研。张充和跟沈尹默学书法，尹默不要弟子学他的字，要他们"找我的娘家去学"。张充和说："老师啊！你的娘家家族可大呢，叫人一时如何学得了？"吴湖帆日记里的这一条，可作尹默书法"娘家家族"之大的证据。这也表明，一个人在书画艺术上要得大成就，眼界须宽，"转益多师是汝师"，营养单一终会导致营养不良而影响发育生长。

　　沈尹默1939年离开上海抵重庆，但离开的日期，他自己没有记录。吴湖帆日记给我们提供了线索。1939年4月27日日记记载：

"今晚为沈尹默先生有昆明之行饯之，而临时尹老因目疾不能来为憾。"5月1日记载："五时……余驱车至沈尹默处，未晤而归。"5月1日傍晚往访尹默，不遇。此后的日记不再有见到尹默或与尹默聚会的记载，甚至1939年6月3日吴湖帆夫人潘静淑病逝，日记中亦未见有尹默慰问的记载，这也说明尹默早已不在上海了。据上述日记推算，尹默离开上海前往重庆，应该是在1939年5月1日左右了。

《丑簃日记》里关于沈尹默先生的记录，大约有十来条，包括尹默当时看了哪些碑帖，临了谁的字，文字不多，确称精当重要。我去年写关于沈尹默先生的一册书，吴湖帆先生的这几条日记给我启示极大。

我年少时，醉心于刘海粟油画的色彩瑰丽、用笔遒劲、气韵生动、沉雄苍古、大气磅礴。所以每不以对海粟先生的非议为然。吴湖帆的一条日记，颇有意味。1938年1月7日的日记里记载："午后为刘海粟题吴文中《武夷九曲》卷。此卷殊精绝，为文中画中仅见者，向为汪向叔物，今归海粟矣。海粟前数年以艺术叛徒自号，攻击古画备至，今回头从事古画，先学石涛，不免霸道，今渐改辙，处处谨慎，足见年到功深，自有一定步骤，不能强也。今购文中此卷，可为明证。仍回学者本色，勇于为善，不能不佩服之，且近日谈论古画亦渐投契。"

文中，吴彬的字，明万历天启年间画家，莆田人。明代著名学者谢肇淛不轻许人，但在《五杂俎》卷七中，数次提及吴彬，其中有云："近日名家如云间董玄宰（董其昌），金陵吴文中（吴彬），其得意之笔，前无古人。董好摹唐、宋名笔，其用意处在位置、设色，自谓得昔人三昧。吴运思造奇，下笔玄妙，人物、佛像，远即不敢望道子，近亦足力敌松雪，传之后代，价当重连城矣。"对文中评价甚高。汪向叔，收藏家，做过北洋政府财政次长。吴湖帆上一年11月22日的日记里已经记录说海粟"新近于离乱中"得到汪向

413

叔这件旧藏。刘海粟1896年生人，此时43岁。吴湖帆1938年1月7日的这条日记既记录了刘海粟的艺术变化，亦道出了对一个人学艺"年到功深，自有一定步骤，不能强也"的规律的认识。也表明吴湖帆还是许可海粟为"学者"，海粟经过少年的反叛期，"仍回学者本色，勇于为善"。我想起宋人陆游句子"工夫深处却平夷"，也因此联想到清代藏书家石韫玉的对联："精神到处文章老，学问深时义气平。"

王季迁是吴湖帆开门弟子，后来去了海外。《丑簃日记》1938年2月24日有记载："午前季迁来，被余大骂一顿。不告取物，索必取归了事。季迁接近浮滑，遇事轻率取巧而不负责任，故迫令取归，以儆其藐视事端也。余素不轻易骂人，且小节不拘，此次因其胆大太妄，故特别训之，然余自恨平日太纵爱之也。"吴湖帆严责弟子，但更自责。王季迁系1906年生人，日后也成就为中国书画研究、鉴定和收藏的大家，声名卓著。不知他是否还记得年轻时候的故事。《丑簃日记》公开出版是2004年9月，季迁先生则在上一年去世。王季迁1973年10月发表的一篇文章里说吴湖帆先生"光风霁月"，"湖帆先生出身世家，天资卓著……一辈子好学不倦，从不表示自满；对于后进者又那么恳恳切切，提掖不遗余力"。这个时候，吴湖帆先生去世已经有五年了。

1937年3月11日的日记里写到了王季迁和徐邦达。徐邦达1911年生人，比季迁年少5岁。这是一个大晴天，南京委派舒楚石来上海接收全美古画出品，"来商接收办法"。"全美"即全国美术展览会。吴湖帆推荐徐邦达为舒楚石做助理，日记里写道："邦达年少气勇，虽乏经验，当能实做。"虽然少年经验不足，但能实干，做助理正合适。王季迁听闻后表示愿意和邦达一起做这事。但吴湖帆以为季迁太忙，"不若邦达之终日暇也"，所以没有推荐。吴湖帆日记里又说："余素主量才使用，不主党派专政。季迁余之弟子也，邦达余之小友也，做公众事，当以公正出之，不知季迁又以为余之偏见否？

实事求是，悉凭人议，毋伤也。"担心季迁会不会认为自己有偏见，这恐怕也正好表明了吴湖帆其实也是处处想到了季迁，对季迁也是有偏爱的。

1938 年 2 月 24 日的日记也写了徐邦达的一件事："午后……博山、巨来、邦达相继来。邦达看了山樵若干时即去，去时犹留恋不舍，云明日能再来许观否？余诺之而去。" 2 月 26 日记载："邦达来，专为看山樵《煮茶图》。"这几条可以见出徐邦达做事实在，学艺用心专注。徐邦达先生后来成就为中国书画研究及鉴定大家，也是所来有自。今邦达先生也已在 2012 年去世了，得享百岁高寿。吴、王、徐三位先生，以邦达先生最为长寿。我读过徐邦达先生的几种关于中国书画史及鉴定的著述，渊博而识见高明，很喜欢。

顺带说一下，《丑簃日记》关于九一八事变后的华北变局、七七事变后的淞沪会战所做的报纸新闻摘录和自己当时身居上海的亲见亲闻亲历，约有七八万字，尤其淞沪会战三个月期间，每天日记几乎均为战事记录（也包括当时的华北战事的记录）。书生亦心忧国事，这部分日记我想是能够作为抗战史研究的珍贵的第一手史料的。

吴湖帆，苏州人，《丑簃日记》手稿连同吴湖帆先生其他遗稿，均已入藏上海图书馆。

（原载《钱江晚报》2020 年 7 月 26 日）

夏天的读法

朱光明

　　入梅多日，天气渐热。尽管时有微雨，但热浪潮涌。疫情尚未结束，大家还是神经绷紧，警惕高提，时时注意防护。每天戴着口罩去上班，公交车还没走到一半的路程，口罩已有些潮湿。倒是下班后，看到孩子的微笑，吃点枇杷、荔枝、西瓜等消暑水果，一天的疲劳都消失了。当前的天气，让人不禁思考古人如何消夏。

　　夏天的读法，仁者见仁，智者见智。夏天大多是相似的，但不同人的消夏各有各的不同。古代文人喜欢观看、研读书画、金石来"销夏"，把赏玩所得写成灵动的文字，记录独特的生命体验，过的便是雅致的生活。高士奇《江村销夏录自序》谈道："长夏掩关，澄怀默坐，取古人书画，时一展观，恬然终日。"高士奇，这位名满钱塘的学者，是靠古人书画打发长长的夏天的。打开收藏的书画，遇到会心处就啧啧称赞，碰上赝品，则不免发一通牢骚，大骂数声。即使是骂，应该也是文雅的，与市井之人有别。纪晓岚则是靠写小说、笔记度过夏天。清代乾隆五十四年（1789年）夏天，纪晓岚在滦阳编校书籍，"昼长无事，追录见闻，忆及成书"，拾掇过去听到的街谈巷议，写出诙谐风趣的《滦阳消夏录》，炎热的季节便度过了。嬉笑怒骂，皆成文章。一个夏天过完，笑过骂过后，一本本读书笔记也就诞生了，其中有不少成为家喻户晓的经典之作，如《庚子消夏记》《辛丑消夏记》等。

与文人雅士不同，市井的普通人家消夏，谈的多是柴米油盐酱醋茶。塘栖的枇杷上市了，建德的土鸡蛋降价了，昨天的肉价降了，今天的菜价涨了，哪里的水果又好又便宜，诸如此类。在古代，虽没有便捷的网络，也无电影电视消遣，生活依然丰富多彩。尤其是说书人的出现，给度过漫漫长夏提供了良好的娱乐方式。打着扇子，听故事，是一件惬意的事情。算卦的、行医的、经商的，不分行业，汇聚于勾栏瓦舍听评话。岳飞、韩世忠等人在前线的战事时不时地被说书人编成故事，在勾栏瓦舍传播。周密《武林旧事》记载南宋临安的瓦舍有二十三座之多，可见当时娱乐场所之多。

在通风临水的亭台，吃瓜果，赏夏荷，也是不错的选择。孟元老《东京梦华录》卷八《是月巷陌杂卖》记载"都人最重三伏，盖六月中别无时节，往往风亭水榭，峻宇高楼，雪槛冰盘，浮瓜沉李，流杯曲沼，苞鲊新荷，远迩笙歌，通夕而罢"。北宋东京城里的人们最重视三伏，在三伏天，便到风亭水榭之处纳凉避暑。木柜里放上冰，冰盘里浸泡着瓜果，瓜果"冰镇"一下，温润清凉，清爽可口。人们做着"流杯曲沼"的游戏，边饮酒边食鱼鲊，听着远处传来的笙歌，其乐无穷。在这个月份，大小米水饭、义塘甜瓜、卫州白桃、南京金桃、药木瓜、水木瓜、冰雪凉水荔枝膏等都是百姓仲爱的消暑瓜果食品。到了南宋，"凉水"品种更多，有荔枝膏水、杨梅渴水等数十种。纳凉赏荷，在江南地区是百姓喜欢的避暑方式。苏东坡夜泛西湖，留下"荷花夜开风露香"的诗句。清代顾禄《清嘉录》记载苏州百姓"画船箫鼓，竞于葑门外荷花荡，观荷纳凉"，打发炎炎夏日。

聊天之于消夏，也必不可少，明清小说中时见记载。对此，《水浒传》和《红楼梦》里有精彩的片段。《水浒传》第十五回讲到吴用智取生辰纲，正是夏天，"四下里无半点云彩，其实那热不可挡"，作者借众军汉的口谈到"这般天气热，兀的不晒杀人"。在黄泥冈，晁盖、吴用、公孙胜等七人扮作卖枣子的和杨志聊天，想套近乎，让杨志放松了警惕，将生辰纲劫走。《红楼梦》开篇第一回便谈到甄士隐在夏天无聊之甚，邀请贾雨村聊天，"彼此皆可消此永昼"。

对于杭州人来说，还有一件事要特别提出，那就是吃茶。这是消夏的良方。《儒林外史》第十四回谈到马二游西湖。马二到杭州的季节，正是穿红绸单裙子、丫鬟手持黑纱团香扇替女客遮日头的时候，一路所见"卖酒的青帘高扬""卖茶的红炭满炉"，往来游人络绎不绝。马二走出钱塘门，吃了几碗茶，在西湖沿上的牌楼跟前坐下。没多久，"走到间壁一个茶室吃了一碗茶"。过了六桥，没多远发现一个茶室，吃了一碗茶。过了雷峰塔，逛了净慈寺，出来后在一个叫"南屏"的茶亭，又吃了一碗茶。第三天，到吴山游览，一口气爬上去发现有卖的，又吃了一碗。在吴山上，他发现"这一条街，单是卖茶就有三十多处，十分热闹"。热闹的茶亭里，普通百姓正喝茶打发夏日时光。清人范祖述《杭俗遗风》谈到"吴山茶室，正对钱江，各庙房头，后临湖山，仰观俯察盛景无穷"。小说中的马二登上吴山，看到钱塘江等壮丽风景，也定别有一番感慨。

泡上一壶茶，看着茶叶在杯中慢慢舒展开来，细细品尝，日子仿佛长了脚一样，走得飞快。不管是西湖龙井，还是九曲红梅，绿茶也好，红茶也罢，常能带给人回甘生津的体验。兴致来了，约上三五好友，在临水的茶楼里，在凉风习习的夏日傍晚，就着西湖的风光，即使不赏画，一起聊聊话，看看湖光山色，心旷神怡，日子过得也是充实而愉快的。

提笔行文之际，看了一下天气预报，大暴雨已在路上，正风尘仆仆地赶来。家里的衣物有没有收，已不自觉浮现于脑海。在江南阴雨绵绵之际，北方农田里的小麦已经覆陇黄，到了要收割的日子。走在田野，滚滚麦浪的起伏诉说的脚下大地的故事，那是另外一番销夏的景象了。

（原载《杭州日报》2020年6月12日西湖副刊）

将心灵游吟成浩荡又细密的诗

朱 炜

　　我是一个图书馆员，从事过地方文献工作，目前兼顾着两家特色分馆的运营与阅读推广。和很多从图书馆起步的人一样，我未敢自以为是，将心灵游吟成浩荡又细密的诗，逢美生花，积势破壁。

　　十年来，我业余写作出版了 6 本书。很多朋友问我，两年出一本书，这是怎么做到的。我不能说自己不勤奋，但我好像停不下来，仿佛这就是我的成人式。我家小朋友快 2 周岁了，正牙牙学语，会说一些要不要的话，喜欢跑到我的书房里踮起脚取下一本书，然后靠近我，说："爸爸讲，爸爸讲。"幸而，我的书架上还留着一套1986 版的《儿童学古诗》，封面是年画娃娃，长兴的北大才子李臻颖也藏有这么一套，以至于他在朋友圈评论说，我们应该抱一抱。可是这并不符合小朋友的审美，她会眼睛冉冉动地让我去拿《小猪佩奇》。她会安静地一个人专注看绘本，在天猫精灵点儿歌，只是偶尔很闹。电视剧《三十而已》中飘过一句台词，"他（主人公顾佳的儿子许子言）什么时候能快点长大，能一个人睡觉，一个人吃饭，能管理好自己的情绪，能不害怕，把我还给我"。我庆幸我家小朋友并不属于难带的那一种。细心的读者还回忆了其童年时的数字儿歌"一里塘、二都里、三桥埠、四仙桥、五林头、六里洋、七桥河、八角亭、九柴里（谐音）、十字港"，并建议我将跋中的数字儿歌改成字数相等的三个字的词头，会更朗朗上口。诚哉斯言！

都说三十而立，有家累后，属于自己的时间和空间会比一个人的时候少很多。但"good"成为"better"，总需要牺牲一些东西，何况小朋友自己就是一本书，某种程度上，我就是她的出版社。

时光飞转，我在浙江工商大学出版社出了3本书：《湖烟湖水曾相识》《百里湖山指顾中》《跳上诗船到德清》。书名是三句七言诗，"湖烟湖水曾相识"出自俞平伯先生的诗，"百里湖山指顾中"出自清人戴望的诗，"跳上诗船到德清"是我偶然想到的，实际也合平仄，用在七绝的合句刚刚好，这也许正应了"熟读《唐诗三百首》，不会作来也会吟"。

《跳上诗船到德清》是一本面向青少年的大运河诗歌地理读本，封面题签遂想到由在西泠印社拍卖有限公司工作的德清籍青年书法家沈新洋题写；且是大运河诗路沿线一部以县域为主打的诗歌选本，"了解德清，可以此书为入门之基"（曾供职于中华书局的旧德清今桐乡市大麻镇人郁震宏评价道）。我自认该书的体例还比较有意思。全书分正册和副册，创意是源于《红楼梦》中的金陵十二钗有正、副、又副三册，正册重"注"，副册重"选"，注见功夫，选则见眼光。全书引录五言、七言古诗近300首，在数量上约和《唐诗三百首》等同。另，我在构思该书框架上，尝试将诗歌史和地方史合二为一，乃有了一点学术意味。错漏总会有的，敬请读者诸君不吝指正，待加印时出修订本时予以纠正。

前段时间，嘉兴青年收藏家肖龙根篆刻了一方"上海武康大楼首发"印章；德清古琴师倪梦啸手拓了"太康二年八月始立武康县"

（太康二年，也即公元 281 年，从该年款算起，武康这个名字就已有 1739 年历史了）砖铭，艺文斋为之定制了镜框。8 月 15 日，"从莫干山到黄浦江"走读巴士从德清县图书馆出发前，王征宇、梅苏苏两位浙江省作家协会会员用鲜花（写卡"诗与岁月同芬芳"）送我去上海。

大隐隐于市，用来形容上海大隐书局武康店是再合适不过了。当天的《跳上诗船到德清》新书发布会在大隐书局武康店的月下笛举行。现场来了很多嘉宾大咖，使本来就很雅致的阅读空间愈加显现复合文化之美。上海知名翻译家、电影评论家、出生于莫干山的赵建中先生出于对后生的奖掖，担任了主持，他在开场白中说："在这个浮躁的年代耐得住寂寞，做到'板凳要坐十年冷，文章不写半句空'，非常难得可贵。德清不乏这样的文化人。这一次，德清的这艘诗船开到了大上海。我觉得，今天我们在大隐书局武康店举办的这场首发式堪称'山与海的对话'。"上海市诗词学会会长胡晓军特意从松江活动现场赶来予以勉励。上海社会科学院图书馆馆长钱运春专门带来了一瓶香槟以示祝贺，一时间，酒香弥漫，大家兴致盎然。定居上海老家德清的徐庆之，不顾年高，携南加州大学和耶鲁大学双硕士的儿子陈刚前来。上海德清商会会长陈庆华提议将此书推荐给在沪乡贤游子以了解德清历史。上海数联空间科技有限公司董事长倪涵道："诗旅、文化之旅，能唤醒每个人本具的诗心和心中永恒的远方，进而更能诗意般地对待眼前的苟且。"原上海复兴中学语文高级教师田素芳称这是"一本有学术精神的用心之作，有如微风拂过，清凉一夏，芬芳四季"。

"那些巨星的光芒曾经抵达过这里"，《绿光亚马逊》作者朱起的母亲马骏为《跳上诗船到德清》写的这篇书评题目更像是在写上海武康路、武康大楼。傍晚，武康路的斜阳照着来此旅拍婚纱照的新人，而武康大楼的对面站满了一拨拨拍照打卡这座有"上海颜王"

之称的百年老楼的中外游客。与其说，32 年来这一天是可以预估的，不如说，是不局限于既定人生的结果。毫无疑问地，它又一次给了我高光，给了我未来可期。

　　我的 20 岁到 30 岁的每一个值得纪念的时刻，都有图书馆见证成长、助力起航。"诗船暂停此"，"万里仍非远"。

（原载《图书馆报》2020 年 12 月 11 日）

良渚是一部书

朱真伟

　　阅读良渚，良渚是一部书籍，一本特别耐读的书籍。捧着良渚在手上，良渚书香飘逸，流淌着文化的江南和中华文明发展的纯正气息。

　　初读良渚，良渚是一本古典线装书籍。古典得有些意外，更多的却又是意料之中的惊喜。

　　也许，我们无法确切知晓，5000多年前的阳光是如何热烈地普照九州大地。但我们知道，5000多年前的阳光照耀在华夏东南一隅浩瀚的大江上，那里有巨大的鱼类从海洋入侵江河，翻江倒海；照耀在草木葳蕤的天目山脉上，那里有百兽横行，纵虐欢肆。然而，在这野性的世界里，人类已经走向了有秩序的自我管理王国。建造城郭，城内稳定生活，井然有序；城外规模化水稻种植，大米成为粮食的主要来源。水利被综合利用，灌溉调节了农业的四季；水草丰沛，适宜于江湖捕捞，山野逐鹿。民以食为天，衣食住行的稳定，激发了原始智慧化的管理、进步和开化，文明在日月更替中传递。这是低调的江南，曾经被岁月和泥土尘封的篇章。也许当年没有农业、手工业的称谓，重见天日后，开始逐渐清洗湮灭的模糊的面容。那是历史的真实面容，珍贵自然。江南的祖先，沉积的先祖，原来是人类共同文明祖先的一部分，领跑着历史空白的那一章节。他们用黑土烧制古朴的陶器，用石头雕琢精美的玉石，他们以劳动为歌谣，敬天祭地，灰蛇草线般，划亮了历史远去的背影和曾经消失的踪迹。

历史的真实，重新验证了文字前石器时代的历史。良渚的记忆，重新奠定，江南的聪慧，历来如斯。

再读良渚，良渚是一部现代精装书籍。精装于平常之中，却精致地令人感觉到眼睛的滋养。

初秋，受大元兄的邀请，随苏沧桑、孙昌健、周维强、风马等诸位名家游玩良渚，这是一场视觉的盛宴。江南的腹地，那些散落在平原绿地上的村庄，全都改变了脏乱差的旧模样，一个个整洁、光鲜、靓丽、宁静，次第散发着江南特有的传统和宁静，富足与安详。是的，良渚的建设者们把历史交给研究者、把真相交给宣传者，把当下的合理改造提升，当成工作的新动源。古树院落、小桥流水，依然是乡愁的出发地，河道、田园却成了新的休闲景观。蒹葭苍苍，芳草萋萋，高柿矮枣，挂红枝头。星桥的河道，绿道蔓延，一步一景，景随步移，村落参差，景收窗里。江南的韵味，随着白鹭翻飞，穿梭着唐诗宋词的意境，依然柔软了路人的心扉。河道环绕的小村庄，全部拆掉了各自的围墙，俨然一座桃花源式的度假村，准备嫁接文创基地。绿水环绕，古木参天，田园掩映，蜂蝶闲窜，不知名的鸟在绿荫里鸣唱。此情此景，让一颗颗喧嚣、高速奔跑的心，忍不住要停下来，回味生活和品质的本来方向。

精装的江南，绿水青山，田畴交错，发展着当下的可持续绿色理念。当下的良渚，江南饱满，温婉如玉。

精读良渚，良渚是一部当代精品书籍。精品的路径，精致于细节，却令心理无时不产生深深的眷恋。

作为杭州三张申遗成功的金名片，西湖关乎风景、运河关乎经济和交通，良渚关乎的是人间日常。申遗是对过去的肯定，保护是对文化的延续，提升是对肯定和保护的兼修。穿行在良渚，低山矮坡，河道纵横，绿树掩映，四季俨然。高品质的楼盘，精心配搭文艺的润泽，大气、前卫，时尚，和谐。乡野绿树之间，大师级的参与设计，文化村的文化艺术中心特立独行，闪烁着别样的文化生态光芒。清水混泥土工艺，简洁、明亮，和湖光山色融为一体。高品位的展示、演出、阅读，先锋、思想、志愿，在书与非书之间。平台是艺术的平台，思想是沙龙的激荡，大屋顶的四季，窗外云卷云舒，在5000年的文化遗址上，把良渚的四季在花朵和流水中演绎地丰富多彩。文化的乡野，独树一帜，使这个公共空间的价值，不知不觉间抵达并沟通了5000年前先行的探索灵魂。不露痕迹，却勾人心魄。

精品良渚，大地上的文明，远古和现代的对话，在广袤的稻畴屋瓦之间，用文化勾勒了发展新的诗经。

阅读良渚，此时此间，此时此景，怎能不叫人——爱不释卷？

（原载《人民日报》2020年12月27日大地副刊）

编后记

《2020浙江散文精选》，就要付梓，虽不能涵盖全部，却也能大致看出本年度浙江作家散文创作的概貌。

有文、有思、有趣，乃本书基本选则。

入选作品，既有大报大刊，也有小报小刊，甚至微信公众号；既有大家名家，更多普通作者，有在读大学生（汪芦川），甚至还有一位刚刚小学毕业（张梓蘅）。我们期待更多的新生力量，期待这些文学种子能早日长成挺拔大树。

写作是一场漫长的追捕，从平淡而又丰富的生老病死苦中捕捉那些细小动情的碎片。

对于大多数写作者来说，超越自己最难，谨记西哲柏拉图的箴铭：所有的胜利，与征服自己的胜利比起来，都是微不足道的。

有一味中药叫"远志"，处则为小草，出则为远志。以"远志"打底，叠加恒久的坚持，才有可能到达你想要去的远方。

棋琴书画儒释道，风花雪月诗酒茶。日就月将，工夫在诗外。

别太急，慢慢来就是快，我们一年只选一篇。

感谢所有的入选者，感谢一直关注浙江散文的读者。

陆春祥

辛丑夏月